LIZZIE POOK

Moonlight und die Tochter des Perlenfischers

W0203570

LIZZIE POOK

MOONLIGHT UND DIE TOCHTER DES PERLENFISCHERS

ROMAN

AUS DEM ENGLISCHEN
VON ANDREA BRANDL

DIANA

Sollte diese Publikation Links auf Webseiten Dritter enthalten, so übernehmen wir für deren Inhalte keine Haftung, da wir uns diese nicht zu eigen machen, sondern lediglich auf deren Stand zum Zeitpunkt der Erstveröffentlichung verweisen.

Nachweise der Zitate:
S. 9: William Shakespeare, DER STURM, I. Akt, 5. Szene, übersetzt von August Wilhelm Schlegel, aus: William Shakespeare, SÄMTLICHE WERKE, Magnus Verlag, Essen, 2004.

S. 9: Robert Louis Stevenson, DIE SCHATZINSEL, Kap. 7, übersetzt von Heinrich Conrad, aus: Robert Louis Stevenson, DIE SCHATZINSEL, Goldmann Verlag, München, 1963.

S. 256: Dante Alighieri, DIE GÖTTLICHE KOMÖDIE, »Das Fegefeuer«, 2. Gesang, übersetzt von Karl Witte, aus: Dante Alighieri, DIE GÖTTLICH KOMÖDIE, Askanischer Verlag, Berlin, 1916.

S. 346: Thomas Moore, LALA RUKH, übersetzt von Friedrich de la Motte Fouquet, aus: Thomas Moore, LALA RUKH, DIE MONGOLISCHE PRINZESSIN, Verlag Christian F. Schade, Wien, 1826.

MIX
Papier | Fördert gute Waldnutzung
FSC® C083411

Penguin Random House Verlagsgruppe FSC® N001967

Copyright © 2022 by Lizzie Pook
Die Originalausgabe erschien 2022
unter dem Titel *Moonlight and the Pearler's Daughter*
bei Mantle, London.
Copyright © 2022 der deutschsprachigen Ausgabe
by Diana Verlag, München,
in der Penguin Random House Verlagsgruppe GmbH,
Neumarkter Straße 28, 81673 München
Redaktion: Antje Nissen
Umschlaggestaltung: t.mutzenbach design, München
Umschlagmotive: © Magdalena Russocka/Trevillion Images; Shutterstock.com (Palsur; Belish; Arthur Balitskii)
Kartengestaltung: James Mills-Hicks, Ice Cold Publishing
Satz: Leingärtner, Nabburg
Druck und Bindung: CPI books GmbH, Leck
Alle Rechte vorbehalten
Printed in Germany
ISBN 978-3-453-29267-3

www.diana-verlag.de

Für Rose

Anmerkung der Autorin

Ich erkenne die Völker der Aborigines und Torres-Strait-Inseln als First Peoples des australischen Kontinents und der Region an, in der diese Geschichte spielt, und zolle den Ältesten von damals und heute meinen Respekt.

Fünf Faden tief liegt Vater dein,
Sein Gebein wird zu Korallen;
Perlen sind die Augen sein;
Nichts an ihm soll verfallen,
Das nicht wandelt Meereshut
In ein reich und seltnes Gut.
Nymphen läuten stündlich ihm,
Da horch! ihr Glöcklein: Bim! bim! bim!

William Shakespeare
Der Sturm

Auf in See! Hol der Teufel den Schatz! Die Herrlichkeit der See hat mir ganz den Kopf verdreht.

Robert Louis Stevenson
Die Schatzinsel

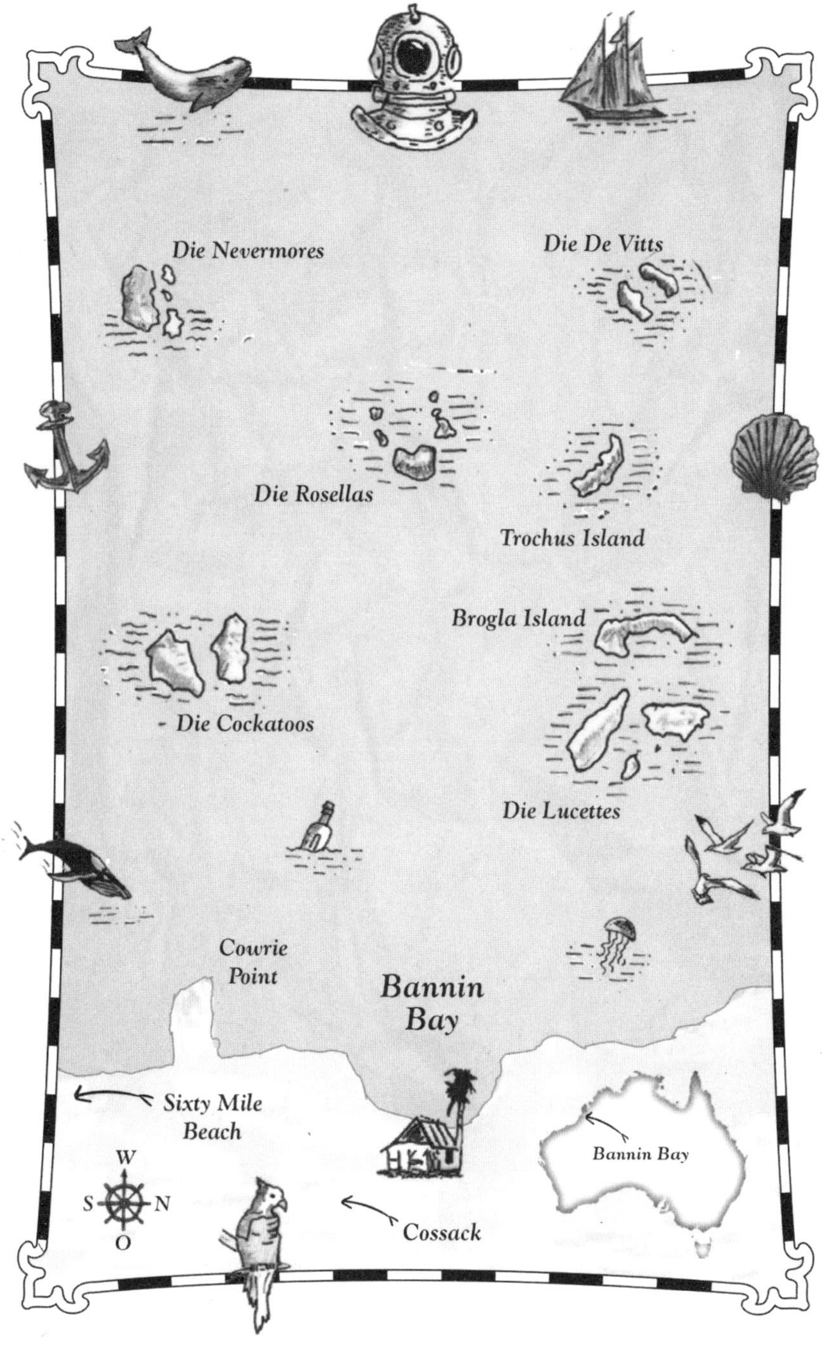

Die Nevermores
Die De Vitts
Die Rosellas
Trochus Island
Brogla Island
Die Cockatoos
Die Lucettes
Cowrie Point
Bannin Bay
Sixty Mile Beach
W
S
N
O
Cossack
Bannin Bay

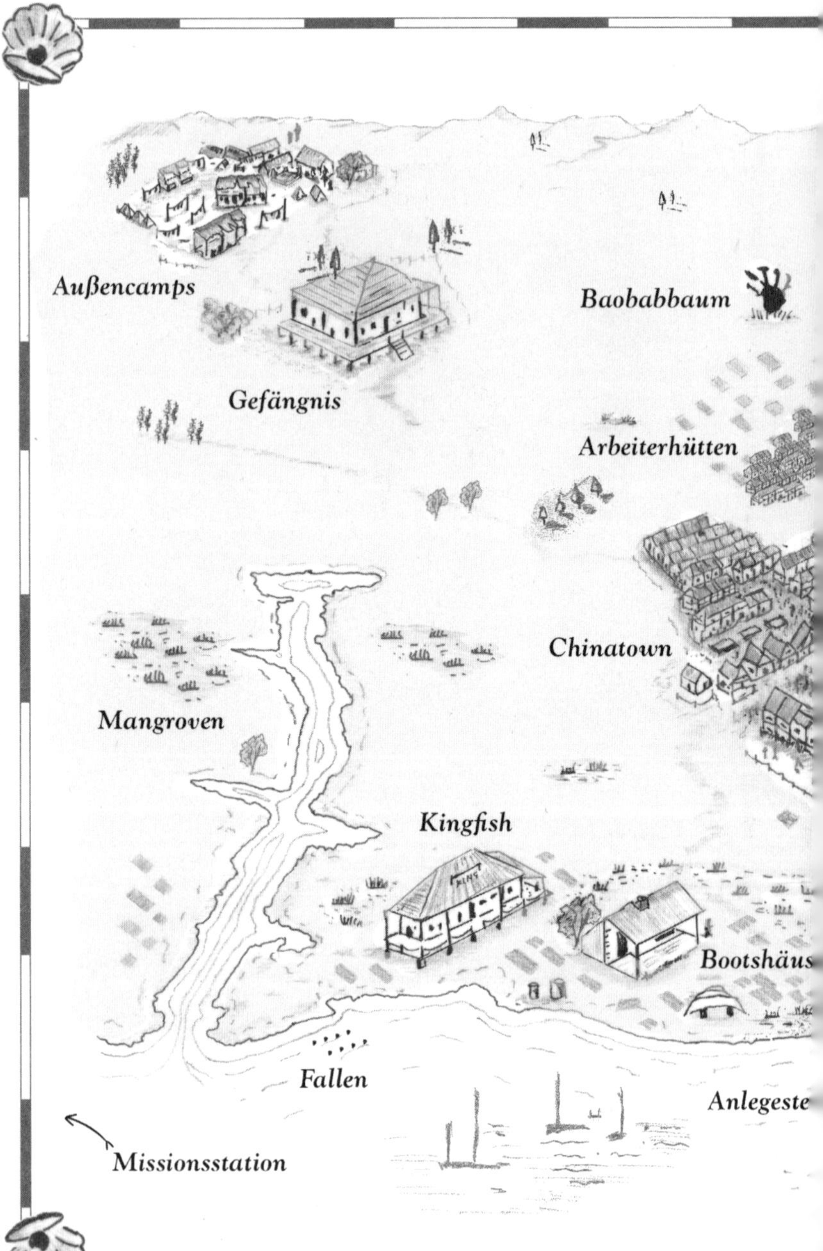

Außencamps
Baobabbaum
Gefängnis
Arbeiterhütten
Chinatown
Mangroven
Kingfish
Bootshäus
Fallen
Anlegeste
Missionsstation

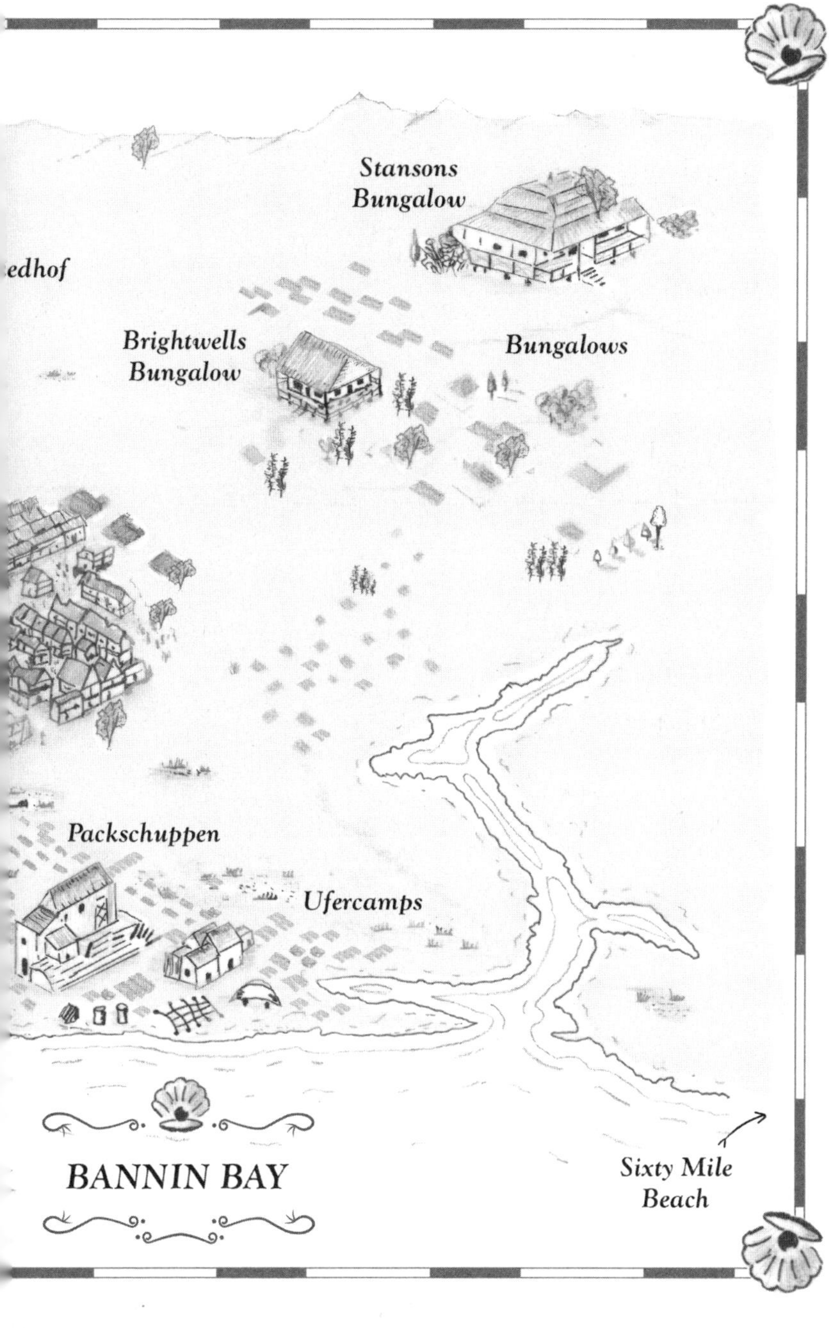
Stansons
Bungalow
edhof
Brightwells
Bungalow
Bungalows
Packschuppen
Ufercamps
BANNIN BAY
Sixty Mile
Beach

Prolog

Bannin Bay, Western Australia, 1886

Nie zuvor hat Eliza ein Land gesehen, das so sehr Blut ähnelte. Wie ein rot schimmernder, von der Sonne ausgedörrter Fleck erstreckt es sich vom Deck des Dampfers aus scheinbar endlos in der Ferne.

Sie hebt eine Hand, um ihre Augen gegen das grelle Licht abzuschirmen, stellt sich auf die Zehenspitzen und späht über die polierte Reling auf das in leuchtendem Grün glitzernde, wogende Meer mit dem rot flirrenden Staub im Hintergrund. Etwas Beunruhigendes liegt in der matten Brise, heiß und vom mineralischen Seegrasgeruch erfüllt.

»Wir haben es geschafft, meine Liebsten, wir haben es geschafft. Wunderbar.« Die Spitzen von Vaters sorgsam eingeöltem Schnauzer heben sich, als er grinst. Er kehrt seiner Familie den Rücken zu und blickt auf die eigentümlich anmutende Landschaft mit den spiegelnden Buchten und schartigen Klippen in der Farbe zertretener Insekten.

Diese Reise wird ihre Rettung sein. Das hatte Vater ihnen bei Hammelbraten mit Soße zu Hause erklärt. Zuerst hatte er sie mit Geschichten von Perlenmuscheln gelockt, von den Schätzen aus schimmernden, champagner-, creme- oder silberfarbenem Perlmutt geschwärmt. Gemeinsam mit seinem Bruder würde er eine Flotte aus Loggern zusammenstellen, um das kostbare Gut aus den Tiefen des Meeres zu bergen und es in rauen Mengen an die Amerikaner und Franzosen zu verkaufen. Die Welt sei regelrecht verrückt nach Perlen aus Bannin Bay, aus deren Perlmutt sich Knöpfe und die prächtigsten Pistolenknäufe fertigen ließen, die man sich nur vorstellen könne.

Mit offenen Mündern hatten sie zugesehen, wie Vater den alten Atlas hervorgezogen, die Seite aufgeschlagen hatte und mit der flachen Hand über eine Gegend namens New Holland gestrichen war. »Hier, seht nur.« Mit dem Finger hatte er die westliche Küstenlinie nachgezogen. »Wenn wir erst einmal dort sind, können wir alles vergessen, was vorgefallen ist.«

Der Strand erstreckt sich in gleißendem Weiß vor Eliza, dahinter zeichnen sich scharf die Dünen mit wogendem Salzbusch ab. Möwen kreisen über einem Anlegesteg, der sich wie ein gewundener Krokodilschwanz in einen Mangrovenhain hineinschlängelt.

Ihr Vater befiehlt ihnen, ihm zu folgen, geht voran, ihren Onkel Willem und ihre Tante Martha im Schlepptau, dann verlassen ihre Mutter und ihr Bruder das Schiff. Thomas, der Eliza mittlerweile um einen ganzen Kopf überragt, sticht in seinen kurzen Hosen und seinem geplätteten Jackett in der Gluthitze hervor. Sie blickt hinter sich und sieht die gebeugten Schultern der Schauerleute, die in schmutzigen Westen und knielangen Moleskinhosen die verbliebenen Habseligkeiten der Brightwells von Bord schaffen.

Eine Hand Halt suchend nach den Röcken ihrer Mutter ausgestreckt, betritt Eliza vorsichtig den Steg, als ihr unvermittelt und so schnell wie ein durch Speck gleitendes Messer die Füße unter dem Boden weggerissen werden und sie mit dem Hinterteil auf den Planken landet. Trotz des widerlichen Gestanks stützt sie sich mit der flachen Hand auf dem schmierigen Holz ab. Überall kleben Fischschuppen und faserige Fleischfetzen, die in der Sonne knochentrocken werden. »Komm, Eliza. Wisch dir die Hände ab.« Eliza blickt auf die breite, tröstliche Hand ihrer Mutter.

Eliza reibt sich die Ellbogen, streicht ihre Röcke glatt und lässt sich von ihrer Mutter wieder auf die Füße ziehen. Die Sonne wirft glitzernde Punkte auf das Meer, die wie winzige Sterne vor Elizas Augen verschwimmen. Sie sieht auf, doch der Himmel ist halb vom Seidenhut ihrer Mutter verdeckt, dessen geradezu absurd breite Krempe zu Hause schon so manchen Mann fast in die Knie gezwungen hat. *Wie fremd sie an diesem merkwürdigen neuen Ort wirkt*, denkt Eliza. *Wie eine Libelle, einst prachtvoll strahlend, sitzt sie nun in einem Eimer voll abgestandenem Schmutzwasser fest.*

Sie setzen ihren Weg über den Steg fort, immer ihrem Vater und Bruder hinterher. Schweiß sammelt sich in Elizas Kniekehlen und Ellbogen. Mit ausdruckslosen Mienen sehen die Arbeiter ihnen zu, drehen wortlos ihre schmutzigen Kalfathämmer und -eisen in den rauen Händen. Ihre Mutter schenkt ihnen keinerlei Beachtung – was jemandem wie ihr, die an Bewunderung gewöhnt ist, nicht weiter schwerfällt –, sondern blickt stattdessen auf den changierenden Ozean jenseits des Ufers.

»Sieh nur, Kind, wie wunderschön.« Lächelnd geht sie vor Eliza in die Hocke, sodass sich ihre Gesichter auf derselben Höhe befinden. Eliza spürt den herannahenden Schwall bereits, bevor er auftrifft, registriert die Bewegung aus dem Augenwinkel, wendet sich jedoch einen Sekundenbruchteil zu spät ab. Mit einem Ächzen spritzt es über sie und ihre Mutter hinweg, übel riechend und mit festen Brocken darin, ehe es ihr mit widerwärtiger Langsamkeit übers Gesicht rinnt. Beide wenden sich einem Mann mit wettergegerbtem Gesicht und ein paar vereinzelten grauen Zahnstümpfen zu, der einen Eimer mit Fischabfällen unter dem Arm hält, die schrundige Hand entschuldigend erhoben.

»Tut mir leid«, presst er hervor, obwohl der Anflug eines Lächelns seine Mundwinkel umspielt. »Aber die Damen sind mir geradewegs in die Bahn gelaufen. Ich bitte vielmals um Verzeihung.« Er tritt zur Seite, um sie vorbeizulassen. »Bitte sehr.«

Mit einem empörten Schnauben zerrt Elizas Mutter ihre Tochter unwirsch hinter sich her. Eliza wischt sich den Unrat aus dem Gesicht, wendet sich noch einmal um und sieht, wie der Mann den Hut abnimmt, einen dicken Klumpen Schleim aus der Kehle hochzieht und ihn mitsamt einem klebrigen Speichelfaden auf den Boden vor sich spuckt. Eliza immer noch fest an der Hand, beschleunigt ihre Mutter entsetzt ihre Schritte, während Eliza auch jetzt noch hinter sich sieht.

Die Worte erreichen sie kaum, ehe die Brise sie schon mit sich fortträgt. Vier Worte, die sie niemals vergessen wird.

»Willkommen in Bannin Bay.«

Kapitel 1

Zehn Jahre später
Bannin Bay, Western Australia, 1896

Sie wird die Kakerlake einfach sterben lassen. Ja, genau das wird sie tun. Zunächst wird das Insekt noch eine Weile hilflos zappelnd in der schwülen Hitze auf dem Rücken liegen, bevor die Bewegungen seiner Beinchen immer langsamer werden und schließlich vollends erstarren.

Draußen streckt die aufgehende Sonne ihre Strahlen wie weiche Finger über das Land. Über der Bucht wird das Kreischen der Seevögel laut, und das sanfte Licht der Morgendämmerung taucht die staubige Landschaft in wattiges Rosa. Elizas Blick fällt auf die Kommode und die Uhr mit den schimmernden vier Monden hinter dem verstaubten facettierten Glas. Ihre Finger tanzen, als sie im Geiste die Zahlen addiert.

Einundsechzig.

So viele Nächte hat sie allein in diesem Bungalow geschlafen. Und mit jeder weiteren wird ihre Einsamkeit anwachsen, wie festbackender Ruß im dunklen Kaminschlot. Wenn sie allein ist, was ziemlich häufig passiert, macht sie die Geräusche des Alltags zu ihren Gefährten: das ungeduldige Knacken des rostenden Eisens, das leise *Klick, Klick, Klick* der Schabenbeinchen auf dem polierten Fußboden aus Eukalyptusholz. Heute jedoch – an diesem Tag, an dem es so schwül ist, dass man die Feuchtigkeit auf der Zunge spüren kann – wird ihr Zuhause wieder mit Leben erfüllt werden.

Sie schlüpft in ihre Stiefel und streicht ihre Röcke glatt, während sie sich ausmalt, wie Bannin Bay allmählich erwacht. Die weit aufgerissenen Fensterläden überall in der Stadt; Ladenbesitzer, die mit gebeugtem Rücken den Bürgersteig vor ihren Geschäften fegen; der Wind, der durch die verschlammten Straßen pfeift und Geschichten vom Tod auf dem Meer heranträgt. Die Leute werden einander grüßen, sich im Vorbeigehen die Höhe der Muschelausbeute zuflüstern und von aufziehenden Stürmen raunen, die wie halb verfaulte Zähne den Himmel verfärben. Im Watt wird der erste Logger im blauschwarzen Schlick auflaufen und zur Seite kippen, ehe schließlich auch die anderen Perlenfischerboote nach Monaten auf See ankommen. Ihr Vater und ihr Bruder werden unter den Heimkehrenden sein und Elizas Einsamkeit ein Ende bereiten.

Sie bändigt ihr Haar mit einer Schleife und wischt sich einen Schmutzfleck vom Hals. Die mit jeder Minute klarer werdende Morgensonne dringt durch das Gitterwerk vor den Fenstern und wirft breite Schattenmuster auf die Möbel. Ein Blick über die Schulter bestätigt, dass das Insekt noch lebt. Zehn Jahre, und sie hat sich immer noch nicht an die Schaben gewöhnt. Sie ist nicht sicher, ob es ihr jemals gelingen wird. Sie baut sich über dem Ungeziefer auf und betrachtet es, den glänzenden Körper, die wie abgeknickte Zweige aussehenden Krabbelbeine. *Dies ist ein Ort, an dem der Tod an jeder Ecke lauert*, denkt sie. Überall in der Stadt stolpert man darüber – aufgeblähte Krokodile in den Fallen neben dem Kingfish Hotel, im Sand knapp unterhalb der Flutlinie eingesunkene Leichen ertrunkener Perlentaucher.

Sie schließt die oberen Knöpfe ihrer Bluse und schlüpft aus dem Haus. Inzwischen sind ihr die unbefestigten Wege so vertraut wie früher die Straßen Londons, nur dass hier orangefarbener Staub statt dichtem Nebel und Gossenschmutz himmelwärts wabert. Rosakakadus sitzen laut keifend zwischen den Blüten, überreife Mangos schimmern wie dickliche Königinnen an den Bäumen.

Nach wenigen Metern bleibt sie unvermittelt stehen und dreht sich zu dem auf grauen Steinstelzen gebauten Bungalow um. Ihre Schultern sacken herab. Schwer seufzend schleppt sie sich die Treppe wieder hinauf und tritt durch die Tür. Ihre Röcke streifen über die mehrere Wochen alte Terpentinpolitur auf dem Holzboden, als sie durch das Haus geht. Sie beugt sich über das Insekt und dreht es mit einem sanften Schnippen des Zeigefingers auf die Beine zurück. Sein winziger Körper scheint unter der Berührung kurz zu erbeben, ehe es suchend die vibrierenden Fühler in die Luft reckt. Als Eliza wieder hinaus in die Hitze tritt, hat es sich längst in Bewegung gesetzt und ist davongeflitzt.

Ein Perlenlogger kann über mehrere Monate auf See bleiben. Bei der Rückkehr ist die Crew von einer dicken weißen Salzkruste überzogen, die sie wie gesalzene Heringe aussehen lässt. In Anbetracht ihrer langen Zeit auf den engen Holzbooten, ganz auf sich gestellt und ständigen Gefahren wie reißenden Fluten oder starker Strömung ausgesetzt, ist es kein Wunder, dass enge Bindungen entstehen, die weder von Ereignissen noch von anderen Menschen gebrochen werden können. Mit Blei beschwerte Stiefel halten die Taucher am Meeresboden, dazu tragen sie dicke Brustplatten und mit dem Helm ein Halsstück aus Kupfer auf den Schultern. In der Zeitung hat Eliza gelesen, dass

Männer, die durch einen Schlag des Baums über die Reling gerissen wurden, vom Gewicht all des Metalls in die Tiefe gezogen wurden und qualvoll ertranken. »Die Helfer an Bord müssen die Taucher langsam nach oben ziehen«, hatte ihr Vater stets betont. »Macht man es zu schnell, können sie schlimmste Verletzungen erleiden, die sie für immer zum Krüppel machen.« Manche Männer waren bereits tot, wenn man sie aus dem Wasser zog, bis zur Unkenntlichkeit verstümmelt, mit brutal in den Brustkasten gepressten Mägen und Gedärmen; andere mit aufgedunsenen Gesichtern, geschwollenen tiefschwarzen Zungen und irren, durch den Wasserdruck aus den Höhlen gedrückten Augen.

Mittlerweile befindet sich die *White Starling* seit fast neun Wochen auf See. Die geborgenen Perlmuscheln lagern im Schiffsrumpf, gemeinsam mit Trockenfisch und Currypulver. Viele Male hat Eliza die Männer bei ihrer Rückkehr gesehen – magere, hohlwangige Burschen mit tief in den Höhlen liegenden Augen, die in teilnahmsloser Erschöpfung von Bord wanken, ihre hervorstehenden Knochen wie Klaviertasten, die nur darauf warten, dass man auf ihnen spielt.

Sie setzt ihren Weg zum Anlegesteg fort, begleitet von mattem Nicken der Stadtbewohner, deren flache Bungalows, geschützt von schwankenden Palmen und Eukalyptusbäumen, allesamt in hellem Beige oder kränklich-fahlem Grün gestrichen sind, was sie jedoch kaum vor dem rötlichen Staub bewahrt, der sich überall breitmacht.

»Du bist auf dem Weg, um sie in Empfang zu nehmen, ja?« Mrs. Riesly späht unter einem kühlenden Tuch hervor. Eliza hat Mühe, sie über den Radau der Kakadus auf dem Dach hinweg zu verstehen. »Heute kommen sie wieder, stimmt's?« Die alte Witwe stemmt ihren fülligen Leib vom Verandastuhl. Eliza nickt mit einem dünnen Lächeln und geht weiter, Mrs. Rieslys neugierige Blicke im Rücken.

In den Büschen und Sträuchern summen die Insekten, als Eliza den Weg entlangeilt, zunächst noch über rötlichen Staub, der schließlich in blassgoldenen Sand übergeht. In der Ferne erblickt sie die sturmgebeutelten Baracken unter den stämmigen Eukalyptusbäumen. Selbst jetzt noch verschlägt ihr der Kontrast den Atem. Bungalows inmitten weitläufiger Grundstücke voll üppiger Vegetation, dahinter der Ozean in der Farbe von geschmolzenem Eisen, dessen Wellen sich in der brütenden Hitze kräuseln.

»Die Bürste hat heute wohl nicht den Weg durch dein Haar gefunden, was?«, ruft Min ihr aus einer nahe gelegenen Hütte zu. Offenbar ist sie bei der Arbeit. Lächelnd geht Eliza zu ihr. »Heute ist der große Tag, stimmt's?«, fragt ihre Freundin. Mins Haar ist zu einem ordentlichen Knoten im Nacken frisiert und mit perlmuttbesetzten Nadeln festgesteckt, die wie eine Schneckenspur in der Sonne glitzern. Eliza weicht zurück, als ein gedämpftes Husten aus den Tiefen der Hütte dringt.

»Ich will es hoffen.« Sie nickt knapp. Beim Gedanken daran, ihren Vater schon bald wiederzusehen, zieht sich ihr Herz zusammen. »Diesmal war es besonders lange. Aber es geht mir gut. Wirklich. Es geht mir gut«, erklärt sie, wie üblich bemüht, ihre Stimme sachlich klingen zu lassen. Ein winziges Diamanttäubchen landet auf einem Ast über der Hütte. Die beiden jungen Frauen sehen zu, wie es seine Schwanzfedern putzt, ehe es innehält und sie aus seinen von einem orangefarbenen Ring umgebenen Knopfaugen ansieht.

»Nun ja, ich nehme an, es ist jedes Mal schwer«, bemerkt Min schließlich. »Vor allem, wenn man drauf wartet.« Geistesabwesend kaut sie auf ihrer Unterlippe. Ihre Züge sind scharf, beinahe wie gemeißelt.

»Du stellst meine Geduld auf eine harte Probe, Mädchen«, ertönt eine missgelaunte Stimme aus dem Inneren der Hütte. Eliza zuckt zusammen, findet jedoch sofort ihre Beherrschung wieder, nur ihre Gesichtszüge bekommt sie nicht rechtzeitig unter Kontrolle.

»Ach, Missy, muss ich dich daran erinnern, dass nicht jeder einen Vater mit einer eigenen Flotte hat?« Min streicht sich eine lose Haarsträhne hinters Ohr. Eliza verspürt einen Anflug von Gewissensbissen. In dem Moment bemerkt sie den Schmuck an Mins kleinen Ohrläppchen – vielleicht das Geschenk eines Verehrers. Aber vermutlich eher dessen Entschuldigung.

Dabei war es nicht immer so. Als sie noch klein waren, zusammengeschweißt durch ein Leben in dieser Stadt im scheinbar hintersten Winkel des Erdballs, hatten sie ausgelassen über Abenteuer auf dem Meer fantasiert, hatten einander heimlich ihre Träume anvertraut, ferne Länder zu entdecken. Min sprach unverblümt von wilden Romanzen, in die sie sich stürzen wollte, von dem tapferen Seemann, den sie eines Tages heiraten würde, und ihren gemeinsamen Kindern, die prächtig wachsen und gedeihen würden. Sie war ganz vernarrt in die Babys der Damen der Gesellschaft, gurrte und säuselte mit den Winzlingen, nur um von den Müttern wie eine lästige Schmeißfliege verscheucht zu werden, wenn sie für deren Geschmack zu nahe herankam. Mit den Jahren offenbarte sich Mins Schönheit immer mehr, wohingegen Eliza eher unscheinbar und reizlos wurde. »Du wirst es in der Stadt nie zu etwas bringen, wenn du keinerlei Interesse an Männern zeigst«, hatte Min sie oft geneckt.

»Ich habe durchaus Interesse an Männern«, hatte Eliza dann kühl entgegnet, »nur eben nicht an einem künftigen Ehemann.«

»Interesse an der Bibliothek eines Mannes gilt nicht als Interesse an Männern«, hatte Min dann tadelnd gekontert.

»Oi!« Wieder dringt die verärgerte Stimme aus den Tiefen der Hütte. »Ich bezahle dich nicht fürs Schwätzen.«

Mit einem Blick über die Schulter löst Min ihre Stola.

»Ich sollte dann mal lieber.« Sie drückt Eliza einen flüchtigen Kuss auf die Wange und verschwindet im Halbdunkel der Behausung.

An dem in der sengenden Sonne daliegenden Anlegesteg herrscht rege Betriebsamkeit. Wie Ameisen, die emsig Blätter zu ihrer Königin tragen, eilen die mit Körben beladenen Männer zwischen den Perlenbooten und dem Ufer hin und her, wobei ihre lauten Stimmen in der warmen Brise heranwehen. Und über allem hängt ein penetranter Gestank nach altem Schweiß, weichem Uferschlamm und verrottetem Austernfleisch, ein Geruch nach dem Leben und dem Tod gleichermaßen, denkt Eliza mit einem tiefen Atemzug.

Einige der Boote haben bereits festgemacht, und schon bald wird man sie in die Ufergräben ziehen, damit sie vor heftigen Böen geschützt sind. Im Schlamm kippen die Logger zur Seite, sodass bei Einsetzen der Flut das Wasser über die Rippen aus Kajeputholz hinwegwäscht und Ratten und Kakerlaken orientierungslos auf den Strand gespült werden.

Sie blickt auf das zurückweichende Wasser, doch weit und breit ist nichts vom Schiff ihres Vaters zu sehen. Die Intensität der Gezeiten in Bannin Bay überrascht sie immer wieder – wie schnell die Flut einsetzt und das Wasser durch die Mangroven drückt, nur um sich, scheinbar innerhalb eines Wimpernschlags, wieder zurückzuziehen. Die Perlentaucher und ihre Crews haben sowohl ihr Leben als auch ihr Sterben voll und ganz auf die Anziehungskraft des Mondes ausgerichtet, auf Spring- und Nipptiden, auf die endlose Schleife aus einlaufenden und hinausfahrenden Booten.

Die Hitze ist die reinste Tortur. Eliza zieht ihren Kragen vom Hals weg und rollt die Ärmel bis zu den Ellbogen auf. Ihre einst bleichen Unterarme haben inzwischen eine sanfte Bräune angenommen, die den früheren Freundinnen ihrer Mutter gewiss gar nicht gefallen würde. Nach all den Jahren in Bannin Bay weiß Eliza, dass man gefälligst eines von beiden sein sollte: eine Dame der Gesellschaft, die weiße Handschuhe trägt, oder ein gewöhnliches Flittchen. Sie ist weder das eine noch das andere, und ihre Weigerung, sich der Sittsamkeit der ersten Gruppe zu unterwerfen, hat schon so manche der Frauen hier erzürnt. Wenn sie ihnen, diesen sorgsam zurechtgemachten Geschöpfen, auf der Straße begegnet, sehen sie aus wie etwas, das man auf einer Torte erwarten würde, der duftige Taft, aus dem ihre Tageskleider gefertigt sind, oder die Schleier der Hüte. Dazu tragen sie Handschuhe sowie hübsche Perlmuttbroschen an der Brust. Im Vorbeigehen würdigen sie Eliza keines Blickes.

Sie setzt sich auf eine lose Planke, schiebt sich die Röcke unter die Beine und presst die Finger auf ihre verbrannte Kopfhaut, sodass der Schmerz ihr Blut für einen kurzen Moment in Wallung bringt. Pelikane stolzieren umher, ein einzelner Fischadler dreht seine Runde über die Dünen. Sie streicht sich das Haar aus der Stirn und blickt auf den Ozean hinaus. Allmählich erscheinen erste Segel am Horizont, leuchtend weiß wie polierte Knochen im Dunst.

»Wahrscheinlich sind sie alle abgesoffen«, krächzt eine verschleimte Stimme hinter ihr, gefolgt von einem keuchend-pfeifenden Gackern. Eliza dreht sich halb um, bis ihr Gesicht sich auf Augenhöhe mit einem stämmigen Holzbein befindet – so dicht, dass sie die Nagespuren der gefräßigen Holzwürmer darin erkennen kann. »Charles war ja noch nie ein guter Seemann.« Ihr Onkel, dessen einst weißer Anzug braun vom Staub ist, verzieht das Gesicht mit den hohlen Wangen und der höchst unkleidsamen wächsernen Gesichtsfarbe zu einem boshaften Feixen, ehe er einen zittrigen Zug an seiner stumpfstieligen Tabakspfeife nimmt. Die Haut an seinen Händen ist von Sandfliegenbissen übersät.

»Willem.« Sie bemüht sich, seinen säuerlichen Schnapsatem zu ignorieren, als sie sich erhebt. »Ich wollte nur das Empfangskomitee bilden. Bist du wohlauf?« Sie hofft, dass ihre aufgesetzte Freundlichkeit halbwegs überzeugend klingt. Bestimmt ist es kein Zufall, dass ihr Onkel ausgerechnet in diesem Moment auftaucht, denn er drückt sich häufig an der Anlegestelle herum, wenn die Schoner die bevorstehende Rückkehr der Perlenfischerflotten ankündigen. Er giert förmlich nach den Perlmuscheln, die er selbst nie wieder erbeuten wird, und kann kaum den Blick von den eleganten Tropenhelmen der Perlenbarone wenden, fährt sich beim Anblick ihrer glänzend polierten weißen Schuhe vor Aufregung mit der Zunge über die Lippen.

»Sag deinem Vater, er soll mich sofort nach seiner Ankunft aufsuchen«, ordnet Willem an. »Wir haben wichtige Angelegenheiten zu besprechen.« Eliza sieht ihm nicht hinterher, als er davonhinkt.

Der Nachmittag zieht sich unter der sengenden, wie ein poliertes Pennystück am Himmel strahlenden Sonne. Eliza vertreibt sich die Zeit, indem sie sich ausmalt, wie der tief im Wasser liegende Logger ihres Vaters unter vollen Segeln durch die kreidig türkisfarbenen Gewässer gleitet, wie Shuzo Saionji, der oberste Taucher, im trüben Licht des beginnenden Tages langsam ins Wasser gleitet. Sie schmeckt förmlich das Fleisch der Muscheln, die an sämtlichen Masten zum Trocknen hängen, hat den scharf-süßlichen Schweißgeruch der Mannschaft in der Nase – barfüßige Helfer, Muschelöffner und Köche, die schlaffe Angelschnüre über das Schandeck hängen. Schließlich hat sie das vertraute Gesicht von Balarri vor Augen, die tief in seine sonnengegerbte Haut gegrabenen Furchen des Alters.

Ihre Ohren klingeln leise in der Hitze, während sich immer mehr Logger dem Anleger nähern. Mit sich bringen sie das mulmige Gefühl, das sich in langsamer, ätzender Beständigkeit durch ihren Körper frisst. Sie sieht zu, wie völlig entkräftete Männer von Bord taumeln, ausgehungert nach Rum und ein bisschen Tröstlichkeit nach all den Wochen zwischen Segeltuch und Schiffsplanken. Zwei mickrige Kapuzineräffchen, beide in Brokatwesten und Fez-Hütchen auf dem Kopf, klettern von den Masten eines der Boote und flitzen über den Steg. Eliza blinzelt kaum. Verwegene Perlentaucher marschieren an ihr vorbei. Sie wirken wie die Soldaten, die sie in den Geschichtsbüchern ihres Vaters gesehen hat, strammen Schrittes mit hochgezogenen Knien marschierend, dazu die rauchenden Gewehre und flatternden Fahnen. Sie kennt die Landuniform der Perlentaucher so gut, dass sie sie auswendig zeichnen könnte – die Filzhüte, die weißen Hemden, weiten Seidenhosen und seidenen Halstücher.

Mittlerweile wandert die Sonne weiter auf die Rückseite der Dünen und taucht die Spitzen des vertrockneten Süßkopfgrases in warmes Licht. Immer noch kein Anzeichen der *Starling* – die Erkenntnis bohrt sich tief in Elizas Eingeweide, quetscht sie zusammen. Sie versucht, das Gefühl zu ignorieren. Sie kennt dieses Spielchen, die ewige Warterei. Bald wird der Logger eintreffen, und dann ist alles gut. So ist es immer. Sie schluckt gegen den sauren Geschmack in ihrem Mund an und lässt den Blick über die arbeitenden Männer schweifen, wohl wissend, dass keiner sich für ihr wenig auffälliges Äußeres interessieren wird: die grauen Augen, ihren jungenhaften Körper, ihre nach einer Begegnung mit der Faust ihres Bruders leicht schiefe Nase. Daher hat sie keine Scheu, die Männer zu beobachten, sich von der Vertrautheit ihres Anblicks beruhigen zu lassen. Doch noch während ihr Blick über die breiten Schultern und verschwitzten Nacken wandert, verspürt sie ein Kribbeln, zuerst in der Brust, dann bis hinauf hinter ihre Ohren. Suchend späht sie den Horizont entlang, als ihr unvermittelt bewusst wird, dass jemand sie beobachtet. Ein Mann, der sich den breitkrempigen Hut aus dem Gesicht geschoben hat, mit schmalem Gesicht und kantigem Kinn, lächelt ziemlich seltsam herüber – das Gefühl, das sein Lächeln in ihr auslöst, ist nicht gänzlich angenehm. Demonstrativ kehrt sie ihm den Rücken zu.

Weitere Stunden vergehen, und die Furcht verdickt sich zu einem unangenehmen Knoten in ihrem Innern. Die anderen Logger sind alle längst vertäut und gelöscht. Allmählich dämmert es, und nur eine Handvoll Arbeiter ist noch zugange. Gerade als sie aufgeben und sich ganz allein auf den beklemmenden Heimweg machen will, erscheint ein stecknadelkopfgroßes Licht am Horizont. Sie springt auf und legt den Kopf schief. Wenn sie sich anstrengt, kann sie mit Mühe die winzige Silhouette eines Loggers ausmachen. Ihre Kehle wird eng. Sie kneift die Augen zusammen, und jetzt erkennt sie auch die Schiffsfarbe. Die *Starling* war immer schon strahlend weiß gewesen, eine Art Gespensterschiff im endlosen blaugrünen Meer.

Langsam gleitet sie näher, und obwohl sie die Männer an Deck herumwerken sieht, spürt Eliza, dass etwas nicht stimmt. Beklommen lässt sie den Blick über den Logger schweifen. Da: Die Fahne ist nicht dort, wo sie sein sollte, sondern hängt schlaff und verloren auf halbmast. Eliza schluckt. Das Blut rauscht in ihren Ohren. Sie kennt diesen Anblick.

Die Deckhelfer springen von Bord, um das Schiff zu vertäuen. Elizas Zehen spannen sich an, als sie darauf wartet, dass ihr Bruder und ihr Vater von Bord gehen. Zuerst erscheint Shuzo, der oberste Taucher. Seine Augen sind beängstigend weit aufgerissen, sein Kiefer ist angespannt. Sie ruft ihn, doch er meidet ihren Blick.

»Es tut mir so leid, Eliza.« Seine Stimme ist kaum mehr als ein leises Tröpfeln, die Medaillen, die die Taucher nach der Saison für ihre Erfolge angesteckt bekommen, schimmern im Schein der untergehenden Sonne an seiner Brust. Er schlüpft an ihr vorbei. Innerhalb von Sekunden hat ihn die Stadt verschluckt. Sie eilt zum Steg, als ihr Bruder in Sicht kommt. Sein Hemd ist schmutzig, seine Hose salzverkrustet und knittrig. Sie fragt sich, weshalb er nicht wie Shuzo seine weiße Landganguniform trägt. Ihr Bruder, stets schlank und drahtig wie ein Hütehund, ist dünner, als sie ihn je gesehen hat, und er hat sich den Hut so tief über die Augen gezogen, dass sein unrasiertes Gesicht vollständig im Schatten der Krempe liegt. Eine tiefe Düsternis breitet sich in Eliza aus, von den Füßen hinauf bis zur Kehle. Sie ruft seinen Namen, bis sich ihre Blicke begegnen. Der Ausdruck auf seinem Gesicht höhlt sie aus wie eine Kalebasse, fast glaubt sie, das Vibrieren ihrer Nerven in ihrem Innern zu spüren, und die Welt scheint für einen kurzen Moment stillzustehen.

»Wo ist er?« Sie weiß nicht einmal, wie ihre Lippen die Worte formen.

Er blinzelt. Einmal. Graue Augen so hart wie Stein. »Fort.«

Kapitel 2

1886

»Sie werden sich hier gewiss sehr wohlfühlen.« Die Worte aus dem Mund des Mannes klangen klebrig-süß und gedehnt. Eliza konnte den Blick nicht von seinen weißen Lederschuhen lösen, die so gründlich poliert worden waren, dass das Leder ganz dünn war und sich die Umrisse seiner Zehen darunter abzeichneten.

Der Dampfer war nur noch eine Rauchwolke am Horizont. Die heiße Luft, die sich von innen an ihre Kehle zu legen schien, machte Eliza gewaltig zu schaffen. Sie dachte an den Qualm aus den heimatlichen Fabrikschloten und spürte, wie sich ihr Brustkasten zusammenzog. Wie sehr sie sich nach der vertrauten grauen Tristheit der Heimat sehnte.

»Nun, ich möchte Sie ja nicht unnötig in Sorge versetzen, aber es kommt gelegentlich zu Unstimmigkeiten zwischen den Leuten hier. Seien Sie also gewarnt.« Septimus Stanson klopfte sich den Staub von der Hose und zog einen Seidenfächer heraus, mit dem er sich vor dem Gesicht herumwedelte. »Wir sind in diesem Landstrich ein ziemlich zusammengewürfelter

Haufen, eine außergewöhnliche Mixtur aus Europäern, Malaien, Männern aus Manila und Kupang und natürlich zahllosen Japanern.« Tröpfchen glitzerten in den Falten seines Halses und vibrierten gefährlich bei jeder Bewegung des albernen Fächers. »Natürlich sind wir Europäer gewaltig in der Unterzahl – auf einen von uns kommen während der Liegezeit außerhalb der Saison schätzungsweise hundert von denen –, aber immerhin haben wir in der Kolonie noch das Sagen, und die Pearler's Association nimmt britische Neuankömmlinge sehr gerne unter ihre Fittiche.« Eliza hatte zu dem dürren Mann und seiner Frau hochgesehen, die so viel jünger aussah als er und von ungewöhnlicher Schönheit in ihrem hellgelben Kleid war.

»Als Präsident besagter Perlenfischervereinigung habe ich das große Vergnügen, alle neuen Mitglieder willkommen zu heißen.« Stanson blickte Elizas Vater und Willem an. »Ich hoffe, die Herren beehren mich heute Abend zu einem Gläschen Squareface und einer schönen Zigarre. Und was Sie betrifft …«, Eliza hatte gespürt, wie ihre Mutter zusammengezuckt war, »… nun, ich werde dafür sorgen, dass Iris Sie dem hiesigen Ladies' Circle vorstellt. Das ist die beste Methode, die anderen Ehefrauen in der Bucht kennenzulernen.« Eliza vermochte die Miene ihrer Mutter nicht zu deuten, als diese sich an diesem wenig einladenden Ort umsah. Wollten sie allen Ernstes hier den Grundstein für ihr Vermögen legen? Eliza hatte ihren Vater angesehen, der sich jedoch nicht überwinden konnte, ihrem Blick zu begegnen.

Am schlimmsten war die Hitze, das Gefühl, dieser gnadenlosen Sonne hilflos ausgeliefert zu sein. In jenen ersten Wochen schien Eliza regelrecht im Schweiß zu schwimmen. Jeden Morgen beim Aufwachen war ihr Nachthemd klitschnass, und wenn sie es wusch, klebten orangerote Hautschüppchen in den Fasern. Dann begann alles zu gammeln. Überall blühte der Schimmel in adergeflechtartigen Gebilden, und in sämtlichen dunklen Ecken und Spalten moderte es. Als Nächstes hielten Motten und Silberfischchen Einzug. Innerhalb kurzer Zeit war alles ruiniert, was sie noch an zu Hause erinnerte. Im Freien stachen sie aggressive Bremsen durch den Stoff ihrer Bluse und bescherten ihr Beulen so groß wie Hühnereier. In den Büschen und Sträuchern gifteten sich allerlei Vögel an, und fiese Zecken ließen sich von Grashalmen auf einen fallen, um einem die Köpfe in die Haut zu bohren und sich mit Blut vollzusaugen, bis Thomas ihr zeigte, wie sie die Biester, eins um das andere, abfackeln musste, damit sie von ihr abließen.

Etwas wie Bannin Bay hatte sie noch nie gesehen, vielmehr hatte sie sich den Rest der Welt stets ähnlich wie London vorgestellt. Hier jedoch wirkte alles so ungeniert grell – die Steine, das Wasser, die Luft, alles. Wussten die Bäume denn nicht, dass man auch sanft, grün und weich sein konnte? Offensichtlich nicht, denn sie präsentierten sich als formlose, schorfige Rindengewächse, die wie zerknibbelte Pflaster aussahen. Und auch auf den Regen war sie nicht gefasst gewesen – auf die rohe Gewalt, mit der er gegen die Hauswände prasselte, begleitet von so heftigem Donner, dass einem die Zähne klapperten. In der Küche wimmelte es von fremdartigen Lebewesen: freche Geckos mit starren Glubschaugen, dunkelbraune Panzerhüllen vertrockneter Kakerlaken. In ihrem Schlafzimmer woben Spinnen ihre raffinierten Netze, in denen Eliza morgens Grillen entdeckte, die sich während der Nacht in den hauchzarten Fäden verfangen hatten.

Eines Tages lernte sie unten am Strand ein Mädchen namens Laura-Min kennen. Sie sieht wie ein Spatz aus, der im Abfall herumpickt, hatte Eliza bei sich gedacht.

»Hallo, Vögelchen«, hatte sie leise gerufen, woraufhin das Mädchen aufgesehen und gegrinst hatte.

Min war die Tochter einer schottischen Krankenschwester und eines chinesischen Geschäftsmannes, der für eine Weile auf einem der australischen Goldfelder gearbeitet hatte. Nach dem Tod seiner Frau war Xie Hong Yen mit seiner kleinen Tochter auf dem Arm nach Bannin gekommen. In jeder Stadt, durch die sie unterwegs gekommen waren, hatte er gesagt: »Nein, die hier ist nicht gut genug. Die nächste wird besser sein.« Und so hatte es sie hierher verschlagen, gewissermaßen ans Ende der Welt. Er hatte Arbeit als Übersetzer für die Perlenfischervereinigung gefunden, doch mit seinem Tod sechs Jahre später hatte Min auf einen Schlag ihre sichere Existenz verloren. Als Tochter eines Goldgräbers war Min klug, stolz und unerschrocken, doch ihre gemischtrassige Herkunft zwang sie zu einem Leben in den Arbeiterhütten am Rand der Stadt.

In jenen Anfangstagen der Perlenfischerei präsentierte Bannin sich als stolze, aufstrebende Gemeinde, die eine geradezu magische Anziehungskraft auf Menschen unterschiedlicher Herkunft ausübte – Briten, Deutsche, Amerikaner und Holländer; Siedler aus den Grenzgebieten, Kolonisten und in die Verbannung gesandte Sträflinge, allesamt angezogen wie Maden von einem vergammelnden Stück Fleisch. Viele waren gekommen, um ihr Glück in der Perlmuschelfischerei zu suchen. Andere wiederum hatte es mehr zufällig auf dem Weg nach Sydney oder zu der Swan-River-Kolonie hierher verschlagen. Wieder andere hatten zuvor auf Viehfarmen oder Opalfeldern gearbeitet, in Teilen des Kontinents so weitläufig wie ein Meer, nur dass sie auf keiner englischen Karte verzeichnet waren. Wie viele von ihnen waren schlicht und ergreifend gezwungen gewesen, ihre Heimat zu verlassen, so wie wir?, hatte Eliza sich stets gefragt.

Unten am Ufer bauten die Männer behelfsmäßige Behausungen aus Blech und Sackleinen, windschief und fliegenverseucht, errichtet von sehnigen, salzverkrusteten Händen. Innerhalb kurzer Zeit hatten ihr Vater und ihr Onkel eine kleine Flotte aus Schiffen zusammengestellt, mit denen sie nach Perlenbänken und Wasserbecken auf abgelegenen Inseln suchten. Es war merkwürdig und manchmal auch beängstigend, doch am meisten erstaunte Eliza in jenen frühen Jahren, welche Besessenheit die Männer an den Tag legten und was sie für eine kostbare Perle zu riskieren bereit waren. Eine Perle besitzt einen ganz eigenen Schimmer, wie ein Feuer oder der Schein einer Lampe, das hatte sie schon sehr früh gelernt. Sie ist eine Art Sirenengesang in Gestalt eines Steines, der Männer Dinge tun lässt, die sie sich nicht einmal in ihren kühnsten Träumen vorgestellt hätten.

Wann immer die Schiffe zurückkehrten, bombardierte Eliza die Mannschaft mit Fragen.

»Woher bekommt ein Rotwangenpapagei seine roten Wangen?«

»Wenn man eine portugiesische Galeere mit einem Stock anstupst, tut ihr das dann weh?«

Willem quittierte ihre Fragen nur mit einem abfälligen Schnauben, ihr Vater jedoch beantwortete sie in allen Einzelheiten, manchmal zeichnete er sogar Diagramme für sie in den Sand. Oder er gab ihr Aufgaben – Rätsel, die sie während seiner Abwesenheit lösen sollte. Beispielsweise legte er ihr einen Schlüssel unters Kopfkissen, mit einer Anweisung, eine Truhe mit einem Schatz darin zu finden. Oder er stellte ihr eine Frage – *Wo schlafen Libellen?* –, und sie brachte ganze Tage damit zu, die Tiere aufzustöbern, den Kopf in die Geraniensträucher zu stecken, um festzustellen, dass sie sich dort wie alte vertrocknete Blätter an die Zweige klammerten. Sie konnte sich nur zu gut erinnern, wie sie eines Tages beim Aufwachen eine handgezeichnete Karte am Fußende ihres Bettes vorgefunden hatte. Eine ganze Woche lang hatte sie die Anweisungen befolgt, hatte den Garten in exakten Schrittlängen durchmessen und in der Küche unter den Augen ihrer Mutter nach Gewürzen gesucht. Am Ende hatte sie alle Hinweise zusammengesetzt und es gefunden: ein winziges Amulett in der Gestalt einer Meerjungfrau, das ihr Vater in der Geheimschublade seines Sekretärs für sie versteckt hatte. Sie hatte es zwischen den Fingern gerieben und in den Mund gesteckt. Am liebsten hätte sie es hinuntergeschluckt, um ihre Liebe zu dem Schmuckstück für immer in sich zu tragen, und mit ihr die Erinnerung an ihren Vater.

Dann wiederum hatte sie ihm geholfen, Muster und Proben für seine Dokumentationen zu sammeln. Er war fasziniert von der Flora und Fauna ihrer neuen Heimat, und sie scheute keinen Weg und keine Mühe, um Dinge zu finden, die er noch nicht katalogisiert hatte: Sie schlüpfte in die Spalten der roten Klippen, um frische, gesprenkelte Eier herauszuklauben, marschierte zu verborgenen Buchten in der Hoffnung, schiffsgroße, vom Sturm ans Ufer gespülte Tintenfische zu finden. Vielleicht würde sie ja eines Tages selbst eine seltene Entdeckung machen und Ruhm dafür ernten, wie er sonst nur Männern zuteilwurde. Sie hatte den Überblick verloren, wie viele ihrer Schatzsuchen mit blauen Flecken oder blutigen Kratzern geendet hatten, doch diese Narben waren lediglich das sichtbare Zeichen dafür, was sie für ihren Vater zu tun bereit war.

Kapitel 3

1896

Nein, da war kein Blut. Wir haben das ganze Boot abgesucht.« Thomas' Blick ist auf den Boden geheftet.

Die Kleidung der Männer ist von den Eingeweiden der Austern verkrustet, ihre Haut von der sengenden Sonne ausgetrocknet und ledrig, als sie von Bord gehen und sich auf den Weg in die Stadt machen.

Eliza fühlt sich, als sei ihr Herz von ihrer Brust nach oben in die Kehle gerutscht.

»Wie konntest du nicht mitbekommen, was passiert ist? Seit wann wird er vermisst?« Sie zerrt ihren Bruder am Arm, doch er schüttelt sie ab und schnippt mit einer unwirschen Geste seine Hutkrempe hoch.

»Keiner hat gesehen, was passiert ist, Eliza«, zischt er. »Genau darum geht's ja. Er ist gestern einfach … verschwunden.« Eine Möwe fliegt heran und beginnt, direkt vor ihnen an einem toten Fisch zu picken. Thomas verpasst ihr einen Tritt, während er mit gesenktem Kopf weitergeht.

»Und hast du die Mannschaft befragt?« Sie folgt ihm. Ihre

Stimme ist schrill. »Jemand *muss* doch etwas gesehen haben. Er kann unmöglich aus heiterem Himmel verschwunden sein. Du glaubst doch nicht, dass es einer von ihnen …«

Er stöhnt auf. »Natürlich habe ich mit ihnen geredet, Eliza. Für wie unfähig hältst du mich eigentlich? Ich habe sie alle nacheinander befragt, habe das gesamte Deck abgesucht und sogar ein verdammtes Beiboot zu Wasser gelassen. Wir haben stundenlang nach ihm gesucht und sind sogar noch um die nächstgelegene Insel herumgefahren, bevor wir auf direktem Weg nach Bannin zurückgesegelt sind. Das ist jetzt Sache der Polizei.«

Es ist, als könne ihre Lunge sich nicht mehr mit ausreichend Luft füllen. Sie fühlt sich wie im freien Fall. »W-wir müssen noch mal mit ihnen reden«, stammelt sie. »Aber so etwas würden sie doch nicht tun. Etwas anderes muss passiert sein. Thomas. Vielleicht haben sie ja *irgendetwas* gesehen.« Hektisch sieht sie sich um. »Wo ist Balarri?«

»Vater hat ihn früher mit dem Schoner zurückgeschickt. Er ist nicht da.« Thomas beschleunigt seine Schritte.

»Dann eben die anderen. Holen wir sie her, alle miteinander.« Der Drang, etwas zu unternehmen, ist beinahe so übermächtig wie die Hitze. Ihre Zunge fühlt sich unangenehm dick und klebrig im Mund an. »Thomas!«

Inzwischen stehen sie vor dem Kingfish, wo sich die Männer auf die bevorstehende Zeit an Land einstimmen. Die Luft ist erfüllt von Stimmengewirr, überall liegen zerborstene Gläser im Staub, Matrosen lümmeln mit glasig trüben Augen auf der Veranda herum. Bestimmt sind die Seemänner schon drinnen und versuchen, ihre Nerven zu beruhigen, indem sie möglichst häufig den Boden ihrer Blechtassen zu sehen bekommen. Sie könnten ohne Weiteres hineingehen und noch einmal mit ihnen reden, sie neuerlich fragen, was sie gesehen haben.

»Aber ich habe sie schon befragt.« Thomas sieht noch nicht einmal zum Hotel hin. »Es wäre reine Zeitverschwendung und noch dazu respektlos nach allem, was sie durchgemacht haben. Viel klüger ist es, die Perlen für den Verkauf vorzubereiten. Ich muss gleich morgen bei Tagesanbruch mit der *Starling* weiter nach Cossack.« Er blickt zu den tief hängenden Wolken hinauf. »Oder sogar noch früher, wenn ich dem Unwetter entgehen will.«

Seine Worte lassen sie zurückprallen, als hätte er ihr einen Schlag vor die Brust verpasst. »Aber du bist doch gerade erst zurückgekommen. Du kannst nicht wieder weg, solange Vater …«

Seine Augen blitzen auf. »Wenn ich nicht gehe, haben wir bald überhaupt keine Flotte mehr, und wir – du und ich – stehen endgültig mit leeren Händen da.« Er senkt die Stimme. »Wir müssen unsere Schulden begleichen. Ich muss fahren. Hier kann ich niemandem mehr trauen.«

»Was meinst du mit *Schulden?*« Eine Art gedämpftes Klingeln macht sich in ihren Ohren bemerkbar.

»Ich muss mit den Käufern reden, damit sie uns weiterhin gewogen bleiben«, antwortet Thomas. »Wenn sie uns wegbrechen, bricht *alles* weg.« Seine aufgebrachte Stimme zieht träge Blicke der betrunkenen Seeleute auf sich. »Wenn wir die Flotte nicht erhalten, werden sich die anderen Perlenunternehmer wie die Geier auf uns stürzen. So was wie Erbarmen gibt es in diesem Metier nicht. Außerdem weißt du ja selbst, wie schnell sich hier alles herumspricht.« Er schlägt die Fliegen weg und beugt sich näher zu ihr heran. »Vielleicht ist jemandem in Cossack etwas über die Mannschaft zu Ohren gekommen.« Er sieht sich prüfend um, ob ihnen jemand zuhört. »Viele von ihnen quartieren sich dort über die Regenzeit ein. Vielleicht hatten sie ja irgendetwas … geplant. Es gibt mehrere Camps unterwegs, wo ich mich umhören will. Das ist das Klügste, was ich gerade tun kann.«

»Aber du kannst jetzt nicht weg. Mach dich nicht lächerlich, Thomas. Bitte.« Panik droht in ihrer Kehle aufzusteigen.

»Reiß dich zusammen, Eliza!«, schnauzt er sie an. »Es ist genau das, was Vater von mir erwarten würde, und es ist das Beste, was ich in dieser Situation tun kann, das weißt du selbst.« Trotz aller Schärfe registriert sie, dass seine Stimme ein wenig schrill klingt. Auch er kämpft offensichtlich gegen die lähmende Angst an. »Es gibt sehr viel fähigere Leute in Bannin, die herausfinden können, was vorgefallen ist. Ich habe schon jemanden nach Parker geschickt. In der Zwischenzeit ist es meine Aufgabe, die Flotte zu retten. Ich werde nicht zulassen, dass meine Familie noch mehr verliert.« Er richtet den Blick auf sie. »Komm jetzt mit nach Hause, damit wir meine Vorräte packen. Du kannst morgen noch mal mit der Crew reden, falls du das immer noch willst. Nach einer Mütze voll Schlaf erinnern sie sich vielleicht wieder an Einzelheiten, die ihnen zuvor entfallen waren.«

Die Vorstellung, so lange warten zu müssen, ist unerträglich und an Schlaf nicht einmal zu denken – vor allem, solange ihr Vater irgendwo dort draußen sein könnte. All die Männer, die auf See ihr Grab gefunden haben, kommen ihr in den Sinn: Männer, die der Taucherkrankheit anheimgefallen sind oder denen im Zuge nächtlicher Raufereien die Kehle aufgeschlitzt wurde. Am liebsten würde sie loslaufen und an jede Tür in der Stadt klopfen, doch sie beherrscht sich und folgt ihrem Bruder durch die staubigen Straßen.

In dieser Nacht sucht sie den Bungalow nach jedem Tropfen Whisky ab, den sie finden kann, um ihren Körper in eine schlafähnliche Besinnungslosigkeit zu versetzen. Als sie endlich in eine Art Dämmerschlaf fällt, ist er fiebrig, ruhelos, nicht erholsam. Sie träumt von ihrem Vater. »So, Eliza«, ruft er ihr zu, und seine Gestalt ist weichgezeichnet an den Rändern, wie von Zigarrenrauch umwölkt. »Bring mir drei verschiedene Käferarten aus diesem Strauch.« Selbst im Schlaf spürt sie ihre kindliche Erregung, stellt sich vor, wie sie die wächsernen Blätter zwischen den Fingern zerreibt. »Such mir einen Prachtkäfer, den wir dann mit nach Hause nehmen und dort mit der Lupe die schillernden Farben seines Panzers ansehen werden.« Auch vom Dampfschiff träumt sie. Ihr *Großes Abenteuer*, so hatte Vater die Überfahrt von England nach Australien bezeichnet. Noch nie hatte Eliza etwas wie dieses Schiff gesehen, den Speisesaal mit den opulent verzierten Säulen und dem Porzellan mit einem Dekor aus weißen und goldfarbenen Vögeln. Sie sieht vor sich, wie sie jeden Abend am Fuß der breiten Haupttreppe stand und zusah, wie die Herrschaften in Abendkleidung herabgeschritten kamen. Ihr Vater und Willem hatten die Tage damit zugebracht, ihr künftiges Leben in Bannin Bay zu planen, und abends war sie mit ihnen aufs Oberdeck gegangen, um das Kreuz des Südens und Argo am sternenglitzernden Nachthimmel zu bestaunen.

»Wenn ich auf dem Ozean verloren ginge, würdest du dann nach mir suchen?«, hatte sie ihren Vater gefragt.

»Ich würde mich durch nichts und niemanden davon abhalten lassen«, hatte er erwidert und ihr, auf einen Ellbogen gestützt, tief in die Augen geblickt. »Aber vorher müsstest du mir eine Flasche schicken.«

»Eine Flasche?«

»Eine Flaschenpost.« Er hatte die Wangen aufgeblasen und das Dümpeln einer zugekorkten Flasche nachgemacht, um sie zum Lachen zu bringen. »Vor vielen Jahren hat Königin Elizabeth eine wichtige Stellung an ihrem Hof ins Leben gerufen …

die des Königlichen Flaschenpostöffners.« Eliza hatte in die Dunkelheit gegrinst. »Seeleute und Spione steckten Nachrichten in Flaschen und warfen sie ins Meer, wo sie dann von vorbeifahrenden Schiffen herausgezogen oder ans Ufer gespült wurden. Nur ein einziger Mann im Lande durfte diese Flaschen öffnen und die dunklen Geheimnisse ans Licht bringen, die darin versteckt waren – der Königliche Flaschenpostöffner.«

»Und was passierte, wenn jemand anders die Flasche geöffnet hat?«

Vater fuhr sich langsam mit dem Zeigefinger über die Kehle und ließ die Zunge seitlich heraushängen.

Mit einem Ruck schreckt Eliza hoch und spürt, wie ihre Glieder sofort vor Ungeduld zucken. Ihr dröhnt der Schädel vom Whisky. Sie blickt zu den Fensterläden – die Sonne linst bereits mit einem Auge über den Horizont. Eilig schwingt sie die Beine über die Bettkante. Höchste Zeit, mit der Mannschaft zu reden.

Noch während sie sich fertig macht, dringt die Hitze unvermeidlich durch die Jalousien und umspült sie nach kürzester Zeit wie warmes Badewasser. Im Haus herrscht eine eigentümliche Stille – vielleicht ist Thomas ja noch nicht wach. Doch als sie durch die Zimmer geht, dämmert ihr, dass er gar nicht da ist. Offenbar ist er noch im Dunkeln aufgebrochen, aus Angst, dass mit Tagesanbruch ein Sturm aufziehen könnte. Ihre Schultern erschlaffen.

Gerade als sie sich zum Gehen wendet, fällt ihr etwas ins Auge – ein Schimmern, das ihren Blick anzieht und zur Kommode lenkt. Sie geht hinüber. Es ist der goldene Füllfederhalter ihres Vaters. *Merkwürdig*, denkt sie. *Normalerweise trägt er ihn doch stets bei sich*. Gerade als sie die Hand danach ausstreckt, ertönt ein lautes Klopfen an der Tür. Sie erstarrt und runzelt die Stirn. Wer könnte das um diese frühe Uhrzeit sein? Eigentlich erwartet sie niemanden. Sie reißt die Tür auf. Die alte Witwe steht vor ihr, eine Hand gegen den Türrahmen gestützt, während sich ihre Brust in raschen Atemzügen hebt und senkt wie bei einem frisch geschlüpften Vögelchen. Die andere Hand hält ihren Gehstock, der das Gewicht ihrer arthritischen Knochen stützen soll.

»Mrs. Riesly«, sagt Eliza. Üblicherweise spricht die Stadt im Flüsterton von ihr – zweifellos als Resultat ihres zuweilen sonderbaren Benehmens. Oft sieht man sie spätabends durch die Straßen wandern, wenn die hellen Stämme der Ghost-Gum-Bäume im silbrigen Mondlicht schimmern und lediglich ihr Stock, dessen Messingknauf in Form eines Pferdekopfs im Halbdunkel glänzt, in der Stille auf den ausgetretenen Holzstufen widerhallt.

»Geht es Ihnen gut?«, erkundigt sich Eliza.

»Dieser Balarri«, presst Mrs. Riesly atemlos hervor. »Ich habe gerade gehört, dass er wegen des Mordes an deinem Vater ins Gefängnis gesteckt wurde.«

Kapitel 4

Draußen vor der Stadt steht ein Affenbrotbaum, eines dieser Exemplare gigantischen Ausmaßes. Eliza hat sein Wachstum im Lauf der Jahre verfolgt, ist mit den Händen über die rissige silbrige Rinde gestrichen und hat die herabfallenden weißen Blüten aufgefangen. Nun blickt sie zu den knorrigen Ästen empor, die sich mit aller Macht der grellen Sonne entgegenzurecken versuchen, und ringt um Atem. Sie hat Gerüchte gehört, früher hätte man Leute an diesem Baum aufgeknüpft – Taucher, die unerlaubt abgeheuert hatten, wenn es ihnen auf einem Logger nicht passte, oder auch Buschvolk, das bei der Jagd auf das Vieh der Siedler erwischt worden war. Allein bei der Vorstellung überkommt sie ein mulmiges Gefühl, und sie weicht zurück. Ein gefiederter Kopf schiebt sich langsam um den Baumstamm herum, gefolgt von einem schuppigen, mit Klauen bewehrten Fuß. Wie in einer grellweißen Wolke schnellt ein Kakadu hinter dem Baum hervor. Mit einem heiseren Schrei, als versuche ihn jemand zu erdrosseln, fliegt der Vogel um Eliza herum und landet auf ihrer Schulter, wobei sich seine langen Krallen durch den Baumwollstoff ihrer Bluse bohren.

»Klatsch reist schnell, dummer noch schneller«, krächzt er ihr ins Ohr und zupft an ihrer Haarschleife. Sie senkt das Kinn, um den Vogel ansehen zu können, obwohl sie längst weiß, wer er ist und wem er gehört.

»Entschuldigung, meine Teure.« Reynold Grant, der stadtbekannte Bootsmann, tritt vor. »Confucius hat eine Schwäche für die Damenwelt, stimmt's, alter Knochen?« Grants breites Grinsen ist unter seinem ausladenden Schnauzbart nicht zu erkennen. Tiefe Furchen graben sich in die ledrige Haut um seine flinken Augen. Er verscheucht den Vogel mit einer unwirschen Geste seiner rauen, schwieligen Arbeiterhände. Jeder in Bannin kennt Grants Kakadu – ein geschwätziges Vieh mit einem ausgeprägten Hang zur Dreistigkeit, sobald die Männer ihm etwas von ihrem Rum eingeflößt haben, das überall in der Stadt auftaucht und sich regelmäßig in den Lagern der Arbeiter herumtreibt. Flöge er in die andere Richtung, käme er über die Lager, in denen die Ureinwohner eingepfercht werden sollen, dahinter die Farmen der Viehzüchter, erbaut auf dem Land, das sie von jenen gestohlen haben, denen sie auch die Freiheit rauben. Viele haben den Verdacht, dass Grant seinen Vogel ganz gezielt zum Auskundschaften losschickt. Es ist in der Tat beeindruckend, wie gut der Bootsmann über die Geheimnisse in der Bucht Bescheid weiß – welche Ehefrau mit welchem Liebhaber in die Federn springt, welche Perlenunternehmer es mit Huren treiben. Seine Kenntnisse gehen so weit, dass manche sogar glauben, er praktiziere schwarze Magie. Eliza wünscht sich, selbst genug Hexenkraft zu besitzen, um sich in ein Vögelchen zu verwandeln, das sich auf Dachfirste setzt und dem Flüstern und Raunen lauscht. *Was würden sie wohl über Vater sagen? Was wissen sie?*

»Was führt dich hierher, hübsche Eliza?« Grant zieht an seiner tönernen Pfeife, während sich der Vogel wieder auf seiner Schulter niederlässt.

»Sie glauben, Balarri sei für das Verschwinden meines Vaters verantwortlich.« Sie blickt in Richtung der Straße, die sie zum Gefängnis führen würde. »Parker hat ihn festgenommen.«

Grant schüttelt den Kopf. »Unmöglich. Ich habe gehört, dein Vater wird seit dem letzten Tag auf See vermisst?«

Sie nickt.

»Ich habe Balarri im Lager gesehen, bevor die *Starling* eingelaufen ist. Er war gar nicht an Bord, deshalb kann er es unmöglich gewesen sein.«

Ihr Puls beschleunigt sich. Sie *wusste* es. Thomas hat doch selbst gesagt, Balarri sei schon früher auf dem Schoner zurückgekehrt, richtig? Sie nickt dem Bootsmann dankend zu und eilt in Richtung Gefängnis. Wenn Balarri festgenommen wurde, bedeutet das, dass der wahre Täter immer noch frei herumläuft. Und womöglich ihren Vater noch in seiner Gewalt hat. Sie hastet weiter, geradewegs in die schattige Umarmung der Gassen.

Das Gefängnis ist ein sonnenversengter Eisenverschlag, einst kaum mehr als ein Kuhstall, in dem die Gefangenen neben den Pferden angekettet wurden, während die Krähen durch die Dachsparren spähten. Inzwischen verströmt das Gebäude eine bedrohlichere Atmosphäre der Dauerhaftigkeit, mit Constables in dicken blauen Twilluniformen und mit Schärpen über der Brust. Sie weiß, dass die Zellen zumeist nur mit Männern wie Balarri belegt sind, was sich allenfalls nach einer Kneipenschlägerei ändert, wenn irgendwelche Raufbolde in Uniform aus

Roebourne in die Stadt kommen. In Bannin Bay werden Europäer so gut wie nie für Übertretungen bestraft, vor allem, wenn im Zuge dieser Verfehlungen das Blut von Ureinwohnern vergossen wird. Die im fernen Perth beschlossenen Gesetze sind in diesem Teil des Kontinents so gut wie wirkungslos, und da praktisch jede Gerichtsbarkeit im Umkreis von dreihundert Meilen im Perlentauchereigeschäft mitmischt, besteht keinerlei Interesse, das Gesetz gegen jene auszulegen, die diese Industrie florieren lassen.

Der einzige Gefangene an dem Tag ist ein Mann, der den Kolonisten besser unter dem Namen Billy bekannt ist und der einst als einer der besten Taucher in der Stadt galt. Doch als Billy Bekanntschaft mit ihrem Vater machte, war er bereits alt gewesen und unternahm keine Tauchgänge mit den anderen Helmtauchern mehr, sondern putzte gelegentlich die Schalen an Bord der *Starling* oder verkaufte Feuerholz in der Stadt. Zumindest hatte es den Anschein.

Früher hatten die Boote eine geradezu magische Anziehungskraft auf Eliza ausgeübt. Oft hatte sie sich angeschlichen, wenn sie am Anleger festgemacht waren, war sogar an Bord gegangen, um sich umzusehen. Einmal, in einer stillen, stockdunklen Nacht, hatte sie einen schlafenden Fremden unter Deck vorgefunden, der mit einem Mal hochgeschreckt war, wild die Fäuste geschwungen und wutschnaubend die unwillkommene Seele an Bord angebrüllt hatte, die sich als kleines, blasses, schmuddeliges Mädchen entpuppte. Während er noch wild mit den Armen ruderte, hatte sich besagte geisterhafte Gestalt einen Blechteller geschnappt und nach ihm geworfen. Der Teller hatte den Alten am Kopf getroffen und war scheppernd zu Boden gefallen, so laut, als hätte jemand auf eine Tschinelle gehauen. Die beiden Gestalten waren erstarrt und hatten einander im Dunkel beäugt. Balarri hatte ein verdrossenes Schnauben ausgestoßen, als er merkte, wer vor ihm stand – ein Laut, der im gesamten Boot widerzuhallen schien.

Zu diesem Zeitpunkt hatte Balarri seine Unentbehrlichkeit für Elizas Vater längst unter Beweis gestellt und sich im Gegenzug die Freiheit verschafft, sich jederzeit und ungehindert in Bannin Bay bewegen zu dürfen: Durch Balarris Hilfe erfuhr der Perlenunternehmer viele Dinge, die er in seinen Büchern beschreiben konnte. Das Arrangement der beiden Männer wurde nicht an die große Glocke gehängt, doch Balarri hatte ein Händchen dafür, wahre Schätze aufzustöbern. So fand er beispielsweise Perlmuscheln in Flussbetten, die den unter den Russen so beliebten tropfenförmigen Exemplaren an Schönheit in nichts nachstanden, oder er zeigte einem Stellen, an denen nach einem Sturm in Baumstümpfen eingebettete grüne Steine auszumachen waren. Natürlich behielt er die meisten seiner Geheimnisse tunlichst für sich, doch gegen die richtige Bezahlung konnte man einem Kolonisten das Gefühl vermitteln, ihm gewisse Einblicke gewährt zu haben.

Zu dem Perlenunternehmer gehörte unweigerlich auch seine Tochter, und nachdem Charles Brightwell sich vergewissert hatte, dass Balarri ihm zuverlässig Musterexemplare für seine Sammlung liefern konnte, hatte er ihn gefragt, ob Eliza ihn bei seinen Streifzügen begleiten dürfe. Balarri hatte nicht ohne Weiteres eingewilligt: Er würde dafür sorgen, dass die Tochter beschäftigt war, hatte er versprochen, allerdings nur gegen eine anständige Lohnerhöhung. Noch wusste er nicht, was er mit den Münzen anstellen sollte – Männer wie er bekamen nicht so oft Geld für ihre Arbeit, zudem gab es viele Orte in Bannin, wo er es nicht ausgeben durfte –, trotzdem wusste er um die Bedeutung dieser glänzenden Scheiben und welche Macht sie über die Männer in der Gegend besaßen.

Eliza war bewusst, dass ihm die Würdelosigkeit, sie im

Schlepptau zu haben, gewaltig gegen den Strich ging, aber hatte er nicht selbst gesagt, dass man alles Mögliche auf sich nehmen musste, um an einem Ort wie Bannin Bay zurande zu kommen? Stundenlang lief sie ihm hinterher, um eine einzelne, im Schlick angespülte Schildkröte zu entdecken oder Algen aufzustöbern, die in einem leuchtenden Blau glühten, wenn man sie mit dem Finger hin und her bewegte. Selbst als kleines Mädchen war sie schon kräftig gewesen, deshalb konnte Balarri sie gut gebrauchen, wie sie sehr wohl wusste. Sie konnte mühelos zu Nistplätzen hinaufklettern, um Eier aus Nestern zu klauben, oder ihren schmalen Körper in verborgene Nischen zwängen. Er selbst hatte panische Angst vor engen Räumen, geradezu Todesangst, irgendwo eingesperrt zu sein, wohingegen es ihr nicht schwerfiel, in den Schlund einer engen Höhle zu kriechen. Natürlich gab es Orte, die tabu waren und wo ihr Balarri strikt untersagte, irgendetwas mitzunehmen, daher hatte Eliza oft ihr Skizzenbuch dabei und fertigte mit geübten Strichen eine getreue Zeichnung dessen an, was auch immer sie gefunden hatten.

Im Lauf der Zeit wurden ihre anfangs rein zweckmäßigen Exkursionen immer häufiger. Ihr Hang, ihn mit Fragen zu löchern, schien ihn nur anfänglich zu irritieren, da er selbst kein Mann war, der viele Fragen stellte. Sie quetschte ihn darüber aus, was er am liebsten aß – er schien eine geradezu überbordende Freude am Essen zu haben: Akaziensamen, Buschpflaumen, chinesische Suppe, Leber. Sie wollte wissen, warum er eine Herrenweste zu seinen kurzen Hosen und seinem Hemd trug, und sie fragte ihn nach seinem Alter … *Jetzt mal ganz ehrlich*. Doch er wiegelte nur ab. »Fünfundzwanzig« lautete die Antwort an einem, »zweihundertfünfzig« am nächsten Tag. Sie beneidete ihn um seine Fähigkeiten, um die Mühelosigkeit, mit der er bei Ebbe nur mithilfe von Steinen und einem Mangrovenast Barben in die Falle lockte. Die Fische zappelten im seichten Wasser, bis Balarri seinen Speer hochriss und ihn einem davon mit einem Ruck geradewegs durch den Bauchlappen rammte, ehe er ihn in die Sonne hielt, sodass die blutbesprenkelten Schuppen wie Edelsteine im Licht schillerten.

Eliza geht um das Gefängnisgebäude herum, wo sie sich einem Gemenge aus Leibern und Staub gegenübersieht. Fluchende Männer, hektisch schlegelnde Arme und Beine. Am Fuß der Verandatreppe sitzt ein einheimischer Fährtensucher kerzengerade auf seinem Wallach, während ein uniformierter Sergeant etwas in seine Satteltaschen stopft. Als er unter seiner Hutkrempe hervorspäht, sieht Eliza, dass ein Auge blutunterlaufen und zugeschwollen ist.

»Was willst du, Brightwell?«

Es ist Archibald Parker. Eine streunende Wildkatze ist zivilisierter als dieser Polizist. Er ist ein gottesfürchtiger Mann, dessen größtes Laster jedoch seine Machtgier ist und der seine Gefangenen in Halsfesseln in der sengenden Sonne Muschelkies schaufeln lässt. Sie hat es mit eigenen Augen gesehen, den Gräuel in seiner Gänze, eine Sträflingskolonne, die sich unter Kettengeklirr mühsam vorwärtsschleppt, während der weiße Staub aufwirbelt und sich über die Männer legt, sodass sie wie wandelnde Gespenster aussehen.

Sie tritt vor. »Sie wissen genau, was ich will«, sagt sie. »Er hätte gar nicht erst eingesperrt werden dürfen.«

Aus der Nähe hat Parker die typisch ledrig-trockene Haut des patrouillierenden Gesetzeshüters, mit weißen, rissigen Lippen. An einer dünnen Kette um seinen Hals hängt ein Medaillon, das aufgegangen ist und den Blick auf die kleine körnige Fotografie einer Frau freigibt.

»Du jetzt also auch noch?« Parker schnallt die Satteltasche fest. »Den ganzen Morgen kommt schon das halbe beschissene

Eingeborenenlager vorbei und will mir erklären, wie ich meinen verdammten Job zu machen habe.« Eine Schmeißfliege landet auf seinem Augenlid, doch er zuckt noch nicht einmal. »Aber denen habe ich dasselbe gesagt wie dir. Ihr kommt zu spät.« Die Fliege krabbelt ihm über die Nase. »Er ist weg. Abgehauen. Aber das wird sich rasch ändern, ich sag's dir.«

Elizas Blick schweift zu dem Revolver an der Hüfte des Fährtensuchers. Sie weiß, dass man die Männer anheuert, weil sie gute Jäger sind und die Gegend wie ihre Westentasche kennen. Eisige Kälte kriecht an ihrem Rückgrat entlang, als sie an Balarri denkt, der irgendwo dort draußen ist. Ohne Pferd kommt er vermutlich nicht allzu weit.

»Ihn brauchen Sie nicht zu suchen«, sagt sie. »Weil er keine Schuld an dem trägt, was passiert ist.«

Parker tritt um den Wallach herum, und Eliza folgt ihm.

»Er ist schon früher mit dem Schoner reingekommen. Grant hat ihn im Lager gesehen.«

Der Sergeant blinzelt gelangweilt. Ohne jede Eile löst sich die Fliege von seiner Nase und fliegt davon.

»Er war noch nicht mal an Bord, als mein Vater verschwunden ist.« Parkers Desinteresse ärgert sie. »Es gibt einen Zeugen, der bestätigt, dass er zum Zeitpunkt der Tat hier war.« Sie spürt, wie ihre Frustration wächst. »Ist es nicht Ihre Aufgabe, alle Bewohner in dieser Stadt zu schützen, Sir?«

»Grant etwa?«, fragt Parker, ohne seine Vorbereitungen zu unterbrechen. »Drauf gepfiffen. Ein schwarzer Zeuge ist so wertvoll wie gar kein Zeuge. Noch dazu einer, der's mit der Hexerei hat.« Er hält inne, zieht den Schleim in der Kehle hoch und spuckt ihn in sein Taschentuch, mit dem er sich den Stiefel poliert. »Sobald ich den flüchtigen Eingeborenen wieder eingefangen habe, kommt er auch noch wegen tätlichen Angriffs gegen einen Polizeisergeanten vor Gericht und kriegt die volle

Härte des Gesetzes zu spüren.« Er sieht auf, als wundere er sich, dass sie immer noch herumsteht. »Du vergeudest deine Zeit, Brightwell. Und jetzt verschwinde.«

Ihr Mund bewegt sich, ohne dass ein Laut hervordringt. Ihr schwirrt der Kopf. Nicht nur schwebt Balarri in Gefahr, sondern wenn Parker sich mit aller Entschlossenheit auf diese fehlgeleitete Verbrecherjagd begibt, bleibt niemand mehr, der nach ihrem Vater suchen könnte.

»Nun, dann werde ich eben beweisen, dass er es nicht getan hat.«

Der Sergeant feixt. »Und wie willst du das anstellen?« Erst jetzt fällt ihr auf, dass sein schmieriger Bart bis zu den Knöpfen seiner Uniformjacke reicht.

»Ich weiß, dass er nichts getan hat.« Sie schindet Zeit, weiß nicht, was sie darauf antworten soll. »Das würde er nicht tun. Was Sie hier machen, ist eine Verschwendung von Zeit und Mitteln, während Sie viel eher herausfinden sollten, was wirklich mit meinem Vater geschehen ist. Es gibt keinen Grund zur Annahme, dass er nicht mehr am Leben ist.«

Parker bricht in dröhnendes Gelächter aus. Dunkle Tabakfitzel spritzen auf ihre Bluse. »Wenn du das glaubst, bist du eine größere Närrin als jeder andere in diesem verreckten Kaff.«

Sie hat Mühe, das Bild ihres leblos auf dem Meeresgrund liegenden Vaters aus ihren Gedanken zu verscheuchen. Nein, bis zum Beweis des Gegenteils wird sie daran glauben, dass er noch lebt. Sie *muss* daran glauben.

Parker verpasst dem Pferd des Aborigines einen kräftigen Schlag in die Flanke, woraufhin es losprescht. Der Fährtensucher zuckt kaum mit der Wimper.

Dann schickt sich der Sergeant an, zu seiner Stute zu gehen. Sie muss ihn aufhalten. Gedanken wirbeln in ihrem Kopf umher. Fieberhaft. Scharf. Dann zerbersten sie.

»Ich *werde* es beweisen«, stößt sie hervor und beobachtet mit wachsendem Trotz, wie der Sergeant sein Gewehr inspiziert. »Ich werde herausfinden, was mit meinem Vater passiert ist. Ich … Ich werde ihn zurückbringen. Dann müssen Sie Ihre Suche abblasen. Und ich werde beweisen, dass kein Mord vorliegt.«

Parker seufzt gelangweilt. »Na gut, Brightwell, dann schnüffle eben in der Stadt herum wie ein herrenloser Köter und bring mir irgendeinen Mistkerl, der ein Geständnis ablegen will.« Er schnaubt. »Noch besser – schaff deinen Vater selbst her, auf diese Veranda. Allerdings wirst du wohl seine Leiche auf einen Spieß stecken müssen, damit sie aufrecht bleibt.«

Elizas Kiefer verhärten sich, doch der Sergeant ist noch längst nicht fertig.

»Sollten Sie ihn allerdings lebend herschaffen, *Miss Brightwell*, werde ich meine Suche sofort abbrechen«, erklärt er mit hohntriefender Süßlichkeit. »Und wenn Sie schon dabei sind, bringen Sie mir doch gleich noch eine goldene Gans mit, ja? Aber eine schöne dicke, ich hab die Schnauze nämlich gründlich voll von diesen knorpeligen Beutelrattenviechern.«

Er verzieht den Mund zu einem verächtlichen Grinsen, doch Elizas Entschluss steht fest. Wenn der Sergeant sich weigert, ihr zu helfen, muss sie eben selbst in Erfahrung bringen, was mit ihrem Vater passiert ist, und zwar schleunigst. Ihre Finger zucken. Sie ballt die Fäuste, während die Männer in einer Wolke aus rotem Staub davongaloppieren.

Kapitel 5

Atemlos reißt sie die Tür zum Arbeitszimmer ihres Vaters auf. Weiches Licht strömt herein und lässt die Staubpartikel in der Luft tanzen. Für den Bruchteil einer Sekunde verharrt sie verblüfft. Der ganze Raum riecht intensiv nach ihm – nach dem erdigen Aroma des Salzes auf seiner Haut, nach dem Weihrauch, den er gegen die Kakerlaken anzuzünden pflegt.

Eilig lässt sie den Blick umherschweifen. Ihr Vater hat stets seinen Goldfüllfederhalter für seine Tagebucheinträge benutzt. Da der Federhalter noch im Haus liegt, befindet sich sein Tagebuch womöglich ebenfalls noch hier.

Die eine Seite des Raums säumen Dscharraholzregale voller Aufbewahrungsgläser, Sextanten und kunstvoll bemalten Globen. Darunter reihen sich abgenutzte Bücher aneinander, über deren kühle Lederrücken sie nun ihre Hand gleiten lässt. *Meeresschwämme der südlichen Hemisphäre. Der Weiße Wal und der Willy-Willy*. Sie wendet sich ab und nimmt das Bild eines Graulaubenvogels in Augenschein: Ein außergewöhnliches Geschöpf mit leuchtend rosafarbenem Kamm vor seinem bogenförmig aus Gräsern angeordneten und üppig mit Steinen, Samen und Muschelschalen geschmückten Nest – alles nur, um seine Zukünftige zu beeindrucken. Unter dem Bild stehen mehrere Gläser. Augen stieren ihr tumb und leer aus trüben Flüssigkeiten entgegen. Eines der Gläser wird von einem Kugelfisch ausgefüllt – der stachelige Leib ist vollständig aufgeblasen, die geschürzten Lippen sind zu einem unerwiderten Kussmund geformt. Ein anderes Glas beherbergt einen kleinen erschlafften, in sich zusammengefallenen Oktopus.

Bei seinem Anblick muss sie an einen heißen Tag am Sixty Mile Beach denken, als das ganze Land bernsteinfarben zu leuchten schien. Nach der Ebbe waren sie auf die Felsen geklettert, und Eliza hatte die Hand nach einem wunderhübschen blau gesprenkelten Stein in einer kleinen Felspfütze ausgestreckt. Bestimmt wäre Vater begeistert, ihn in seinem Regal zu haben, dachte sie. Sie würde ihm den Stein höchstpersönlich als Geschenk überreichen. Als sie behutsam darüberstrich, begannen die blauen Flecke plötzlich zu leuchten. Kurz zögerte sie, zwischen zwei Atemzügen, die jedoch genügten, dass ihr Vater sie bemerkte und zurückriss. »Nein!« Seine Stimme war barsch und schrill. Der Stein öffnete die Augen mit den rechteckigen Pupillen. »Das ist ein blau geringelter Krake. Den darfst du auf keinen Fall anfassen.« Sie hatten vor der Pfütze gestanden und das Tier angestarrt, als hätte es riesige Zähne. »Ein Biss kann einen Mann in Sekunden töten«, hatte ihr Vater hinzugefügt. »Nicht immer sind die größten Geschöpfe die tödlichsten.«

Am äußeren Rand des Regals stehen zwei silberne Bilderrahmen. Beim ersten Foto handelt es sich um die körnige Aufnahme einer bildschönen Frau, die mit ruhiger Gelassenheit in die Kamera blickt. Ihr schwarzes Haar ist unter einem großen blauen Hut verborgen, und an ihren Ohren baumeln kostbare Ohrringe. Auf ihrem Schoß sitzt die kleine Eliza, die ein wenig verlegen auf einen Punkt neben der Kamera blickt. Die nächste Fotografie zeigt ein Kind mit schneeweißem Haar, durch das Blitzlicht des Fotografen erstarrt, die Brauen vor Schreck hochgezogen, die kleinen Hände zu Fäustchen an den Seiten geballt. Eliza stockt der Atem. Sie nimmt die Fotografie und legt sie mit dem Gesicht nach unten wieder hin.

Am Ende des Raums steht der Schreibtisch, auf dem sich allerlei Unterlagen türmen: Mit Erläuterungen versehene Zeichnungen zwischen kunstvollen Illustrationen von Schiffen, die Seiten wie Puppenhäuser aufgeschnitten, um ihr Innenleben zu enthüllen. Über dem Schreibtisch hängt ein breites Holzbrett voll handgezeichneter Diagramme – die Erfindungen ihres Vaters oder »Experimente«, wie er sie stets bezeichnet. Nicht realisierte Entwürfe des »schwimmenden Dreirads«, der »eisernen Flügel« oder des »Fortbewegungsballons«.

Darunter findet sie die Unterlagen, an denen sie vor Kurzem noch gemeinsam gearbeitet haben, alle mit seinen Illustrationen versehen; tanzende Anemonenarme, durch kräftige Pinselstriche zum Leben erweckt, sowie die tiefen, geriffelten Bauchfalten eines Buckelwals. Sie lässt den Blick über den Schreibtisch schweifen, bis er an einem dicken, zwischen zwei Büchern herausragenden Papierstapel hängen bleibt. Sie zieht daran, woraufhin eine Sammlung aus Zeitungsartikeln herausrutscht, jeder einzelne davon säuberlich ausgeschnitten und glatt gestrichen. Sie hält den ersten ins Licht.

Offener Brief von Mr. David Carley an den Kabinettsminister in Perth, Western Australia, 11. Januar 1886

Der Verfasser dieses Briefes erreichte Cossack und Roebourne im Jahr 1872.

Mit diesem Schreiben wende ich mich als jene Person an Eure

Lordschaft, die Augenzeuge der in diesem Schreiben dargelegten Ereignisse wurde. Der Verfasser hat sich in selbiger Angelegenheit bereits an Captain Smith, Leiter der Police Constabulary, sowie an den amtierenden Kronanwalt (Mr. Hensman) gewandt, um die den Ureinwohnern zugefügten Grausamkeiten zur Anzeige zu bringen, ebenso wie die kontinuierlichen Entführungen und Versklavungen, die in diesem Land an der Tagesordnung sind. Diese wurden durch den Verfasser mehrfach den Behörden zur Kenntnis gebracht.

Die Nordwestküste von Western Australia steckt bis zum Hals in einem Sumpf aus Plünderung, Sklaverei und Mord. Und obwohl es als allgemein bekannt gilt, dass an keinem Ort, an dem die britische Flagge weht, Sklaverei existieren darf, kann und wird der Verfasser dieses Schreibens das Gegenteil beweisen, denn in keinem Land auf dem ganzen Erdball wurden derart abscheuliche mörderische Taten begangen und Ureinwohner übler versklavt als in diesem.

Erwähnte Ureinwohner werden als Perlentaucher angestellt, jedoch erhalten sie als Lohn für ihre Mühen lediglich zwei Mal am Tag eine Handvoll Mehl. Erschwerend kommt hinzu, dass die armen Geschöpfe entführt und verkauft werden, und all das unter den Augen sowohl der Magistratsbeamten als auch der Polizei, die noch dazu von den Übeltätern bestochen werden, über die Zustände billigend hinwegzusehen. In Western Australia ist das Verbot der Sklaverei nichts als totes Recht.

Seit vielen Jahren beschäftigt die Regierung Männer im Polizeidienst, die durch den Supreme Court in Perth wegen Mordes sowohl an weißen als auch an schwarzen Männern verurteilt wurden, ohne danach von ihren Pflichten entbunden zu werden. 1884 stand Archibald Parker vor erwähntem Gericht in Perth, weil er in Rottnest einem siebzig Jahre alten Mann regelrecht das Hirn aus dem Schädel geprügelt hat; er wurde zu einer dreimonatigen

Haftstrafe verurteilt, nur um von der Regierung danach zum Sergeant of Police befördert und nach Roebourne geschickt zu werden, wo der Verfasser ihn mehrfach bei der Ausübung übelster Gewalt gegenüber den Ureinwohnern in Roebourne und Cossack beobachtet hat.

Bis zum heutigen Tag ist er im Polizeidienst.

Eliza blickt auf den Namen, Parker, und die tiefen Federhalterabdrücke, die beim Unterstreichen hinterlassen wurden. Sie sieht das fahle Gesicht des Sergeants vor sich, seine Miene, als sei er der festen Überzeugung, dass ihm etwas weggenommen wurde. Sie erinnert sich noch gut an jenen Tag vor ein paar Jahren in der Trockenzeit, als Bannin unter der glühenden Hitze ächzte und zwei Männer auf ihren Pferden langsam in die Stadt geritten kamen, angekündigt vom hohlen Ploppen ihrer Gewehrfeuer. Eliza und ihr Vater wurden Zeugen, wie sie ihre Snider-Enfield-Gewehre anhoben und wiederholt in die Schatten feuerten. Jeder Schuss aus den Hinterladern wurde mit einem Schrei oder einem Heulen quittiert, ehe sich eine angeschossene Katze oder ein Hund auf die Straße schleppte und unter Qualen in der Hitze verendete. Entsetzt verfolgte Eliza, wie die Pferde vor einem im Staub liegenden Trunkenbold zum Stehen kamen, dessen käsiger, nun von Blasen bedeckter Bauch entblößt war.

»Weg da«, befahl einer der Polizisten, ohne von seinem Pferd abzusteigen. *Es wäre viel einfacher, wenn er das Tier einfach um den Mann herumdirigieren würde*, dachte Eliza. Der Betrunkene lallte und brummte etwas, wobei sein Kopf zur Seite kippte, sodass er mit der Wange im Staub lag. Ein Speichelfaden lief ihm aus dem zahnlosen Mund und hinterließ einen dunklen Fleck auf der Erde.

»Hoch mit dir, sonst helfe ich nach.« Nichts geschah. Der

Officer holte tief und geräuschvoll Luft, schwang die Beine über den Sattel und sprang mit dem Gewehr in der Hand vom Pferd. Ein höhnisches Lächeln erschien auf seinem Gesicht, wie ein schmieriger Farbklecks, als er steifbeinig auf den Betrunkenen zuging. Sein struppiger Bart reichte ihm bis zur Brust, und seine tief liegenden Augen unter den dichten Brauen waren klein und gemein. Sein deutlich spärlicher behaarter Kollege stieg ebenfalls ab. Gemeinsam umkreisten sie den Trunkenbold, gierig darauf, ihrem Unmut Luft zu machen. Der Bartlose holte aus und rammte dem Betrunkenen den Stiefel in den Magen, ehe er sich bückte, ihn bei den Schultern packte und ihn in eine halb sitzende Position zerrte. Der Betrunkene verdrehte unkontrolliert die Augen, und aus seinem Mund drang ein lautes Stöhnen.

»Da haben wir ja ein schönes Stück Dreck gefunden«, erklärte der Bärtige mit beißender Frostigkeit. Ohne Vorwarnung und noch bevor Eliza Gelegenheit hatte, den Blick abzuwenden, riss er sein Gewehr hoch und ließ den Lauf mit unfassbarer Geschwindigkeit herabsausen, geradewegs in das Gesicht des Mannes. Ein Übelkeit erregendes Schmatzen ertönte, als das Metall Haut und Gewebe durchschlug. Dann herrschte Stille. Hellrotes Blut spritzte auf und ergoss sich dann in einem langsamen Regen auf den Boden ringsum. Die beiden Polizisten brachen in Gelächter aus, während es Eliza vor Angst den Magen zusammenschnürte. Der Betrunkene lag schlaff und blutüberströmt auf dem Rücken, doch der Sergeant hatte immer noch nicht genug. Mit einem schrillen, trockenen Kichern stellte er sich breitbeinig über den Mann, löste seinen Gürtel und warf den Kopf in den Nacken, während er seinen warmen Urin auf den Bewusstlosen prasseln ließ, von dessen sonnenverbrannter Haut Dampf in winzigen Rauchwölkchen aufstieg.

Sie fährt sich mit der Zunge über die Zähne, als könnte sie immer noch den Staub darauf fühlen. Der Sergeant und ihr Vater waren einander noch nie grün – ihr Vater hielt Parker für ein Ungeheuer, für Parker war ihr Vater ein erbärmlicher Schwächling. Weiß der Sergeant womöglich, dass ihr Vater über sein Verbrechen von damals informiert ist? Könnte das der Grund sein, weshalb er kein Interesse daran hat, der Wahrheit auf den Grund zu gehen, und die Chance, ihren Vater lebend zu finden, so bereitwillig außer Acht lässt?

Sie *muss* das Tagebuch finden. Vielleicht verhilft es ihr ja zu neuen Erkenntnissen.

Angestrengt denkt sie nach, sucht jeden Winkel ihres Gedächtnisses nach längst vergessenen Anhaltspunkten ab, die sie weiterbringen könnten. Immer tiefer taucht sie in ihre Erinnerungen ein, weit zurück bis in die Zeiten, in denen sie sich hier im Raum aufhielt, während ihr Vater mit seiner Arbeit beschäftigt war. Wie er über seinen Skizzen brütete oder akribisch Ziffern in das Kassenbuch notierte. Dann kommt ihr ein Gedanke: das Meerjungfrauen-Amulett, das er für sie versteckt hat. In der Geheimschublade seines Schreibtisches. Sie geht darauf zu, fegt die Papiere und Bücher achtlos auf den Boden, dann packt sie mit beiden Händen die Schreibtischkante und hebt sie mit einem kräftigen Ruck an. Die Schublade darunter ist mit grünem Samt ausgeschlagen, und in der Mitte liegt ein ledernes Buch mit Goldprägung. *Tagebuch von Charles J. G. Brightwell, Perlenunternehmer.*

Ihr bleibt der Mund offen stehen. Unzählige Male hat sie dieses Buch gesehen, doch stets nur in den Händen ihres Vaters. Wenn er es nicht bei sich trägt, muss es einen guten Grund dafür geben. Die Angst drückt gegen ihren Brustkasten. Sie nimmt das Tagebuch heraus und streicht mit der Hand über den Einband, dann schlägt sie es vorsichtig auf und blättert durch die Seiten – detailgenaue Diagramme von Perlenbänken und Sternbildern, Beschreibungen des Lebens auf See, von wilden Stürmen und bösartigen Haien. Sie bewegt die Hand, woraufhin das Buch noch weiter aufschlägt, hört ein Wispern, als etwas herausfällt, sieht etwas Weißes zu Boden fallen. Sie bückt sich und hebt es auf. Es ist eine zusammengefaltete Kassenbuchseite. Sie dreht sie hin und her. Auf der Rückseite steht eine Botschaft in der vertrauten Krakelschrift, mit der er stets seine Hinweise für sie hinterlassen hat.

Zhou A
Three Stones
Nähe Sheba

Sie runzelt die Stirn. Die Worte sagen ihr nichts, doch mit einem Mal fühlt sich das Blatt in ihrer Hand schwer an. Unter dem Hinweis befindet sich ein mit Tinte gemaltes Symbol, eine Sichel oder ein Halbmond. Sie streicht mit dem Finger darüber. Was könnte das bedeuten? Plötzlich scheint sich der Raum um sie zu drehen. Sheba. Damit muss die Sheba Lane gemeint sein. Sie sieht die geschäftige Straße vor sich. Ist das eine Adresse? Aber die noch viel wichtigere Frage ist, was sie dort finden soll. Sie tastet nach einem Stuhl und setzt sich. Ihr Verstand arbeitet auf Hochtouren, doch ihre Glieder fühlen sich bleischwer an. Irgendwo tief in ihrem Innern regt sich etwas, zeichnen sich die groben Umrisse von etwas ab. Sie ist durcheinander. Aufgeregt. Aber eines weiß sie sicher: Wenn sie herausfinden will, was mit ihrem Vater geschehen ist, muss sie bei Zhou A anfangen.

Kapitel 6

Die Ufercamps schimmern wie Speicheltropfen in der Hitze. Überall am Strand liegt Treibgut herum – Wrackteile von alten Loggern, zerbrochene Teekessel, Scherben verstaubter Flaschen. Die Lager sind von Chinatown durch eine Reihe mit Sträuchern bewachsener Dünen getrennt und von dichten Mangrovensümpfen umgeben, die sich klauenartig in Nebenflüsse voll dicker Welse ausweiten. Eliza kann sich noch an ihre Kindertage erinnern, wenn sich die Logger mit ihren viereckigen Segeln bei Ebbe vor der Küste aneinanderreihten und sie von Deck zu Deck sprang, sich durch ein Dickicht aus Masten schlängelte, wobei sich die Boote unter ihrem Gewicht leicht neigten. Kein einziges Mal hat sie nasse Füße bekommen.

Eilig hastet sie weiter, lediglich von einem Gedanken getrieben: Sie muss so schnell wie möglich zum einzigen Menschen, der ihr sicher helfen kann, die Nachricht ihres Vaters zu entschlüsseln. Lediglich das vertraute Klingeln in den Ohren droht sie von ihrem Ziel abzulenken. Dies ist das größte Ärgernis ihres

Vaters. »Deine Ohren sind zu, deshalb hörst du nichts, Eliza«, tadelte er sie. Mit jedem Schritt schwillt das penetrante Geräusch an. Sie schüttelt den Kopf, um es zu vertreiben, aus purer Gewohnheit, als falle das lästige Sirren auf diese Weise heraus und schlittere ins Gebüsch.

Sie setzt ihren Weg fort, vorbei an einer Reihe umgedrehter hölzerner Ruderboote. Männer in Unterhemden hocken vor einer halb zerfallenen Hütte, mit glasigen Augen und vom Tabak verfärbten Fingern, und blasen Rauchringe in die Luft. Sie alle blicken auf, heben einen einzelnen zitternden Finger zum Gruß. Sie kann ihren schalen Atem auf der Zunge spüren, muss sich zwingen, ihn hinunterzuschlucken.

Am Strand erblickt sie die Überreste einer Seekuh. Zwei magere Katzen schlagen ihre Krallen in den von der Sonne ausgedörrten Kadaver. Überall hängen Schnüre mit mickrigen Fischen, denen die Möwen längst die Augen ausgepickt haben. Die lasche Brise trägt Zypressenspäne und den Gestank von ranzigem Muschelfleisch aus den Auskochtöpfen am Ufer heran. So ist es immer, wenn die Regenzeit naht – die sonst so lethargischen Straßen erwachen zum Leben, und die Bevölkerungszahl wächst in die Tausende. Überall wird geschmiedet, kalfatert, gehobelt und geteert, begleitet vom metallischen Scheppern von Hämmern und anderem Werkzeug. Männer, emsig wie Bulldoggenameisen, taumeln zwischen Spielhallen und Besuchen bei ihren Lieblingshuren hin und her. Ausgelassenes, alkoholgeschwängertes Gelächter hallt durch die Gassen. Mit Entsetzen denkt Eliza daran, was Min schon bald bevorsteht.

Sie nähert sich dem Ufer, als sie etwas im seichten Gewässer erblickt. Glibberige Quallen treiben direkt unter der Wasseroberfläche. Sie bückt sich, um sie in Augenschein zu nehmen, als ein Schatten über das Wasser fällt. Das Blut gefriert ihr in den Adern, verjagt jedes Quäntchen Wärme aus ihrem Körper. Sie richtet sich auf, dreht sich mit fest zusammengekniffenen Augen um, doch sie weiß auch so, wer vor ihr steht. Die Gestalt lässt sich eher als Berg denn als Mann bezeichnen, mit echsenartigen Augen in einem breiten Gesicht und stoppeligen Wangen, die scheinbar ohne erkennbaren Hals in mächtige herabhängende Schultern übergehen.

»Miss Brightwell, was für eine nette Überraschung.«

Sie zieht ein finsteres Gesicht. Dass sie die Brise an ihrem Hals spürt, ist ein untrügliches Zeichen dafür, dass die obersten Knöpfe ihrer Bluse aufgesprungen sind. »Was für ein Jammer, die Geschichte mit Ihrem Vater. Armes Kind.« Er nagelt sie mit seinem starren Blick fest. Sie zieht die Ärmel über ihre Handgelenke, sieht sich außerstande, an etwas anderes als an die offenen Knöpfe zu denken.

»Aber ich habe ja schon immer gesagt, Männer wie Billy haben eine unstillbare Mordgier«, fährt er fort, »und ein großes Verlangen nach Rum, für das sie alles tun würden, um es zu stillen. Vor allem, wenn man sie nicht eisern im Griff hält.« Er bückt sich, um den winselnden Hund an seiner Seite zu tätscheln, dessen Muskeln sich wie Seilknoten unter seiner Haut abheben und dem blasiger Geifer aus dem Maul quillt. »Er kann Ihre Weiblichkeit riechen«, erklärt er und zerrt den Köter an der Kette zurück. »Das macht er bei allen Frauen. Ist es eben nicht gewöhnt. Schön die Beine zusammenhalten, dann beruhigt er sich gleich wieder.«

Eliza blinzelt angewidert. Sie hätte wissen müssen, dass sie im Camp Syd Hardcastle über den Weg laufen würde, der mit seinem Mastiff am Ufer auf und ab stolziert wie ein biblisches Abbild des Zorns. Die Herkunft der Perlenunternehmer ist ganz unterschiedlich. Sie sind Siedler oder Viehhirten, Geschäftsmänner, hart arbeitende Handelsleute zur See, in der Mehrzahl weiße Europäer oder aber Asiaten, die ihre Logger mit falschen Papieren betreiben. Zudem gibt es auch eine Menge fauler Eier unter ihnen: Männer, die einen lukrativen Handel aus Profitgier ausnutzen, selbst wenn es bedeutet, dass sie ihre Machtstellung und jene schändlich missbrauchen, die ihnen ausgeliefert sind. Syd Hardcastle gehört zu den verderbtesten von ihnen. Ihr Blick fällt auf die Viehpeitsche an seinem Gürtel. Ihm gehört das einzige Schiff in der ganzen Bucht, auf dem noch Ureinwohner ohne Ausrüstung und nur mit einem Lendenschurz bekleidet nach Perlen tauchen müssen, und seine Peitsche kommt regelmäßig zum Einsatz, wie allgemein bekannt ist.

»Balarri ist nicht verantwortlich für Vaters …« Sie hält inne, weil sie nicht weiß, welches Wort sie verwenden soll. *Verschwinden?* Sie bringt es nicht über sich, die Alternative laut auszusprechen. »Wo wir gerade dabei sind, könnte ich auch Sie fragen, wann Sie ihn das letzte Mal gesehen haben.« Langsam drückt sie das Rückgrat durch, wobei ihr Blick auf einen Baum neben ihnen fällt. Ein grauer Vogel mit einem schwarzen Kopf hat eine kleine Eidechse an einem Dorn aufgespießt und pickt an dem leblos herabhängenden Kadaver herum. Hardcastle streckt die Hand aus und umfasst Elizas Kinn mit Daumen und Zeigefinger, um sie zu zwingen, ihn wieder anzusehen. Er beugt sich so dicht vor, dass seine Züge vor ihren Augen verschwimmen, während ringsum Geräusche laut werden. Das Meer, das Watt, die Wolken, alles strömt gleichzeitig auf sie ein.

»Ich habe Charles seit Wochen nicht gesehen«, erklärt er, wobei ihr sein Atem wie ein Klumpen aus vergammeltem Gemüse entgegenschlägt. Sein Mundwinkel hebt sich. Sie sieht sich nicht imstande, den Blick abzuwenden.

»Könnten Sie mir vielleicht sagen, wo ich das Kingfish Hotel finde?«

Die Stimme hinter ihnen ist laut und durchdringend. Hardcastle lässt die Hand sinken und dreht sich um. Ein Mann ist halb die Treppe hinter ihnen heruntergekommen. In seinen schlanken Armen hält er einen triefenden Korb Muschelschalen. Unter seinem tief in den Nacken geschobenen Hut ist ein schmales Gesicht mit einem ordentlich gestutzten Schnurrbart zu sehen. Eliza erkennt ihn. Es ist derselbe Mann, der sie am Anlegesteg beobachtet hat.

»Zwei Straßen weiter zurück. Aber das wissen Sie selber, Schnüffelnase.« Hardcastles massiger Leib bebt unter den bellenden Worten.

Der Mann nickt, kommt vollends die Treppe herunter und bleibt stehen.

»Miss, es tut mir aufrichtig leid, was Ihrem Vater widerfahren ist.« Er legt den Kopf schief. »Zweifellos ist er ein überaus fähiger Mann.« Seine Aussprache hat etwas Hartes, Fremdes.

»Sie meinen wohl eher *war*, Jungchen.« Hardcastles Kiefer wird hart. »Und jetzt verziehen Sie sich gefälligst.«

»Kennen Sie ihn?«, ruft Eliza dem Mann hinterher, der zu einem der Bootshäuser eilt. Die Tür geht auf. Das laute Schlagen einer Axt dringt heraus. Sie setzt ein zweites Mal an, doch der junge Mann ist bereits in den Schatten verschwunden.

Kapitel 7

Die Missionsstation von Bannin ist kaum mehr als eine Ansammlung primitiver, mit rostigen Ketten im Boden verankerter Hütten – gewiss kein Ort, der die Atmosphäre von Heiligkeit und Gottesfurcht verströmt. Eine Kirche, sofern sie diesen würdevollen Namen überhaupt verdienen würde, steht auf mickrigen, halb verrotteten Stümpfen, der Boden ringsum ist hart und ausgedörrt wie ein altes, gegerbtes Stück Leder. Einheimische Pflanzen wurden wenig fachmännisch herausgerissen, um eines Tages Platz für etwas zu bieten, das einem englischen Gemüsegarten ähneln soll. Darüber hinaus gibt es ein einfaches Schulhaus, das bemerkenswerte Ähnlichkeit mit dem Gefängnis in der Stadt aufweist, und auf der Veranda flattern eine weiße Hose und ein weißes Hemd an einer Leine in der Brise. Eliza kneift die Augen zusammen. Wüsste sie es nicht besser, würde sie glatt glauben, dass es sich um Gespenster handelt.

»Liebe Eliza.« Vater Ernest McVeigh kommt heraus, die Arme weit ausgebreitet, als wollte er eine Herde verirrter Rinder in die richtige Richtung lenken. Sein Bart ist staubgesprenkelt, sein Talar schleift im Schmutz. Er ergreift sie bei den Unterarmen und nimmt sie in Augenschein.

»Die Nachricht über Ihren Vater tut mir von Herzen leid, Eliza. Eine entsetzliche, entsetzliche Angelegenheit, besonders nach allem, was mit Ihrer Mutter …« McVeighs Stimme verklingt, ehe er fortfährt. »Charles war kurz hier, bevor die Flotten in See gestochen sind. Wir hatten eine ziemlich hitzige Diskussion über die Mannschaft. Natürlich hat er mich bei der Finanzierung der Cottages unterstützt, die ich gerade baue. Alle Männer wollen ihre Crews in ihrer Nähe wissen, aber trotzdem. Ach, es ist grauenvoll, dass Balarri in Haft ist.«

Eilig erzählt sie ihm von seiner Flucht und Parkers Entschlossenheit, ihn aufzustöbern und wieder einzufangen. Erstaunt zieht McVeigh die Brauen hoch. »Kommen Sie lieber rein.«

Eliza weiß, dass viele in Bannin nur Hohn und Spott für den Missionar übrighaben. Allein die Vorstellung, dass ein betagter Schotte Aborigines in seine Kirche einlädt, ihnen Psalme beizubringen und ihre irritierende Nacktheit durch europäische Kleidung zu verdecken versucht, erscheint den meisten geradezu absurd. Er sei ein »Fantast«, ereifern sich die Perlenunternehmer, während sie auf ihren knarzenden Verandastühlen sitzen. Ein Narr, der die Gesellschaft von Heiden suche. Eliza hingegen konnte niemals etwas anderes als Güte und Freundlichkeit an dem Geistlichen entdecken. Auch jene, die er zu unterrichten versucht, lassen ihn gewähren, obwohl es den Anschein hat, als wolle er sie vor sich selbst retten. Doch McVeigh ist ein Mann, der sich nicht bereichern will, keine Ansprüche auf ihr Land, ihre Wasserquellen oder ihre Frauen erhebt, sondern lediglich geben will: Obdach, Vorräte, Lebensmittel, Glauben. Ob sie es wollen oder nicht.

Er führt Eliza aus der gleißenden Sonne in das Halbdunkel der heruntergekommenen Kirche, die zu Elizas Erstaunen verblüffend ordentlich und sauber ist. In der Mitte befinden sich Bänke aus Treibholz, auf einem schlichten Pult liegt eine Bibel mit angeschimmeltem Kalbsledereinband. In einer dunklen Ecke stehen mehrere Cricketstäbe, davor liegt ein verstaubter Ball aus dunkelrotem Leder.

»Kommen Sie, setzen wir uns einen Moment.« Sie lassen sich im vorderen Teil des Raums nieder, wo wässriges Licht durch die Fenstergitter fällt. Der Tonfall des Missionars hat etwas Beruhigendes. Er ist der Einzige, der aufrichtige Besorgnis über das Verschwinden ihres Vaters gezeigt hat. Alle anderen, darunter auch ihr Bruder mit seinem starrköpfigen Entschluss, nach Cossack zu segeln, tun so, als wäre alles wie immer, während Eliza das Gefühl hat, als hätte jemand ihr Leben mit voller Wucht zertrümmert.

»Und wie schlägt sich Ihr Bruder?«, fragt McVeigh.

»Er ist nach Cossack aufgebrochen und kümmert sich dort um geschäftliche Angelegenheiten.«

McVeigh legt die Fingerspitzen aneinander. »Es ist nicht ungewöhnlich, sich auf diese Weise von einem tragischen Vorfall zu distanzieren«, erklärt er nachdenklich. »Und wir wissen ja, wie er zu kämpfen hat.«

Sie verdrängt den Gedanken daran, wie Thomas mehr tot als lebendig aus den miesen Spelunken in der Sheba Lane gezogen werden musste, an die vielen Male, die sie ihn auf der Veranda vorgefunden hat, das Erbrochene in den Hautfalten seines Halses verklebt, während sich die Stechmücken mit Wonne an ihm labten.

Sie zwingt sich, ins Hier und Jetzt zurückzukehren. Die Zeit drängt, deshalb kommt sie ohne Umschweife zur Sache.

»Ich glaube, am Verschwinden meines Vaters ist mehr dran, als man uns erzählt«, sagt sie und presst die Lippen aufeinander. Wird er sie verhöhnen, so wie Parker es getan hat? Kurz verhärten sich die schlaffen Züge des Missionars, doch er erwidert nichts darauf, deshalb fährt sie eilig fort. »Ich glaube nicht, dass er tot ist. Warum, weiß ich nicht oder kann es noch nicht erklären, aber wenn ich ihn finde und in Erfahrung bringe, was vorgefallen ist, bläst Parker womöglich auch seine Suche nach Balarri ab.«

McVeigh blickt sie ausdruckslos an. Sie ist sich darüber im Klaren, welchen Eindruck sie macht, wie verzweifelt sie auf die meisten Leute in Bannin Bay wirken muss.

»Bestimmt halten Sie mich für verrückt, aber es ergibt keinen Sinn. Man verschwindet doch nicht einfach von einem Schiff, oder?« Sie beugt sich vor, sehnt sich so sehr nach menschlicher Nähe und kann die Wärme seines Körpers spüren. »Thomas sagt, Perlen sind nicht von Bord verschwunden. Es gibt auch keine Anzeichen für einen Kampf. Kein Blut.« McVeigh verlagert das Gewicht. »Außerdem bin ich auf etwas gestoßen. In seinem Tagebuch.« Sie zieht das Kassenbuchblatt aus ihrer Tasche, faltet es auseinander und reicht es ihm.

»Was ist das?«, fragt er. »Eine Adresse?« Ein Geräusch dringt aus dem hinteren Teil des Raums, während er liest. Eliza dreht sich um und entdeckt einen Jungen von etwa zwölf Jahren, der leise Bücher auf einem Regal ordnet.

»Ach ja, das ist Quill.« McVeigh zeigt auf den Jungen, der prompt erstarrt, als hätte ihn jemand beim Stibitzen in der Speisekammer erwischt. »Verzeihen Sie den Spitznamen, aber der kleine Kerl ist blitzgescheit.« McVeigh steht auf und durchquert, noch immer mit ausgestreckter Hand, den Raum. Quill ist ein magerbrüstiges Kerlchen mit großen braunen Augen und einem kleinen Kruzifix, das an einer Schnur um seinen Hals baumelt. »Quill ist einer der gewissenhaftesten Jungen, die ich je in der Bucht gesehen habe. Er war ein Bettler und Decksjunge, der sich nur mühsam seinen Lebensunterhalt auf den Schiffen verdient hat, bevor ich ihn in der Mission aufgenommen habe. Ist das zu glauben? Jetzt hilft er mir bei den Reparaturarbeiten, gräbt den Garten um und unterstützt mich manchmal sogar beim Unterrichten.« McVeigh nickt voller Stolz. »Seine Mutter stammte aus dem Lager, so viel wissen wir, aber ich fürchte, wir haben keine Ahnung, wer sein Vater war, man weiß ja, wie das so ist. Allerdings bin ich ziemlich sicher, dass er Europäer war.« Quill blickt zu Boden. »Er kann ganz hervorragend lesen«, schwärmt McVeigh weiter. »Ich kenne nicht viele Decksjungen, die das können. Sie etwa, Eliza? Was für eine Offenbarung. Natürlich beherrscht er das typische Logger-Kauderwelsch und kann auch einigen anderen Dialekten in gewissem Rahmen folgen, da er einige Zeit an Bord der Schiffe verbracht hat.« Der magere Lehrjunge sieht sie an. »Gerade sortiert er die lateinischen Bücher nach dem Alphabet, stimmt's, Quill?« McVeigh verschränkt die Arme vor der Brust. Quill senkt den Kopf, legt die Bücher hin und wendet sich zum Gehen. Dabei fällt etwas aus seinem Hosenbund und landet mit einem staubigen Poltern auf dem Fußboden. Eliza steht auf und greift nach dem Gegenstand. Es ist ein Buch, vergilbt und eselsohrig. Sie dreht es um und liest den Titel. *Salzwasser-Cowboys: Abenteuer auf hoher See*. Quill, der auf der Schwelle stehen geblieben ist, mustert sie neugierig. Sie lächelt kurz, reicht ihm das Buch zurück und wendet sich dann wieder dem Missionar zu, der von dem Blatt Papier aufblickt.

»Nun, diese Adresse, ich bin nicht sicher, ob mir gefällt, was ich da sehe.«

»Dann kennen Sie sie also? Und wissen Sie auch, was der Halbmond zu bedeuten hat?«

»Nein, nein, aber wir müssen davon ausgehen, dass es sich um etwas wenig Ersprießliches handelt. Die Sheba Lane ist kein sicherer Ort für eine junge Dame. Sie sollten nicht allein dort hingehen. Ich hoffe sehr, das war nicht das, was Sie im Sinn hatten.«

»Ich hatte gehofft, nicht alleine hingehen zu müssen.«

McVeigh schüttelt den Kopf, noch bevor Eliza zu Ende gesprochen hat.

»Bitte, ich brauche Hilfe.« Ihre Stimme klingt angespannt. »Ich muss herausfinden, was passiert ist. Ich *weiß* einfach, dass *irgendjemand* etwas weiß.« Sie hält inne, dann seufzt sie frustriert. »Ich brauche einen Mann, der mir hilft, Zugang zu gewissen Orten zu bekommen.« Dass es keinen anderen Weg gibt, empört sie, aber sie muss es laut aussprechen.

»Eliza, das gehört nun wirklich nicht zu meinen Aufgaben. Es würde nicht gut aussehen.«

»Tja, dann werde ich wohl alleine gehen müssen.« Sie streicht ihre Röcke glatt und tritt einen Schritt zurück.

McVeigh stöhnt auf. »Schon gut, ich kenne es.«

Sie sieht ihn an. Der Missionar hat die Stirn in Falten gelegt. »Ich kenne das Haus, das hier gemeint ist«, räumt er widerstrebend ein. »Es ist in der ganzen Stadt verrufen.«

Ihre Augen weiten sich.

»Haben Sie schon mal von den sogenannten *tongs* gehört?« Er sieht sie an, wertet ihr Schweigen als Ermutigung fortzufahren. »So werden gewisse Organisationen genannt. Sie bestehen aus Männern. Schlimmen Männern. Zutiefst verderbten, um genau zu sein. Sie machen üble Geschäfte. Verbotene Dinge. Glücksspiel. Begünstigung von Unzucht.« Er schüttelt den Kopf. »Diese Männer nennen sich die Bruderschaft des Abnehmenden Mondes, daher auch das Symbol.« Er schwenkt das Blatt Papier und fährt mit einem Finger die groben Umrisse des Halbmondes nach. »Es ist eine Art Visitenkarte. Eine sichelförmige Wunde, die sie auf Leichen hinterlassen. Das sind keine anständigen Leute, deshalb sollte man sich gar nicht erst mit ihnen einlassen. Und ich dürfte Ihnen das alles eigentlich gar nicht erzählen.«

Sie hat tatsächlich schon von dieser Art Geheimbünde gehört, wie sie ihre Forderungen durchsetzen und dabei eine Spur aus zerquetschten Luftröhren und aus den Höhlen quellenden Augäpfeln hinterlassen. Ihr wird schwindlig.

»Ich habe keine Ahnung, weshalb Ihr Vater diese Adresse in seinem Tagebuch notiert haben könnte.«

Der Gedanke beschwört tiefes Unbehagen in ihr herauf. Ist ihr Vater etwa in unlautere Perlenverkäufe verwickelt? Oder hat er, was noch schlimmer wäre, etwas mit den Bordellen in der Stadt zu tun? Er war stets so ein feiner, sanftmütiger Mann, doch vielleicht haben ihn die Jahre hier ein Stück weit härter gemacht.

»Wie komme ich dorthin?«

»Eliza.«

Was auch immer er getan haben mag, sie muss es wissen. »Ihnen ist klar, dass ich es sowieso herausfinde, also können Sie es mir genauso gut gleich sagen.«

Der Missionar seufzt.

»Ich werde es Ihnen sagen, wenn Sie mir versprechen, dass Sie eine angemessene Begleitung finden, Eliza. Jemanden, der sich in der Stadt auskennt, kein Schurke von der Straße, sondern jemand, der auf Sie aufpasst.«

»Natürlich.« Sie hofft, dass ihre Miene überzeugend wirkt.

»In Chinatown biegen Sie beim Star rechts ab, gehen bis zur nächsten Straße und suchen nach dem Fischladen. Das sollte nahe genug dran sein.«

»Fische.« Sie nickt.

»Sie können es nicht verfehlen, aber Sie müssen mir versprechen, dass Sie jemanden mitnehmen, Eliza!«

Doch sie ist bereits zur Tür hinaus.

Kapitel 8

Geschlagene zwei Tage lang beobachtet die Krähe bereits den Mann im Busch. Sie kam herangeflogen, als er im Schatten eines mächtigen Blutholzbaums schlief, ließ sich auf einem Ast direkt über seinem Kopf nieder, auf dem sie nun wie ein weiser Greis hockt. Als der Mann aufwachte, stieß sie ein kehliges Kreischen aus, gefolgt von einem lang gezogenen Ah-Ah-Ah, das mühelos über die Ebenen getragen wurde.

Der Mann suchte nach Nahrung, die er verspeiste, während die Krähe sich vorbeugte und ihn aus ihren starren, weiß umrandeten Augen beobachtete. Dann, als er aufstand und den Weg durch die Bäume einschlug, breitete sie ihre zerfledderten Schwingen aus und flog los, folgte ihm beharrlich von Ast zu Ast.

Noch ist von denen, die den Mann verfolgen, weit und breit nichts zu sehen, trotzdem hält er sich an die Stellen, wo die Bäume am dichtesten stehen, meidet die Streifen des offenen, von Wildfeuern geschwärzten Lands. Am liebsten scheinen ihm jene bewaldeten Gebiete zu sein, in denen die Karandapflaumen- und Eukalyptusbäume ihre dürren Äste gen Himmel recken.

Die Gegend ist staubtrocken, Rindenstücke knirschen laut unter seinen Füßen. Sobald die Regenzeit einsetzt, werden die Becken volllaufen und von Schwärmen sirrender Insekten bevölkert sein. Nun jedoch muss er dankbar für jedes Fitzelchen Schatten sein, den ihm die Gegend gerade noch bietet.

Als er zwischen den Bäumen hervortritt, setzt sich die Krähe auf einen Ast in der Nähe. Der Mann hebt den Arm, um das Gesicht gegen die Sonne abzuschirmen. Er blinzelt. Etwas schimmert am Horizont in der Ferne, verzerrt von der flirrenden Hitze. Die Krähe hat es ebenfalls gesehen, legt den Kopf schief. Staubwolken steigen gen Himmel, aufgewirbelt von galoppierenden Hufen. In aller Seelenruhe wendet der Mann sich um und schlängelt sich durch das Buschland. Sie haben die Verfolgung aufgenommen. Deshalb muss er so schnell wie möglich verschwinden.

Kapitel 9

Von der höchsten Düne aus liegt die Bucht wie ein Farbklecks in der Mittagssonne. Eliza schirmt mit der Hand ihre zusammengekniffenen Augen ab und blickt auf Chinatown hinunter. Auf dem Weg kommen ihr Arbeiter aus den Camps entgegen, auf den Schultern mit Fleisch beladene Tragejoche aus langen Holzstäben. Am Anleger zählen Männer in weißer Uniform und mit Kassenbüchern bewaffnet akribisch ihre vollen Muschelkörbe, während ringsum gierige Möwen und Pelikane auf leichte Beute hoffen. Ein vor einen bis obenhin mit Kisten beladenen Karren gespannter Gaul wartet geduldig. Überall liegen Taue, rostige Ankerketten und weiße, wie Schmetterlingsflügel ausgebreitete Segel im Watt herum.

Wie konnte McVeigh ihr seine Begleitung verwehren? Es ist himmelschreiend ungerecht, dass Männer überall hingehen – und Fragen stellen – dürfen, wohingegen es ihr als Frau nicht gestattet ist. Sie könnte einen der Seemänner fragen, obwohl das vermutlich mehr Aufmerksamkeit erregen würde, als ihr lieb ist. Frustriert ballt sie die Faust. Wäre doch nur Thomas hier.

Bei den Fallen kommt sie an einer kleinen Menschentraube vorbei, die sich um etwas im seichten Wasser Liegendes gebildet hat. Bei näherer Betrachtung entpuppt sich das Etwas als der schuppige Leib eines Krokodils, das aus dem Wasser gezogen wurde und nun mit offenem Maul präsentiert wird.

Ein Kleinkind mit dickem Trommelbauch klettert auf den Rücken des Kadavers und hüpft begeistert darauf herum. Ein Kamerablitz lässt Eliza zusammenzucken. Unwillkürlich muss sie an Familienausflüge denken, als sie auf der Suche nach kleinen verborgenen Schätzen auf allen vieren im Sand herumkroch. Überall lagen Kauri- und Uferschnecken herum, die geradezu danach schrien, in ihre Taschen zu wandern. Ihr Vater breitete unter großem Aufheben eine Picknickdecke im Sand aus, Thomas watete im seichten Wasser umher. Wenn sie sich gestattet, ihre Erinnerungen ein wenig weiter in die Vergangenheit schweifen zu lassen, dorthin, wo sich kaum Sichtbares gespenstergleich materialisiert und sogleich wieder verblasst, kann sie noch jemanden bei ihnen sitzen sehen. Die Aufnahme vor ihrem geistigen Auge ist überbelichtet, doch wenn sie sich darauf konzentriert, kann sie ihn erkennen: einen Jungen in einem Baumwollhemdchen. Er reicht ihr gerade bis übers Knie. Mollige Ellbogen. Ein weißer Lockenschopf, der unter einer Mütze hervorquillt.

»Hallo, Miss.« Eine Stimme reißt Eliza aus ihren Gedanken. »Ah. Bitte entschuldigen Sie«, stammelt er. »Ich wollte Sie nicht erschrecken.«

Sie wischt sich einen imaginären Krümel von der Bluse. »Sie haben mich nicht erschreckt.«

Er ist es. Der Mann, der Hartcastle unten am Ufer ins Wort gefallen ist. Der sie am Anlegesteg beobachtet hat. Er ist hochgewachsen, etwa so groß wie sie, und einige Jahre älter als sie mit ihren zwanzig. Unter dem Arm trägt er einen kleinen Korb und auf dem Kopf einen zerknautschten Hut, den er weit in den Nacken geschoben hat. Die oberen Knöpfe seines aus einer schmuddeligen braunen Weste ragenden Hemds sind offen, und er trägt ein locker geschlungenes rotes Tuch um den Hals.

»Ich habe Sie am Gang erkannt. Schon aus einer Meile Entfernung.« Er lächelt.

Eliza sieht ihn an. »Entschuldigung?«

»Ihr Gang ist … nun, wie soll ich ihn beschreiben? Wie ein Reiher. Irgendwie anmutig, aber zugleich auch verwirrend. So hochgewachsen.«

Sie sieht sich um. »Ich bin nicht sicher, was ich darauf erwidern soll, Sir.« Wieder flammt irgendwo ein Kamerablitz auf.

»Und was für ein Tier bin ich?«, fragt er.

Sie blickt ihn fassungslos an.

»Die Frage ist nur fair.«

Einen Moment lang betrachtet sie den Mann, der kurz nickt, ehe er erstarrt, als hätte sie von ihm verlangt, für ein Porträt zu posieren. Spielt er Spielchen mit ihr? Zigarettenpapier und ein Tabaksbeutel lugen aus seiner Westentasche hervor.

»Also gut, ich würde sagen, Sie haben etwas von einer Pfuhlschnepfe.« Sie verschränkt die Arme. »Eifrig. Stets wachsam.« Zu dem Wort »eigentümlich« kann sie sich nicht durchringen. Wortlos steht er da, doch sie glaubt, ein Lächeln um seine Mundwinkel spielen zu sehen. Eilig fährt sie fort, um die Stille zu vertreiben. »Leicht gebogener Schnabel. Oder Nase. Als würden Sie im Schlick nach Würmern suchen.« Innerlich verdreht sie die Augen.

»Eine Pfuhlschnepfe.« Er imitiert ihren markanten Akzent. »Ich fürchte, von diesem Vogel habe ich noch nie gehört. Sie sind Engländerin?«

»Ich …«

»Ihr Akzent. Sie stammen aus England?«

»Ah. Ja. Wir sind aus London hergesegelt.«

»Eigentlich wäre ich ja beleidigt, aber wenn ich, wie Sie sagen, eine Pfuhlschnepfe sein soll, dann müssen *Sie* der Wurm sein, den ich finde.« Er wechselt den Korb auf die andere Seite. »Deshalb bin ich wohl eher der Gewinner hier. Allerdings hätte ich auf etwas Maskulineres gehofft. Vielleicht auf ein zorniges Känguru. Oder einen Hengst …«

Eliza weiß nicht, wo sie hinsehen soll, deshalb starrt sie auf ihre Stiefel. Der Geruch nach Staub und heißem Kerosin hängt in der Luft.

»Einen angenehmen Tag noch.« Mit einem höflichen Nicken schickt sie sich an weiterzugehen, doch der Mann versperrt ihr mit einem weit ausholenden Schritt den Weg.

»Ah, einen Moment«, ruft er trällernd. »Wer sind Sie? Ich meine … Ihr Name. Wie lautet er?« Sie weicht einen Schritt zurück.

»Ich dachte, Sie wüssten von der Angelegenheit mit meinem Vater?« Ein Anflug von Argwohn glimmt in ihr auf.

Der junge Mann errötet leicht, fährt jedoch unbeirrt fort. »Ich bin Axel Kramer, Miss. Und falls Sie sich wegen meines Akzents fragen, ich komme aus Deutschland. Eigentlich sollte ich gerade auf Reisen sein.« Er beschreibt einen vagen Kreis um sich. »Aber jetzt bin ich seit ein paar Wochen hier und muss sagen, dass es mir ganz gut gefällt. Wenn man von den Kakerlaken absieht. Und, nun ja, von den Ratten.«

»Verstehe.«

»Ich habe mir eine Art Geschäft aufgebaut.« Er scheint unbedingt zu wollen, dass sie ihm weiter zuhört. Mit einer Geste deutet er auf eine flache Hütte etwa hundert Meter den Strand hinunter. Aus dieser Entfernung ist es schwer zu sagen, noch dazu in der flirrenden Hitze, die sämtliche Umrisse verzerrt, doch es scheint sich lediglich um eine offene Blechbehausung zu handeln, in der große Körbe und umgedrehte Holzkisten aufgestapelt sind. Mehrere Leute wühlen in den Behältnissen oder lümmeln in der Hitze herum.

»Muschelsuchen am Strand«, erklärt er, wobei er ein klein wenig verlegen wirkt. Sie weiß, dass es Leute gibt, die die Muscheln am Ufer sammeln – in den wenigen Stunden, wenn sich das Wasser weit genug zurückgezogen hat, um die Korallen und den Meeresboden freizulegen, laufen sie durch das Watt und füllen ihre Körbe –, doch dass Europäer darunter sind, ist ihr neu.

»Es mag ein etwas ungewöhnliches Unterfangen sein, aber an diesen Klippen lässt sich so einiges finden«, fährt er fort. »Hauptsächlich Perlmuscheln und Kreiselschnecken. Die Einheimischen kennen jeden Zipfel hier, geheime Stellen, abgelegene Buchten und Wasserbecken. Allein wäre ich hoffnungslos aufgeschmissen. Ich kann zwar segeln, aber, liebe Güte, schwimmen kann ich so gut wie gar nicht. Wir teilen die Erträge, und als Gegenleistung für ihr Wissen habe ich mich bereit erklärt, den Verkauf der Perlen in die Hand zu nehmen, falls wir welche finden. Allerdings hatten wir bislang kein allzu großes Glück. Möglicherweise bin ich ja zur falschen Jahreszeit hergekommen. Eine ordentliche Springtide, das bräuchten wir jetzt.« Eliza spürt den Schweiß über ihren Rücken sickern. »Jedenfalls freue ich mich, Ihre Bekanntschaft zu machen.« Axel streckt ihr die rechte Hand entgegen, wobei er die Linke auf den Rücken legt und sich verbeugt.

»Eliza. Brightwell.«

Er schüttelt ihr so fest die Hand, wie sie es erwartet hätte, wenn sie ein Mann wäre. »Wir sind seit ungefähr zehn Jahren hier«, sagt sie. »Mein Vater war … ist Perlenunternehmer. Ihm gehört die *White Starling*. Oder tat es zumindest. Aber das wissen Sie ja bereits.« Sie runzelt die Stirn, als sich der Sand zu ihren Füßen zu bewegen beginnt.

»Miss Brightwell. Ich habe von dem Perlenunternehmer gehört. Ihrem Vater.« Eilig blickt er zum Horizont. »Und auch, dass man einen Mann geschnappt und eingesperrt hat.«

Abrupt hebt sie den Kopf. »Dieser Mann ist aber nicht verantwortlich für das, was geschehen ist.« Sie rafft ihre Röcke. »Und je länger die Leute das glauben, umso länger bleiben andere unbehelligt, die etwas zu seinem Verschwinden sagen könnten.« Ihr ist bewusst, wie barsch und unhöflich sie klingt, doch sie muss die ganze Zeit an ihren Vater denken, wie er mit einem Revolver bedroht und entführt wurde. Oder, schlimmer noch, mit dem Gesicht nach unten leblos im Wasser treibt. Sie blickt an Axel vorbei auf die Stadt, in der sich auch die Sheba Lane befindet.

»Ich erwarte nicht, dass Sie mir glauben«, sagt sie. »Schließlich wissen Sie nicht, wie es hier ist.« Sie will an ihm vorbeitreten, doch er legt ihr eine Hand auf die Schulter. Sie schüttelt sie eilig ab. Axel hüstelt.

»Ich bitte um Verzeihung, aber es gibt eine ganze Menge, was Sie nicht über mich wissen, Miss Brightwell. Wenn Sie sagen, dass dieser Mann Ihren Vater nicht getötet haben kann, dann glaube ich Ihnen.«

Sie mustert ihn mit zusammengekniffenen Augen.

»Und damit nicht genug. Ich werde Ihnen helfen, herauszufinden, was mit ihm geschehen ist, falls Ihnen damit gedient ist.«

»Ich komme schon zurecht.« Sie streicht sich eine Strähne hinters Ohr. »Es ist wirklich kein Problem.«

»Miss, ich mag noch nicht lange hier leben, aber mir ist bewusst, dass eine Frau in Bannin nicht dieselben Privilegien besitzt wie ein Mann.« Sie glaubt, etwas Herausforderndes in seinem Blick zu erkennen. »Ich liege wohl nicht falsch mit meiner Annahme, dass Sie in den meisten Etablissements anzügliche

Blicke ernten, vielleicht sogar ganz schnell zur Tür hinausgeschoben werden würden. In anderen würde man Sie abschätzig taxieren und lediglich wegen Ihrer Weiblichkeit für wertvoll befinden.« Erschrocken über seine Unverblümtheit, zuckt er zusammen. »Angesichts dessen wird es leichter für Sie sein, sich in meiner Begleitung Zugang zu gewissen Orten zu verschaffen«, fügt er eilig hinzu.

Ihr Versprechen an McVeigh kommt ihr wieder in den Sinn, als sie den jungen Mann beäugt. Obwohl sie ihn auf der Straße kennengelernt hat, kommt er ihr nicht wie ein Schurke vor. Sie fragt sich sogar, ob *sie* am Ende womöglich auf *ihn* aufpassen muss. Allerdings kann sie sich nicht recht erklären, weshalb er so versessen darauf ist, ihr zu helfen.

»Und Sie verlangen keine Gegenleistung?« Sie mustert ihn, seine schmalen Schultern, den Witz von einem Hut auf seinem Kopf.

»Doch, da gibt es tatsächlich etwas.«

Sie zieht die Brauen hoch.

»Sie können mir etwas über Bannin Bay erzählen. Sie hatten ganz recht mit Ihrer Vermutung, dass ich mich hier nicht auskenne, aber genau das muss ich, wenn ich mich geschäftlich etablieren will. Und wer könnte eine bessere Mentorin sein als die Tochter eines Perlenunternehmers?« Seine flinken Augen schweifen über ihr Gesicht, auf der Suche nach einer Antwort.

Sie versucht, sich ihn bei einer Schlägerei mit den Männern hinter dem Kingfish Hotel vorzustellen, oder wie er diskret in eines der Etablissements in der Sheba Lane schlüpft, während die Papierlampions leise in der Brise schwanken. Es gelingt ihr nicht. Etwas an diesem Mann ist anders als an allen anderen, denen sie bisher begegnet ist. Aber ein Mann ist genau das, was sie braucht, und Axel Kramer erscheint ihr so geeignet für ihr Vorhaben wie jeder andere auch. Sie braucht ihm ja nicht alles auf die Nase zu binden, was sie weiß, sondern kann ihn benutzen, um einen Fuß in gewisse Türen zu bekommen, und danach kann er weiter seine Muscheln sammeln und sie nach ihrem Vater suchen.

»Nun, ein Händchen fürs Geschäftliche scheinen Sie ja zu haben«, bemerkt sie und blickt wieder zu der erbärmlichen Hütte hinüber. »Sie behandeln die Einheimischen gut, was man nicht von vielen hier behaupten kann.« Sie sieht ihn wieder an, seine eifrige Miene, die Hakennase, den schneidigen Schnauzbart, lässt alles auf sich wirken. Wenn ihr Vater Leute auf die Probe stellen kann, weshalb sollte sie es dann nicht auch können? »Also gut.«

Er strahlt sie an.

»Sind Sie bereit?«

Tagebuch von Charles J. G. Brightwell, Perlenunternehmer

Ein Bericht über die Haie in North West Australia

Der erfahrene Naturkundler weiß zweifellos, dass die Gewässer vor der Westküste Australiens zahllose Tierarten beheimaten, darunter auch eine stattliche Anzahl an Delfinen, Seekühen, Walen, Schildkröten und rund 200 unterschiedliche Haiarten.

Meine erste Saison als Perlenunternehmer neigt sich allmählich dem Ende zu, und die Erfahrung hat gezeigt, dass Bannin Bay ein bevorzugter Ort von Haien ist. In den seichteren Gewässern begegnet man Mako-, Tiger- sowie Schwarzspitzenriffhaien, wohingegen die tieferen Gewässer von gewaltigen Hammerhaien mit ihren grotesk flachen Köpfen bevölkert sind. Eine Stelle ein Stück nördlich von Cape Villaret hat sich als besonders gefährlich entpuppt. Ich kenne Männer, denen das Gesäß von weißen Haien, die nur wenige Meter neben ihren Loggern herumschwammen, zerfetzt wurde. Der weiße Hai ist ein faszinierendes und zugleich angsteinflößendes Geschöpf. Er verfügt über einen kräftigen schiefergrauen Körper und ein totes, tiefschwarzes Auge, dessen Anblick selbst dem abgebrühtesten Seemann das Blut in den Adern gefrieren lässt.

Einem jungen Mann an Bord von Hardcastles Wandering Eve wurde vor nicht einmal zwei Monaten das Bein glatt abgetrennt. Der arme Kerl zitterte am ganzen Leib und starb in einer gewaltigen Blutlache, noch bevor ihm jemand zu Hilfe eilen und ihn aus seinem

Schockzustand reißen konnte. Dies war ein schwarzer Tag und das Maß für die Perlenunternehmer damit endgültig voll. Sie erklärten den Bestien den Krieg, warfen mit frischen Ködern versehene Angelhaken über die Seitendecks, um zu sehen, was die Tiere aus den Tiefen herauflocken würde. Als sie endlich einen Hai gefangen hatten, zogen sie seinen heftig zappelnden Leib halb an Bord und schlitzten ihn auf, sodass sich seine Gedärme und inneren Organe in einem bräunlich-roten Schwall ins Meer ergossen. Was natürlich die anderen Haie vollends in die Raserei trieb. Als sie aus dem Wasser auftauchten, konnten die Männer ihnen mit Revolvern, Harpunen und Macheten zu Leibe rücken, mit allem, was sie gerade zur Hand hatten. Was für ein schauerlicher Anblick. Ein Logger konnte ein ganzes Dutzend Haie so mit sich ziehen. Für den Moment haben sie ihnen den Garaus gemacht, aber wir werden sehen müssen, ob sie mit dem Beginn der neuen Saison nach der Regenzeit wieder auftauchen.

Kapitel 10

Der Geruch ist so penetrant, dass er einem die Tränen in die Augen treibt: frittierte Zwiebeln, Kurkuma, Chilisoße und Ingwer, vermischt mit einer Wolke moschusartigen Sandelholzes und den Ausdünstungen mehrerer Hundert Männer. Die windschiefen, einander wie betrunkene Seemänner bei Sonnenuntergang zugeneigten Behausungen hier unten stehen auf Holzpollern als Schutz gegen die Springtiden im Frühjahr. Die Logger haben ihre Crews an Land gespuckt, und überall herrscht reges Treiben, ein stetes Gewimmel aus Menschen und Katzen. Letztere machen in den düsteren Gassen Jagd auf Nager und anderes Ungeziefer, das sie dann als gut gemeinte Gaben auf die Veranden der Häuser schleppen und dort liegen lassen.

Eliza kennt sich ein wenig mit den Gegebenheiten in diesem Teil der Stadt aus. Gewürze, Gold und aphrodisierende Pülverchen werden verkauft, Kräutermischungen und -tinkturen gegen Warzen, Schrumpfleber, Verbrennungen und Verbrühungen zusammengerührt. In kleinen Buden werden bis spät in die Nacht Getränke angeboten. Chinesische Schneider rangeln mit

Fleischern um die Ladenflächen. Hurenhäuser grenzen an Billardsalons und billige Absteigen, Gemüsehändler, Tabakverkäufer, Bootsbauer, Pfandleiher, Steinmetze, Wäschereien und schäbige Bars reihen sich aneinander.

Nie zuvor hat sie so viele Männer an einem Ort gesehen: Japaner und Südseeinsulaner, Filipinos und Singhalesen, Javaner, Dayak, Kupanger und Brasilianer aus allen Gesellschaftsschichten vom Arzt über den Unternehmer bis zum einfachen Arbeiter und Bettler. Sobald die Perlentauchsaison in vollem Gange ist, gibt es kaum noch Männer in der Stadt, mit Ausnahme der Gastwirte, Ladenbesitzer und der arbeitsscheuen Perlenunternehmer, die lieber im Trockenen auf ihren Veranden sitzen, als hinauszufahren. Deshalb ist Eliza daran gewöhnt, dass die Stadt zumindest für einige Monate im Jahr hauptsächlich von Frauen bevölkert ist, die gärtnern, Kranke pflegen, Ratssitzungen leiten oder Reparaturen an Haus und Hof auf die Beine stellen. Doch sobald die Männer zurückkehren, werden die Frauen wieder an ihren gewohnten Platz verbannt, wie Blechtassen in die hinterste Ecke eines alten Geschirrschranks.

Die Leiber der Männer verströmen eine ungewohnte Hitze, und die Luft ist erfüllt von ihrem Stimmengewirr, das zäh wie Sirup durch die Straßen rinnt. Die Leute treten zur Seite, als Eliza und Axel vorbeigehen, einige brummen etwas, weichen ihnen mit gesenkten Köpfen aus. Ab und zu kommt ein Einspänner vorbei, gezogen von einem zumeist übellaunigen Gaul. Männer mit von der Taucherkrankheit gelähmten Gliedern humpeln gebückt unter der Last ihrer Tragejoche, verkaufen Fisch, Schlammkrabben, Seekuh- und Schildkrötenfleisch. Traurige Grammofonmusik weht durch die Gassen, vermischt sich mit dem Gejammer der Katzen und dem leisen *Pling* der hölzernen Rechenschieberperlen. Auf einem Balkon spielt ein Mann lächelnd ein langsames Stück auf einer Ukulele.

Vor einem Laden preist ein singhalesischer Perlendoktor seine Dienste an. Seine Aufgabe ist überaus diffizil, denn er befreit die Perlen von sämtlichen sichtbaren Beschädigungen. Mit winzigsten Werkzeugen löst er die einzelnen Schichten ab, die sich wie die Blütenblätter einer Rose aneinanderklammern. Manchmal kann ein winziges Fitzelchen verdorbenen Fleisches entfernt und die Perle gerettet werden, bei anderen reicht der Verfall bis tief ins Mark, so wie bei manchen Menschen.

Sie kommen zu einer belebten Kreuzung. Straßenschilder gibt es nicht, mit Ausnahme einer Handvoll ramponierter Blechschilder, die an den Stamm eines Eukalyptusbaums genagelt sind.

»Entschuldigung, Sir.« Axel hält einen vorbeigehenden Mann an. Dieser trägt ein Hemd mit steifem Kragen, und in seinem Mundwinkel hängt eine selbst gedrehte Zigarette. »Bitte entschuldigen Sie die Umstände, aber wir suchen den Star …«

Der Mann wirft zuerst Axel, dann Eliza einen flüchtigen Blick zu, schüttelt den Kopf und flitzt so schnell davon wie eine Maulwurfsgrille.

Axel, der unter seinem zugeknöpften Hemd schwitzt, nimmt den Hut ab und wischt sich die Stirn. »Was jetzt, Miss Brightwell?«

Statt ihn anzusehen, lässt sie den Blick über die heruntergekommenen Ladeneingänge schweifen. Er sagt noch einmal ihren Namen, lauter diesmal.

»Eliza?«

Endlich dreht sie sich zu ihm um. Er zieht fragend die Brauen hoch – ein Ausdruck, den sie nur zu gut kennt.

»Tut mir leid.« Sie schüttelt den Kopf. »Manchmal habe ich so ein Klingeln im Ohr.« Stirnrunzelnd tritt Axel näher. »Es ist, als würde sich alles rings um mich verengen, als wäre ich lebendig begraben.« Sie kneift die Augen zusammen. »Aha!«

Noch bevor er etwas erwidern kann, hastet sie auf ein niedriges, saloonartiges Gebäude zu, auf dessen heruntergekommener Veranda es von Männern nur so wimmelt. Mehrere knochige Pferde mit Futterbeuteln um die Hälse stehen davor. Daneben kämpft sich ein weißer Eukalyptusbaum aus den Dunghaufen. An seinem Stamm lehnt ein quadratisches Metallschild mit einem fünfzackigen Stern darauf.

»Eine Straße weiter, hat McVeigh gesagt.« Eliza nickt.

Tagebuch von Charles J. G. Brightwell, Perlenunternehmer

Eine Tragödie

Ich will es gar nicht beschönigen, denn heute mussten wir einen weiteren betrüblichen Tag erleben. Nach gerade einmal zwei Jahren in Bannin Bay wurde meine Familie von einer Tragödie heimgesucht. Willem hat schließlich doch sein Bein verloren, nachdem er eine Sepsis erlitten hat, die ihn beinahe das Leben gekostet hätte. Es begann vor ein paar Wochen, als er am Anlegesteg nur einen halben Meter tief im Wasser stand und von einer Qualle erwischt wurde. Es muss sich um eine Seewespe gehandelt haben, denn kaum drang der Schrei aus seinem Mund – ein Heulen voller Todesqualen –, verdrehte er auch schon die Augen und rang um Atem. Wir brachten ihn sofort ans Ufer, und Blithe untersuchte ihn in seiner Ambulanz. Er brauche Ruhe, meinte der Doktor, also hütete Willem für die folgenden zwei Wochen das Bett. Doch schon wenig später begann die Wunde zu nässen und das Fleisch seiner Wade zu verfaulen. Liebe Güte, dieser Gestank war nicht von dieser Welt! Ich konnte mich ihm nur mit einem Taschentuch vor der Nase nähern. Martha ertrug seinen Anblick kaum und hielt sich zumeist von ihm fern. Die Wunde schwärte immer weiter, das ganze Bein wurde schwarz und hart, das Fleisch selbst glänzte wie frittierte Fischhaut, bis irgendwann allein eine flüchtige Berührung mit der Fingerspitze reichte, um ganze Fetzen vom Knochen zu lösen. Am Ende musste Blithe ihm das Bein direkt über dem Knie absägen, und mein Bruder schwitzte und fieberte, bis die Infektion endlich aus seinem Körper verschwand. Wir werden eine Lösung für ihn finden, damit er wieder gehen kann, allerdings fürchte ich, dass in diesen Gefilden bloß ein Holzbein infrage kommt. Seine Erkrankung bedeutet auch, dass wir unsere Pläne, die Flotte gemeinsam zu betreiben, als zwei Perlenunternehmer-Brüder auf See mit ihrer hart arbeitenden Mannschaft, vorerst nicht weiter verfolgen können. Ich habe dem guten Willem angeboten, dass er trotzdem noch mein Partner sein könne, nur eben vom Land aus, bis er sich weit genug erholt hat, um wieder hinausfahren zu können. Bis dahin werde ich ihm einen Teil von dem abgeben, was wir erbeuten, was unter den gegebenen Umständen nur gerecht ist. Doch er sah mich nur düster an und wandte sich ab, wobei das Kerzenlicht tiefe Schatten über sein ausgezehrtes Gesicht warf.

Post scriptum: Anmerkung zu den Würfelquallen (transkribiert von meinen ursprünglichen naturkundlichen Aufzeichnungen und aus Gründen der Erläuterung hier eingefügt). Die Seewespe ist eines der angsterregendsten Geschöpfe im Ozean und hat schon unzählige Taucher das Leben gekostet. Die blassblauen Räuber besitzen eine würfelförmige Kappe, ungewöhnlich lange Tentakel (die über drei Meter erreichen können – siehe Illustration) und zeichnen sich durch eine hohe Entwicklung aus. Sie besitzen die Fähigkeit, sich aktiv durchs Wasser zu bewegen, statt nur von der Strömung getrieben zu werden, und ihr potentes Gift hat sich so weiterentwickelt, dass ein Biss ihr Opfer lähmt oder gar tötet. Selbst noch so wehrhafte Versuche, sich aus ihren Tentakeln zu befreien, bleiben fruchtlos. Ich kann mit Gewissheit sagen, dass ich lieber einem Haifisch oder einer Seeschlange begegnen würde als einer Würfelqualle. Weshalb ich Willem und unser fehlgeschlagenes Arrangement umso mehr bedauere. Der Mann mag seine Fehler und Unzulänglichkeiten haben, aber so etwas verdient er nicht.

Kapitel 11

Der Missionar hatte recht, was den Fisch angeht. Die Tiere sind dicht an den Wänden aufgereiht – Augen, die Eliza überallhin folgen, als sie daran vorbeigeht. Darunter liegen sie in Blechwannen, marmorierte, glänzende Leiber, jeder einzelne ein perfektes Schindelwerk aus glitzernden Schuppen. Und mittendrin sitzt ein Mann auf einem klapprigen Hocker, auch er vertrocknet und ausgedörrt vom Alter. Schuppen funkeln auf seiner Hose, und unter seinem dünnen Unterhemd zeichnet sich runzlig-schlaffe Haut ab.

»Entschuldigen Sie, Sir«, sagt Eliza.

Langsam wendet sich der Mann ihr zu. Erschrocken bemerkt Eliza, dass seine Pupillen milchig-grau sind.

»Wissen Sie zufällig …«

»Wir hätten gern Fisch«, unterbricht Axel und wedelt ungelenk mit den Armen herum, ehe er Eliza einen eigentümlichen Blick zuwirft. Der Alte hat mit keiner Wimper gezuckt. »Einen großen. Am besten einen Ihrer schönsten … Schnapper?«

Mit angehaltenem Atem verfolgt Axel, wie sich der Alte ihm zuwendet. Bis auf das gedämpfte Blaffen der streitenden Männer im Star ist es still. Schließlich steht der Fischverkäufer auf, schlurft zu den Fischen und streicht tastend mit den Händen über die perlmuttige Haut, bis seine Finger an einem Exemplar verharren, das mit entsetzter Miene ins Leere starrt. Er packt den Fisch und legt ihn in seine Armbeuge, ehe er vor Axel tritt und ihn ihm hinhält.

»Ein Penny«, krächzt der Alte.

»Nun, ja. Tja. Klingt vernünftig. Natürlich.« Axel kramt die Münze aus seiner Tasche. »Guten Tag, Sir.« Er nimmt den Fisch, dessen vorwurfsvoller Blick auf Eliza ruht, und klemmt ihn sich unter den Arm, während der Alte zu seinem Hocker zurückkehrt.

»Wieso um alles in der Welt haben Sie einen Fisch gekauft?«, zischt sie.

»Weil es verdächtig aussähe, wenn wir einfach so auftauchen und geradewegs zur Hintertür reinmarschieren würden.«

Der Eingang befindet sich in einer schmalen Gasse, die neben dem Laden des Fischhändlers entlangführt. Sie ist dunkel und kühl, und überall liegen von Ameisen bevölkerte Gräten herum. Das Haus selbst ist doppelstöckig und auf den ersten Blick eher unauffällig. Auf der Veranda liegen leere Flaschen herum, vergraute Wäsche hängt an einer Leine. Neben der Eingangstür sind drei große Steine aufeinandergestapelt.

»Three Stones. Drei Steine«, flüstert Eliza und marschiert geradewegs auf die Tür zu.

»Warten Sie! Sind Sie sicher, dass das eine gute Idee ist?« Axel packt sie bei der Schulter und sieht sich verstohlen um. »Wir wissen doch gar nicht, wer sich in dem Haus aufhält oder welche Geschäfte hier betrieben werden«, flüstert er. »Vielleicht sollten wir … erst mal überlegen.« Vorsichtig legt er den Fisch auf den Boden und wischt sich die Hände an den Hosenbeinen ab.

Mit einem tiefen Atemzug dreht sich Eliza zu ihm um. »Eine Frage, Axel. Wo ist Ihr Vater?«

Axel runzelt die Stirn. »Das weiß ich nicht. Um diese Jahreszeit wohl in Hamburg, vermute ich. Er hält sich sehr oft geschäftlich dort auf. Kauft und verk…« Seine Stimme verklingt.

»Mein Vater und mein Bruder sind alles, was ich hier noch habe«, sagt sie. »Und mein Vater …« Sie hält kurz inne. »Er ist ein anständiger Mann. Davon bin ich fest überzeugt. Völlig unabhängig davon, was vorgefallen ist. Er verdient es nicht, dass man ihn einfach vergisst oder aufgibt. Wäre *ich* gerade irgendwo dort draußen, ganz egal ob am Leben oder nicht, würde er alles in seiner Macht Stehende tun, um mich zu finden.« Sie blickt zu Boden. »Dasselbe werde ich auch für ihn tun, und wenn Sie mir nicht helfen wollen, können Sie jederzeit gern zum Strand zurückgehen. Sie sind mir nichts schuldig, deshalb steht es Ihnen völlig frei. Aber ich werde an diese Tür …« Bevor sie zu Ende sprechen kann, ist er an ihr vorbei und die Treppe hinaufgestiegen. »Nein, Moment noch! Ich übernehme das.« Sie schiebt sich an ihm vorbei, hebt die Hand und erstarrt. In den Holzrahmen ist ein winziger Halbmond geschnitzt. Die Tür selbst ist angelehnt, sodass kühle Luft in Schwaden herausdringt. Sie legt die Hand auf das Holz und schiebt gegen die Tür, die mit einem lauten Knarzen aufgeht.

Im Raum ist es nahezu dunkel, lediglich vereinzelte Lichtscharten fallen herein. Bis auf einen großen Holztisch, der sich fast über die gesamte rechte Wand erstreckt, ist er leer. Daneben steht ein kleiner Hocker, hinter dem sich eine weitere angelehnte Tür befindet, durch die ebenfalls Licht fällt. Durch den Spalt erkennt Eliza hohe Regale, in denen sich Ballonflaschen mit medizinisch aussehenden Flüssigkeiten aneinanderreihen. An der Tür ist ein kleines Schild mit einem Namen befestigt, den sie jedoch nicht ausmachen kann. Sie spürt Axels Hand im Rücken, die sie voranschiebt.

»Hallo?«, ruft sie ins Dunkel hinein. Stille hallt durch das Haus. »Jemand da?«

Als keine Antwort kommt, treten sie zu der langen Tafel, die mit einem Tuch abgedeckt ist, dessen Ecke Eliza vorsichtig anhebt und zurückschlägt. Ihr stockt der Atem. Sie lässt den Zipfel wieder sinken und sammelt sich, wohl wissend, was sie gleich enthüllen wird. Sie wappnet sich, schlägt das Tuch noch einmal so weit zurück, wie sie kann, und blickt auf ein schimmerndes Meer aus Perlen. Keiner von ihnen bringt einen Laut heraus, allein die Zahl der Kostbarkeiten verschlägt ihnen schlicht die Sprache. Ein eigentümlicher Schimmer geht von den Perlen aus, wie über der Themse wabernder Nebel, zu Hause in London. Es müssen Hunderte Perlen sein, in Farben von Aalgrün über Libellenblau bis hin zu sanftem Rosé. Einige sind klein und deformiert, die größte jedoch besitzt das Ausmaß ihres Augapfels. Vorsichtig nimmt sie die Perle und dreht sie im Licht. In ihr scheint sich die gesamte Wetterpalette widerzuspiegeln: violette Gewitter- und fluffige Kumuluswolken, das Schiefergrau des Ozeans unmittelbar vor Sonnenaufgang. Eliza schluckt. Sie weiß, dass die Chance, unter den unzähligen Muscheln eine Perle zu finden, bei eins zu zehntausend steht. Ein solcher Glücksgriff kann dem Besitzer Hunderte, ja sogar Tausende Pfund an einem Tag einbringen. Durch ein Exemplar wie dieses kann jemand zu einem gemachten Mann werden – sie kann sich nicht einmal ansatzweise vorstellen, welchen Reichtum eine Sammlung wie diese beschert.

»Muss Hehlerware sein«, flüstert sie Axel grimmig zu und schiebt die Perle wieder unter das Tuch. Die Angst lässt ihre

Stimme hohl klingen. »Von den Muschelöffnern gestohlen und auf dem Schwarzmarkt verhökert. Es gibt Leute, die für so etwas töten würden.« Es ist ein offenes Geheimnis, dass manche Crewmitglieder sich während der Nacht an Deck stehlen, um ein Stück Holz zwischen die geöffneten Muschelschalen zu rammen. Auf diese Weise wird verhindert, dass die Auster ihre Schale wieder schließt, was dem Dieb die Gelegenheit gibt, in wenigen Sekunden ein Stück Draht in den Spalt zu schieben und im Muschelfleisch nach der Perle zu tasten, die sich womöglich darin verbirgt. Die Methode hinterlässt keinerlei Spuren, und die Muschel wirkt am nächsten Tag vollkommen unberührt.

»Gott allein weiß, wie die Leute daran gekommen sind, wie viel Blut dafür vergossen wurde.«

»Gewiss nicht«, flüstert Axel, wenn auch nicht gerade überzeugend. »Bestimmt gibt es eine Erklä…« Die Tür hinter ihnen quietscht, und das Klicken eines Revolvers hallt durch die Stille. Sie erstarren. Eliza bemerkt, dass Axels Atemzüge schneller geworden sind.

»Wir sollten wohl lieber die Hände hochnehmen«, flüstert sie, ehe sie sich langsam in Richtung der Waffe umdrehen.

Kapitel 12

1888

Es waren fast zwei Jahre seit ihrer Ankunft in Bannin vergangen, als Eliza eine Veränderung an ihrer Mutter auffiel. Statt ihrer gewohnten Lebhaftigkeit wurde sie zunehmend verschlossen und schwächlich, wie eine Kerze, die jemand ausgeblasen hatte. Ihre blitzenden blauen Augen wirkten erloschen, ihre Haut war bleich und von einer dünnen, klebrigen Schweißschicht überzogen. Früher war sie regelmäßig in die Stadt spaziert oder hatte Gäste zum Tee empfangen, nun hingegen zog sie sich in ihr Schlafzimmer zurück und lag stundenlang nur im Bett. Eliza hatte strikte Anweisung, sie nicht zu wecken, doch stattdessen saß sie vor ihrer Tür und lauschte ihren Atemzügen. Manchmal sah ihre Tante Martha auf einen Besuch vorbei, während eine Schar Lärmlederköpfe auf den Bäumen saß und lautstark schimpfte. Sie brachte ihr Lilien oder frisches Brot zum Frühstück mit. Und obwohl sie nicht immer einer Meinung waren, saß sie auf ihrer Bettkante, wo sie stundenlang mit leisen Stimmen miteinander sprachen.

»Wir beten im Circle für dich«, hörte Eliza ihre Tante einmal sagen. »›*Die Kinder sind eine Gabe des Herrn.*‹« Eliza wusste, dass sich beim Ladies' Circle die frommsten und gesittetsten Frauen trafen, darunter auch die Gattinnen des Doktors und des Postmeisters und sogar Iris Stanton höchstpersönlich, ihres Zeichens Ehefrau des Präsidenten der Pearler's Association, Septimus Stanson. Die Frauen trafen sich jeden Donnerstag in der Stadt, wobei sich ihre Gespräche häufig bis weit in den Abend hineinzogen. Es gab eine Menge zu besprechen, oft die würdelosen Umtriebe in Bannin Bay – Sodomie, unangemessene Lustbarkeiten, Ehebruch, gemischtrassiger Beischlaf, die Ungehörigkeit des Treibens in Spielhöllen und Hurenhäusern. Ihre Mutter beteiligte sich nie daran – ein Versäumnis, das, wie Tante Martha häufig warnte, ihr Gott womöglich niemals vergeben würde.

Nachts weckte Eliza das leise Schlurfen von Pantoffeln im Haus. Sie lauschte auf das Klicken des Riegels, wenn ihre Mutter in die kühle Luft hinaustrat. Bis zu ihrer Rückkehr verging stets einige Zeit. Morgens erkundigte sich Eliza bei Thomas, wohin ihre Mutter diese nächtlichen Streifzüge wohl führten. Hatte sie Ärger mit jemandem aus der Stadt? Wusste ihr Vater, der sich auf See befand, was in seiner Abwesenheit vor sich ging? »Wir müssen es ihm sagen!«

Thomas verdrehte nur die Augen. »Du dummes Ding!«, maulte er und ließ sie mit ihrer Besorgnis allein zurück.

Eines Nachts folgte Eliza ihrer Mutter und beobachtete durch einen Spalt in der Tür, wie sie im Schein des Mondes durch den Garten wanderte. Entsetzt sah sie zu, wie ihre Mutter einen Kieselstein vom Boden aufhob, ihn an ihrem Nachthemd abwischte, sich in den Mund schob und daran lutschte.

Im ersten Moment war Eliza verwirrt. Dann bekam sie Angst. Thomas war so schnippisch. War es ihm etwa völlig egal, ob mit ihrer Mutter etwas nicht stimmte? Vielleicht hatte eine der anderen Frauen aus der Stadt sie ja mit etwas angesteckt. Sodass sie jetzt komplett den Verstand verlor. Eliza malte sich aus, wie sie dahinsiechte, isoliert in einem Zelt im Watt wie die Taucher, die sich etwas Schlimmes eingefangen hatten.

Doch schon bald stellte sich heraus, dass keine Gefahr bestand, ihre Mutter könnte immer schmaler werden. Vielmehr schien das Gegenteil der Fall zu sein – sie schwoll zunehmend an. Zuerst ihre Brüste, dann ihre Finger und Füße, alles wurde prall und rund. Alles nach innen Geneigte wölbte sich nun nach außen, und dann schob sie einen gewaltigen Bauch vor sich her. Ihre Haut spannte sich förmlich darüber, fest und glänzend wie das Fleisch, das es zum Abendessen gab.

Das Feuer schien neuerlich entzündet worden zu sein, und ihre Mutter gewann ihre alte Energie zurück, die nächtlichen Wanderungen ließen nach, bis sie schließlich gänzlich aufhörten. Kein Klicken des Riegels mehr. Ihre Wangen bekamen Farbe, sie lächelte und lachte, bis sie Eliza eines Tages mit vor Stolz feuchten Augen erklärte, dass sie bald ein Brüderchen oder Schwesterchen bekäme. Sie hielt inne und blickte sie mit gespannter Freude an. »Und?«

Eliza schwieg einen Moment. »Das ist bemerkenswert, Mutter«, erwiderte sie schließlich, während sich das heiße Gift der Eifersucht in ihrer Brust ausbreitete.

Kapitel 13

1896

Zwei Dinge sind sonnenklar: Auf sie ist eine Waffe gerichtet, und gehalten wird sie von einem Jungen. Er kann höchstens acht oder neun Jahre alt sein und trägt ein loses Unterhemd und schmuddelige kurze Hosen. Seine nackten Füße sind schmutzverkrustet, sein Schädel ist rasiert, was seine Augen riesig wirken lässt. Er ruft ihnen etwas in einer Sprache zu, die weder Eliza noch Axel verstehen können. Die Hände immer noch erhoben, wechseln sie einen flüchtigen Blick.

»Wir sind nicht auf Ärger aus«, sagt Axel schnell. »Wir suchen nur ihren Vater.« Mit dem Kopf weist er auf Eliza, doch dass er in einer fremden Sprache antwortet, scheint die Wut des Kleinen erst recht zu entfachen, denn er lässt einen schrillen Wortschwall über sie niedergehen, wobei er seine Waffe abwechselnd auf einen von ihnen gerichtet hält. Gebannt hängt Elizas Blick auf dem schlanken Lauf, auf den schmalen Fingern des Jungen, die sich fest um den Griff krallen. Sie war noch nie im selben Raum mit einer Feuerwaffe. Die Intimität erstaunt sie.

»Vielleicht sollten wir lieber auf die Knie gehen«, flüstert Axel. »Um uns gefügig zu zeigen?« Beide lassen sich vor dem Jungen auf den Boden sinken, der keinerlei Anzeichen macht, den Webley-Revolver herunterzunehmen. In diesem Moment erscheint eine Gestalt im Türrahmen, deren Silhouette sich scharf vor der hereinfallenden Sonne abzeichnet. Eliza blinzelt. Er hält den Fisch in der Hand.

»Was zum Teufel ist hier los?«

Der Mann spricht schnell und auf Englisch mit ausgeprägtem Akzent. Er tritt über die Schwelle und blickt auf die beiden knienden Fremden, ehe er eine Reihe unterdrückter Flüche ausstößt, woraufhin der Junge mit einem Seufzer die Waffe sinken lässt. Der Mann verscheucht ihn mit einer knappen Handbewegung und legt den Fisch auf den Boden, während der Junge den Revolver auf den Hocker knallt und mürrisch hinaus in die Hitze trottet.

Im Hosenbund des Mannes steckt ein langes Jagdmesser. Eliza sieht es im durch die Tür einfallenden Lichtkegel aufblitzen, als er vor ihnen auf und ab geht.

»Ich gebe Ihnen fünf Sekunden, um mir zu erklären, was Sie in meinem Haus zu suchen haben, oder ich schlitze Ihnen die Kehle auf.« Die Drohung kommt fast beiläufig über seine Lippen. Er legt die Hand um den beinernen Griff des Messers und zieht es langsam heraus.

»Wir führen nichts Ungehöriges im Schilde«, stammelt Axel. »Wir wussten nichts von den Steinen hier. Sie sind nicht der Grund, weshalb wir hier sind. Darauf gebe ich Ihnen mein Wort.«

»Ihr Wort?« Ein ironisches Lächeln breitet sich auf den Zügen des Mannes aus. »Na, herzlichen Dank, dass Sie mir Ihr *Wort* geben, Sir.« Speicheltröpfchen sprühen aus seinem Mund, und seine Augen glühen vor Wut. »Sie wussten, dass sie hier sind, und genau deshalb sind Sie auch hier. Um uns zu bestehlen.« Eliza blickt zu Axel hinüber, der kreidebleich vor Angst ist. Sie hört sein trockenes Schlucken.

»Sir, ich habe Geld«, sagt sie ruhig. »Ich gebe es Ihnen, wenn Sie uns gehen lassen.« Der Mann scheint darüber nachzudenken. Das Messer liegt locker in seiner Hand, woraus sie schließt, dass er sie nicht als ernsthafte Bedrohung sieht. Ihr Blick schweift zu dem Revolver auf dem Hocker.

»Zeigen Sie es mir.«

Langsam bewegt Eliza ihre Füße. »Ich werde jetzt aufstehen.« Sie erhebt sich und streckt ihm ihre leeren Hände entgegen, ehe sie eine Hand in ihre Bluse gleiten lässt. Sofort zuckt der Mann. Mit einer knappen Bewegung zieht sie ein Bündel Banknoten aus ihrem Mieder, das er argwöhnisch beäugt, ehe er sie mit einer Geste heranwinkt. Sie zögert, tritt einen Schritt vor, hält jedoch ihren Arm mit dem Geld auf dem Rücken, gerade als er die Hand danach ausstreckt.

»Ich werde Ihnen dieses Geld im Austausch gegen Informationen über meinen Vater geben, Sir.« Sie hört Axels ersticktes Gurgeln hinter sich. »Ich weiß, dass er hier war. Deshalb sind wir hergekommen. Ihre Perlen und die Geschäfte, die Sie hier treiben, interessieren uns nicht.« Sie deutet um sich. »Wenn Sie nachsehen, werden Sie feststellen, dass wir die Steine nicht angerührt haben. Dabei hätten wir mehr als genug Zeit gehabt, sie an uns zu nehmen. Was wir aber nicht getan haben. Warum Sie sie allerdings unbeaufsichtigt lassen, ist mir ein Rätsel.« Axels panisches Stöhnen wird lauter. »Wir werden niemandem davon erzählen. Nichts davon geht uns etwas an. Wir wollen nur Informationen über meinen Vater.«

Die Brauen des Mannes heben sich leicht, und die Muskeln in seiner Wange zucken. Das Messer immer noch ausgestreckt, deutet er hinter die beiden. »Los, zurück!«, bellt er. »Zurück.«

Sie weichen nach hinten, bis sie beinahe die Wand berühren. Der Mann steckt das Messer in seinen Gürtel zurück, tritt zum Hocker und schnappt sich den Revolver, dann geht er zum Tisch und nimmt die Perlen in Augenschein. Eliza nutzt die Gelegenheit und wirft einen Blick auf das Schild an der Tür. *Zhou*. Sie *wusste*, dass dieser Name dort stehen würde.

Endlich scheint der Mann mit seiner Bestandsaufnahme zufrieden zu sein und schlägt das Tuch wieder über die Perlen.

»Taschen ausleeren und her mit dem Geld, dann lasse ich Sie am Leben.«

Axel, der immer noch auf dem Boden kniet, gehorcht. Widerstrebend reicht Eliza dem Mann das Geld, ohne den locker in seinen Fingern baumelnden Revolver aus den Augen zu lassen.

»Trotzdem brauche ich einen Beweis, dass Sie keinen meiner Steine anderswo versteckt haben.« Der Mann tritt vor, sodass sein Gesicht unmittelbar vor ihrem schwebt. Aus der Nähe kann Eliza den Grind in seinen tiefen Furchen riechen, sieht die riesigen schwarzen Poren rings um seinen Zinken.

»Immerhin waren Sie ja schlau genug, das Geld da drin zu verstecken, deshalb muss ich dort auch nach meinen Perlen suchen.« Begierig linst er auf ihre Brust. Das ist sein erster Fehler, denn er verrät ihr, dass er abgelenkt ist. Sein zweiter Fehler besteht in seinem laschen Griff um den Revolver – ein klares Zeichen, dass er sie unterschätzt hat. Mit einer beherzten Bewegung rammt sie ihm den Arm geradewegs auf das Handgelenk. Er schreit auf und lässt die Waffe fallen, die polternd auf dem Boden landet. Einen Moment lang starren sie einander reglos an, dann registriert sie zu ihrer Verblüffung aus dem Augenwinkel, dass Axel rasch reagiert und den Revolver an sich gerissen hat. Er springt auf die Füße und richtet ihn geradewegs auf den Mann, während Eliza an seine Seite eilt. Das ganze

Manöver kann höchstens ein paar Sekunden gedauert haben, doch die Verschiebung des Machtgefüges ist bedeutungsschwer, so als könne man sie mit Händen greifen.

»Sie wissen doch noch nicht mal, wie man mit so was umgeht«, höhnt der Mann.

»Sir.« Eliza ignoriert das Zittern von Axels Hand. Unterdessen hat der Fremde sein Jagdmesser aus dem Hosenbund gezogen und fuchtelt damit drohend vor ihnen herum, doch sie alle wissen, dass der Revolver um einiges gefährlicher ist. »Sie können uns glauben, dass wir nichts von Ihrem Diebesgut genommen haben. Und jetzt wäre ich Ihnen dankbar, wenn Sie meine Fragen beantworten.« Der Mann zeigt keinerlei Reaktion.

»Mein Vater«, fährt sie fort, wobei sie nur über ihre Ruhe staunen kann. »Charles Brightwell heißt er und ist Kapitän der *White Starling*. Ich gehe davon aus, dass er mit Ihnen Geschäfte gemacht hat. Und jetzt ist er verschwunden.«

Der Mann starrt sie finster an. »Sie glauben, ich hätte einen weißen Perlenfischer kaltgemacht? Halten Sie mich für so einen Narren?«

»Das haben wir nicht behauptet«, widerspricht Axel mit dünner Stimme. »Meine Freundin hier ist nur besorgt wegen seines Verschwindens. Bestimmt verstehen Sie das, schließlich haben Sie ja selbst Familie.« Eliza wirft ihm einen finsteren Blick zu. Der Mann starrt sie nur weiter ausdruckslos an.

»Wir haben das hier.« Eliza zieht das Blatt Papier aus ihrer Rocktasche. »Es ist die Adresse dieses Hauses. Die Notiz befand sich im Besitz meines Vaters. Und es steht auch ein Name dabei. Zhou A.« Widerstrebend blickt der Mann auf das Blatt Papier. »Mein Vater ist von durchschnittlicher Größe und Statur, vielleicht ein klein wenig größer als Sie«, fährt Eliza fort. »Er hat dunkles Haar, einen buschigen Schnauzbart und trägt eine

Brille. Möglicherweise ist Ihnen sein Ring aufgefallen, zwei Seeschlangen. Am rechten Zeigefinger.«

Der Blick des Mannes schweift von Eliza zu Axel, doch seine Miene verändert sich nicht, es scheint ihm allenfalls die Störung lästig zu sein.

»So ein Mann war hier nicht«, erwidert er schließlich nüchtern. »Männer mit edlem Schmuck verirren sich nicht in Gegenden wie diese. Und sie sind hier auch gar nicht willkommen. Genauso wenig, wie wir da drüben willkommen sind.« Er weist mit dem Kinn auf die Tür. »Ihr Weißen interessiert euch doch nur für unsere Doktoren und unsere Hurenhäuser. Ihr wollt eure Krankheiten loswerden oder unsere Frauen benutzen. Wenn Ihr Vater also keiner von *denen* war, dann war er auch nicht hier.«

Sie bemerkt eine gewölbte Vene direkt unter der Haut an seinem Hals und überlegt, wie es sich anfühlen mag, die Spitze eines Messers hineinzubohren.

»Es wäre klug, nicht so über ihren Vater zu sprechen.« Axel ist vorgetreten und hält die Waffe nun entschlossener in der Hand. Eliza sieht einen Hauch von Angst über die Züge des Mannes huschen.

»Schon gut, schon gut.« Der Kerl steckt das Messer wieder ein und nimmt widerstrebend die Hände nach oben. »So ein Mann war tatsächlich hier«, räumt er ein. »Meinte, er sei von der *White Starling*.« Eliza stockt der Atem. Welch unglaublich ernüchterndes Mittelmaß: Man musste einem Mann also nur drohen, dass man ihn aufschlitzte, und schon rückte er mit der Wahrheit heraus. »Aber er war Japaner. Ein nobel gekleideter Mann. Piekfeiner Anzug.« Sofort kommt Eliza Shuzo in den Sinn, mit seinen Taucheranstecknadeln auf der Brust.

»Und was hatte er hier zu suchen?«

»Ich habe Ihnen gesagt, was Sie hören wollten«, blafft er.

Eliza hält seinen Blick für eine Weile gefangen, ehe sie Axel ein Zeichen gibt. Der Mann tritt widerspruchslos einen Schritt beiseite, um sie vorbeizulassen.

Draußen vor der Tür nimmt sie Axel den Revolver aus der Hand und wiegt sein Gewicht in der Hand. Er fühlt sich schön an, aufregend. Sie ist überrascht, wie er ihr Herz schneller schlagen lässt.

Kapitel 14

Das Kreischen eines unsichtbaren Tiers hallt durch die Luft, als Parker und der Fährtensucher sich in stetigem Tempo durch das Buschland arbeiten. Vorneweg reitet der Aborigine zusammengesunken auf seinem Rotfuchs-Wallach. Parkers Blick ruht auf der Stelle, wo seine mageren Schulterblätter einander begegnen und die Schweißtropfen durch den fadenscheinigen Baumwollstoff dringen. Die Sonne brennt mit aller Macht vom wolkenlosen Himmel. Die Fliegen sind eine echte Last, stürzen sich auf jedes unbedeckte Fleckchen Haut, das sie finden können. Scharenweise sammeln sie sich in Parkers Genick, auf seinen Händen, der rosafarbenen Haut hinter seinen Ohren. Andere geflügelte Biester gesellen sich dazu. Viecher, die beißen und stechen, mit langen, dürren Beinen und hart gepanzerten Körpern. Er erspäht sie unter seinem Hut hervor, sieht, wie sie einen Moment auf seiner Haut hocken, ehe sie ihr Gift in seinen Körper jagen. Er erschlägt sie, schnippt ihre Kadaver in den Schmutz. Wegen diesen beschissenen Insekten wird er sich ganz bestimmt nicht von seiner Mission abbringen lassen.

Als sie endlich ein bewaldetes Gebiet erreichen, wölben sich die langen, tiefschwarzen Silhouetten der Bäume über dem roten Staub. Dort im Schatten machen sie halt und reden. Parker will wissen, wohin es gehen soll, will eine Zusicherung, dass sie alles absuchen. Sie reiten weiter. Die Landschaft öffnet sich vor ihnen, wird wieder riesig und weit. Das grelle Orange schmerzt Parker in den Augen, doch er blinzelt seine Verdrossenheit weg. Notfalls wird er noch Tage weiterreiten, alles tun, was nötig ist, um den Mann zu finden.

Kapitel 15

»Haben Sie sich verlaufen, Ma'am?« Der Mann, der sie über die Veranda hinweg ansieht, hat keinen einzigen Zahn mehr im Mund. Er lässt sich in seinen Rattansessel zurücksinken, der prompt zu schaukeln beginnt, als hätte ihn sein gemächlicher Herzschlag in Bewegung versetzt. Ein winziger tätowierter Anker am Hals des Mannes zeugt von seiner Vergangenheit. Auf seinem Schoß liegt ein totes Wallaby mit halb abgezogener Haut, sodass der bläulich schimmernde Bauch des Tiers zu sehen ist.

»Das nicht, Sir, sondern ich suche etwas. Genauer gesagt, jemanden.« In den säuberlich angelegten Reihen Hortensien tummeln sich dicke summende Bienen, Strelitzien recken ihre extravaganten orange-lila Blüten der Sonne entgegen.

Axel war gestern Abend panisch wegen der Waffe geworden, wollte sie sogar in die Mangroven werfen, um sie loszuwerden. Doch sie hat ihn gedrängt, sie zu behalten, weil er sie brauchen wird: Die Männer der Bruderschaft werden eher versuchen, ihn am Strand zu stellen, als sich zu den Bungalows vorzuwagen.

Aus Sorge hat sie sich den Luxus versagt, ein paar Stunden zu schlafen, deshalb fühlen sich ihre Glieder heiß und bleiern an, aber es gilt herauszufinden, was der Taucher ihres Vaters im Three Stones House zu suchen gehabt und was dieses Haus mit seinem Verschwinden zu tun haben könnte.

»Ich suche Shuzo Saionji. Wissen Sie, wo er wohnt? Soweit ich weiß, genießt er in diesem Teil der Stadt ein ziemlich hohes Ansehen.« Sie weiß, dass die erfolgreichsten Taucher der Saison nach ihrer Rückkehr wie Könige behandelt werden. Doch der Mann reagiert nicht wie erwartet, sondern sieht sie lediglich mit erhobenen Brauen an.

»Er ist der oberste Taucher auf der *White Starling* und sehr erfolgreich.« Die Miene des Mannes bleibt ausdruckslos. »Ein schneidiger Kerl.« Sie deutet auf ihre Bluse mit den weiten Ärmeln, deren einstiges Weiß inzwischen einen seltsamen Pfirsichton angenommen hat. »Trägt einen Blazer. Und Medaillen.« Die Züge des Mannes werden weich. Endlich nickt er.

»Ah, Shuzo.« Er beugt sich auf seinem Verandastuhl vor, sodass sich die aufgeblähten Eingeweide des kleinen Kängurus platschend auf die Holzdielen ergießen. »Er ist einer, der lieber für sich bleibt. Heute sind viele von denen unten am Wasser. Dort würde ich es an Ihrer Stelle zuerst versuchen.«

Er deutet eine von glänzenden Dalbergien gesäumte Straße entlang. Tief saugt Eliza den Duft der Bäume ein und verlangsamt ihre Schritte, um die Schatten länger über ihren Körper gleiten zu lassen. Eine Erinnerung schwappt in ihrem Gedächtnis hoch – sie ganz allein in einem Wald in England. Thomas hat sie eines Tages mitten hineingeführt und dann mit den Worten zurückgelassen, sie könne nur davon profitieren, wenn sie ganz allein nach Hause fände. Sie konnte damals höchstens vier oder fünf Jahre alt gewesen sein, und die Bäume ragten über ihr empor, bedrohlich wie böse Hexen, als sie darauf wartete, dass ihr Bruder zurückkam. Jedes Rascheln beschwor ein Gespenst herauf, jeder Windstoß erschien ihr wie der Geist einer alten Frau, die an ihr vorüberschwebte. Völlig überfordert von allem, hatte sie sich auf dem Waldboden zusammengekauert und dort gewartet, umgeben von Asseln und Käfern, bis ihre Mutter sie schließlich gefunden hatte. Thomas hatte sich gegen die Standpauke gewehrt – er habe ihr doch bloß beizubringen versucht, Stärke zu zeigen, so sein Argument. Sie brauche das. Später am Abend hatte ihre Mutter ihm mit dem Gürtel den Hintern versohlt.

Vom Strand wehen Geräusche herüber: erhobene Stimmen, mehrere Explosionen, gefolgt von lautem Platschen. Als sie näher kommt, sieht sie die kleine Traube aus Männern um einen Logger ohne Segel, der zur Seite gekippt im seichten Wasser liegt. Viele der Männer tragen keine Hemden, haben die Hosenbeine bis zu den Knien hochgerollt und Schüsseln oder Platten in den Händen, einige auch an Schnüren befestigte Taschen um den Hals. Sie alle scheinen auf etwas zu warten.

Sie kennt Shuzo als stillen, wie eine Auster verschlossenen Mann, deshalb wundert es sie nicht, dass er ein wenig abseits steht. Die Flut kommt schnell, woraufhin der Rumpf des Loggers vollläuft und das Wasser dann durch sämtliche Öffnungen wieder herausströmt. Mit zusammengekniffenen Augen tritt Eliza vor. Ratten flüchten in verzweifelter Eile von Bord, stürzen sich in das seichte Wasser, in dem es bereits von ertrunkenen Kakerlaken wimmelt. Mit Besenstielen dreschen die Männer auf die Takelage ein, um weitere Insekten aufzuschrecken, die wie fette Regentropfen auf das Deck plumpsen. Einer wirft mit einer weit ausholenden Bewegung eine kurze Dynamitstange in Richtung Wasser, deren Explosion eine Wasserfontäne aufspritzen und die Männer mit einem lauten Schrei zurückspringen lässt. Einen Moment lang herrscht Stille, bis nacheinander dunkle Leiber an der Wasseroberfläche erscheinen – Meerbrassen, die sich eingefunden hatten, um sich über die im Wasser treibenden Kakerlaken herzumachen. Hektisch stürzen die Männer ins Wasser, um in einem Gemenge aus Ellbogen und Schienbeinen um die Fische zu rangeln. Eliza sieht zu, wie Shuzo ihnen ohne jede Eile folgt und geduldig wartet, bis die Flut ihm eine große Brasse entgegenspült.

Es erstaunt sie, ihn hier zu sehen. Normalerweise werden Spitzentaucher ausreichend entlohnt, um sich frischen Fisch aus den Fallen leisten zu können und nicht auf derlei Jagden angewiesen zu sein. Er hebt die Brasse aus dem Wasser, legt sie säuberlich in seine Schale und wendet sich zum Gehen, bleibt jedoch wie angewurzelt stehen, als er Eliza erblickt.

Er ist in der Tat ein gut aussehender Mann, wenngleich stämmiger und breiter, als sie ihn in Erinnerung hat. Sein pechschwarzes Haar ist akribisch an der Seite gescheitelt, auf seiner Nase sitzt eine Nickelbrille, und er trägt einen hochgeschlossenen Anzug aus Drillichstoff mit goldfarbenen Münzknöpfen und hochgerollten Hosenbeinen, die den Blick auf seine olivfarbenen Schienbeine freigeben.

»Ich nehme an, Sie wissen, dass ich hergekommen bin, um Sie nach meinem Vater zu fragen.« Es bringt nichts, um den heißen Brei herumzureden.

Unbehagen zeichnet sich auf seiner Miene ab, vielleicht auch Verblüffung.

»Ich habe bei seinen Sachen etwas gefunden. Eine Adresse. Die des Three Stone House.« Mit einem kurzen Blick über die Schulter tritt der Taucher näher. »Ich war dort«, fährt sie fort. Shuzos Augen weiten sich vor Schreck, wobei die Wirkung seiner Reaktion durch seine Brillengläser noch verstärkt wird.

»Aber das ist kein angemessener Ort für eine Frau, Miss

Brightwell. Die haben Ihnen doch nichts getan, oder?« Die Worte kommen nur mühsam über seine Lippen.

»Nein, gewollt hätten sie es allerdings nur zu gern.«

Aufgebracht starrt er sie an.

»Aber ich musste dorthin. Die Constabler. Parker.« Sein Name hinterlässt einen widerlichen Geschmack in ihrem Mund. »Sie nehmen sein Verschwinden nicht ernst. Balarri hat nichts damit zu tun, und wenn sie ihn schnappen, werden sie ihn zweifellos hängen.« Shuzo nickt langsam, hält die Augen zu Boden gerichtet, als hätte er Angst, sich der Eindringlichkeit ihres Blicks zu stellen. Nach einem kurzen Moment richtet sie die restlichen Worte an ihn, die sie sich überlegt hat, weil es zu spät ist, um jetzt einen Rückzieher zu machen. »Im Three Stones bin ich einem Mann begegnet, der mir erzählt hat, Sie seien ebenfalls dort gewesen.« Er hebt den Blick. »Weshalb?«, fragt sie. »Und warum hat mein Vater die Adresse in sein Tagebuch notiert?«

Shuzo schweigt einen Moment, während Eliza auffällt, dass er den Atem anhält. Als er ihn schließlich ausstößt, um ihr zu antworten, schwingt tiefes Bedauern in seiner Stimme mit.

»Ihr Vater gehört zu den wenigen Perlenunternehmern in der Stadt, die so etwas wie Anstand besitzen.« Er nimmt die Schale in die andere Hand. »Und, ja, ich bin der Grund, weshalb er die Adresse notiert hat, das gebe ich zu.« Kurz herrscht Stille. Lediglich das hohe Sirren der Stechmücken über dem Watt ist zu hören. »Aber warum, kann ich Ihnen nicht verraten, so leid es mir tut, weil ich dadurch jemanden in Gefahr bringen würde. Jemanden, der mir sehr nahesteht.«

Sie spürt, wie ihre Brust eng wird. »Nein.« Sie schüttelt den Kopf. »Ich muss es wissen.« Sie versucht, ihm in die Augen zu blicken, als sie mit dringlicher Stimme fortfährt. »Es könnte etwas mit seinem Verschwinden zu tun haben. Ich brauche Ihre Hilfe, Shuzo. Bitte.«

Er wirkt angespannt, blinzelt verstört. »Das tut es nicht, das versichere ich Ihnen.«

»Sollte Geld helfen, Ihre Meinung zu ändern, könnte ich etwas arrangieren …«

Abscheu zeichnet sich auf seinen Zügen ab. »Das ist nicht notwendig.«

Eliza spürt Wut in sich aufsteigen. »Aber wie können Sie so sicher sein, dass das Ganze nichts mit dem Verschwinden meines Vaters zu tun hat? Wie kann *ich* sicher sein, wenn Sie es mir nicht sagen wollen? Mir ist klar, was in solchen Häusern vor sich geht. Ich habe die Hehlerware gesehen. Sie haben auch nicht davor zurückgeschreckt, mir eine Pistole an die Schläfe zu halten.«

Shuzo schluckt trocken. »Ihr Vater hat nie einen Fuß ins Three Stones House gesetzt«, sagt er schnell. »Er wusste nur, dass wir in Schwierigkeiten steckten und …«

»*Wir*? Wen meinen Sie damit?« Nichts von alldem ergibt einen Sinn. Oder hilft ihr dabei, ihren Vater wiederzufinden.

»Das kann ich Ihnen nicht sagen. Miss Brightwell, bitte. Vertrauen Sie mir einfach.«

Mit einem schnaubenden Seufzer massiert sie sich die Nasenwurzel.

»Charles hat mir geholfen, indem er mir diese Adresse gegeben hat«, erklärt Shuzo schließlich. »Das ist alles. Und mehr brauchen Sie auch nicht zu wissen. Ihr Vater war ein sehr anständiger Mann. Wirklich. Ich weiß nicht, was mit ihm geschehen ist. Ich wünschte, ich wüsste es, aber fest steht, dass es nichts mit dem Three Stones House zu tun hat, da bin ich mir ziemlich sicher.«

Sie mustert ihn prüfend, sucht sein Gesicht nach Hinweisen ab, ob er sie hinters Licht führen könnte. Er wendet den Blick ab und ballt die Fäuste. Wie kann er so sicher sein, dass keine

Verbindung besteht? Sie sieht einen Muskel an seinem Kiefer zucken. Es ist, als wolle er noch etwas sagen, doch hält er sich zurück. Kurz schweigen sie, als ein paar Männer unter dem Gewicht ihrer benommenen Meerbrassen vorbeitaumeln.

»Können Sie mir sonst *irgendetwas* sagen?«, fragt sie, als sie weg sind. »Irgendetwas über die Nacht, in der er verschwunden ist?«

Shuzo beißt sich auf die Lippe. Die Sehnen an seinem Hals spannen sich an.

»Shuzo. Ich brauche Informationen, egal, welche.«

»Sie werden mich für einen Narren halten.« Widerstrebend schüttelt er den Kopf.

»Nein, bestimmt nicht. Versprochen.« Ein Schrei hallt in ihrem Kopf wider.

Er lässt die Schultern sacken und blickt sie durch seine Brillengläser hindurch an. »Bestimmt wissen Sie, dass wir Seeleute, Taucher und auch alle anderen, die zur See fahren, abergläubisch sind.«

Sie nickt langsam, während sie an die Talismane denkt, die die Crewmitglieder um den Hals tragen – eine gezwirbelte Haarsträhne, ein Fetzen Reispapier, die winzige Meerjungfrau, die ihr Vater in seiner Schublade für sie versteckt hat.

»Viele glauben an Meeresgeister, an Dämonen und Erscheinungen. Einige küssen die Deckplanken, bevor wir in See stechen, oder schnitzen gar Symbole in die Masten.«

»Ja …«

»Na ja, in der Nacht, als Ihr Vater verschwand, habe ich etwas beobachtet, das ich mir nicht erklären kann.«

Sie schluckt.

Shuzo sieht sich verstohlen um. »Ich habe unter Deck in meiner Koje geschlafen. Es war mitten in der Nacht. Den ganzen Tag über herrschte völlige Flaute. Kein Tag, um auch nur eine

Muschel zu finden. Abends kam plötzlich ein heftiger Wind auf und riss mich aus dem Schlaf.« Über ihnen kreischt ein Vogel, doch Eliza hängt förmlich an Shuzos Lippen. »Ich stand also auf und kletterte die Leiter hinauf, um die Klappe zu öffnen. Nur einen Spaltbreit. Auf dem Wasser entdeckte ich zwei Lichter, die glühten … wie die Augen eines Dämons oder so. Jedenfalls sahen sie nicht nach einem Logger aus, zumindest keinem, wie ich sie kenne.« Die Erinnerung lässt ihn erschaudern. »Ich war wie erstarrt, wusste nicht, was ich tun sollte. Ich dachte, irgendetwas käme, um das Schiff zu überwältigen. Etwas Schlimmes.« Er blinzelt. »Schnell schloss ich die Klappe wieder und rieb meinen Talisman zwischen den Fingern, in der Hoffnung, dass er mich beschützt. Uns alle.« Er zieht ihn aus dem Kragen, um ihn ihr zu zeigen. »Ich kniff die Augen zusammen und hoffte, dass alles gut würde. Als ich die Klappe ein weiteres Mal öffnete und hinausspähte, waren die Lichter verschwunden.«

Tagebuch von Charles J. G. Brightwell, Perlenunternehmer

Der Preis der Perlen

Nach nunmehr einigen Jahren in Bannin ist mir klar geworden, dass der Handel mit gestohlenen Perlen ein lukratives Geschäft ist. Zwielichtige Käufer drücken sich in den Spielhöllen und Bars herum und nehmen die heiße Ware von Hehlern entgegen, von gemeinen Dieben, die angeheuert wurden, um die wertvollen Steine zu stehlen. Manchmal verkaufen sie sie mit einem Gewinn von sage und schreibe 1000 Prozent, worüber man nur staunen kann. Kein Wunder, dass einige behaupten, mit dem legalen Verkauf von Perlen ließe sich kein Vermögen machen.

Neulich hat Willem mir von einem Mann erzählt, der allein wegen seiner Hehlerware direkt neben dem Kingfish Hotel ermordet wurde. Wie ich höre, soll es sich um einen riesigen Stein gehandelt haben, 40 bis 50 Gran schwer und makellos in schillerndem Blau mit einem Hauch Rosé – in jedem Fall kostbar genug, um bei den Russen einen Preis von mehreren Tausend Pfund zu erzielen. Der Mann hatte sich mit zwei Gastwirten unten am Ufer verabredet, nur hatten die Männer keinerlei Interesse an einem Handel. Der arme Teufel wurde mit mehreren Treffern aus einer Steinschleuder niedergestreckt, und am nächsten Morgen fand man seine Leiche, die mit von den Muscheln aufgeschlitzter Kopfhaut zwischen den Pfeilern am Anlegesteg trieb.

Aber das Problem sind nicht bloß die Langfinger. Ich erinnere mich noch an eine Zeit vor einigen Jahren, als eine lähmende Hitzewelle die Stadt im Würgegriff hielt. Eines Tages verschwanden 1000 Pfund in Banknoten, Eigentum von Ratchett, seines Zeichens ebenfalls Perlenunternehmer, aus dem Kingfish. Die ganze Stadt wurde befragt, Lager und Cottages durchsucht, wenngleich wie so oft vergeblich. Eines Morgens sah man Grants Kakadu Confucius mit einer Rolle Banknoten in den Krallen auf einem Dach hocken, und das Vieh ließ sich auch unter noch so viel gutem Zureden nicht dazu bringen, das Geld wieder herzugeben. Und das war's dann. Tausend Pfund hinfort, zuletzt in den Krallen eines elenden Kakadus gesehen! Ich nehme an, dies war das erste und einzige Mal, dass ein Vogel von der Polizei verhört wurde.

Obwohl der Handel noch so floriert, bleibt die Identität der Verbrecher ein Buch mit sieben Siegeln, von den gefiederten Langfingern einmal abgesehen. So ungern ich die Wahrheit zu Papier bringe, so muss ich doch zugeben, dass ich manchmal Angst habe, Thomas könnte sich allzu sehr mit Männern dieses Schlages einlassen. Erst neulich habe ich beobachtet, wie er und Lilywhite, der Barbier, die Köpfe zusammensteckten. Es gibt wohl niemanden, der nicht von Lilys miesen Geschäften weiß. Dieser Kerl würde einem sogar noch die Nägel von den Fingern reißen und sie verhökern, wenn er könnte. Thomas behauptet hoch und heilig, nicht in dunkle Machenschaften verstrickt zu sein, hält es jedoch für unabdingbar, stets zu wissen, was in der Stadt vor sich geht. Eigentlich kann ich ihn sogar verstehen. Er meint, es sei gut fürs Geschäft, und er wolle sich von niemandem in den Schatten stellen lassen. Auch das kann ich nachvollziehen. Der Junge hatte schon immer seinen Stolz. Allerdings komme ich nicht umhin, die vielen geflüsterten Unterredungen mit Gestalten zu bemerken, für deren Ehrenhaftigkeit ich lieber nicht die Hand ins Feuer legen möchte. Er verbringt viel Zeit in Hardcastles Lager, oft auch mit dem jungen Deckhelfer mit dem seltsamen Auge. Winters heißt er, glaube ich. Der arme Kerl scheint Thomas wie ein liebeskrankes Hündchen auf Schritt und Tritt zu folgen. Es wäre nicht das erste Mal, dass mein Sohn jemanden für seine Zwecke einspannt, denn er ist sich seiner Macht über andere durchaus bewusst. Doch er meint, mit dem jungen Mann bloß Geschichten über die Abenteuer auf einem Logger und die Muschelausbeuten ausgetauscht zu haben, und dergleichen mehr. Der Junge kann höchstens fünfzehn sein, noch nicht einmal alt genug, als dass ihm ein Bart wüchse. Trotzdem mache ich mir Sorgen, dass es hier auch um weniger Harmloses geht.

Postum scriptum: Eine kurze Anmerkung zu Kakerlaken. Wo ich gerade bei Unerfreulichem bin, möchte ich meine Gedanken zu Kakerlaken kundtun. Mir ist bewusst, dass ich genauso fasziniert von ihnen sein sollte wie von den anderen Geschöpfen, die ich studiere, doch wenn ich ehrlich sein soll, verabscheue ich sie zutiefst. Und wie ich die Biester verabscheue! Ich hasse sie! Auf See sind meine Männer und ich nicht nur der drückenden Hitze und der sengenden Sonne ausgesetzt, sondern müssen uns auch noch mit diesen Viechern herumschlagen, die uns unablässig traktieren. Die kleineren (etwa einen guten Zentimeter großen) Exemplare wuseln während der Mahlzeiten um uns herum und landen sogar im Essen, wohingegen die größeren (die laut meinem Lineal rund fünf Zentimeter messen) in der Stille der Nacht schwerfällig in der Kabine umherfliegen und erbarmungslos jede unbedeckte Stelle mit Bissen traktieren, die sie finden können – sie machen sich an Zehennägeln zu schaffen, an Wunden und reißen einem sogar die Haare aus. Und es gibt kein Entrinnen. Solange wir uns auf See befinden, ist es unmöglich, sie allesamt auszulöschen.

Kapitel 16

»Axel Kramer, sagst du?« Min stützt einen Arm am Türrahmen ab, zieht an ihrer Zigarette und stößt den Rauch in einem perfekt geformten Ring aus, den sie mit einem Finger durchstößt. »Nie gehört und auch nie gesehen. Was vermutlich bedeutet, dass er ein anständiger Kerl ist. Oder ein warmer Bruder. Nicht dass es mir zusteht, über jemanden zu urteilen, versteht sich.« Sie zupft sich ein Tabakfitzelchen von der Zunge. »Aber falls dem so ist, sollte er Parker tunlichst aus dem Weg gehen. Der zieht ihm doch die Haut ab.«

Eliza hebt nur eine Braue.

»Also, erzähl mir noch mal von diesem *Dämon.*« Min setzt sich neben Eliza und schenkt sich Tee aus der Kanne ein.

»Es ergibt keinerlei Sinn.« Eliza schüttelt den Kopf. »Ich weiß, dass kein Dämon die Schuld am Verschwinden meines Vaters trägt. Trotzdem hat Shuzo in dieser Nacht etwas gesehen. Auf dem Wasser.«

»Und hat sonst noch jemand etwas beobachtet?«, fragt Min und schwingt ihre Beine auf ein Kissen.

»Er sagt, die Männer hätten nichts mitbekommen, weil sie alle nach dem langen, anstrengenden Tag wie ein Stein geschlafen hätten. Im Morgengrauen sind sie aufgewacht, und er war … verschwunden.« Eliza nimmt Min die Zigarette aus der Hand und zieht mit zitternden Fingern daran. Der Geschmack ist abscheulich, aber sie braucht etwas, um ihre Nerven zu beruhigen. »Ich bin immer noch nicht sicher, ob ich die Männer aus dem Three Stones House tatsächlich ausschließen kann, und verstehe nicht, weshalb Shuzo so ein Geheimnis darum macht.«

»Er hat also von *wir* gesprochen, richtig?« Min nimmt Eliza die Zigarette wieder aus der Hand, während diese nickt. »Und er wollte dir nichts verraten, weil er dadurch jemanden in Gefahr bringen würde, der ihm nahesteht.«

»Genau.«

Mins Kiefer spannt sich an, als sie nachdenkt, was ihr Kinn noch markanter wirken lässt. »Ich kenne einen Arzt, der Verbindung zur Bruderschaft hat. Er praktiziert in der Nähe der Sheba Lane, allerdings würde es mich wundern, wenn er die erforderlichen Qualifikationen dafür hätte.«

Eliza runzelt die Stirn, als ihr der Raum im Three Stones House wieder in den Sinn kommt – die Medizin in den Regalen, der beißende Geruch. Zhou. »Ja«, flüstert sie. Unvermittelt strömen die Worte wieder auf sie ein. *Ihr Weißen interessiert euch doch nur für unsere Doktoren und unsere Hurenhäuser.*

»Ich kenne Mädchen, die hier und da seine Dienste in Anspruch nehmen mussten«, fährt Min fort. »Damit er die entsprechenden Eingriffe vornimmt, wenn sie sich in Schwierigkeiten gebracht hatten, du verstehst schon.«

Wie Libellen flirren die Gedanken in Elizas Kopf umher. Wofür sollte Shuzo so einen Arzt brauchen, und wieso ist er sich so sicher, dass die Bruderschaft nichts mit dem Verschwinden ihres Vaters zu tun hat? Sie versucht, das Ticken der Uhr auf dem Kaminsims auszublenden, sich dem Druck zu entziehen, den das stetige Geräusch schafft, die unablässige Erinnerung daran, dass ihr die Zeit davonläuft. Wie sie sich gezwungen sieht, darüber nachzudenken, wer sonst noch irgendwo dort draußen ist, ganz allein. Doch das *Tick, Tick, Tick* beschwört auch die Erinnerung an das trockene Quietschen eines Fahrrads herauf. Sie weiß noch, wie sie eines heißen Tages Balarri begegnete, als er auf dem klapprigen Gefährt mit Bannins japanischem Fotografen auf den staubigen Straßen der Stadt unterwegs war. Auf dem Gepäckträger hatten sie einen riesigen Haikopf aus Pappmaschee mit einer Schnur befestigt. Ungläubig hatte Eliza zugesehen, wie die beiden Männer das steife Ungetüm losgebunden und auf dem Boden abgesetzt hatten – das Maul der Bestie war weit aufgerissen, sodass der mit messerscharfen weißen Zähnen bewehrte Kiefer einem förmlich entgegensprang. Eilig baute der Fotograf seine Ausrüstung auf und tauchte unter dem dunklen Tuch ab, während Balarri seinen Hut geraderückte, sich die Koteletten glatt strich und einen alten Schuh für die Münzen auf dem Boden platzierte.

»Treten Sie näher und lassen sich mit dem verschluckten Mann fotografieren!« Der Fotograf tauchte wieder auf und stapfte auf und ab, um die überschaubare Menge an Interessierten zu gewinnen. Balarri stützte sich zunächst mit einer Hand auf dem Kopf des Hais ab und tat dann ungerührt einen Schritt mitten in das aufgerissene Maul hinein. Einige Passanten blieben stehen, um das bizarre Spektakel zu beobachten, andere hasteten angewidert vorbei und schoben ihre Kinder schnell weiter.

»Der weiße Hai hatte ihn bis zu den Schultern verschluckt, ehe es ihm gelang, sich mit bloßen Händen zu befreien! Treten Sie näher! Überzeugen Sie sich von seiner Kraft! Und werfen Sie einen Blick auf seine *grauenvolle* Narbe!«

Eliza hatte auf Balarris Brust geblickt und tatsächlich: direkt unterhalb des Schlüsselbeins verlief eine aufgeworfene, gezackte Linie von einer Schulter zur anderen. Sie war vorgetreten, hatte zu ihm aufgeblickt und ihm eine Münze in die Hand gedrückt.

Mins leise Stimme reißt sie ins Hier und Jetzt zurück. Eliza schüttelt den Kopf, um ihre Gedanken zu klären, dann gehen sie noch einmal die Worte des Tauchers durch. Irgendetwas *müssen* sie übersehen haben. Jemand muss wissen, was auf diesem Boot passiert ist, jenseits des albernen Geschwätzes über Meeresgeister und dergleichen.

Seufzend wendet sie sich Min zu. »Du glaubst doch nicht an Geister und Gespenster, oder? Dinge, da draußen, auf dem Meer …«

Min hebt die Brauen, schürzt die Lippen und stößt ein leises Schnauben aus. »Na ja, es gibt jedenfalls viele hier, die es tun, so viel steht fest.« Sie stellt ihre Teetasse ab. »Neben denjenigen, die von Meuterei und Mord überzeugt sind, gibt es genauso viele, für die das Verschwinden deines Vaters mit bösen Omen und Meeresgeistern zusammenhängt. Es wird Gerede geben, und das macht den Seemännern Angst. Es würde mich nicht wundern, wenn sich einige von ihnen weigern, noch mal einen Fuß auf die *Starling* zu setzen, so leid es mir tut.«

Resigniert sackt Eliza in sich zusammen, erdrückt von der Last einer Zukunft ohne die *Starling*, ohne ihren Vater.

»Aber ich denke, wir können etwas dagegen unternehmen.« Min nickt entschlossen.

Abrupt hebt Eliza den Kopf.

»Es gibt jemanden, zu dem wir gehen können. Sie weiß alles über Teufel und Dämonen, aber was noch viel wichtiger ist, sie hält sich in der Gesellschaft vieler Männer auf, vom einfachen

Decksjungen bis hin zu den angesehensten Perlenunternehmern der Stadt. Wenn darüber geredet wird, was mit deinem Vater passiert ist, ist es ihr zu Ohren gekommen.«

Eliza schluckt. »Ja. Danke. Ich will alles versuchen. Nur … so schnell wie möglich.«

»Dann gleich heute Abend.« Min schiebt den Tee zur Seite und zündet sich noch eine Zigarette an. »Und bring diesen Axel mit«, sagt sie, während sie den Rauch ausstößt. »Er könnte sich als nützlich erweisen.«

Ein penetranter Tiergestank hängt in den Straßen, dessen Widerwärtigkeit die Nase traktiert und einem die Augen trocken werden lässt. »Gütiger Himmel«, stöhnt Axel und zieht ein Taschentuch aus der Tasche, um es sich vor Mund und Nase zu pressen, während Eliza den Geruch verdrängt und vorangeht.

In den verwinkelten Gassen ist es ruhig, bis auf die Männer, die ihren Durst nach allem stillen, was der Gesundheit nicht zuträglich ist. Eliza und Min schieben Axel durch die Tür und bleiben in den Schatten stehen, als sie hinter ihnen ins Schloss fällt.

Düsternis und der ausgehauchte Atem einst lebender Geschöpfe legen sich wie eine Decke über sie und hüllen sie ein. Nach einer Weile gewöhnen sich ihre Augen an das Dunkel, sodass sie die Umrisse ausmachen können. Von den Dachsparren hängen alle möglichen Vögel: Albatrosse, Tauben, Sturmschwalben und Kookaburras, Bachstelzen, Pitpits und Papageien, allesamt mit schlaff herabhängenden Federn und in einem unnatürlichen Winkel abgebogenen Hälsen. Eliza stockt der Atem. Von irgendwoher aus den dunkelsten Ecken des Raums dringt das Geräusch langsamen, steten Tropfens von Blut auf Holzdielen.

Axel reicht dem Mann am Verkaufstresen eine Münze und deutet auf den hinteren Teil des Ladens.

»Ich … ich wollte nur mal kurz rein und mich umsehen. Danke.«

Ohne sie groß zu beachten, steckt der Mann die Münze ein und wendet sich wieder dem Flugblatt zu, das er im Schein einer Kerze gelesen hat.

Auf Zehenspitzen gehen sie in den hinteren Teil des Raums, vorbei an weiteren Kuriositäten, die in verstaubten Schaukästen die Wände säumen – gewaltige Pelikane mit ausgebreiteten Flügeln und wie leere Wäschebeutel herabbaumelnden Kehlsäcken. In einer Schatulle liegt eine Ansammlung vertrockneter, schuppiger Objekte. Im ersten Moment kann Eliza die Gebilde nicht zuordnen, doch bei genauerem Hinsehen erkennt sie, dass es sich um die getrockneten Füße von allerlei Tieren handelt, grau, braun und gallengelb. Licht dringt unter einem dicken Samtvorhang hervor. Eliza blickt über die Schulter zurück und sieht den Ladenbesitzer, der begonnen hat, einen der vor ihm aufgehäuften toten Kakadus zu rupfen, ohne sie eines weiteren Blickes zu würdigen. Wenn sie die Ohren spitzt, kann sie das leise Klirren von Glas auf der anderen Seite des Vorhangs hören. Min nickt, woraufhin Axel vortritt und ihn langsam zur Seite schiebt.

Geschätzt hundert Kerzen tauchen den mit karminroten Seidenbespannungen und Samtvorhängen ausgestatteten Raum vor ihnen in weiches Licht. Die Luft ist von schwerem Weihrauchgeruch erfüllt, der Eliza schwindeln lässt. Hinter einem Mahagonitresen steht eine stämmige Frau in Männerhosen, Hemd und Hosenträgern, die sie erwartungsvoll mustert. In der Hand hält sie eine fast leere Karaffe Madeira.

»Guten Abend, Min«, sagt sie. »Strahlend schön wie immer.« Sie nimmt einen großen Schluck aus der Karaffe und knallt sie auf den Tresen.

»Madame«, erwidert Min ehrfurchtsvoll. Eliza hätte es nicht gewundert, wenn sie einen Knicks gemacht hätte.

Gelächter ertönt von irgendwoher, gefolgt vom leisen Fauchen eines Zündholzes, als sich die Frau in einen Sessel fallen lässt. Sie mustert Axel mit einer Miene, mit der sie ein totes Tier am Straßenrand in Augenschein nehmen würde. »Und was hast du mir da mitgebracht? Scheint einer von der ganz zugeknöpften Sorte zu sein, was?«

»Ich kann Ihnen versichern, dass auch er seine Laster hat, so wie jeder Mann«, erwidert Min mit einem zweifelnden Blick auf Axel, der steif nickt.

»Wir hatten gehofft, er könnte vielleicht mit Clementine sprechen«, fährt Min fort und blickt die Frau unter ihren mit Kohle geschwärzten Wimpern hervor an. »Und wir möglicherweise ebenfalls?«

Die Frau legt die in Stiefeln steckenden Füße auf die lederne Oberfläche des Tresens, lehnt sich auf ihrem Stuhl zurück und blickt zwischen Eliza und Min hin und her. Noch nie hat Eliza eine derartig gekleidete Frau gesehen. Welches Maß an Freiheit die Beinkleider ihr bieten müssen! Sie kann kaum den Blick abwenden.

»Gerade ist sie beschäftigt, aber wenn ihr ein bisschen Geduld mitbringt, dann gern.« Sie deutet auf eine lange Bank auf der einen Seite des Raums. »Und da ihr zu dritt seid, müsst ihr natürlich auch den dreifachen Preis bezahlen, sonst spiele ich nicht mit.«

Sie setzen sich und warten. Unterdessen dringen animalische Stöhnlaute gedämpft aus den verborgenen Zimmern. Erschrocken sieht Axel zu, wie eine Frau in einem durchsichtigen Morgenrock erscheint und sich auf Madames Schoß setzt, die ihr die Karaffe an die Lippen hält. Dunkelrote Tropfen perlen über die weiße Haut ihres Halses, als sie trinkt.

Nach einer Weile taucht ein stämmiger, rotgesichtiger Mann auf, dessen überhasteter Abschied signalisiert, dass Clementine nun zur Verfügung steht, sehr zu Elizas Erleichterung, denn niemand kann sich dem intensiven Weihraucharoma endlos aussetzen. Madame nimmt Axels Geld entgegen und winkt sie mit einer ausladenden Geste durch.

»Die dritte Tür rechts«, ruft sie ihnen hinterher.

Der stickige Korridor mit den Holzdielen ist schummrig erleuchtet und führt zu einer Reihe von Zimmern. Durch eine der Türen dringen ebenfalls gedämpfte Kopulationsgeräusche, hinter einer anderen ertönt ein mächtiger Knall, gefolgt von schrillem Frauengelächter.

Vor der dritten Tür bleiben sie stehen. Rauch quillt durch die Spalten im Rahmen, der sich in kräuselnden Bändern um ihre Knie schlängelt.

Axel klopft knapp an die Tür und legt das Ohr dagegen.

»*Entrez, mon chéri*«, trällert eine Frauenstimme, woraufhin Axel die Tür öffnet und eintritt.

»*Oh, là, là*, was 'aben wir denn da? Was für ein gut aussehender junger …«

Eliza und Min folgen ihm hinein.

»Oh!« Die auf dem Bett hingegossene, halb durch den blauen Rauch ihrer dünnen Zigarre verschleierte Frau setzt sich unvermittelt auf. Ihr perfekt geschwungener Mund ist mit schimmernd zinnoberrotem Lippenstift betont. Hinter ihrem linken Ohr steckt eine lange, fluffige Feder. Eilig setzt sie sich auf, schlägt die Beine übereinander und zieht ihren Morgenrock enger um sich. »Alles in Ordnung, Min? Was ist denn los?« Ihr französischer Akzent ist einem ausgeprägt irischen Zungenschlag gewichen.

»Entschuldige, dass wir dich so überfallen«, sagt Min, drückt ihr einen flüchtigen Kuss auf die Wange und setzt sich neben sie aufs Bett, während Eliza und Axel verlegen vor einem Diwan am Fußteil des Betts stehen bleiben. »Wir brauchen deine Hilfe.«

Eliza hat sich nie ernsthaft Gedanken gemacht, wie es in einem Bordell aussehen mag, sondern sich allenfalls eine verrauchte Bude voller Dirnen und wüst zechender Männer vorgestellt. Möglicherweise, dass getanzt wurde. Showeinlagen. Verführung, vielleicht. Aber das hier ist bloß ein schwacher Abklatsch dieser Vorstellung, und sie fragt sich, wer hier schon durch die Türen getreten sein mag, ohne dass es jemand mitbekommen hat.

Min tätschelt den freien Platz neben ihr auf dem Bett, woraufhin Eliza sich hinsetzt. »Ich heiße Eliza Brightwell«, sagt sie zu Clementine. »Mein Vater, Charles Brightwell, ist vor fünf Tagen von der *White Starling* verschwunden. Es gab keine Blutspuren und auch sonst keine Anzeichen eines Kampfs. Die Mannschaft behauptet steif und fest, sie hätte nichts Ungewöhnliches beobachtet, und keiner von ihnen hegte einen Groll gegen meinen Vater, da bin ich mir ziemlich sicher.« Sie räuspert sich. »Er war ein guter Kapitän. Ich weiß, dass solche Männer dünn gesät sind, aber er gehörte eindeutig dazu. Er hat seine Taucher anständig behandelt und immer für die Sicherheit seiner Mannschaft gesorgt.« Clementines Blick ist auf Eliza geheftet. Eliza fällt auf, wie dunkel ihre Augen sind. »Ein Freund von mir wird beschuldigt, meinen Vater getötet zu haben, deshalb schwebt er nun in höchster Gefahr. Sollte ich nicht herausfinden, was wirklich geschehen ist, könnten wir auch ihn verlieren.«

Clementine holt tief Luft und blickt sie nachdenklich an, dann dreht sie sich um und drückt ihre Zigarre in einem Aschenbecher auf dem Sideboard aus.

»Wenn er bereit ist, in dieser Branche zu arbeiten, ist er bereits verruchter, als Sie denken«, bemerkt sie mit einem knappen

Lächeln. »Er hat Geheimnisse, das garantiere ich Ihnen.« Eliza sieht, wie die Frau Min einen flüchtigen Blick zuwirft. »Selbst die frommsten Burschen haben etwas zu verbergen. Die Perlentaucherei ist ein schmutziges Geschäft.«

»Aber mein Vater ist nicht so.« Elizas Stimme droht zu brechen. »Er ist ein anständiger Mann. Davon bin ich restlos überzeugt.« Sie hält inne, denkt an die Male, als er ihre Fragen abgewiegelt, Türen hinter sich zugezogen, Schweigen hinter einem starren Lächeln verborgen hat.

»Aber das ist noch nicht alles, richtig, Eliza?« Min sieht sie ermutigend an.

Eliza nickt und kämpft gegen die Absurdität dessen an, was sie gleich von sich geben wird.

»Shuzo Saionji, der oberste Taucher auf dem Schiff und ein Mann, den ich für höchst vertrauenswürdig halte, sagt, er habe in der Nacht, als mein Vater verschwand, etwas gesehen.« Abwartend legt Clementine den Kopf schief. »Er … er hat es als Dämonenaugen beschrieben, zwei glühende Kreise auf dem Wasser, die nur für einen kurzen Moment da waren, ehe sie wieder verschwanden.«

»Wir haben uns gefragt, ob du vielleicht eine Lesung machen und uns sagen könntest, ob in dieser Nacht irgendetwas Ungewöhnliches vorgefallen ist«, schaltet Min sich ein. »Vielleicht empfängst du ja sogar eine Botschaft von Captain Brightwell?« Eliza könnte schwören, gesehen zu haben, wie Min kurz die Augen aufreißt, ehe sie lächelt. Sie spürt, wie sie rot wird. Eigentlich hat sie keine Zeit für Geister, doch was bleibt ihr schon übrig, nachdem sie immer noch mit leeren Händen dasteht und zwei Männer nach wie vor in Gefahr schweben?

»Aye.« Clementine steht auf. »Ich hole die Zähne.«

Tagebuch von Charles J. G. Brightwell, Perlenunternehmer

Anmerkung eines Naturkundlers: Die Spinnen Australiens

Viele australische Spinnen sind giftig, doch nur zwei von ihnen können ihre Opfer tatsächlich töten: die Trichternetzspinne (heimisch in Sydney und Umgebung im östlichen Teil Australiens) und die Rotrückenspinne, die ich schon häufig hier in Bannin Bay gesehen habe.

Das Gift der Rotrückenspinne ist stark neurotoxisch, sprich, es greift das zentrale Nervensystem an und verursacht heftige Schmerzen, Atemnot und schwerste Krämpfe, bis hin zum Tod. Beide sind eng mit der sowohl in Amerika als auch im Rest der Welt vorkommenden Schwarzen Witwe verwandt – eigentlich sind sie sogar fast identisch, bis auf den auffälligen leuchtend roten Streifen über dem Leib, dem die hiesige Spinne ihren Namen verdankt.

Ihr Paarungsverhalten ist höchst eigentümlich, da es mit postkopulatorischem Kannibalismus einhergeht. Nicht nur verspeist das Weibchen seinen Sexualpartner während der Begattung vollständig, sondern das Männchen unterstützt sie sogar noch bei diesem Unterfangen, indem es seinen Hinterleib so hindreht, dass er sich näher an den Kieferklauen des Weibchens befindet. So grausig dieses Verhalten auch sein mag, so verlängert es den Begattungsprozess und erhöht auf diese Weise die Chance, eine höhere Anzahl von Eiern zu befruchten.

Rotrückenspinnen leben bevorzugt in der Nähe von Menschen (ein Schuppen ist der perfekte Unterschlupf) und besitzen die Fähigkeit, neben Fliegen und anderen Insekten sogar kleinere Reptilien und Säugetiere zu erbeuten. Einmal habe ich eine graue Maus in einem Netz beobachtet. Der kleine Nager fiepte und zappelte, während er verzweifelt versuchte, sich aus den Seidensträngen zu befreien, während die Spinne daneben saß und wartete, bis ihr Opfer verendete. Über einen Tag dauerte es, bis die Klagelaute endlich verstummten, jedoch nur wenige Stunden, ehe das Tierchen mit Haut und Haar vertilgt war.

Kapitel 17

Clementine hält eine kleine, mit chinesischen Motiven bemalte Dose in der Hand, in der es leise klappert, als sie sie auf ein niedriges Tischchen stellt.

»Kommen Sie«, sagt sie, schiebt Flaschen, Ampullen und mehrere Beutel beiseite und streicht mit der Hand über die raue Oberfläche.

»Legen Sie die Hände auf die Tischplatte, Miss.« Sie bedeutet Eliza, sich hinzuknien, nimmt ihre Hände und legt sie flach auf die unbearbeitete Platte. Eliza spürt die tiefen Kratzer im Holz. Ihre Atemzüge beschleunigen sich. Sie sieht sich um. Allmählich löst sich der Zigarrenqualm auf und bringt die Verwahrlosung des Raums zutage: die fleckigen, fadenscheinigen Stoffe, der unterschwellige Schimmelgeruch.

Gespannt sehen sie zu, wie Clementine die Dose auskippt und den Inhalt herausfallen lässt. Sie beugen sich vor. Hunderte Haizähne, weiß und messerscharf, liegen vor ihnen. Clementine erhebt sich und beginnt, langsam um den Tisch herumzugehen und sie aus unterschiedlichen Winkeln in Augenschein zu nehmen, wobei ihr Parfum ihr folgt wie eine gespenstische Spur. Seine klebrige Süße heftet sich an Elizas Zunge.

»Ich sehe einen Mann mit einer runden Brille.«

Kurz stockt Eliza der Atem. Aber, nein, es gibt jede Menge Perlenfischer in der Gegend, und viele von ihnen tragen runde Brillen. Vermutlich hat sie nur geraten.

»Gütige Augen«, fährt Clementine gewichtig fort. »Hände, rau von der Arbeit und tintenverschmiert.«

Wieder wird Elizas Mund trocken. Sie muss an das Tagebuch ihres Vaters denken, an die Eselsohren, die Seiten voller Illustrationen. Trotzdem hat das noch lange nichts zu bedeuten.

»Ein eigentümlicher Ring, der sich zweimal um seinen Finger schlingt. Hm.« Unvermittelt richtet Clementine sich auf, und Eliza zuckt vor Schreck zusammen. Die Hände der Hure wandern zu ihren Hüften. »Merkwürdig.«

»Was denn?«, will Axel wissen, während Eliza die Hände vom Tisch nimmt.

»Ich sehe kein Leid, sondern nur …«

»Was?« Elizas Stimme ist kaum mehr als ein Flüstern. Im Raum herrscht Stille.

»Ich sehe Vögel«, sagt Clementine. »Hunderte und Aberhunderte von Vögeln.«

Elizas Schultern sacken herab. Sie könnte anführen, dass sie auf dem Weg in dieses Zimmer an zahlreichen toten Vögeln vorbeimussten.

»Aber so viel Weiß«, fährt Clementine stirnrunzelnd fort. »Ein gleißendes Weiß, das einen beinahe blendet. Es schmerzt in den Augen.« Sie wendet sich ab und presst sich die Finger gegen die Schläfen.

»Was könnte das bedeuten?«, hakt Min nach.

Elizas Gedanken beginnen zu zerfließen wie eine zähe Masse. Glaubt sie tatsächlich an solche Dinge? An die Augen von

Dämonen auf hoher See, an Botschaften aus alten Haifischzähnen? Gewiss nicht. Es gibt eine logische Erklärung für alles, das hat ihr Vater ihr stets eingebläut. Probleme lassen sich mittels Biologie und Wissenschaft lösen, nicht durch kostspielige Unterhaltungen in Hinterhofbordellen.

»Ist das alles, was Sie uns sagen können?«, fragt sie.

»Es ist zumindest alles, was die Lesung aus den Zähnen ergibt.« Clementine zuckt die Achseln.

Axel hilft Eliza hoch. »Aber können Sie uns nicht wenigstens noch etwas über die Seeleute sagen? Haben vielleicht diejenigen etwas erzählt, die Ihnen … einen Besuch abgestattet haben? Es muss doch Gerede gegeben haben. Wissen Sie irgendetwas, das uns helfen könnte, die Wahrheit über das Verschwinden meines Vaters herauszufinden?«, fragt sie.

Clementine blickt mit gespielter Scheu zu Boden. »Ich könnte doch nicht …«

»Wir sind auch gern bereit, dich für deine Kooperation entsprechend zu entlohnen. Stimmt's?« Min stößt Axel mit dem Ellbogen an, der jedoch bloß seine leeren Taschen nach außen stülpt. Er hat bereits sein ganzes Geld Madame ausgehändigt. Seufzend zieht Min ihre eigene Börse heraus, während Eliza sich im Geiste ohrfeigt, weil sie ihre eigene nicht mitgebracht hat. Sie wird Min das Geld später zurückzahlen. »Falls du etwas weißt, müssen wir es unbedingt erfahren«, drängt Min.

Clementine hebt die Brauen.

»Nun, da gibt es durchaus etwas, das mir zu Ohren gekommen ist.« Sie streckt Min die Hand hin, während die Worte mit jeder hineinfallenden Münze schneller über ihre Lippen kommen. »Es kann wohl kaum ein Zufall sein, dass Hardcastle genau am selben Tag einen seiner Männer verloren hat, oder?«

Eliza bleibt der Mund offen stehen. »Das wusste ich nicht«, haucht sie und denkt an ihre Begegnung mit dem Perlenunternehmer am Strand zurück, an seine feisten Finger um ihr Kinn und seine herablassende Beteuerung, er wisse nichts über das Verschwinden ihres Vaters.

»So was hängt man wohl kaum an die große Glocke«, fährt Clementine fort. »Schließlich will keiner mehr für dich arbeiten, wenn alle in der Stadt glauben, dein Logger sei verflucht.« Sie zündet sich ein weiteres Zigarillo an. »Er hat nichts gesagt, aber eines seiner Crewmitglieder ist jedenfalls verschwunden.« Sie stößt eine dicke Qualmwolke aus. »Das hat er mir brühwarm erzählt, als er hier lag, splitternackt wie ein Neugeborenes.« Eliza verzieht das Gesicht und bemüht sich, das Bild vor ihrem geistigen Auge zu verscheuchen. »Im Gegensatz zu Ihrem Vater«, fährt Clementine nach einem langen Zug fort, »machen die Leute kein großes Aufheben, wenn ein einfacher Deckhelfer nicht nach Hause zurückkehrt. Da gibt es keine Kinder, die um ihn trauern, keine Frau, die sich nachts in den Schlaf weint. Nein, diese Männer verschwinden einfach spurlos, und kein Mensch denkt mehr an sie.«

»Und wissen Sie auch, wer dieser Deckhelfer war?«, will Axel von ihr wissen.

»Ich bin nicht auf die Idee gekommen, ihn zu fragen. Schien nicht weiter wichtig zu sein.«

»Jetzt schon.« Er nickt.

Die Muschelkalkwege schimmern silbrig im Mondlicht. »Laura-Min, bitte verzeihen Sie meine Ungehörigkeit«, erklärt Axel, kaum dass sie hinausgetreten sind. »Natürlich werde ich Ihnen das ausgelegte Geld so schnell wie möglich zurückzahlen.« Noch einmal klopft er seine Taschen ab. »Eine Frau wie Sie sollte nicht gezwungen sein, das Wenige, das sie hat, unter solchen Umständen auslegen zu müssen.«

Sie sieht ihn abwartend an.

»Eine Frau ist so viel mehr als das, was sie zu tun gezwungen ist, um zu überleben. Ich will, dass Sie das wissen.«

Min lächelt dünn. »Das ist reizend von Ihnen, Axel, wirklich. Aber es fehlt mir keineswegs an Geld.« Er blinzelt. »Es ist mir nur nicht gestattet, die Dinge zu besitzen, die ich mit meinen Mitteln ohne Weiteres erwerben könnte.«

Er starrt sie mit offenem Mund an.

»Sie brauchen mich gar nicht so verblüfft anzusehen. In einer Stadt voller Männer kommt jemand wie ich ohne große Mühe zu Geld. Wir haben Sie bloß gebraucht, um uns den Zutritt zu diesem Etablissement zu verschaffen, da es sonst nur Männern gestattet ist. Nun ja, hauptsächlich ...« Sie wenden sich um und blicken zu den armen Vögeln, die im Schaufenster hängen. »Es sei denn, man arbeitet hier, und ich kann mir nicht vorstellen, dass Eliza versessen darauf wäre.«

Ehe sie sich voneinander verabschieden, schmieden sie einen Plan: Sie werden sich nach dem vermissten Deckhelfer erkundigen, notfalls sogar Hardcastle auf die Pelle rücken, um herauszufinden, wer er war. Dies ist ihr bislang erfolgversprechendster Anhaltspunkt, über den sich tatsächlich weitere Hinweise zu Elizas Vater ergeben könnten.

Eliza lehnt eine Begleitung kategorisch ab, deshalb begleitet Axel Min zu den Cottages zurück. Allein geht Eliza die Straße entlang, begleitet vom Knirschen des Muschelkalks unter ihren Stiefeln, das jedoch vom Klirren eines Schlosses und dem dumpfen Dröhnen zufallender Türen unterbrochen wird. In einer Seitengasse stehen mehrere Frauen vor einem niedrigen Gebäude. Sie erkennt die schlanke Iris Stanson und ihre altbackene Tante Martha auf den ersten Blick. Martha zieht die Doppeltüren vollends zu und hantiert mit dem Vorhängeschloss herum, während Eliza einen erleichterten Seufzer ausstößt. Offenbar handelt es sich um eine Zusammenkunft des Circle, die länger gedauert hat als üblich, allerdings wundert sie sich, wie die Damen aus dieser Schicht nach Einbruch der Dunkelheit noch ohne Begleitung unterwegs sein können. Vielleicht haben sie ja über das Schicksal ihres Vaters gesprochen. Hoffnung keimt in ihr auf. In diesem Moment blickt Martha auf, und Eliza weicht in die Schatten zurück. Sie will ihr nicht erklären müssen, was sie um diese Uhrzeit noch draußen zu suchen hat. Also wartet sie, bis die plappernden Stimmen verebben, ehe sie sich in der Dunkelheit auf den Heimweg macht.

Kapitel 18

Die Sonne am nächsten Morgen ist gleißend hell, ihre Strahlen scharf wie Speere. Glitzernd fallen sie auf das Wasser, wo ein Schwarm Pelikane mit einem lang gezogenen Zischen in der Nähe des Ufers landet. Auch heute Nacht hat Eliza dem Schlaf getrotzt. Wie kann sie sich ausruhen, wenn ihr Vater immer noch irgendwo dort draußen ist? Sie denkt an die nächtlichen Geräusche – das stete Zirpen der Grillen, das Knacken des rostigen Eisens. Zweifellos wären sie bis in ihre Träume vorgedrungen, hätte sie sich dem Schlaf hingegeben. In England war so etwas nie passiert. Es scheint fast, als hätte sie das geräuschlose Nichts der Nächte in der alten Heimat vergessen – als das Haus schlicht zu warten schien, geduldig und reglos bis zum Morgengrauen, wenn die Sonne das erste Mal blinzelte und die Vögel zu ihrem frühen Gesang anhoben.

Der Ruf eines Fischhändlers reißt sie ins Hier und Jetzt zurück. Sie ist auf der Jagd nach Hardcastle. Und nach Informationen über den verschwundenen Deckhelfer. Ringsum herrscht reges Treiben. Leute hasten durch die Straßen, gehen ihren

Geschäften nach. Nun, da die Flotten alle zurück sind, sind die Straßen viel voller als sonst. Perlenhändler, Fischereiinspektoren, Reedereivertreter und zahllose Beamte sind unterwegs. Einspänner rattern in einer Wolke aus Schmieröl für die Räder und dampfendem Pferdedung vorbei, dazwischen Lastkarren mit hoch aufgestapelten Körben voller Perlmuscheln, deren Schalen wie weiße Milchzähne in der Sonne schimmern. Die helle Farbe beschwört das Bild eines kleinen Kinderkörpers in Elizas Gedächtnis herauf, eines Jungen mit mehlweißem Haar. Eilig verdrängt sie das Bild und hastet weiter, wobei sie unablässig nach dem muskelbepackten Mastiff Ausschau hält.

Es wäre nicht weiter verwunderlich, wenn Hardcastle mit dem Verschwinden ihres Vaters etwas zu tun hätte. Viele würden vom Ableben eines angesehenen Perlenunternehmers profitieren, doch Hardcastle mit seinen halb verrotteten Loggern und seiner ausgelaugten, von ihm schikanierten Mannschaft steht kurz vor dem Ruin. Zweifellos sitzt ihm jeder Händler in der Stadt im Genick, bei dem er in der Kreide steht, außerdem ist er bis über die Hutschnur bei der Bank verschuldet, deshalb käme es ihm mehr als gelegen, wenn ein Konkurrent wie ihr Vater aus dem Weg wäre.

Sie geht weiter durch die Stadt, bis ihr etwas Ungewöhnliches ins Auge fällt. In der Auslage des Fotografenateliers. Eines der Fotos wirkt seltsam deplatziert neben all den anderen ausgestellten Aufnahmen – Porträts von Familien im gestärkten Sonntagsstaat, die Frauen mit sorgsam frisiertem Haar und hochgeschlossenen Blusen mit hübschen Schleifen, die Herren mit dicken, Ehrfurcht gebietenden Schnurrbärten und Jacketts mit gerundetem Kragen. Diese eine Aufnahme hingegen zeigt eine Menschentraube, die sich gebildet hat, um ein auf dem gepanzerten Leib eines toten Krokodils stehendes Kind zu betrachten. Eliza erinnert sich an diesen Moment, an das

Blitzlicht der Kamera, und beugt sich vor, um die Details zu betrachten. Da, im Hintergrund, macht sie die beiden Gestalten aus, die zu erblicken sie erwartet hat. Sie und Axel stehen da, ins Gespräch vertieft, doch nur aus dieser Perspektive sieht sie, wie anders all die anderen um sie herum aussehen. Unwillkürlich berührt sie ihr Haar, als sie sieht, wie zerzaust es auf der Fotografie wirkt. Auch ihre Röcke sind bei Weitem nicht so glatt wie die der anderen Frauen und ihre entblößten Unterarme deutlich gebräunter. Scham überkommt sie. Auch Axel wirkt nicht so, als würde er dazugehören, auch wenn sie nicht genau sagen kann, warum. Etwas an der Art, wie er dasteht, vielleicht. Es ist nicht die Körperhaltung eines Lebemannes oder eines draufgängerischen Kolonisten, vielmehr hat er etwas Freieres an sich, eine Unbefangenheit, die sie nur aus ihren Kindertagen kennt.

Plötzlich gleiten weiße Federn über ihren Kopf hinweg. Sie sieht nach oben und dem Kakadu hinterher, der über die Leute hinwegsegelt. In diesem Moment erblickt sie den Mann in einigen Metern Entfernung und schnappt nach Luft, die sich glühend heiß in ihre Lunge frisst. Hardcastle bebt förmlich vor Wut, als er einen Fischhändler anbrüllt, der ein schlaffes, schuppiges Meerestier anpreist, während Hardcastles Mastiff neben ihm nach Fliegen schnappt. Sie sieht, wie sich das Gesicht des massigen Mannes mit jeder Sekunde weiter verfärbt, als er sich drohend vor dem armen, unter seinem Gezeter zusehends schrumpfenden Fischhändler aufbaut. Schließlich hat der Kakadu sie erreicht und verharrt flatternd über Hardcastles Kopf. Eliza läuft los und schiebt sich an mehreren Passanten vorbei, damit ihr nichts von seinen Worten entgeht.

»Wiedersehen, Alfred. Wiedersehen, Alfred.« Die heiseren Krächzlaute des Vogels schweben in der Luft.

Wutschnaubend schlägt Hardcastle nach dem Kakadu.

Alfred, denkt Eliza. Könnte das der Name des verschwundenen Matrosen sein?

»Halt deinen elenden Schnabel, verrecktes Federvieh!« Der Schweiß tropft dem hochgewachsenen, bulligen Hardcastle vom Kinn. In diesem Moment löst sich Grant, der Bootsmann, gelassen aus der Menge, schnappt den hektisch flatternden Kakadu und setzt ihn sich wieder auf die Schulter. Hardcastle, dessen Gesicht immer noch dunkelrot vor Wut ist, stößt einen scharfen Pfiff aus, woraufhin sein Köter mit dem Maul voller Fischabfälle angetrabt kommt. Seite an Seite schieben sie sich durch das Gewimmel.

Eliza will ihnen folgen, wird jedoch abrupt zurückgerissen. Die Hand um ihren Unterarm ist kalt und klamm, und die tabakvergilbten Finger würde sie selbst unter Tausenden erkennen. Sie blickt hoch und geradewegs in das grinsende Gesicht ihres Onkels.

»Du hast mich erschreckt«, sagt sie und zwingt sich zu einem Lächeln.

»Das tut mir leid, meine Liebe, aber es hatte den Anschein, als wolltest du losstürzen.« Willem schlägt eine Stechmücke an seinem Hals tot. Hinter ihm flattert ein winziger bronzefarbener Kuckuck von einem dürren Ast auf. Martha, die neben ihm steht, macht ein Gesicht, als wäre dies Zusammentreffen reine Zeitverschwendung.

»Wem bist du denn auf den Fersen?«, will Willem wissen und späht über ihre Schulter.

Sanft schüttelt Eliza seine Hand ab.

»Kann ich dir helfen, Willem?«

Mit einem Anflug von Gewissensbissen registriert sie, wie sich seine Miene kurz verdüstert.

»Tut mir leid.« Vorsichtig sieht sie zu Martha hinüber. Sollte ihre Tante sie gestern Abend bemerkt haben, lässt sie es sich zumindest nicht anmerken. »Ich hatte es nur ein wenig eilig.« Willems schale Alkoholfahne schlägt ihr entgegen, als er sich näher beugt. Ihr Onkel – einst so abstinent wie seine gottesfürchtige Ehefrau – hat nach dem Verlust seines Beins ein großes Verlangen nach Rum entwickelt, denn obwohl der Arzt die Gliedmaße abgesägt hat und sich unterhalb des Stumpfs nichts als hartes Holz befindet, scheint er das Gefühl zu haben, als schwäre auch jetzt noch sein verrottendes Fleisch an dieser Stelle. Folglich leidet er tagtäglich schlimme Schmerzen, weil ihm sein Verstand die Existenz seines längst verlorenen Beins vorgaukelt. Statt damit zu leben, trinkt er immer weiter, und Eliza muss sich vor Augen führen, dass man nicht immer von außen erkennen kann, was einem Menschen innerlich Höllenqualen bereitet.

»Ich hatte gehofft, du würdest mir sagen, wo ich den jungen Master Thomas finden kann«, fährt Willem fort. »Ich habe etwas Geschäftliches mit ihm zu besprechen.« Sie sieht ihn mit weit aufgerissenen Augen an und bedauert es, nicht schärfer gekontert zu haben. »Angesichts der Umstände müssen wir uns darüber unterhalten, welche Maßnahmen sowohl zu eurer beider Sicherheit als auch die der Flotte ergriffen werden müssen.«

Sie weicht zurück, als sei sie gebissen worden. Dieser Mann ist ihr Onkel, der Bruder ihres Vaters, und allem Anschein nach ist er bereit, dessen Verschwinden einfach zu vergessen? Und nicht nur das, sondern er beabsichtigt zudem, auch noch Profit daraus zu schlagen.

»Seltsam, dass du so großes Interesse an der Flotte hast«, erwidert sie barsch und sieht zu, wie Willem verblüfft die Brauen hebt. »Man könnte sich fragen, weshalb dich das Schicksal der Schiffe jetzt schon beschäftigt, nachdem dein eigener Bruder gerade erst verschwunden ist …«

Scheinbar erschüttert über diesen Vorwurf, schüttelt Willem

den Kopf, doch Eliza entgeht nicht, wie die Verblüffung auf seiner Miene zuerst in Wut, dann in Entschlossenheit umschlägt. Er hält inne, als überlege er, überhaupt etwas zu erwidern, doch seine Frau nimmt ihm die Entscheidung ab.

»Dasselbe könnten wir auch Thomas fragen«, erklärt Martha mit einer erstaunlichen Schärfe für eine so bieder und gesetzt wirkende Frau. »Ist es nicht ein seltsamer Zufall, dass Thomas ausgerechnet dann die Stadt verlassen hat, als dein Vater spurlos verschwunden ist?«

Willems Holzbein schlägt mit einem leisen Poltern auf dem Boden auf. »Nun, wir wollen doch die Kirche im Dorf lassen.« Er breitet die Arme aus, um etwas Abstand zwischen die beiden Frauen zu bringen. »Ich habe mich nach deinem Vater erkundigt, Eliza. Überall in den Buchten gibt es Camps während der Ruhezeit. Percy Sedgewicks in Boolgin Creek, Cape Bossut, Beagle Bay. Ich bin sogar eigenhändig zu den Trepang-Fischern in Cowrie Point hinübergerudert, was alles andere als leicht war, das kann ich dir versichern. Aber keiner konnte mir etwas sagen, das uns weitergeholfen hätte, um Charles zu finden. Und was die Flotte angeht, so hielt ich es für das Beste, die Dinge in die Hand zu nehmen, bevor es zu spät ist. Ich wollte sichergehen, dass für dich gesorgt ist. Gott bewahre, dass Thomas und du am Ende noch mittellos dasteht!«

Reue überkommt sie.

»Hat dein Bruder denn genau erklärt, was an Bord vorgefallen ist?«, wirft Martha so schnell ein, dass Eliza keine Zeit bleibt, auf die Erklärung ihres Onkels einzugehen, geschweige denn, sich für ihre barsche Erwiderung zu entschuldigen. Stattdessen fragt sie sich, worum es bei dem Treffen des Circle *wirklich* gegangen sein mag, ob die Frauen ihre Zusammenkunft genutzt haben, um sich gegen Thomas zu verschwören. »Wurde er wie Billy zur Befragung geholt?«

Die beiden Frauen stehen stocksteif da. Nur ihre Blicke fliegen wie giftige Pfeile hin und her.

»Das zeigt, wie wenig du über deine eigene Familie weißt«, zischt Eliza. »Thomas ist geschäftlich nach Cossack gesegelt. Jemand musste es schließlich tun, um die Flotte am Leben zu halten und dafür zu sorgen, dass es weitergeht. Und wenn auch dir das so am Herzen liegt, solltest du es nur zu gut verstehen. Außerdem unternimmt wenigstens *er* etwas. Mein Bruder kann es sich nicht erlauben, herumzuhocken und sich bis zur Besinnungslosigkeit vollllaufen zu lassen wie andere hier.« Damit dreht sie sich auf dem Absatz um, nur wird ihr Abgang leider durch einen auf einen Fahrradgepäckträger geschnallten Käfig voller magerer Hühner behindert. Angespannt tritt sie von einem Fuß auf den anderen, während sie darauf wartet, dass das Rad an ihr vorbeizieht, ehe sie mit hämmerndem Herzen davonstürmt.

Eliza hält weiter nach Hardcastle und seinem Hund Ausschau, kann die beiden in der undurchdringlichen Menge der Leute jedoch nicht ausmachen. Es ist doch völlig unmöglich. Oder? Dass Thomas ihr wichtige Informationen vorenthalten hat? Dass er mehr wissen könnte, als er zugibt? Ihre Gedanken überschlagen sich. Sein ausgezehrtes Gesicht kommt ihr wieder in den Sinn, die gebeugten Schultern, als versuche er, sich bis zur Unkenntlichkeit in sich selbst zurückzuziehen. Viele Male stand ihm sein ungezügeltes Naturell schon im Weg, und inzwischen kennt er sich selbst gut genug, um zu wissen, dass er sich aus heiklen Situationen lieber zurückziehen sollte, bevor die Dinge aus dem Ruder laufen. Sie hat die Auseinandersetzungen mit eigenen Augen gesehen, hat ihn herausgeholt, wenn er die Nacht in einer Gefängniszelle verbracht hat, mit blutunterlaufenen Augen, war für ihn da, wenn er wieder einmal versuchte, sich aus den Klauen seines unstillbaren Verlangens nach Opium zu befreien. Sie hat zugesehen, wie er in der Dunkelheit schrie und brüllte, von Affen, Schlangen und Sittichen, die ihm die Klauen ins Gesicht schlagen oder ihm in die Hände beißen wollten. Sie hatte ihm mit einem feuchten Lappen die Stirn gekühlt, wenn er von Tobsuchtsanfällen heimgesucht wurde und sich stöhnend unter den Entzugserscheinungen herumwarf. Und einmal, als sie ihn wieder mal beruhigen wollte, schlug er so wild um sich, dass seine Faust mitten auf ihrer Nase landete. Blut und gebrochene Knochen waren die Folge, und während sie mit der einen Hand versuchte, dem warmen Strom, der ihr über das Gesicht floss, Einhalt zu gebieten, strich sie mit der anderen ihrem Bruder das schweißnasse Haar aus der Stirn.

Ist es wirklich wahr, dass Thomas keinerlei Ahnung hat, was sich in jener Nacht an Bord abgespielt hat? Vielleicht sollte sie selbst nach Cossack reisen, ihn aus irgendeiner Spelunke ziehen und verlangen, dass er sämtliche Vorkommnisse schildert, bis ins Detail. War da tatsächlich nirgendwo Blut? Hat sich irgendjemand seltsam benommen? Wieso bist du abgehauen? Wieso bist du abgehauen? Wieso bist du abgehauen?

30. November 1896

Zur Vorlage an Master Thomas Brightwell –
Unterbringung unbekannt, Cossack

Liebster Thomas,
es tut mir leid, Dich auf Deiner Geschäftsreise behelligen zu müssen. Ich hoffe, die Verhandlungen verliefen erfolgreich, und Du konntest einen guten Handel abschließen.

Die Wahrheit ist, dass ich nicht länger warten kann, weil sich Fragen ergeben haben, die ich Dir stellen muss. Bedauerlicherweise war ich zum Zeitpunkt Deiner Abreise sehr durcheinander, und es gibt da ein paar Details, die ich unbedingt geklärt wissen will. Deine Anwesenheit in Bannin Bay wird schmerzlich vermisst.

Ich wäre dankbar, wenn Du mich wissen ließest, wann ich mit Deiner Rückkehr rechnen darf. Bestimmt gibt es einige Angelegenheiten, um die Du Dich noch kümmern musst, aber sollte ich in den nächsten zwei Wochen nichts hören, werde ich Dir neuerlich schreiben.

Sie hält inne, taucht den Füllfederhalter ihres Vaters noch einmal ein und setzt zur letzten Zeile an.

Ich bin ganz allein, und das Haus ist voller Schatten. Ich sehe Deiner Rückkehr mit großer Freude entgegen.
Deine dich liebende Schwester Eliza

Kapitel 19

1887

Am Tag, als die Wale strandeten, hatte der tosende Sturm Quallen in die Mangroven geschleudert. Der Himmel war wolkenverhangen und grau, doch auch ohne Sonnenschein glitzerten die Wellen wie irisierende Fischschuppen.

Beim Aufwachen hatte Eliza die Betten ihrer Eltern leer vorgefunden, die zurückgeschlagenen Laken waren zerknüllt, die Abdrücke ihrer Körper noch deutlich in den baumwollenen Matratzen zu erkennen.

Sie ging in Thomas' Zimmer.

»Komm, wir gehen raus und suchen sie«, meinte er und stand auf, zog sich die Stiefel über die Nachtwäsche und schnappte sich den Hut des Vaters vom Haken.

»Ist alles in Ordnung mit euch beiden?«, rief Mrs. Riesly ihnen hinterher, die sich halb aus dem Fenster gebeugt hatte.

Sobald sie an den Strand kamen, spürten sie, dass etwas anders war, etwas an der Luft schien nicht wie sonst zu sein.

Sie kletterten auf die höchste Düne und blickten entsetzt auf das Szenario, das sich ihnen bot. Überall am Strand lagen riesige schwarze Leiber – aufgedunsen, mit prall gespanntem Haut und schlaff im Sand liegenden Flossen. Es waren bestimmt dreißig Tiere, die sich direkt an der Gezeitenlinie aneinanderreihten, während über ihnen kreischend die Seemöwen kreisten und aus dem Wasser ragende Rückenflossen ahnen ließen, dass hungrige Haie nur darauf warteten, zum Zug zu kommen.

Zwischen den Walen liefen zwei Gestalten geschäftig am Ufer hin und her, schöpften eimerweise Wasser, das sie über den Meeresriesen auskippten. Ihre Mutter hatte die Röcke gerafft und an der Hüfte verknotet, sodass ihre bleichen Beine wie Streichhölzer hervorragten. Noch nie zuvor hatte Eliza ihren Vater so konzentriert gesehen. Ein merkwürdiges Gefühl beschlich sie beim Anblick ihrer Eltern. Am liebsten hätte sie kehrtgemacht, als störe sie sie in der Intimität ihrer Zweisamkeit, wenn sie sie unterbräche. Thomas sah das ganz anders. Er wandte sich Eliza zu. Vaters Hut war ihm halb über eine Braue gerutscht. »Wir müssen runtergehen und helfen.«

Stundenlang schufteten sie und versuchten, die Wale zu retten, während ihre Haut vom getrockneten Salz rau und rissig wurde. Wenn ein Wal erst einmal krank sei, lasse er sich an den Strand treiben, und die restlichen Familienmitglieder folgten ihm, erklärte ihr Vater. Sie könnten schlicht nicht weiterleben, wenn einer aus ihrer Sippe nicht länger unter ihnen sei.

Nach einer Weile gesellten sich die Männer aus dem Uferlager zu ihnen und brachten größere Eimer und Laken mit, die sie anfeuchteten und über die Tiere legten. Wenn es ihnen gelänge, die Wale bis zum Einsetzen der Flut am Leben zu halten, könnten sie sie mit vereinten Kräften ins Wasser zurückschieben.

Thomas ging mit geradezu militärischer Disziplin ans Werk, kommandierte die Männer herum, stellte Zweierteams zusammen, die sich jeweils eines Tieres annehmen sollten. Die

Männer gehorchten ohne Murren und Fragen, obwohl er zumindest körperlich kaum mehr als ein Junge war.

Nachmittags zogen Wolken auf, und wenig später setzte die Flut ein. Sie standen in einer Reihe da und sahen aufs Meer, um den Zeitpunkt abzupassen, wenn das Wasser hoch genug gestiegen war, um die Tiere hineinzuschieben. Die Wellen kamen immer näher, leckten zuerst an ihren Zehen, ehe sie ihre Knöchel umspülten. Ihr Vater rannte den gesamten Strand entlang bis zum Ende. Als er zurückkam, verlangsamte er allmählich das Tempo, zuerst zu einem Traben, dann zum Gehen und schließlich zu etwas noch Langsamerem, bis er vor ihnen stand. Seine Miene war düster, und er schüttelte den Kopf.

»Kein Einziger?«, fragte ihre Mutter mit zittriger Stimme.

»Ich fürchte, nein, meine Lieben.«

Eliza spürte ein Schluchzen in ihrer Brust aufsteigen. Sie wollte weitermachen, die Tiere trotzdem ins Wasser schieben und sehen, ob sie sie nicht doch noch zum Leben erwecken konnten. Ihr Vater trat zu ihr und legte den Arm um sie. »Wir haben es versucht, Eliza. Das ist das Wichtigste. Wir haben versucht, ihnen eine Chance zu geben, mehr konnten wir nicht tun.«

Sie sah Thomas an, gerade als der Regen einsetzte. Er hatte die Fäuste geballt, sein Kiefer war hart, und auf seinem Gesicht lag ein Ausdruck ungezügelter Wut.

Kapitel 20

1896

Eliza hatte das sorgsam in eine Baumwollhülle eingenähte Kleid ganz unten in einer Truhe gefunden, die seit vielen Jahren niemand mehr geöffnet hatte. Ihre Mutter musste damals versucht haben, ihre schönsten Sachen so vor dem allgegenwärtigen Schimmel zu schützen. Sie hält es sich an die Wange. Der Stoff fühlt sich kühl und steif an. Sie vergräbt die Nase darin und saugt den Geruch ein. Da ist er, ganz schwach, aber dennoch wahrnehmbar. Die süße, blumige Note des Parfums ihrer Mutter.

Septimus Stanson war am Morgen auf dem Flachbettdampfer nach Bannin zurückgekehrt. Eliza sieht ihn vor sich, wie er in seinem hellen Leinenanzug durch die geschäftige Stadt rauscht, die kleinen Augen fest zusammengekniffen, die Lippen scharf und hart wie eine Guillotine, seine hübsche junge Frau ergeben an seiner Seite. Min war vorbeigekommen, um Eliza von dem bevorstehenden Abendessen des Präsidenten der Pearler's Association zu erzählen, wo sie arbeiten würde. Es war nicht ungewöhnlich, dass Frauen für derlei Veranstaltungen angeheuert wurden, um Getränke einzuschenken, Würfel anzuhauchen, damit sie Glück brachten – mit anderen Worten, sich um alle Wünsche und Belange der anwesenden Herren zu kümmern. Als Tochter eines Perlenunternehmers war Eliza als Gast eingeladen, ebenso wie Onkel Willem und Tante Martha. Und obwohl es nur wenige Anlässe gab, denen sie weniger gern beiwohnen würde, durfte sie die Gelegenheit, sich in der Nähe von Hardcastle und den anderen Perlenunternehmern aufzuhalten, nicht ungenutzt verstreichen lassen. Wo könnte sie mehr erfahren als direkt an der Quelle?

Die Leute durchbohren sie förmlich mit Blicken, als sie durch die Straßen marschiert. Von einer Frau ihrer Stellung wird erwartet, mit der Kutsche unterwegs zu sein. Doch Eliza bevorzugt es, wie gewohnt zu Fuß zu gehen, wobei ihre abgenutzten Stiefel unter dem Saum des Kleides aus grünem Faille-Stoff hervorblitzen. Am meisten liebt sie es, meilenweit aus der Stadt hinauszumarschieren, vorbei an McVeighs Missionsstation, um von den roten Steinklippen aus auf die Bucht hinunterzusehen. Von dort hat sie einen perfekten Blick auf die Stadt, kann sie ganz nach Belieben neu ordnen, die Menschen wie Figuren auf einem Schachbrett bewegen und an Positionen stellen, die ihr mehr behagen.

Der Bungalow der Stansons ist wunderschön. Stahlseile sind quer über das Dach gespannt und in Zementblöcken verankert, um das Gebäude vor Stürmen zu schützen. Aufwendig geschnitzte Holzverzierungen rahmen die breite, mit Sesseln, Hängematten und Läufern aus Singapur möblierte Veranda ein, die für den Anlass mit Hunderten Papierlampions geschmückt wurde und deren auf Hochglanz polierte Holzdielen wie frisch geblasenes Glas schimmern. Insekten sirren auf der Suche nach unbedeckter Haut durch die abendliche Wärme. Die runden Lichtkegel der Laternen erhellen den Garten, und zwischen Bougainvilleen und Jasmin recken Schmetterlingspflanzen ihre leuchtend bunten Blüten hervor.

Stimmen dringen aus dem Inneren des Hauses hervor, als Eliza die Terrassentüren aufzieht. Am liebsten würde sie einfach verschwinden, doch stattdessen zupft sie ihren Ausschnitt zurecht und betritt den Raum voller Menschen. Perlenunternehmer in Tropenanzügen stehen herum und blasen Ringe aus dünnem Zigarrenqualm in die Luft. Bedienstete, schwer beladen mit Silbertabletts, hasten umher und bieten den Gästen importierten Champagner und Gin an. Der Raum ist erfüllt von Gelächter und dem Klirren von Eiswürfeln in sorgsam polierten Schaumweinschalen. Viele der Ehefrauen der Perlenunternehmer – zartbesaitete Geschöpfe, denen die widrigen klimatischen Bedingungen zu sehr zusetzen – haben sich für die Regenzeit bereits in die Gegend südlich von Perth zurückgezogen. Nur wenige sind hiergeblieben, unter ihnen auch Tante Martha, Iris Stanson und eine Handvoll weiterer Damen des Circle. Ihre mit Schleiern besetzten Hüte und knöchelhohen Stiefel sind verschwunden, stattdessen flanieren sie in pastellfarbenen Abendkleidern und schimmernden Perlenketten um den Hals durch den Raum. Eliza sieht an sich hinunter, streicht mit dem Daumen eine widerspenstige Falte glatt.

»Eliza, ich hätte dich ja fast für eine Bedienstete gehalten!« Eine verkniffen aussehende Frau verpasst ihr im Vorbeigehen einen Klaps auf die Schulter. »Du solltest wirklich nicht so viel Zeit in der Sonne verbringen.« Eliza erkennt in ihr eine alte Bekannte ihrer Mutter wieder – wobei sie sich nicht erinnern kann, sie je wohlwollend über den Charakter der Frau sprechen gehört zu haben. Nun hängt diese am Arm eines Mannes, der mit wichtigtuerisch-gelangweilter Miene durch den Raum schreitet.

»Sie hatte schon immer etwas Ungezähmtes an sich«, hört Eliza sie raunen, als die beiden sich entfernen. »Wie ihre Mutter.«

Ziellos geht Eliza umher, vorbei an trillernd lachenden Damen und an Männern, die ihre von ihren Ehefrauen gebundenen Krawatten lockern. Einige spielen Poker, andere versuchen ihr Glück mit den Münzen. Im Hintergrund sind lange Tafeln mit reich bestickten Tischdecken, funkelnden Kristallgläsern, bemalten Keramiktellern und schwerem Silberbesteck aufgebaut. Darüber hängt eine große Union-Jack-Flagge an der Wand, die, wie Eliza bei genauerer Betrachtung feststellt, an den Ecken vereinzelt Schimmelspuren aufweist.

Dann entdeckt sie Min im hinteren Teil des Raums – sie trägt ein schwarzes Kleid mit eng anliegendem Oberteil, dazu lange Pfauenfedern im Haar. Gerade hängt sie mit einem hinreißenden Lächeln halb über der Schulter eines Gentlemans, der so volltrunken zu sein scheint, dass er Mühe hat, nicht vom Stuhl zu rutschen. Als sie aufsieht, begegnen sich ihre Blicke. Mit einer knappen Geste deutet Eliza auf die Tür.

Nur eine einzige Lampe brennt in dem stillen Salon mit den zwei üppig gepolsterten Sesseln auf einem dicken Perserteppich. Min grinst Eliza an. »Wie elegant.«

»Sehr witzig. Ich glaube, wir wissen beide, dass ich so elegant wie eine Forelle aussehe.«

An den Wänden hängen gerahmte Fotografien. Männer in voller Jagdmontur posieren stolz neben Hirschen mit leeren, glasigen Augen, oder blicken, zärtlich auf ihre Gewehre gestützt, unter breitkrempigen Safarihüten auf brutal abgeschlachtete Elefanten. Eliza beugt sich näher heran, um auch schlaff heraushängende rosa Tigerzungen zwischen scharfen Fangzähnen in Augenschein zu nehmen. Schließlich wendet sie sich zu Min um, die ein Kissen aufschüttelt.

»Also, was ist der Plan?«, fragt Min abwesend. Vermutlich kann sie nicht allzu lange von der Arbeit wegbleiben, zumindest nicht, wenn Männer wie Stanson das Sagen haben.

»Sorg dafür, dass Hardcastle immer schön zu trinken hat«, flüstert Eliza. »Schenk ihm so viel nach, wie du nur kannst. Wenn wir ihn dazu bringen wollen, dass ihm etwas über seinen Deckhelfer herausrutscht, muss seine Zunge gelockert sein.«

Min nickt, ehe sie ihre Freundin ansieht. »Wir wären wesentlich erfolgreicher, wenn du bereit wärst, nicht dem zu folgen, was dein Instinkt dir sagt.«

Forschend sieht Eliza Min in die Augen. »Was um alles in der Welt meinst du damit?«

»Ich liebe dich von ganzem Herzen, aber du kannst nun mal ziemlich … impulsiv sein.« Min durchquert den Raum und macht einen Schritt vor die Tür, um sich zu vergewissern, dass niemand draußen vorbeigeht. »Du bist ein sehr leidenschaftlicher Mensch – und das ist ganz wunderbar –, nur überstürzt du die Dinge oftmals. Du lässt dich von deinem Herzen leiten, willst immer irgendjemanden retten, was manchmal leider zu einigem Ärger führt.«

»Ich habe bloß eine klare Meinung«, erwidert Eliza hitzig. »Und ich finde, ich sollte nicht daran gehindert werden oder mich anders verhalten, bloß weil ich eine Frau bin.«

»Schön und gut, Eliza, aber du musst dir überlegen, wie du auch bekommst, was du willst.« Min tritt näher zu ihr heran und senkt die Stimme. »Wenn du wirklich wissen willst, was passiert ist, solltest du versuchen, dich möglichst fügsam zu zeigen. Das bringt dich in Bannin Bay sehr viel weiter als Entschlossenheit, Leidenschaft oder gar Dreistigkeit.«

Eliza sieht sie erstaunt an.

»Wenn Männer etwas noch weniger ausstehen können als ein leeres Ginglas«, fährt Min fort, »dann ist es eine Frau, die ihnen vor Augen führt, dass sie nur Stroh im Kopf haben. Diese Perlenunternehmer sind sture Dummköpfe mit einem geradezu gefährlichen Stolz, und solltest du sie reizen oder sie an ihrem wunden Punkt erwischen, verschließen sie sich entweder, oder aber sie schnellen vor wie eine Schlange und beißen zu.« Eliza denkt an Septimus Stanson, den zweifellos einflussreichsten Mann in der Bucht. Sie erinnert sich, wie sich ein junger Perlenunternehmer einmal betrunken an seine Frau herangemacht hat. Der Mann wurde eiskalt aus der Association verbannt, mit seiner Flotte ging es den Bach hinunter, und er bekam nie wieder die Gelegenheit, nach Perlen tauchen zu lassen.

»Wenn du dich stattdessen zusammenreißt« – Min hebt vielsagend eine Braue – »und brav den Mund hältst, werden sie schon von ganz allein anfangen zu reden.«

Eliza denkt darüber nach. Nickt. Min, die sich zum Gehen wendet, wirft einen missbilligenden Blick auf die Fotografien an der Wand.

»Und die besitzen die Frechheit, *uns* als Sandläuse zu bezeichnen.«

Das Abendessen ist eine zähe, schier endlose Angelegenheit, jeder Gang die pure Qual. Eliza wurde bei den Damen platziert, unter denen sich auch die ehemalige Bekannte ihrer Mutter und die Damen des Circle befinden. Willem ist ins Gespräch mit den Perlenunternehmern vertieft, und Hardcastle nimmt seinen Platz neben Stanson am Kopfende des Tischs ein. Die beiden reden leise miteinander, wobei sich das Kerzenlicht auf ihren alarmierend geröteten Stirnen spiegelt. Sie sieht, wie Stanson eine Zigarette aus seinem Etui nimmt und anzündet, ehe er sich mit dem Zündholz zu Hardcastle beugt, der ein Zigarillo in der Hand hält, und es anschließend auswedelt.

Mins Worte gehen ihr immer noch im Kopf herum. Unwillkürlich schweifen ihre Gedanken zu ihrer Mutter, die sich gegen ihren »Platz« als Frau gesträubt hat. Am Anfang ihrer Zeit in Bannin hatte sie noch in ihrem Bungalow Hof gehalten – Dinnerpartys, Teegesellschaften, Tennis- und Bridge-Nachmittage, angeregte Schach- und hitzige Pokerturniere. Tagsüber unterrichtete sie die Kinder und Ehefrauen in Latein, abends spielte sie auf dem Klavier irische Weisen.

»Wenn du lernen willst, wie du unter diesen Männern bestehen kannst, musst du dir die Denkweise eines Glücksspielers aneignen«, pflegte sie ihren Gästen zu erklären. »Sei immer einen Schritt voraus, lass dir nie etwas anmerken und bleib immer, immer auf der Hut.« Für den letzten Teil ihrer Ausführung erntete sie höfliches Lachen von den Ehefrauen, die ihre Röcke glatt strichen und nach ihren weißen Seidenhandschuhen griffen, nur um sich danach zu Hause über den schockierenden Mangel an Anstand und Etikette auszulassen. Ihre Mutter sorgte regelmäßig für Getuschel und Gerede. *Eine Frau, die einfach nicht weiß, wo ihr Platz ist.* Was Elizas Mutter allerdings nicht davon abhielt, weiterhin zu tun, was sie für richtig hielt. Und auch ihre Tante Martha hatte Eliza gelegentlich überrascht, indem sie sich Willem anschloss, um mit den anderen Perlenunternehmern über die Pläne zu der geplanten Werft zu diskutieren oder zu erörtern, wie die besten Taucher gewonnen oder von den japanischen Bootsherstellern weitere Schiffe erworben werden könnten. Eliza hatte sich stets gewundert, wie die unscheinbare und plumpe Martha so ungeniert ihre Bedürfnisse und Wünsche zum Ausdruck bringen konnte. Gleichzeitig hatte sie sie insgeheim fast ein wenig um ihre Direktheit beneidet, ihre Weigerung, sich den Erwartungen an sie als Frau zu beugen.

Eliza blickt auf den Tisch, der sich unter den Köstlichkeiten geradezu biegt – mehr Essen, als sie je bei einer Gesellschaft gesehen hat. Platten mit glänzendem Schweinebauch, Lammkoteletts und glatte, sattrote Kirschen, Schüsseln voll gebutterten Kartoffeln und Karaffen mit funkelndem Madeira, die rote Flecken auf dem gestärkten Damast hinterlassen. Dickflüssige Consommé rinnt ihr die Kehle hinab, während die Gattinnen angeregt über Stickmuster plaudern. Der fette Entenbraten und die üppig gebutterten Brötchen liegen Eliza wie Steine im Magen, trotzdem nickt sie höflich und bedankt sich bei den Damen für die floskelhaften Erkundigungen nach dem Verbleib ihres Vaters, macht Konversation über das Wetter und die besten Taucher dieser Saison. Ab und zu ertappt sie Iris Stanson dabei, wie sie sie beim Essen beobachtet. Eliza fühlt sich schrecklich minderwertig in ihrem alten, bocksteifen Kleid und den Trauerrändern unter ihren Fingernägeln. Als Mrs. Stanson den Blick abwendet, sieht Eliza zu Hardcastle hinüber, der sich die Lippen leckt und gerade nach einem dritten Nachschlag verlangt. Min sorgt dafür, dass sein Glas stets bis zum Rand gefüllt bleibt.

Nach dem Hauptgang wird mit großem Tamtam das Dessert serviert – ein riesiges Trifle, garniert mit Dutzenden Löffelbiscuits und dicken Erdbeerscheiben obendrauf, die in der Hitze bereits heruntergleiten. *Wie um alles in der Welt sind sie an Schlagsahne gekommen?*, fragt sich Eliza. Als die Süßspeise vertilgt ist, schiebt Hardcastle lautstark seinen Stuhl zurück.

»Gentlemen.« Inzwischen hat er Mühe, geradeaus zu schauen. »Auf die Veranda.« Er steckt sich ein Zigarillo in den Mund, runzelt die Stirn, nimmt es wieder heraus und schiebt es sich umgekehrt zwischen die Lippen.

Einige der Männer gehen nach draußen, während die anderen sich wieder in ihren Sesseln niederlassen, da der Reiz des Alkohols und der anwesenden Damen größer ist als die Aussicht auf die klebrig klammen Laken des eigenen Bettes. Eliza nimmt sich ein Glas vom Tablett eines vorbeigehenden Kellners und hebt es an die Lippen. Das Getränk ist kalt und brennt in der Kehle. Sie sieht sich um – in diesem Moment beobachtet zu werden, wäre gar nicht klug –, dann durchquert sie den Raum und schlüpft hinaus in einen schwach erleuchteten Flur, durch einen langen, mit ehernen Fensterläden abgedunkelten Raum und zur Hintertür hinaus auf die mit Fliegennetz geschützte Veranda.

Die Luft ist von Eukalyptusduft geschwängert. Obwohl es dunkel ist, gleitet sie hinter einen Pfeiler und hält den Atem an. Die Spitzen der Zigaretten, die wie Glühwürmchen in der Dunkelheit tanzen, stellen die einzige Lichtquelle dar, ansonsten kann sie die Silhouetten der Männer nur schemenhaft erkennen. Da ist Franks mit seinen Koteletten und seinem herabhängenden Bart, dessen Ruf als Weiberheld ihm weit über die Grenzen von Bannin vorauseilt. Neben ihm sitzt Masterson, hager und langgliedrig, der seine Geschäfte ausnahmslos von seiner Veranda aus betreibt, ohne sich je die Füße nass zu machen, wohingegen seine gebeutelte Mannschaft ihr Leben aufs Spiel setzt, um seine Flotte am Laufen zu halten. Hardcastle kann sie zwar nicht sehen, aber zumindest hören. Gelegentlich unterbricht er sich, um einen tiefen Zug von seiner Zigarette zu nehmen. Sie ist nervös. Das Klingeln in ihren Ohren ist so laut, dass sie alle anderen Geräusche nur gedämpft wahrnimmt. Was, wenn sie die entscheidenden Worte nicht verstehen kann, wenn sie ausgesprochen werden? Inzwischen haben die Perlenunternehmer allesamt einen sitzen, deshalb wird ihre Sprache immer undeutlicher, manchmal kaum mehr als ein heiseres Zischen. Am liebsten würde sie hinüberstürmen und sie zwingen, ihr zu sagen, was Hardcastle weiß. Aber sie muss Geduld haben. Min hatte recht. Wenn er tatsächlich auf den vermissten Deckhelfer zu sprechen kommen soll, kann sie sich keine Szene erlauben, sondern muss weiter abwarten und sehen, ob der Name Alfred erwähnt wird und sich ihr Verdacht dadurch bestätigt.

Die Sterne ziehen langsam über den nächtlichen Himmel, während die Männer sich ihren üblichen Themen widmen: Welche Perlenunternehmer nach einer schlechten Saison pleitegehen werden, in welchem Bordell die willigsten Huren zu finden sind. Erst beim Wort *Starling* horcht sie auf.

»Ah, der arme Kerl«, murmelt Franks. »Wurde von seinen eigenen Männern über Bord geworfen. Jemand will sich einen Anteil an der Flotte unter den Nagel reißen, so viel steht fest.« Ein Zündholz wird angerissen, Schwefelgeruch erfüllt kurz die Luft. »Er ist ein aufbrausender Kerl, der junge Brightwell. Ich habe schon mehr als einmal erlebt, wie die beiden aneinandergeraten sind. Dazu noch seine Vorliebe fürs Opium, das ist eine ganz üble Mischung.«

»Aye, dieses Opium ist ein wahres Teufelszeug«, ruft einer der Männer dazwischen. »Es kann einen Mann dazu bringen, für etwas Nachschub alles zu tun. Wenn ihr mich fragt, würde ich wetten, dass das der Grund ist.«

»Ein Streit an Bord, der aus dem Ruder gelaufen ist«, bellt Masterson, ehe er geräuschvoll einen Schluck aus seinem Glas nimmt. »Ich setze darauf, dass ihm einer dieser Malaien die Kehle aufgeschlitzt hat, und jetzt will keiner den Mund aufmachen, weil sie Angst haben, sie landen im Knast, so wie dieser alte Aborigine.« Eliza lauscht angespannt. Das Rauschen des Ozeans in der Ferne lässt die Worte verschwimmen.

»Aber es gibt keine Beweise, dass es der alte Billy war.«

Abfälliges Schnauben ringsum.

»Ihr lacht vielleicht, aber ich habe trotzdem recht«, fährt Franks im Brustton der Überzeugung fort.

»Und wann hat das Parker je von etwas abgehalten?«, fragt Masterson. »Der hat doch schon Hiesige eingesperrt, bloß weil sie ihre eigene verdammte Sprache benutzt haben. Außerdem wissen wir alle, dass er mit Brightwell im Clinch lag.« Zustimmendes Gemurmel. »Sperr den Aborigine ein, und der Fall ist erledigt. Brightwell bleibt für immer verschwunden. Und Parker würde alles tun, um Charles Brightwell zu zerstören.«

Eliza denkt an den Zeitungsausschnitt in den Unterlagen ihres Vaters, den Beweis für Parkers ungesühntes Verbrechen. Glühende Hitze durchströmt ihre Brust, ihre Hände sind schweißnass.

»Und wie siehst du die Sache, Hardcastle?« Eine scheinbare Ewigkeit lang herrscht Stille. Eliza lauscht mit angehaltenem Atem.

»Wir sollten unsere Zeit nicht mit der Frage vergeuden, was mit dem verdammten Brightwell passiert ist«, nuschelt Hardcastle schließlich.

»Wieso denn nicht, zum Teufel?«, will Masterson wissen. »Schließlich könnte es jedem von uns passieren, dass uns einer der eigenen Crew kaltmachen will. Habt ihr nicht das von Tsutsui gehört? Sein Koch hat ihm pulverisierten Bambus ins Essen getan. Ein grauenhafter Tod. Langsam und qualvoll.« Jemand niest. »Und was ist mit Bruhl? Als man ihn schließlich fand, hatte er ein Messer im Leib. Wer auch immer das getan haben mag, hat ihm die Zunge herausgeschnitten, sämtliche Finger abgesäbelt und so tief in den Rachen geschoben, dass man einen sogar in seinem Magen gefunden hat.«

Die Stimmen im Haus schwellen an, und Eliza hört das Scharren von Tischbeinen. Bestimmt wird nun alles für den Tanz vorbereitet. Die Perlenunternehmer nehmen ihre Unterhaltung wieder auf, aber leiser.

»Was für ein Schwachsinn. Charles Brightwell wurde nicht von einem seiner Männer ermordet.« Sie hört die Abfälligkeit in Hardcastles Stimme. »Die sind zu so etwas doch gar nicht fähig. Haben nicht die Eier dafür.«

Wieder wird nachgeschenkt, die Gläser werden geleert. »Wenn man nach Sonnenuntergang zu seinem Schuppen gegangen ist, hat man schon gesehen, wieso der Mistkerl neuerdings so still war, was er seine Taucher hinter verschlossenen Türen machen lässt. Nach außen hin hat er immer den Heiligen gespielt, aber in Wahrheit ist er ein verderbter Mistkerl, so viel steht fest. Grässliche Dinge gehen dort vor sich. Widerwärtig. Schlimmer als Tiere.« Sie hört das feuchte Schmatzen, als Hardcastle an seiner Zigarette zieht, dann meldet sich eine andere Stimme zu Wort. Masterson.

»Und was ist mit deinem Decksjungen, der plötzlich verschwunden ist?«

Elizas Augen weiten sich.

»Dieser Deckhelfer, der so komisch aussah? Er hatte ein Glasauge, stimmt's? So leid es mir tut, aber mit dem stimmt doch was nicht.«

Sie wartet auf den Namen. Alfred. Es *muss* Alfred sein.

»Stimmt es, dass so ein Schlitzauge ihm eine Gabel reingerammt hat?«

»Haltet euer verdammtes Maul«, faucht Hardcastle. »Hier wird nicht darüber geredet. Stanson soll nicht denken, ich könnte nicht mal auf meine verdammten Männer achtgeben.«

»Aber auf kurz oder lang kommt es doch sowieso heraus ...«

»Er ist bloß ein Decksjunge«, gibt Hardcastle schnippisch zurück. »Nach dem kräht doch kein Hahn, deshalb ist er im Nu vergessen.«

Allgemeines Hüsteln, als die Männer sich auf ihren Stühlen regen.

»Jedenfalls ... wenn Brightwell tatsächlich verschwunden bleibt, freue ich mich wie ein Schneekönig.« Franks lacht laut.

»Saionji ist der Muschelkönig der Saison. Ich frage mich, ob ich ihn für die *Ethel* gewinnen könnte.« Er lacht leise. »Meine Taschen wären voll wie nie.«

Als die Männer lautstark verkünden, dass alkoholischer Nachschub fällig ist, verlässt Eliza die Veranda. Ihre Haut fühlt sich kalt und klamm an. Sie eilt wieder hinein und schiebt sich durch die Menge. Hier und da folgen ihr die glasigen Blicke der angetrunkenen Gäste, ehe sie sich wieder dem Kartenspiel und Champagner zuwenden. Männer kippen ihren Rum hinunter, erhitzte Damen fächeln sich in der drückenden Hitze Luft zu. Eliza schwirrt der Kopf, als sie sich an allen vorbeidrängt, ohne den empörten Beschwerden Beachtung zu schenken.

»Ist alles in Ordnung, Eliza?« Iris Stanson hat ihre milchigblasse Stirn in Falten gezogen und streckt ihre eleganten Hände nach Eliza aus, doch sie kann nicht stehen bleiben, sondern muss hier raus. Sie bekommt keine Luft.

Draußen scheinen die Sterne auf sie herabzublicken, als sie die Stufen hinab und über den Muschelkalkweg stürmt. In der Ferne schimmert das Meer unter einer schmalen Mondsichel. Ein Tier mit schweren Schwingen erhebt sich von einem der Bäume. Eliza erschrickt, als sie eine Bewegung auf dem Weg vor sich wahrnimmt. Da ist jemand, der zum Bungalow hinaufsieht. Sie hört ihren Atem in der stillen Nachtluft, doch als ihre Augen sich an die Dunkelheit gewöhnen, gelingt es ihr, die Gestalt auszumachen. Es ist Axel. In seinem Knopfloch steckt ein frisches Blumenbouquet. Er hebt die Hand.

»Was machen Sie denn hier?«, fragt sie, dann: »Ich muss gehen.« Sie wartet seine Antwort gar nicht erst ab, sondern rafft ihre Röcke und eilt weiter.

»Sie sehen schön aus«, glaubt sie ihn sagen zu hören, doch auch jetzt kann sie nicht stehen bleiben.

Kapitel 21

Der Mann kauert im Schatten, reglos, wie erstarrt. Unterdessen beobachtet die Krähe ihn von einem knorrigen Eukalyptusast aus. Der Busch schenkt stets jenem Schutz, der bereit ist, ihm seine Geheimnisse anzuvertrauen. Die Reiter kommen näher, während der Mann den steten Rhythmus der Hufschläge in den Staub tippt. Blätter geben unter seinen Fingern nach. Loser Staub steigt in Spiralen auf, wird vom heißen Wind fortgetragen. Langsam lässt der Mann sich auf die Erde sinken, drückt Brust, Bauch, Schenkel ganz fest in die Erde, dann zieht er mit raschen, geräuschlosen Bewegungen herabgefallene Äste und Zweige über sich. Dornen bohren sich durch den Stoff seines Hemds, während seine Verfolger immer näher rücken.

Nur wenige Meter neben ihm kommen sie zum Stehen. Der Weiße zieht eine Feldflasche heraus, legt den Kopf in den Nacken und streckt seine rosafarbene Zunge heraus. Die Pferde schnauben vor Hitze. Der Mann im Gebüsch hält den Atem an. Der Fährtensucher lehnt sich zur Seite und spuckt einen dicken, zähen Speichelklumpen aus. Augenblicklich machen sich die Fliegen darüber her. Der Mann wartet. Ebenso die Krähe. Bis die Verfolger unter ungeduldigem Hufscharren ihrer Pferde wieder losreiten, in Richtung der alten Blutholzbäume. Sobald sie nichts als eine Staubwolke in der Ferne sind, schält der Mann sich langsam aus seinem blätternen Versteck, steht auf und setzt nach einem kurzen Blick gen Himmel, zumindest vorläufig unbemerkt, seinen Weg fort.

Kapitel 22

Der Schuppen ihres Vaters steht unten am Ufer. Ein Verschlag aus Blech und weiß getünchtem Holz, zu dem Betonstufen hinaufführen. Für Eliza sah er stets so aus, als könne er ohne Weiteres einen ganzen Wanderzoo beherbergen, doch natürlich weiß sie, dass er lediglich dazu dient, Ausrüstung und Muschelschalen für die Begutachtung und die weitere Verarbeitung zu lagern. Sie war noch ein Kind, als sie zuletzt einen Fuß hineingesetzt hat, damals hatte sie hier mit Thomas Versteck gespielt und war zwischen den randvollen, verstaubten Körben herumgerannt. Sie weiß noch, wie sie die zum Trocknen aufgehängten Taucheranzüge betrachtet hatte, leer wie verlassene Larvenkokons, während sie mit angehaltenem Atem zusammengekauert in ihrem Versteck hockte. Thomas war mit gnadenloser Konzentration vorgegangen, hatte sämtliche Gänge abgesucht, bis er sie gefunden und am Kragen herausgezogen hatte.

Könnte sich inzwischen irgendetwas anderes in diesem Schuppen abspielen? Hardcastles Worte hallen in ihren Ohren wider. *Was er seine Taucher hinter verschlossenen Türen machen lässt. Grässliche Dinge gehen dort vor sich.*

Sie tritt darauf zu. Die Nacht wiegt schwer auf ihren Schultern. Es ist kühler geworden, und die Leute sind in ihre Häuser zurückgekehrt, deshalb sind die Straßen leer, lediglich erhellt vom trüben Licht aus den Baracken. Es ist still, bis auf das Rauschen der Brise und das gedämpfte Scheppern, als die letzten Händler ihre Geschäfte absperren.

Sie tritt um den Schuppen herum, um die Türen aufzuschieben, als ihr Blick auf eine Kette mit einem Vorhängeschloss aus Messing fällt. *Natürlich*, denkt sie resigniert. Was hat sie erwartet? Sie zerrt an der Kette, spürt die Wärme in ihrer Brust aufsteigen, die als gequälter Schluchzer über ihre Lippen zu dringen droht. Enttäuscht geht sie um den Schuppen herum und rüttelt an den Gittern vor den Fenstern, doch ihr ist klar, dass es sinnlos ist – die Eisenstäbe werden keinen Millimeter nachgeben. Als sie wieder vor der Tür steht, kommt ihr eine Idee. Rasch zieht sie eine Haarnadel aus ihrer Frisur, woraufhin sich die langen Strähnen lösen und ihr über die Schultern fallen. Sie beugt sich über das Schloss, schiebt die Nadel hierhin und dorthin, doch es tut sich nichts. In ihrem Frust hämmert sie auf das Schloss ein, was prompt ein paar Fledermäuse aus den Bäumen aufscheucht. Sie dreht sich um und lehnt sich gegen die Tür. Ihre Knie geben nach. Inzwischen ist die Nacht vollends hereingebrochen und breitet ihren dunkelgrauen Mantel leise über die Stadt. Es juckt sie in den Fingern. Irgendetwas muss hinter diesen Türen sein, das ihr weiteren Aufschluss gibt – ein Brief, eine vergessene Waffe, ein Stelldichein zweier Liebender oder etwas viel, viel Schlimmeres.

Widerwärtig. Schlimmer als Tiere.

Sie steht auf, will sich widerwillig auf den Heimweg machen, als ihr etwas in den Sinn kommt. Sie schüttelt den Kopf, um den Gedanken zu verscheuchen, doch er kehrt zurück, wie eine magisch von einem Stück Fleisch angezogene Schmeißfliege. Die Hütte ihres Vaters ist nicht der einzige Packschuppen am Ufer. Es gibt noch weitere, vier oder fünf, die anderen Perlenunternehmern gehören. Hardcastles Schuppen ist nur wenige Meter entfernt, er ist zwar kleiner als der ihres Vaters, aber trotzdem. Wer behauptet denn, dass er keine Geheimnisse beherbergt? Sie wirft einen Blick auf die Stadt hinter ihr, dann auf den Strand: Nichts als dunkle Wellen, die ans Ufer schlagen. Das Dach von Hardcastles Schuppen ragt in den sternenübersäten Nachthimmel auf. Weit und breit ist niemand zu sehen. Sie stapft durch den Sand.

Zu ihrem Erstaunen befindet sich kein Schloss an der Tür. Es gibt wohl kaum einen geldgierigeren Mann als Syd Hardcastle, deshalb erscheint es ihr seltsam, dass er seine erbeuteten Schätze nicht unter höchst akribischen Sicherheitsvorkehrungen verwahrt. Vielleicht ist er ja nicht nur grausam, sondern auch ein Narr. Oder aber *er* ist derjenige, der seinen Schuppen heute Abend für andere Zwecke benutzt. Die Tür klappert, als sie sie öffnet. Drinnen ist es kühl und trocken. Staub und Schmutz legen sich wie ein Film über ihre Zähne. Es dauert einen Moment, bis sich ihre Augen an die Dunkelheit gewöhnt haben, doch dann kann sie massenweise Muschelschalen ausmachen. Auf ein paar Holzfässern liegen Viehpeitschen und Messer. Allein beim Gedanken an ihren Einsatz überläuft sie ein eisiger Schauder. Überall in der Stadt kursieren Geschichten, wie grausam Hardcastle seine Männer misshandelt, wie er die langsamsten unter seinen Tauchern die ganze Nacht an die Takelage fesseln lässt, bis zum rettenden Sonnenaufgang, wenn sie wieder ins Wasser müssen. Wie er einem sogar einmal ein Seil um den Hals gebunden und ihn hinter dem Logger hergezogen hat, bis der arme Kerl ertrank.

Sie blinzelt. Inzwischen haben sich ihre Augen an die Dunkelheit gewöhnt. Überall stehen Kisten voller Muscheln herum. Sie greift in eine hinein, nimmt ein großes, flaches Exemplar heraus, dreht es in der Hand hin und her, streicht mit dem Finger über die raue Oberfläche. Selbst im trüben Zwielicht schimmert das glatte Innere wie ein Augapfel, ein wilder Strudel in Rosa-, Grau- und Blautönen. Sie sieht den Logger ihres Vaters mit der Mannschaft auf See, die Taucher, die mit Muschelnetzen um den Hals an den Leitern hängen, um jeden Moment ins Wasser zu gleiten. Sie sieht die vor Anstrengung schwitzenden Pumpwarte, die Tauchhelfer, die geduldig die Rettungstaue in der Hand halten. Eliza weiß, dass sie warten, während der Taucher auf dem Meeresgrund umhergeht, mithilfe des Ventils die Luftzufuhr steuert und dadurch die Felsen und Riffe unter Wasser überwindet. Sie warten, bis er an der Leine zieht, um ihnen anzuzeigen, wo sich die Muschelbänke befinden, und auf diese Weise aus den Tiefen des Ozeans den Logger an die richtige Stelle zu dirigieren. Sie nimmt die Muschel in die andere Hand und fragt sich, ob einer von Hardcastles Männern wohl sein Leben dafür gelassen hat.

Erschrocken registriert sie Schritte, die immer lauter werden, bis ein Schatten im Türrahmen erscheint. Sie weiß sofort, wer es ist – die Massigkeit seiner Schultern und seine schweren, abgehackten Atemzüge verraten es ihr in nicht einmal einem Herzschlag. Schnell taucht sie hinter einem großen Korb ab, rafft ihre Röcke und zieht ihre langen Beine an. Unvermittelt kommen ihr die Versteckspiele von früher wieder in den Sinn, und sie verharrt so reglos, wie sie nur kann. Durch die Schatten erkennt sie, dass Hardcastle nicht allein ist, sondern eine Frau, klein und zartgliedrig, bei ihm ist. Er hat sie im Genick gepackt. Sie trägt ein schwarzes Kleid und hat ihr Haar mit etwas geschmückt. Eliza kann ihre Angst spüren.

»Da rüber.« Er schiebt die Frau zu einer Reihe von Körben, doch sie steht nur da, mit glasigen Augen und leicht schwankend wie ein Tier auf dem Weg ins Schlachthaus. In diesem Moment dreht sie den Kopf ein klein wenig, sodass das Licht auf ihre Züge fällt. Es ist Min.

»Wenn du es so haben willst.« Hardcastle packt sie bei den Haaren und drückt mit einer abrupten Armbewegung ihren Kopf nach unten. Ihr Schrei geht Eliza durch Mark und Bein, lässt Galle in ihrer Kehle aufsteigen.

»Halt dein Maul. Elende Fotze. Hier rüber, habe ich gesagt.« Er verpasst ihr einen Tritt in die Kniekehlen, woraufhin sie vorwärtstaumelt, gegen die Kisten stößt und zu Boden sinkt. Ihr Mund öffnet und schließt sich, ohne dass ein Laut hervordringt. Hardcastle ragt über ihr empor. Eliza sieht, wie er nach seiner Peitsche greift.

Mit einem lauten Scharren schlittert die Muschelschale über die Holzdielen. Hardcastles Kopf schnellt hoch, und sein Blick gleitet suchend über die Schatten, in denen Eliza sich mit einer zweiten Muschelschale in der Hand verborgen hält. Seine schwarzen Augen wandern suchend über die Kisten. Unterdessen hat Min sich aufgerappelt, rennt zur Tür und in die kühle Nachtluft hinaus. Elizas Schultern sacken vor Erleichterung herab, doch Hardcastle lässt die Kisten nicht aus den Augen.

»Was geht hier vor?«, bellt er und kommt langsam näher. Dankbar registriert Eliza, dass von seinem Mastiff nichts zu sehen ist, denn das Vieh hätte sie gewiss in Sekundenschnelle erschnüffelt und sich auf sie gestürzt, um sie in Fetzen zu reißen, in ihrem Blut zu baden.

»Komm raus und zeig dich, elender Dieb.« Sie sieht, wie er zu den Peitschen tritt, doch er greift nach etwas anderem. Ein silbriges Schimmern ist zu sehen, als er den schmalen Gegenstand hochhebt.

»Ich kann dir auch gern den Kopf abschneiden und an den Eingang legen, kein Problem. Notfalls habe ich die ganze Nacht Zeit. Das ist eine prima Möglichkeit, andere Bastarde abzuschrecken.«

Aus dem Augenwinkel sieht Eliza, dass ein Sack Muscheln direkt neben ihr verrutscht ist. Er ist randvoll und neigt sich gefährlich zur Seite, sodass er jeden Moment unter lautstarkem Getöse seinen Inhalt auf den Holzboden zu verstreuen droht.

»Komm raus, verdammter Feigling. Ich peitsche dir deinen Schwanz wund.« Hardcastle zieht seine Viehpeitsche aus dem Gürtel und lässt das Leder auf den Fußboden schnalzen. Wie ein Pistolenschuss hallt das Geräusch von den Wänden wider. Sie zuckt zurück. Der Sack droht jede Sekunde umzukippen. Ganz langsam, Zentimeter um Zentimeter, streckt sie ihr Bein aus. Wenn es ihr gelingt, ihn mit dem Stiefel zu stützen, kann sie sitzen bleiben und warten, bis Hardcastle aufgibt und verschwindet, um sich wieder dem Suff zu widmen. In diesem Moment fällt ihr Blick auf etwas Kleines, das über den Boden huscht. Es ist höchstens so groß wie ihre Handfläche, trotzdem ist sie sicher, den leuchtend roten Streifen über dem gerundeten Leib erkannt zu haben. Ihr gefriert das Blut in den Adern. Diese langen Beine. Natürlich hat sie die Insekten schon oft gesehen und hatte jedes Mal die Worte ihres Vaters in den Ohren. »Unterschätze nie eine Rotrückenspinne«, pflegte er zu sagen. »Ein Biss von ihr kann einen Mann in Minutenschnelle töten.«

Unvermittelt ändert die Spinne die Richtung. Eliza fährt zusammen – nur ein winziges Muskelzucken, doch das genügt. Dann geht alles ganz schnell. Als ihr Fuß an den Rand des Sacks stößt, kippt er, und unzählige Muschelschalen ergießen sich klappernd auf den Boden. Hardcastle reißt den Kopf hoch, und Sekunden später hat er sich vor ihr aufgebaut.

Tagebuch von Charles J. G. Brightwell, Perlenunternehmer

Ein Durchbruch

Ich muss zugeben, es fällt mir sehr schwer zu schreiben, weil meine Hände vor Aufregung schrecklich zittern. Ich habe Angst, dass ich meinen Füllfederhalter zerbreche, weil ich ihn so festhalten muss! Oh, Willem und ich sind auf etwas Großartiges gestoßen, etwas geradezu Monumentales, wage ich zu glauben.

Schon eine ganze Weile sind wir dabei, die Gegend rings um Brolga Island auszukundschaften. Die Hauptinsel selbst ist groß, Heimat von allerlei Säugetieren und Reptilien (wenn meine Zählung stimmt, leben dort mehrere Hundert Wallabys). Und sie ist von kleineren Inseln umgeben. Die meisten von ihnen wurden in früheren Zeiten von Walfängern genutzt, sind jedoch inzwischen längst verlassen. Ich bin hinausgefahren und habe tatsächlich etwas gefunden. Oh, sogar eine gewaltige Menge dieses Etwas. Man könnte es gar als Goldmine bezeichnen (sofern Gold weiß wie Knochen ist und fürchterlich zum Himmel stinkt). Es dauerte mehrere Tage, den Logger durch die Kanäle zu manövrieren, doch irgendwann landete ich auf einer mittelgroßen Insel von etwa einer halben Meile Breite. Selbst vom Ufer aus konnte ich es erkennen. Haufenweise. Wie weiße Kreidehügel. Seit Tausenden von Jahren liegt es dort und wächst immer weiter an, an manchen Stellen fast dreißig Meter hoch. Guano! Dung. Exkremente von Seevögeln! Wie man es auch immer nennen will. Grau und übel riechend, wenn es ganz frisch ist, leuchtend weiß im trockenen Zustand. Weißes Gold!

Damit könnten wir ein Vermögen verdienen. Wir bauen es ab und verkaufen es tonnenweise als Dünger an die Farmer. Ich überlege sogar, mich mit einigen meiner ehemaligen Geschäftspartner in London in Verbindung zu setzen. Natürlich waren die Amerikaner bereits vor Jahrzehnten in diesem Geschäft tätig, bauten Guano auf den peruanischen Chincha-Inseln ab und beluden damit ihre Schiffe bis unter die Deckenbalken. Zumindest für den Moment müssen wir unsere Entdeckung geheim halten. Nicht einmal Thomas weiß etwas davon und auch Martha nicht. Aber wir können etwas daraus machen! Wir könnten es für uns nutzen!

»Eliza Brightwell! Ich hätte es wissen müssen.« Er packt sie bei den Schultern und zieht sie auf die Füße. Sie ist zwar groß, hat gegen den breitschultrigen Hardcastle aber logischerweise keine Chance. Sie ist ihm so nahe, dass sie sogar riechen kann, was zwischen seinen Zähnen steckt, und sie ist sich darüber bewusst, dass er sie jederzeit töten könnte. »Ich brauche wohl nicht zu fragen, was du in meinem Packschuppen zu suchen hast«, herrscht er sie an. »Herumschnüffeln, wie alle Brightwells es tun.« Sie spürt, wie ihre Knie nachzugeben drohen, doch diese Genugtuung wird sie ihm nicht verschaffen.

»Es wundert mich nicht, dass niemand einen Fuß hier hineinsetzen soll.« Sie denkt an Min, an ihren angsterfüllten Aufschrei. »Jetzt weiß ich, was Sie hier treiben. Und was für eine Sorte Mann Sie sind.« Die Wut bricht aus ihm hervor. Sie sieht lediglich eine Wand aus Fleisch aufblitzen, als er den Arm hochreißt und ihr einen heftigen Schlag ins Gesicht verpasst, dann verschwimmt der Raum, Sterne tanzen vor ihren Augen, und ihre Ohren fallen zu, als wäre sie unter Wasser getaucht. Benommen taumelt sie rückwärts und verdreht die Augen, während sie mit der Zunge den warmen Eisengeschmack auf ihren Lippen wahrnimmt. Sie hebt die Arme – ein ungelenker Versuch, sich zu schützen, doch er packt ihre Handgelenke. Ehe sie Gelegenheit hat, sich aus seinem Griff loszureißen, hat er sie umgedreht und stößt sie brutal vor sich her, bis sie gegen einen taillenhohen Korb voller Muscheln prallt. Mit aller Kraft wehrt sie sich gegen ihn, zerrt und zieht, doch seine Hände liegen wie Schraubstöcke um ihre Unterarme. Er packt sie im Genick, drückt ihren Kopf nach unten und drängt sich mit seinem gesamten Körpergewicht gegen sie. Obwohl die Angst in ihren Ohren schrillt, kann sie seine Stimme hören.

»Weiber wie du sind der Grund, weshalb an diesem verfluchten Ort nichts so läuft, wie es soll.« Sein heißer Atem streicht an ihrem Ohr entlang. »Hochmütige Dreckstücke, die nicht wissen, wann sie ihr verdammtes Maul zu halten haben.«

Es gelingt ihr, den Kopf ein Stück zu drehen, und sie sieht, wie er nach der Peitsche greift. Gefangen in seinem eisernen Griff, kann sie nur verharren, als er ihr den langen Lederknauf über die Kehle legt, die Hände um beide Enden schließt und ihren Kopf brutal nach hinten reißt. Der Schmerz ist heiß, weiß glühend. Sie versucht zu schreien, doch sie kann nicht atmen, kann nichts sehen, sondern spürt nur, wie das Leben aus ihrem Körper weicht. Es ist, als falle sie. Der Schmerz ist nun überall, ein Pulsieren, das durch ihren ganzen Körper wandert. Die Ränder ihres Sichtfelds färben sich bernsteinbraun, die Farbe der Blätter im englischen Herbst. Sie denkt an ihre Mutter, wie sie ihr vor all den Jahren vom Dampfer folgte, das erste Mal einen Fuß auf die rote Erde setzte. Rot. Die Farbe der Füchse, die zu Hause durch den Garten strolchten. Wie sie sich im Wald versteckte. Mit ihrer Mutter Fangen spielte. Das wunderschöne

Gesicht ihrer Mutter erscheint vor ihren Augen und verblasst wieder. Strahlend weiße Zähne inmitten von leuchtend braunem Laub. Eliza spürt das Ende nahen. Erbittert ringt sie darum, nicht von dem dunklen Tunnel verschlungen zu werden, dessen Ende sich im Nichts verjüngt. Sie denkt an den Strand bei Ebbe. An Watt so schwarz wie Kohle. Daran, wie sie mit Balarri am Ufer Muscheln sammelt. Sie spürt Hardcastles Steife, die sich gegen ihren Rücken presst. Der Duft des Haares ihrer Mutter. Das Gelächter. Wie frische Blumen. Der Meerjungfrau-Talisman ihres Vaters. Der kostbare Schatz. Ned. Gerade als der samtene Vorhang sich über sie senkt, spürt sie, wie Hardcastle ihren Rock packt und hochschiebt.

Sie ist beinahe schon zu besinnungslos, um das laute Poltern zu hören, gefolgt von einem schmatzenden Knacken – dem Geräusch von etwas Schwerem auf menschlichem Fleisch. Bestimmt ist sie längst tot, doch plötzlich sackt Hardcastles massige Gestalt über ihr zusammen, die Peitsche entgleitet ihm und fällt leise zu Boden. Mit weit aufgerissenen Augen schnappt Eliza nach Luft, wobei das blutige Rot mit jedem ihrer Atemzüge weiter abebbt. Mit aller Kraft schiebt sie seinen Körper von sich, bis sie ihn mit einem dumpfen Poltern auf dem Boden aufschlagen hört. Langsam wendet sie sich um, will sehen, wer auch immer hinter ihr steht. Sie sieht die Gestalt wie durch einen blutroten Schleier: Eine alte Frau, halb verschwommen, die sie mit entsetzter Miene anstarrt, ein mit einem goldenen Pferdekopf bestückter Gehstock hoch über die Schulter gereckt.

Kapitel 23

Mrs. Riesly zittert am ganzen Leib. Langsam lässt sie den Stock sinken, der ihr entgleitet und klappernd auf dem Fußboden landet.

»Wir müssen gehen.« Elizas Stimme klingt spröde. Sie tritt über den lang ausgestreckt daliegenden Hardcastle hinweg. Das Blut aus der Wunde gerinnt bereits. Entsetzt blickt Mrs. Riesly auf den blutigen Krater in der rosafarbenen Haut.

»Er kommt doch bald zu sich. Oder nicht?«, flüstert sie.

Eliza nimmt ihren Arm. Seite an Seite taumeln sie hinaus in die Nachtluft.

»Geht es dir gut, mein Kind?«

Sie erreichen den Strand. Eliza blickt sie aus blutunterlaufenen Augen an. In diesem Moment sieht sie eine weitere Gestalt heraneilen. »Vater?«, krächzt sie. Der mondbeschienene Strand verengt sich. Dankbar spürt sie, wie die Dunkelheit sie einhüllt, als sie auf dem Sand zusammensackt.

Wieder ist da dieses Rot, diesmal klebrig an den Rändern. Es gähnt, brennt, brodelt leise. Stimmen schwappen hoch, verebben wieder. Ist es nur eine Stimme, oder sind es gleich mehrere? Ein Lied? Ein Gesicht löst sich aus dem Nebel. *Eliza?* Eine warme Brise weht durch die Jalousien. Sie gräbt die Nägel in die Haut an ihrem Hals, bis es blutet. Dann erscheint wieder das Gesicht. Sie nimmt den Duft von heißem Kaffee wahr. Neuerliche Dunkelheit umschließt sie. *Eliza?* Etwas kitzelt ihr Gesicht. Weißes Haar streicht über ihre Lider. In diesem Korridor zwischen Leben und Tod sieht sie einen kleinen Jungen.

Mit einem Ruck schreckt sie hoch. Der Gestank nach gepökeltem Schweinefleisch steigt ihr in die Nase. Sie liegt auf einer Rattancouch, in einem Raum, den sie noch nie gesehen hat. Er ist hübsch eingerichtet mit gut bestückten Bücherregalen, und überall sind Vasen mit bunten Blumen verteilt. Sobald sie sich aufrichten will, rauscht Mrs. Riesly zur Tür herein.

»Du bist ja wach! Wie fühlst du dich?« Ihre Stimme ist freundlich. Eliza spürt, dass ihre Wangen feucht sind. Ihre Kehle brennt. Neben ihr steht eine Schüssel voll Wasser, über dem Rand hängt ein leuchtend rot verfärbter Lappen. Vorsichtig betastet sie ihr Gesicht, zuckt jedoch vor Schmerz zusammen. Ein zaghaftes Blinzeln verrät ihr, dass ihre Augen zugeschwollen sind. Von der rechten Augenbraue bis zur Mitte ihrer Wange zieht sich eine schmerzende Wunde. Ihre Kehle fühlt sich wie ausgedörrt an.

»Mrs. Riesly, ich …« Elizas Lippen kleben an ihren Zähnen, und ihre Stimme hallt seltsam laut in ihrem Schädel wider. Sie versucht es mit einem leisen Summen, tief in der Kehle. Ihre Schultern sacken herab. Ihr ohnehin beeinträchtigtes Hörvermögen auf dem rechten Ohr existiert praktisch gar nicht mehr.

»Liebes, du weißt doch, dass du Jean zu mir sagen kannst.« Mrs. Riesly stellt eine zarte Porzellantasse vor Eliza ab, lässt sich in einen Sessel sinken und verschränkt die Hände im Schoß. Sie schweigt, doch ihre Miene verrät tiefes Unbehagen.

»Ich weiß nicht, was passiert wäre, wenn Sie mich nicht gefunden hätten, Mrs. … Jean, meine ich. Ich wusste nicht …« Die Worte fühlen sich hart und salzverkrustet in ihrem Mund an. »Meine Kraft hat nicht ausgereicht.«

»Nun ja, ich war es nicht allein«, sagt die ältere Frau. »Dein Freund Axel, übrigens ein reizender junger Mann, tauchte auf, gerade als du ohnmächtig wurdest, und hat dich hergetragen.«

Eliza spürt eine Regung in der Brust, die sie nicht recht deuten kann.

»Er will morgen früh wiederkommen und dich nach Hause bringen, wo du dich ausruhen kannst. Nachdem Doktor Blithe einen Blick auf dich geworfen hat, versteht sich.«

»Was ist mit Min?« Panische Hitze breitet sich in Elizas Magen aus. »Geht es ihr gut?« Sie versucht, sich hochzustemmen, doch selbst bei dieser minimalen Bewegung tanzen Sterne vor ihren Augen.

»Sie war hier, Liebes. Der Schreck sitzt ihr noch ein wenig in den Gliedern, aber ansonsten geht es ihr gut. Sie war eher besorgt um dich.«

Eliza lässt sich zurücksinken und nickt widerstrebend. Frustration wallt in ihr auf. Sie muss los, ihren Vater suchen.

»Eliza.« Mrs. Riesly löst ihre Hände und verschränkt sie dann wieder. »Ich muss mich bei dir entschuldigen.« Eliza blinzelt verblüfft. Diese Frau hat ihr gerade das Leben gerettet. Ihr Gesicht pocht. Mrs. Riesly räuspert sich. »Was mein Neffe dir antun wollte, war ungeheuerlich.«

Einen Moment lang herrscht beklemmende Stille.

»Ihr *was?*« Die Worte bohren sich wie Glasscherben in ihre

Kehle. Sie schnappt nach Luft, krallt die Hände um ihren Hals. Sofort springt Mrs. Riesly auf und hebt ihr die Teetasse an die Lippen.

»Sydney ist ein sehr schwieriger Mensch«, sagt Mrs. Riesly. »Nicht in der Lage, seinen Lastern zu widerstehen. Er ist langsamer im Kopf als viele andere Männer. Es fällt ihm schwer, klar zu denken, und das macht ihn wütend, er weiß nicht, wie er mit diesen Gefühlen umgehen soll. Aber das ist natürlich keine Entschuldigung dafür, was er dir angetan hat.« Mrs. Rieslys Stimme bricht, und ihre Hand zittert, als sie die Tasse zurückstellt.

Eliza weiß nicht, was sie darauf erwidern soll. Sie hatte keine Ahnung, dass Mrs. Riesly außer ihrem Mann weitere Familie in Bannin hatte, und auch ihn bekam vor seinem Tod kaum jemand zu Gesicht. Für die meisten in der Stadt war sie stets nur die behäbige alte Witwe, die allein in ihrem Bungalow vor sich hinkramerte, schlafend auf der Veranda saß, mit schlaffem, halb geöffnetem Mund wie ein Zackenbarsch. Und dann ihre seltsamen nächtlichen Spaziergänge. Andererseits hat Eliza es dieser Schrulligkeit zu verdanken, dass sie jetzt hier ist. Allein bei der Vorstellung, was Hardcastle ihr angetan hätte, wird ihr ganz elend.

Sie lässt den Blick durch den Raum schweifen. Ein einzelner Sessel mit einem platt gedrückten Kissen, ein einzelnes aufgeschlagenes Buch; sichtbare Zeichen für ein Leben allein, selbst wenn Mrs. Riesly und Sydney Hardcastle offenbar blutsverwandt sind. Erst jetzt merkt Eliza, dass die Witwe sie beobachtet.

»Ich dachte, er könnte etwas mit dem zu tun haben, was meinem Vater passiert ist«, sagt Eliza knapp. »Es tut mir leid.«

Mrs. Riesly sinkt in sich zusammen, noch bevor Eliza geendet hat, und hält den Blick zu Boden gerichtet, während sie nickt.

Einen Moment lang bleibt sie so sitzen. Die Luft ist vom militärischen Ticken der Uhr auf dem Kaminsims erfüllt.

»Es wundert mich nicht, dass du das sagst«, erklärt sie dann, sorgsam darauf bedacht, Überzeugung in ihren Tonfall zu legen. »Bestimmt würde ich in deiner Lage dasselbe denken. Aber Sydney hat nichts damit zu tun. Darauf gebe ich dir mein Wort.«

Elizas Schnauben klingt wie ein Schluchzer. Die alte Frau streckt die Hand aus, dann erhebt sie sich und setzt sich neben sie. Eliza ertappt sich dabei, wie sie sich dankbar von dem Geruch nach Salz und Zimt einhüllen lässt, der von ihr ausgeht.

»Dein Vater und Sydney mögen Konkurrenten sein, aber die beiden waren tiefer in die Geschäfte des anderen verstrickt, als dir vielleicht bewusst ist.«

Eliza runzelt die Stirn und löst sich. Mrs. Riesly legt die Hände wieder in ihren Schoß.

»Ich kümmere mich um Sydneys Bücher, musst du wissen. Zahlen sind nicht gerade seine Stärke. Er …« Sie tippt sich gegen die Stirn. »Deshalb weiß ich über jede Münze Bescheid, die in seine Taschen wandert oder sie verlässt.« Das Rattansofa ächzt, als sie sich vorbeugt. »Es bedeutet auch, dass ich genau über jedwedes geschäftliche Arrangement informiert bin, das er mit jemandem getroffen haben mag.«

Eliza sieht sie blinzelnd an.

»Zwischen deinem Vater und Sydney bestand, nun ja, eine finanzielle Verbindung, wenn man es so bezeichnen will. Sie hatten eine Art Vereinbarung getroffen.« Mrs. Riesly hält kurz inne. Mit einem Blick zwingt Eliza sie fortzufahren. »Nun, ich muss es wohl laut aussprechen, nicht wahr?« Schwingt da ein Hauch von Genüsslichkeit in ihrer Stimme mit? Es wäre nicht das erste Mal, dass eine Frau aus Bannin sich in irgendwelchen Dorfklatsch hineinsteigert.

»Vor einigen Jahren wurde Sydney Vater.«

Verblüfft runzelt Eliza die Stirn, dabei sollte es eigentlich keine große Überraschung sein, schließlich kommt es immer wieder vor, dass Männer in Bannin Bay Frauen schwängern, weil ihnen gerade der Sinn danach steht. »Die Umstände waren allerdings nicht gerade ideal. Die Mutter war ein junges Mädchen aus dem Ureinwohnerlager. Ihren Vater kennst du vermutlich. Es ist der alte Billy, der auf der *Starling* angeheuert hat.« Eliza schluckt. Es fühlt sich an, als versuche sie, ein ganzes Ei auf einmal hinunterzubekommen.

Davon wusste sie nichts. Hardcastle und Balarris arme Tochter. Balarri sprach nicht oft von ihr, aber hier handelte es sich unmöglich um ein einvernehmliches Arrangement. Unwillkürlich wandert ihre Hand zu den Malen an ihrem Hals.

»Sie hat einen kleinen Jungen zur Welt gebracht. Wir haben ihm den Namen Alfred gegeben und ihn hier aufwachsen lassen. In diesem Haus.«

Eliza quellen schier die Augen aus den Höhlen. *Alfred*.

»Hauptsächlich hat sich mein verstorbener Mann um ihn gekümmert, hat ihm vorgelesen und ihn vor neugierigen Blicken bewahrt. Die Mutter, an ihren Namen erinnere ich mich nicht mehr, ist irgendwann gestorben.« Mrs. Riesly macht eine Handbewegung, als wolle sie eine lästige Mücke verscheuchen. Elizas Gedanken überschlagen sich. Alfred ist also nicht der verschwundene Deckhelfer. Sondern Syd Hardcastles Sohn.

»Als er etwa fünf oder sechs Jahre alt war, hat Sydney beschlossen, ihn zu verkaufen.«

Eliza bleibt der Mund offen stehen.

»Was?«, fragt sie entsetzt.

»Er kannte einen amerikanischen Gentleman, der die Farmen in der Gegend nach Leuten abklapperte, um sie für den Zirkus anzuheuern. Broad und Bartley's, glaube ich. Ein ziemlich bekannter Zirkus.« Die alte Frau nickt, während Eliza Übelkeit in sich aufsteigen fühlt. »Sie haben nach einem ›Bumerangjungen‹ für ihre Australian-Cannibals-Ausstellung gesucht«, fährt Mrs. Riesly ungerührt fort. »Sydney fand die Idee sehr gut, und sie haben ihm eine stattliche Summe geboten. Aber dann hat sich dein Vater eingeschaltet. Billy hatte ihm von dem Jungen erzählt.« Eliza sieht Mrs. Riesly an. »Die beiden hatten eine ziemlich merkwürdige Beziehung, was? Dein Vater und der alte Billy. Ich fand das Ganze immer reichlich eigenartig. Nun ja, jedenfalls stellte sich heraus, dass dein Vater die Vorstellung nicht ertrug, dass der Junge wie eine Kuriosität ausgestellt wird, deshalb hat er Sydney überredet, ihn stattdessen zu einer der großen Missionsstationen in Adelaide zu schicken, wo Jungen eine gute Schulausbildung bekommen. Offenbar kannte er einen der Geistlichen dort, und er erklärte sich bereit, für die Reisekosten aufzukommen. Außerdem hat er Sydney eine monatliche Summe als Ausgleich für das Geld von Broad und Bartley's gezahlt, das Sydney durch die Lappen gegangen war. Wie ich schon sagte, handelte es sich um einen stattlichen Betrag.« Sie zieht die Brauen hoch, als müsste Eliza jetzt beeindruckt sein. »Als die Schuld beglichen war, wollte dein Vater seine Zahlungen eigentlich einstellen, aber Sydney hat ihn unter Druck gesetzt, also hat er weiterhin gezahlt.«

Eliza mustert die alte Frau verwirrt. »Was meinen Sie mit ›unter Druck gesetzt‹?«

Mrs. Riesly beugt sich noch näher zu ihr heran, als wollte sie etwas besonders Kostbares preisgeben. »Nun, die genauen Details kenne ich nicht, aber es hieß, Sydney hätte Informationen über einen der Taucher deines Vaters. Anscheinend lebe er in wilder Ehe mit einer nicht angemessenen Frau zusammen, einer Aborigine, soweit ich weiß. Sydney hat sich bereit erklärt, Stillschweigen zu wahren, wenn dein Vater weiterhin zahlt.

Natürlich will Mr. Brightwell verhindern, dass diese Lebensgemeinschaft publik wird, weil der Taucher sonst weggeschickt würde und er seine wichtigste Einkommensquelle verlöre.«

»Ein Taucher«, flüstert Eliza. Automatisch denkt sie an Shuzo und seine geschäftlichen Beziehungen mit dem Doktor. War er gezwungen gewesen, das Three Stones House aufzusuchen, um den sichtbaren Beweis für eine Beziehung loszuwerden, über die die ganze Stadt die Nase gerümpft hätte? Und was war mit ihrem Vater? Welche Geheimnisse hatte er sonst noch? Was mochte er noch getan haben, um zu gewährleisten, dass sein lukrativster Taucher in Bannin Bay bleiben konnte? Scham überkommt sie. Alles, was sie gerade erfahren hat, hinterlässt einen auffallend bitteren Beigeschmack.

»Jedenfalls war Sydney ihm letzten Endes dankbar. Gelegentlich hat er sich sogar nach dem Wohlergehen des Jungen erkundigt und einmal ernsthaft überlegt, ihm einen Brief zu schreiben. Ich glaube nicht, dass dein Vater über sein Schicksal auf dem Laufenden war, doch er hat brav jeden Monat die vereinbarte Summe gezahlt, und Sydney hätte nie etwas getan, um dieses Arrangement zu gefährden. Er brauchte das Geld dringend, musst du wissen.«

Elizas Augen schmerzen von den Tränen und vor Müdigkeit. Ihre Gedanken schweifen umher. Glaubt sie wirklich, dass Hardcastle dieses Arrangement davon abgehalten hat, ihren Vater loszuwerden? Und wenn Hardcastle es nicht war, wer dann?

Schweigend sitzen die beiden Frauen da, während das Rauschen des Meeres durch die Fenster hereinweht.

»Wieso waren Sie überhaupt beim Schuppen, Jean? Wieso halten Sie sich nachts draußen auf?«, fragt Eliza nach einer Weile.

Mühsam stemmt sich die alte Frau hoch und tritt ans Fenster, um den Vögeln zuzusehen, die draußen von Ast zu Ast hüpfen.

Schließlich ergreift sie das Wort, ohne sich zu Eliza umzudrehen.

»Dasselbe könnte ich dich fragen, meine Liebe. Aber ich nehme an, wir versuchen beide nur, irgendwie der Leere in unseren Häusern zu entfliehen.«

Kapitel 24

Es ist düster und kühl im Busch, nachdem die Sonne hinter dem Horizont verschwunden ist. Motten tummeln sich im schwindenden Licht, vereinzelte Sterne funkeln am Firmament. Die Krähe hat beobachtet, wie der Mann ein Feuer entzündet hat – seit Tagen ist nichts von seinen Verfolgern zu sehen. Schlanke Rauchsäulen steigen in den seidig graublauen Himmel empor. Der Mann hat reichlich Nahrung und Wasser im Busch aufgetrieben. Er wirkt kräftig, ist hellwach und hat seine Sinne aufmerksam auf jedes Scharren, jedes Rascheln ringsum gerichtet. Umso überraschender muss das Hämmern von Hufen gewesen sein, die den Pfad heraufdonnern, der blaue Uniformstoff, der zwischen den Sträuchern aufblitzt.

Parker quält sich. Der Schlafmangel und der ständige Hunger fordern ihren Tribut. Scharf treten seine Wangenknochen hervor, was sein Gesicht noch bösartiger wirken lässt. Seine Uniform ist zerschlissen, die Knöpfe stumpf vom dicken Staub. Trotzdem sitzt er jeden Tag eisern im Sattel, auch wenn er sich kaum aufrecht halten kann. Unablässig suchen seine Augen die Buschlandschaft ab, nehmen alles wahr, was sich zu zeigen wagt.

Abrupt hebt der Fährtensucher die Hand, und die beiden Männer bleiben stehen. Über ihnen zieht ein Keilschwanzadler seine Kreise. Der Busch scheint mit angehaltenem Atem zu warten. Der Fährtensucher wendet sich um und presst seinen schmutzigen Finger auf die Lippen. Parker sieht zu, wie er absteigt und den Pfad entlanggeht, mit den Stiefeln dürre Zweige und Blätter wegfegt. An einer Stelle kommt noch glühende Asche zum Vorschein. Der Fährtensucher geht in die Hocke und tastet mit den Fingerspitzen den Boden ringsum ab, ehe er sich zufrieden erhebt und den Arm ausstreckt.

»Er ist in diese Richtung gegangen.«

Kapitel 25

Eliza weiß nur zu gut, wie Männer im Todeskampf aussehen, ist vertraut mit zerfetzten Trommelfellen, infektiös rasselnden Lungen und Händen voll eitriger Wunden nach bösen Meeresschlangenbissen. Sie hat gesehen, was von Männern übrig geblieben war, nachdem Haie oder Krokodile mit ihren scharfen Zähnen ihnen das weiche Fleisch vom Körper gerissen hatten. Sie kennt den Anblick von Männern, die so geschwächt vom Skorbut sind, dass sie von Bord getragen werden mussten, um an Land zu sterben. Sie erinnert sich an schlimme Nächte, in denen ihr Vater mit entsetzt aufgerissenen Augen im silbrigen Mondschein nach Hause kam und einen seiner Taucher auf ein behelfsmäßiges Bett legte, ehe er quer durch die Stadt zu Doktor Blithe lief, der zu Hilfe eilte, am Ende der Untersuchung jedoch nur betrübt den Kopf schüttelte. Die Taucher lagen im Dunkeln und stöhnten, mit zitternden Gliedern und von heftigen Krämpfen geschüttelt, weil sie zu schnell aus der Tiefe hochgekommen waren. Eines Abends hatte sie von der anderen Seite der mit engmaschigem Fliegennetz versehenen Tür mitbekommen, wie ein Taucher vor Schmerzen brüllte, weil ihn die Dekompressionskrankheit im Würgegriff hielt. Hektisch hatte ihr Vater versucht, ihm Wickel an Armen und Beinen anzulegen, bis der Mann sich so wild auf seinem Lager herumgeworfen hatte, dass er ihn mit seinem gesamten Körpergewicht ruhig halten musste. Gemeinsam hatten die Männer ausgeharrt, während die Krämpfe kamen und gingen, bis die Morgensonne durch das Gitterwerk vor den Fenstern fiel. Als Eliza aufwachte, war alles still.

Sie hätte nie gedacht, dass auch sie eines Tages solche Höllenqualen leiden könnte. Eine Woche ist vergangen, seit Mrs. Riesly Sydney mit ihrem Stock unschädlich gemacht hat, zwei grauenvolle Wochen, seit die *Starling* mit auf halbmast gesetzten Segeln in den Hafen eingelaufen ist. Und so sehnlich Eliza sich in ihrem häuslichen Gefängnis wünscht, sie könnte weiterhin die Straßen der Stadt nach Hinweisen absuchen, so ist noch jeder kleinste Schritt die reinste Quälerei. Am liebsten würde sie laut aufheulen, so übermächtig ist der Drang, nach ihrem Vater zu suchen. Jede Nacht kämpft sie gegen die panische Angst an, er könnte ganz allein da draußen auf See sein. Inzwischen tröstet sie sich mit allerlei Fantasiegespinsten, mit Geschichten von ertrinkenden Männern, die von vorbeikommenden Schiffen gerettet worden waren, von Matrosen, die von Walen verschluckt und mitten am helllichten Tag am Ufer wieder ausgespuckt wurden. Eine Geschichte hat ihr Vater besonders gern erzählt – von dem Schoner, der auf offener See in einen Sturm geraten und gesunken war und mit ihm die gesamte Mannschaft bis auf einen Matrosen. Der arme Kerl war über Bord gespült worden und dem Tod lediglich entgangen, weil er sich an einem Holzfass festklammerte. Die Zeit verging, zuerst Tage, dann Wochen. Die Familie des Mannes glaubte, er sei längst ertrunken, und trauerte um ihn. Fast einen Monat später sah man ihn den Sixty Mile Beach entlangwanken, splitternackt, von der Sonne verbrannt und mit einem toten Tölpel in der Hand, den er am Hals durch den Sand schleifte.

Laute Vogelrufe reißen Eliza aus dem Schlaf, wenn der Morgen graut und die Schatten der Nacht verjagt. Ihr Kopf schmerzt von dem erbarmungslosen Gezeter – dem steten *Hoik-hoik-hoik* der Bachstelzen, dem Geschnatter der Sumpfhühner, die schmerzliche Erinnerungen an ihren Vater heraufbeschwören. »Hörst du den Raupenfänger? *Kuuh-Kuuh!* Wenn der Raupenfänger schreit, geschieht etwas Schlimmes, heißt es«, sagte er stets.

Am dritten Tag ihrer Isolation tauchte ein Kookaburra auf, auch Lachender Hans genannt. Eliza sah blaues Gefieder aufblitzen, als er auf dem Verandageländer landete, wo er den ganzen Nachmittag blieb und seine schrillen Schreie ausstieß. Sie versuchte, ihn zu verscheuchen, rüttelte sogar am Sturmschutz vor den Fenstern, doch der Vogel starrte sie bloß aus seinen hellen Augen an und stieß weiter sein hundeartiges Gebell aus. Auch am nächsten Tag erschien er wieder. Ihr fiel auf, wie sein Federkleid das Licht absorbierte. Am nächsten Tag zog sie ihren Sessel ans Fenster und sah zu, wie eine Brise die schuppenförmig angeordneten Federn auf seinem Bauch zerzauste. Bei seinem letzten Besuch hatte er einen Frosch im Schnabel, den er mehrmals so heftig gegen das Geländer schlug, dass der runde Leib leise schmatzte, ehe der Vogel ihn in einem Stück hinunterschlang. Dann warf er den Kopf in den Nacken und hob wieder zu seinem gackernden Gelächter an.

Axel war wie versprochen bei Mrs. Riesly aufgetaucht. Ohne ein Wort hatte er ihren Arm um seine Schulter gelegt und sie nach Hause gebracht. Schließlich hatten sie vor der Verandatreppe gestanden, wo Eliza stehen geblieben war, unsicher, ob sie es hinaufschaffen würde, woraufhin Axel sich kurz umgesehen und dann vorgebeugt hatte, um sie hochzuheben.

»Nicht«, hatte sie gewarnt, was ihm ein Lächeln entlockte, während sich sein Gesicht dunkelrot färbte. Mit einem Anflug von Gewissensbissen hatte sie ihm ihren Ellbogen hingestreckt und sich mehr auf ihn gestützt, als es notwendig war, um ins Haus zu gelangen.

Er hatte einen Stuhl für sie herangezogen und ihr behutsam geholfen, es sich in den Kissen bequem zu machen, wobei sie einander so nahe gekommen waren, dass sich ihre Gesichter beinahe berührten. Wieder hatte sie etwas in ihrem Innern gespürt, eine Wärme, die sich unterhalb ihres Nabels ausbreitete. Ihre Blicke waren sich begegnet, und ihr war schmerzlich bewusst gewesen, was er vor sich sah: ihr wirres Haar, ihr schmutziges Kleid, die blauen Flecke im Gesicht und am Hals. Doch er hatte sie angesehen, als könne er nur mit Mühe schlucken. Ihre Haut hatte erwartungsvoll geprickelt. Sie konnte sich nicht erinnern, wann jemand sie bewusst berührt hatte, und stellte erstaunt fest, dass sie sich danach gesehnt hatte. Es wäre ein Leichtes gewesen, die Arme nach ihm auszustrecken und ihn an sich zu ziehen, sein Gewicht an ihrem Körper zu spüren. Stattdessen schloss sie die Augen. In der Dunkelheit flackerte ein Bild auf, erhellt wie von einer Laterne. Ein kleines Kind, das sich ihr lachend zuwandte. Sie schlug die Augen wieder auf. Mit einem Hüsteln löste Axel sich und richtete sich auf.

»So«, sagte er. »Das ist es also. Das Haus eines Perlenunternehmers.«

Nun, da sie wusste, dass jemand es mit unverstelltem Blick wahrnahm, bemerkte sie unwillkürlich den Staub in den Ecken, den schalen Geruch nach Schimmel und verbranntem Weihrauch. Doch Axel wirkte völlig fasziniert, als hätte er noch nie etwas so Wunderbares gesehen. Langsam ging er am Klavier vorbei, strich ehrfürchtig mit der Hand über das polierte Palisanderholz, trat vor das Bücherregal.

»Eine beeindruckende Sammlung.« Sein Blick schweifte über die Regale, in denen sich hauptsächlich die goldgeprägten Lederbände ihres Vaters aneinanderreihten.

»Nun ja, wir sind alle Leseratten«, erklärte sie mit einem freudlosen Lächeln, während Axels Blick weiter durch den leeren Bungalow schweifte.

»Und wer sind diese beiden?«, fragte er und hielt eine gerahmte, ausgebleichte Fotografie ins Licht, die zwei Kinder mit schmutzverschmierten Gesichtern zeigte. Eines davon war praktisch noch ein Baby, das vergnügt in die Kamera sah, das andere ein ernst dreinblickendes Mädchen mit einem dichten Lockenkopf. Eliza räusperte sich.

»Nun, das bin ich mit meinem Bruder.«

»Tatsächlich? Was für ein Foto.« Er stellte es zurück. Eliza bemerkte, dass seine Hände zitterten. »Seltsam. Ich hätte gedacht, Thomas sei älter als Sie.« Eliza verlagerte das Gewicht in ihrem Sessel. Axel hielt ihrem Blick eine Sekunde zu lange stand.

»Das ist mein anderer Bruder. Ned.«

Offenbar hatte Axel nicht gewusst, was er darauf erwidern sollte, deshalb hatte er überstürzt verkündet, er müsse jetzt gehen. Er hatte ihr eine rasche Genesung gewünscht, ihr ans Herz gelegt, sich noch ein paar Tage Ruhe zu gönnen und gegen den rauen Hals mit Salzwasser zu gurgeln.

»Kann ich sonst noch etwas für Sie tun, Eliza?«, hatte er noch gefragt.

»Gehen Sie zum Gefängnis und finden Sie heraus, ob es etwas Neues gibt«, hatte sie ihn gebeten. »Egal was.« Doch bei seiner Rückkehr hatte er nichts Wichtiges zu berichten gehabt. Parker war von seiner Jagd auf Balarri noch nicht zurückgekehrt.

Nun, da Axel an die Arbeit unten am Strand zurückgekehrt ist, fühlt sich die Luft im Haus seltsam schwer an, fast klebrig, sodass sogar die Fliegen in der Hitze zu verharren scheinen. Nur Min ist vorbeigekommen, mit dampfenden, randvollen Töpfen und in Flaschen abgefüllter Bitterlimonade im Gepäck. »Alles Spenden«, hatte sie erklärt. »Mit freundlichen Grüßen von Madame Riesly.« Aber Eliza hatte keinerlei Hunger verspürt.

Min hatte beruhigend gelächelt und Elizas Verletzungen versorgt. Dabei hatten sie leise über ihre Eltern gesprochen. Min hatte geschildert, wie sie sich noch an den Geruch ihrer Mutter erinnern konnte, und Eliza, wie sie das erste Mal ihren Vater bewusst wahrgenommen hatte. Sie redeten darüber, was mit den Menschen passierte, wenn sie starben, und Eliza fragte Min, was sie am meisten an ihrem Vater vermisste. »Seine Stimme«, antwortete Min mit einem hohlen Flüstern. »Seine Hände«, und beschrieb die bis zum Nagelbett abgekauten Nägel, seine typisch rauen, vernarbten Schürferhände, eine Verbrennung in der Form eines fünfzackigen Sterns. »Ich will sie niemals vergessen, Eliza. Du darfst auch niemals vergessen.« Und dann weinten sie zusammen, während die Sonne seidige Scharten durch die Spalten in den Jalousien warf.

Min hatte ihr auch erzählt, dass Hardcastle Bannin in großer Eile verlassen hatte – seine Männer hatten den Packschuppen mit fest verriegelter Tür vorgefunden. Sie behaupteten, er hätte sich aufgemacht, um auf den umliegenden Farmen neue Matrosen für die neue Saison anzuheuern, doch Eliza wusste, dass ihnen allen klar war, weshalb er sich so rar machte.

»Ich hoffe, eine Schlange erwischt ihn im Busch, und er stirbt einen langen, qualvollen Tod«, hatte Min in einem kurzen Anfall von Blutrünstigkeit gesagt. »Oder ein Skorpion. Oder eine Spinne. Was tut wohl am meisten weh, hm?« Eliza hatte pflichtschuldig gelächelt, war mit den Gedanken jedoch ganz woanders gewesen. »Egal wie, verdient hat er es«, fuhr Min fort. »Dieser verdammte Widerling. Überleg nur, was er dir oder mir in diesem Schuppen hätte antun können. Was er jeden Tag seinen Tauchern antut. Er hat regelrecht den Verstand verloren vor – wie heißt es noch gleich? – Habgier, so sieht's aus. Genau wie alle anderen auch.«

Min hatte weitergeredet, aber Eliza nahm ihre Stimme nur gedämpft wahr, während sie ein weiteres Mal gegen die Gedanken ankämpfte, die sie wieder und wieder zu verdrängen versucht hatte. Schließlich wandte sie sich ihrer Freundin zu.

»Glaubst du, mein Vater ist ein anständiger Mensch?«, fragte sie.

Min hatte geblinzelt und sie ruhig angesehen.

»Kann er ein guter Mensch sein, wenn er tagtäglich dasselbe getan hat wie all die anderen auch? Wenn er Taucher hinuntergeschickt, Männer in Gefahr gebracht, dem Reichtum so erbittert hinterhergejagt hat wie alle anderen?« Sie hatte auf den roten Schmutz unter ihren Fingernägeln geblickt. »Kann man all das tun und trotzdem ein guter Mensch sein?«

Min seufzte.

»Ich weiß es nicht, Eliza. Was bedeutet ›gut‹ an einem Ort wie diesem überhaupt?« Draußen vor dem Fenster zankten sich lautstark die Kakadus. »Bin ich ein guter Mensch? Bist du es? Ist das denn so einfach zu sagen?« Sie wandte sich zum Fenster. »Ich glaube, ich bin beides. Ich trage das Gute und das Schlechte gleichermaßen in mir. Keiner von uns ist nur das eine oder das andere, sondern in jedem von uns schlummert etwas, das wir nicht zeigen wollen.«

Eliza hatte mit einem kleinen Lächeln genickt, trotzdem gelang es ihr nicht, das Unbehagen in ihrem Innern zu ignorieren.

»Ich glaube, diese Stadt hat meinen Vater verändert«, sagte sie nach einer Weile. »Sie hat ihn hart werden lassen, bis er nicht mehr länger der war, für den ich ihn die ganze Zeit gehalten habe.«

Kapitel 26

Frustriert und verbittert lässt Eliza sich in ihren Korbsessel zurücksinken, dessen Armlehnen tiefe Abdrücke auf ihrer Haut hinterlassen. Stetes Hämmern weht aus der Ferne heran. Voller Neid stellt sie sich das bunte Treiben am Ufer vor – Männer, die emsig Boote scheuern, Rillen in den Planken mit Pech füllen oder Muschelschalen säuberlich in Holzkisten einsortieren. Sie denkt an die Arbeiter, die die schwieligen Muschelschalen von Seepocken befreien, mit vor Anstrengung zusammengepressten Lippen mit der Messerspitze die Rückziehmuskeln der Muscheln aufstemmen.

Inzwischen werden die Tage immer heißer, und in der Luft hängt der lehmige Geruch des Watts, unter den sich die unheilvolle Schwüle eines nahenden Unwetters mischt. Endlos ziehen sich die Stunden in dem schmalen Schattenstreifen auf der Veranda hin, während Elizas Gedanken hierhin und dorthin schweifen. Sie stellt sich vor, ein Vogel zu sein, der hoch oben am Himmel seine Kreise zieht und zusieht, wie die Boote die Anker einholen und hinausfahren, über die Riffe gleiten, deren scharfe Kanten die hölzernen Rümpfe wie eine tote Hautschicht abschmirgeln; wie sie an Mutterschiffen und Schonern der Flotten vorbeisegeln, die auf den steten Wellen tanzen, während ringsum die langen Arme der Mangrovensümpfe wie offene Venen ausbluten und nachts, wenn alles ganz still und dunkel geworden ist, das Wasser leise vor sich hinschwappt wie ein tiefer, traumloser Schlummer.

Sie hat sich gefragt, ob diejenigen, die von ihrer Familie noch übrig sind, wohl jemals zu ihr zurückkehren werden, während sie von den Schatten all jener heimgesucht werden, die nicht länger bei ihnen sind. Sie hat es sogar geschafft, den kurzen Weg zum Postamt zurückzulegen. Immerhin. Am Eingang hängt ein Mitteilungsbrett, das den Tauchern vorbehalten ist. In dieser Saison hat der Tod ganze Arbeit auf dem Meeresboden geleistet, doch obwohl sie die Namensliste der Verstorbenen schon zweimal durchgelesen hat, war ihr Vater nicht erwähnt. Der Junge am Schalter – ein sommersprossiges Kerlchen in einer bis obenhin zugeknöpften Jacke – hat ihre Verletzungen neugierig beäugt, sich jedoch jeden Kommentar verkniffen, sondern nur die Lippen geschürzt. Dass ein Mann in Bannin üble Prügel bezog, war durchaus nicht ungewöhnlich, aber eine junge Frau wie Eliza? So etwas bekam man nicht alle Tage zu sehen.

Es sei kein Brief von Thomas für sie eingegangen, hatte der Junge verkündet. Ihre Schultern waren unter der Last der Neuigkeit noch tiefer nach unten gesackt, und sie hatte sich zum Gehen gewandt. »Ich hab Sie in letzter Zeit nicht oft hier gesehen, Miss«, hatte das Bürschchen hinzugefügt, wobei die Luft mit einem leisen Pfeifen durch die Lücken zwischen seinen Zähnen gedrungen war, und auf das Fenster gedeutet, durch das sich ein Blick auf ihren Bungalow bot. »Nicht, dass ich extra nach Ihnen Ausschau gehalten hätte«, hatte er verlegen hinzugefügt. »Es ist nur … Na ja, wenn nicht viel los ist, sehe ich Sie ganz automatisch. Ist alles in Ordnung?« Eliza hatte genickt und das Gesicht abgewandt, damit er die Tränen in ihren Augen nicht sehen konnte.

Inzwischen war sie noch drei weitere Male auf dem Postamt gewesen, um nach einem Brief zu fragen, doch jedes Mal hat der Junge mit einem kleinen betrübten Lächeln verneint. Also wird sie Thomas noch einmal schreiben müssen, obwohl sie Angst hat, dass schon ihr erster Brief ihn gar nicht erst erreicht hat. Der Drang, ihren Bruder wiederzusehen, raubt ihr inzwischen den Atem. Wieder und wieder hat sie im Geiste jenen Tag durchgespielt, bevor er und ihr Vater das letzte Mal hinausgefahren sind, wie sie ein spätes Mittagessen vorbereitet hat, während die Männer es sich auf der Veranda bequem machten. Sie hatten leise miteinander gesprochen. Fast verstohlen, richtig? Waren sie nicht sogar gänzlich verstummt, als sie sich genähert hatte? Sie erinnert sich nur noch, wie eine Elster mit solcher Wucht gegen das Fliegenglitter geknallt war, dass sie danach leblos auf dem Boden liegen blieb. Ihr Vater war aufgesprungen, wohingegen es Thomas nicht sonderlich eilig gehabt hatte. Der Vogel hatte im Staub gelegen, die Flügel ganz schief, die glasigen Augen weit aufgerissen.

Inzwischen kommen ihr die düstersten Gedanken in den Sinn, machen sich in ihrem Kopf breit. Bestimmt ist ihr Vater längst tot, und seine Leiche treibt irgendwo in der Endlosigkeit des Ozeans umher, sonst hätten sie doch von ihm hören müssen, jemand hätte ihn bemerkt, oder eine Flaschenpost wäre angespült worden. *Der Königliche Flaschenpostöffner*. Alle möglichen Szenarien hat sie im Geiste durchgespielt, doch keines konnte ihr die ersehnte Antwort liefern. Was jetzt? Sie fühlt sich wie gelähmt, niedergeschmettert. Langsam steht sie auf und tritt ans Fenster. Ihr Blick fällt auf ein kleines Boot, das leer und verwaist am Ufer liegt. Eine Erinnerung löst sich aus den Tiefen ihres Gedächtnisses. Ein Boot am Ufer. Ein Junge mit weißblondem Haar. Ein Prickeln überläuft sie. Es beginnt bei ihren Zehen und wandert durch ihren Körper bis in die Fingerspitzen. Ihre Füße bewegen sich, obwohl ihr Verstand sie daran hindern will. Trotz ihrer tiefen Erschöpfung schlüpft sie in ihre weichen Lederstiefel, durchquert den Bungalow und tritt hinaus auf die staubigen Straßen. Es ist nur ein kurzer Weg zum Friedhof, doch die Sonne knallt auf sie herab, bohrt sich in ihre Haut. Sie muss mit der Hand die Augen gegen das grelle Funkeln der Wellen abschirmen.

Die beiden Grabsteine, der eine groß, der andere klein, sind gepflegt und blitzsauber, sodass die Buchstaben trotz des allgegenwärtigen Staubs gut zu erkennen sind. Sie lässt den Blick über die anderen Grabsteine schweifen, das Einzige, was von Müttern, Schwestern, Söhnen geblieben ist. Einige sind verblasst, mit unleserlicher Inschrift, andere schimmern wie nasse Kieselsteine. Hier und da ragen magere Grasbüschel aus der Erde, Käfer wuseln überall herum. Sie denkt an den Tag vor fünf Jahren zurück, als der Bauch ihrer Mutter aussah, als könnte er nicht mehr weiter anschwellen. An diesem Morgen waren die Nadeln sämtlicher Barometer im Haus auf den tiefsten Stand gefallen, die Landschaft war in ein kaltes Licht getaucht gewesen, das den Affenbrotbäumen ein eigentümliches Schillern verlieh. Als Eliza den Kopf zur Tür hinausstreckte, war da nichts als Stille. Selbst die Vögel hatten ihren Gesang eingestellt.

Den ganzen Tag wanderte die Familie ruhelos im Haus herum, wartete darauf, dass die Wolken sich am Himmel zu türmen begannen. Abends, als Eliza und Thomas bereits in ihren Betten lagen, hallte ein Schrei reinster Qual durch das Haus. Eliza beobachtete, wie ihr Vater hinausstürmte, schneller, als sie ihn je gesehen hatte. Er hatte noch nicht einmal Zeit gehabt, sich anständig anzuziehen, und sah geradezu lächerlich aus, wie er in seinem Nachthemd die Straße entlangrannte. Wenig später kehrte er mit Doktor Blithe im Schlepptau zurück, der ähnlich erfreut über die nächtliche Störung zu sein schien wie ein Beutelnager, der aus seinem Nest gejagt wurde. Die Wände bebten unter den Schreien ihrer Mutter. Dann, kurz nach dem Eintreffen des Doktors, setzte auch noch der Regen ein, entlud sich mit aller Macht über Bannin. Statt zu schlafen, saß Eliza aufrecht in ihrem Bett und lauschte angespannt auf die Geräusche. Ihre Mutter klang wie ein verwundetes Tier in der Falle. Ihr Heulen war Eliza peinlich, und als es immer weiter anschwoll und sie mitbekam, wie die Haustür aufging und weitere Personen eintrafen, presste sie sich die Hände auf beide Ohren, um nicht länger Zeugin dieser Schmach zu sein. Irgendwann in den frühen Morgenstunden, als die Sonne sich noch nicht über den Horizont geschoben hatte, verharrte das Haus unvermittelt in Stille, ehe es aufzuatmen schien. Eliza horchte angestrengt und wartete auf den erlösenden Schrei des Säuglings, doch stattdessen hörte sie etwas anderes – einen Laut, wie er ihr noch nie zuvor zu Ohren gekommen war, so durchdringend und scharf, dass sie zu summen begann, um ihn zu übertönen. Erst viel später sollte sie begreifen, was es war: das Geräusch eines brechenden Herzens.

Der grauenvollste Laut kam von ihrem Vater, ein leises Klagen, das zu einer stetigen Weigerung anschwoll. »Nein«, sagte er wieder und wieder. *Nein. Nein.* Eliza erstarrte. Tief in ihrem Innern wusste sie es, noch bevor ihr Verstand es erfassen konnte. Sie stürmte hinaus auf den Korridor. Die Schlafzimmertür stand halb offen, sodass sie Doktor Blithe über die Matratze gebeugt stehen sehen konnte. Das Gesicht ihrer Mutter war reglos, ihr dunkles Haar schweißnass, ihre Haut nahezu durchscheinend. Ihre geöffneten Augen waren starr an die Decke gerichtet, das einst blütenweiße Bettzeug blutdurchtränkt. Langsam hob der Doktor ein Laken an und breitete es über ihr Gesicht, ehe er seine Uhr herauszog, um den Zeitpunkt des Todes zu bestätigen. Angetrieben von purem Entsetzen, riss Eliza die Tür vollends auf. Ihr Vater stand mit einem winzigen rosigen Bündel auf dem Arm da. Tränen liefen ihm über das qualverzerrte Gesicht. Er wiegte das Baby im Takt mit dem Wort, das wiederholt über seine Lippen kam. Vier Buchstaben, von Qual und Schmerz verzerrt. Als Elizas Knie nachgaben, stieß der Säugling einen lauten, durchdringenden Schrei aus.

Mit einem kollektiven Kreischen fliegt ein Schwarm Kakadus über sie hinweg. Die Schreie reißen sie ins Hier und Jetzt zurück. Sie sieht wieder auf die Gräber, bis ihr Blick auf etwas am Fuß des Grabsteins ihrer Mutter fällt. Sie blinzelt. Dort liegen Lilien, frisch gepflückt und duftend, so wie jene, die Martha ihrer Mutter vor all den Jahren immer vorbeigebracht hat. Sie können nicht älter als einen Tag sein. Ein unbehagliches Gefühl macht sich in ihr breit, während sie auf die Stängel blickt, aus denen der klebrige Saft perlt. Vorsichtig beugt sie sich hinunter, um sie zu berühren, als hätte sie Angst, sie könnten nicht echt sein, lässt die Finger über die samtig weichen Blütenblätter gleiten. Niemand legt je Blumen auf den Gräbern nieder. Seit Jahren nicht mehr. Doch da sind sie – strahlend bunt mit dicken, prachtvollen Blüten. Ihre Haut prickelt. Sie sieht sich um, ob jemand gerade den Friedhof verlässt oder sie aus den Schatten heraus beobachtet, doch da ist keiner, nur ein Adler, der am Himmel einsam seine Kreise zieht.

Als sie sich auf den Rückweg macht, kommen mehrere Männer auf sie zugestürmt. Ihr stockt der Atem, eine Mischung aus Schock und Verwirrung schießt durch ihren Körper. Sie sind in eine dichte orangefarbene Staubwolke gehüllt, doch sobald sie sich senkt, kann sie ihre wutverzerrten Gesichter ausmachen. Einer von ihnen schwenkt aufgebracht einen Besenstiel. Eliza dreht sich um. Sie können doch unmöglich wegen ihr so außer sich sein? Soll sie kehrtmachen und die Flucht ergreifen? Bis nach Hause ist es nicht weit. Solange sie die Schmerzen unterdrückt, könnte sie es schaffen. Hektisch sieht sie sich um. Auf wen könnten sie es sonst abgesehen haben?

Aber außer ihr ist niemand zu sehen.

In ihren Ohren rauscht es. Ihre Füße sind wie festgewachsen. Die Männer kommen näher. Sie weiß, dass sie fliehen sollte, doch ihr Verstand will ihr nicht länger gehorchen. Sie spürt die Wut, die von der Meute ausgeht. Sekunden später umhüllt sie der Gestank ungewaschener Männerleiber. Sie kneift die Augen fest zu, wappnet sich innerlich für den Zusammenstoß.

Aber er kommt nicht.

Vorsichtig schlägt sie ein Auge auf, dreht sich um und sieht, dass sie an ihr vorbeigelaufen sind. Offenbar sind sie ihr mitten auf der Straße ausgewichen. Sie hebt eine Hand, um ihre Augen gegen die Sonne abzuschirmen. Oh. Jetzt erkennt sie, worauf sie es abgesehen haben.

»Elender Dieb«, wettert einer. »Bring das sofort zurück, sonst schneide ich dir deine verdammte Kehle durch.«

Über ihnen flattert Grants Kakadu. Als sie die Augen zusammenkneift, sieht sie, dass er ein kleines Gefäß in den Krallen hat. Die Sonne spiegelt sich in dem Glas und lässt es aussehen, als würde ihr jemand verschwörerisch zuzwinkern. Der Vogel lässt sich in einem Baum nieder.

»Dieses verdammte Vieh hat mein Glas gestohlen!«, zetert einer der Männer an niemand Bestimmtes gerichtet. »Da sind Perlen drin! Dieses Biest ist ein elender Dieb! Ein Hehler!«

Normalerweise würde sich Eliza über das Szenario amüsieren, und bei der Vorstellung, wie sie später Min davon erzählen wird, muss sie beinahe lächeln, doch dann kommt ihr etwas anderes in den Sinn. Dies ist nicht das erste Mal, dass Grants Kakadu so etwas tut, das weiß sie. Aber woher? Sie schüttelt den Kopf, um ihre Gedanken zu klären.

»*Haaa, haaa*!« Das Kreischen des Kakadus, mit dem er auf unnatürliche Art menschliches Gelächter nachahmt, bringt den Mann mit dem Besenstiel vollends in Rage. Ungelenk springt er auf und ab und versucht, das Vieh zu erwischen, doch der Kakadu kehrt den Männern nur sein Hinterteil zu und stimmt ein derbes Seefahrerlied an.

Allgemeines Johlen erhebt sich, doch Eliza kann sich nicht konzentrieren, weil es in ihren Ohren klingelt und ihre Gedanken wild durcheinanderwirbeln, in leuchtenden Bögen entflammen, explodieren. Da. Jetzt sieht sie die Seite vor sich. Sie hat davon gelesen. Grants Vogel hat diesen Trick regelmäßig angewandt. Doch auf der Seite stand noch etwas anderes. Etwas, dem sie törichterweise keine Beachtung geschenkt hat. Jetzt sieht sie es vor sich, und der Anblick jagt ihr einen eisigen Schauder über den Rücken.

Wenig später stürzt sie durch die Türen des Bungalows, ohne die Schmerzen zu beachten, die in ihren Rippen brennen. Sie hastet zum Tisch, findet, wonach sie sucht. Mit zitternden Händen blättert sie durch das Tagebuch ihres Vaters bis zu der Passage über die Hehlerei, dem Bericht über Grants Kakadu, den unverbesserlichen Dieb, der vor einigen Jahren im Kingfish die Banknoten gestohlen hat. Aber das ist es nicht, was sie sucht. Sie fährt mit dem Finger nach unten bis zum Namen ihres

Bruders, verharrt bei den Sätzen, die sie gesucht hat, zutiefst bestürzt, weil sie sich gestattet hat, sie zu übersehen.

Er verbringt viel Zeit in Hardcastles Lager, oft auch mit dem jungen Deckhelfer mit dem seltsamen Auge. Winters heißt er, glaube ich.

Abrupt knallt sie das Tagebuch zu. Das ist es, worüber die Perlenunternehmer bei der Party gesprochen haben. Über den jungen Mann, der vermisst wird. Der mit dem Glasauge. Winters. Das muss der Name des Deckhelfers sein, den Hardcastle verloren hat. Und damit ist die Verbindung zu ihrer Familie hergestellt, die sie nicht leugnen kann. Sie spürt ihren Herzschlag, wie er gegen ihre Schädelbasis hämmert. Sie hat lange genug gewartet. Bis jetzt hat sie sich zurückgehalten, aus Angst um Thomas und davor, was sie entdecken könnte. Aber jetzt wird sie nach ihrem Bruder suchen.

Kapitel 27

Die Luft fühlt sich an, als hätte ihr jemand den Sauerstoff entzogen. Eliza spürt, wie ihr Körper um Atem ringt, spürt den Mangel in ihrer Lunge, als sie im Haus umherläuft, Geld aus der Schatulle nimmt und an die Waffe in Axels Hütte denkt. Sie zieht die Gurte an ihrer Reisetasche fest. Ihr Blick schweift zum Fenster. Bald kommt die Regenzeit. Sie schwingt sich die Segeltuchtasche über die Schulter.

Als sie am Ufer eintrifft, fühlt sich ihre Haut klebrig vom Schweiß an. Axel sieht sie an, lächelt und greift nach seinem Hut. »Gut, dann los.«

Die Straße nach Cossack ist von tiefen Furchen und Löchern durchzogen. Axel hat zwei rotbraune Stuten besorgt, die ungeduldig mit den Hufen im Staub stampfen, wann immer sie stehen bleiben. Eliza, die mit durchgedrücktem Rücken und langen Steigbügeln im Sattel sitzt, hat ihr Kleid gegen eine Schlafanzughose ihres Vaters eingetauscht, die Beine in die Stiefel gestopft und ihr zusammengenommenes Haar unter einem breitkrempigen Hut verborgen. Dank ihrer Größe und Breitschultrigkeit gehen sie aus der Ferne gewiss als zwei Perlenunternehmer auf dem Weg gen Süden durch, die dort Geschäfte machen wollen.

Wenn sie stramm weiterreiten, sollten sie ihr Ziel in drei Tagen erreichen. Ihre Satteltaschen sind vollgestopft mit allen möglichen Vorräten, die sie vor den Kakerlaken retten konnten, dazu zwei Schlafsäcke und ein Stück Segeltuch, das ihnen notfalls nachts ein wenig Schutz bietet. Sie hat Axel den Webley-Revolver abgenommen, der sich schwer und hart an ihrer Hüfte anfühlt, gleichzeitig genießt sie das Gewicht, die Macht, die die Waffe verspricht.

Die Pferde bewegen unablässig die Ohren, um lästige Fliegen zu vertreiben, als sie durch die rotstaubige Landschaft galoppieren. Warm streicht die Sonne über ihre Haut, während der Wind ihnen den Geruch nach Holzbirnen und Salzbusch entgegenweht. Ringsum wachsen australische Flammenbäume mit ihren typisch herzförmigen Blättern, und an den Orchideenbäumen hängen dunkelbraune, prall gefüllte Samenschoten. Sie gelangen zu einem Pfad, der offenbar nur selten von Menschen genutzt wird, wie sich rasch herausstellt. Immer wieder muss Axel absteigen, um ihnen den Weg durchs Unterholz freizuschlagen, damit sie weiterreiten können. Eliza bleibt im Sattel und verfolgt nervös Axels Fortschritte, als sie blauen Rauch zwischen den Bäumen aufsteigen zu sehen glaubt.

Nach einer Weile verbreitert sich der Weg, und die Brise weht leise fauchend durch dichte Grasbüschel. Hier und da spähen Wallabys neugierig aus Erdlöchern. Ein Stück vor ihnen erheben sich hohe Klippen, vereinzelte Rinnsale sickern aus den Spalten zwischen den Felsen. Ab und zu glaubt sie, größere Umrisse in den Büschen auszumachen – dunkle, fast beängstigende Schatten, die jedoch sofort wieder verschwinden.

Sie fragt sich, wie ihr Bruder auf ihr unverhofftes Erscheinen reagieren wird. Nach dem Tod ihrer Mutter hatte sich Thomas' Trauer hauptsächlich durch kaum gezähmte Wut geäußert. Während ihr Vater versucht hatte, sich zu sammeln, die Fassung zurückzugewinnen und die Leere zu füllen, die der Tod seiner Frau hinterlassen hatte, sah Eliza sich mehr als einmal gezwungen, die Verletzungen ihres Bruders nach irgendwelchen Kneipenschlägereien zu versorgen. Sie gewöhnte sich daran, in ihrem Zimmer zu bleiben, wenn er mitten in der Nacht aus den Spelunken heimkehrte. Irgendwann hatte sich Tante Martha eingeschaltet. »Der Junge braucht das Wort Gottes, das ihn führt«, pflegte sie zu sagen, wenn sie an die Schiebetür klopfte, die Bibel in die Armbeuge geklemmt. »›*Alles vermag ich durch den, der mich stärkt*‹«, rezitierte sie dann stets. »Philipper 4:13.« Sie hatte Eliza inbrünstig gebeten, sich dem Circle anzuschließen. »Der Herr wird dich von deiner Qual befreien«, hatte sie ihrer Nichte versprochen. Und einen Moment lang war Eliza versucht gewesen, ihrer Bitte nachzukommen – alles, solange es nur diese tiefe Trauer linderte, die sie innerlich zerfraß. Doch ihr Vater hatte sie mit Arbeit am Tagebuch auf andere Gedanken gebracht, und sie hatte schlicht gelernt, nichts als Patzigkeiten aus dem Mund ihres Bruders zu erwarten.

Als der Pfad sich wieder verschmälert, lassen die Hufe die Staubwolken weit emporsteigen, höher noch als die Bäume ringsum. Es wird Nachmittag, und der Busch verändert neuerlich sein Aussehen. Winzige Stornpieper stieben aus dem Gras auf wie Schmetterlinge. Insekten sirren, Ratten huschen umher, Bäume recken stolz ihre Äste in die Höhe, während sie stundenlang weiterreiten. Kurz denkt Eliza an Bushranger – Gesetzlose, die nur darauf warten, nichtsahnende Opfer zu überfallen. Sie stellt sich vor, wie sich einer der Kerle breitbeinig mitten auf dem Weg aufbaut, in der Hand eine abgesägte Schrotflinte und einen Sack voll Beute neben sich. Unwillkürlich tastet sie nach dem Revolver an ihrer Hüfte.

Das rhythmische Schnaufen der Pferde hat etwas Beruhigendes, und Eliza bemerkt, wie Axels Schultern in der zähen Nachmittagshitze immer weiter nach unten sacken. Anfangs kämpft er noch gegen die Müdigkeit an, doch irgendwann kippt sein Oberkörper nach vorn, und die Zügel entgleiten seinen Händen. Deshalb sieht er das Etwas, das vor ihnen von einem Baum hängt, erst, als es längst zu spät ist. Ehe er die Zügel packen kann, gerät das Pferd ins Straucheln, wird prompt panisch und steigt, während es vor Angst und Schreck wild die Augen verdreht. Unterdessen ringt Axel verzweifelt um die Kontrolle, doch gerade als Eliza ihn packen will, wirft die Stute ihn ab, und Axel landet mit einem dumpfen Poltern im Staub. Eilig dirigiert sie ihre Stute neben ihn, steigt ab, beruhigt erst einmal die Pferde und bindet sie zusammen. Dann läuft sie zu Axel und lässt sich auf die Knie fallen. Die pure Qual steht ihm ins Gesicht geschrieben. Sie sieht, wie sein Blick über ihre Schulter zu dem Ding schweift, das dort baumelt.

Sie dreht sich um. Sieht, was es ist. Der Leichnam eines männlichen Weißen baumelt wie ein Sack an einem Seil von einem Eisenholzbaum. Er ist splitternackt. Aufgetriebenes Fleisch wölbt sich um den Strick in seinen Achselhöhlen. Man hat ihm die Hände auf dem Rücken gefesselt, sein Kopf ist nach hinten gefallen, geronnenes Blut ist ihm in die Hautfalten gesickert. Sein Mund ist in einer höhnischen Fratze erstarrt, unter seinem Kinn klafft seine aufgeschlitzte Kehle auf, so breit, dass sich das Blut über seinen gesamten Körper ergossen hat. Seine Augen sind weit geöffnet, der Blick in stummem Vorwurf gen Himmel gerichtet.

Eliza hilft Axel auf, der vor Schmerz zusammenzuckt. Entsetzt blicken sie zu der Leiche hinauf.

»Hier sind überall Farmen«, erklärt sie grimmig. »Wir befinden uns in einem gesetzlosen Gebiet.« Der Strick kreiselt knarzend. Aasfresser hocken bereits erwartungsvoll auf den vertrockneten Ästen über dem Leichnam. Eliza sind grauenvolle Geschichten zu Ohren gekommen, von Farmern, die sich zu unaussprechlichen Gräueltaten hinreißen ließen. Neben willkürlicher Selbstjustiz haben einige die Ureinwohner eingefangen und so lange eingesperrt, bis die Männer aus der Stadt geritten kamen, um sie für ihre Flotten zu rekrutieren. Die Lockyer Brothers haben Aborigines für acht Pfund an Perlenunternehmer verhökert, hat Thomas ihr einmal erzählt. Sie trieben sie wie Vieh zusammen, verbrannten ihnen die Fußsohlen, damit sie nicht flüchten konnten, während sie die jungen Mädchen für ihre eigenen abscheulichen Zwecke behielten. Eliza, die immer noch vor dem sich am Strick drehenden Toten steht, senkt den Kopf. DIEB steht in krakeligen roten Buchstaben im Staub. Sie wendet den Blick ab.

Es dauert nicht lange, bis die Hitze aus dem Buschland schwindet. Sie hat Axel gedrängt, ein Stück weiterzureiten, weg von dem kreiselnden Leichnam, um im Schatten eines knorrigen Baobabbaums Rast zu machen. Anfangs wollte er nicht – offenbar hatte sich das verzerrte Gesicht des Toten in sein Gedächtnis eingebrannt –, doch die Schmerzen hatten ihn schließlich so ausgelaugt, dass er in einen leichten Schlaf gefallen war. Auch Eliza hatte sich gezwungen, ein wenig zur Ruhe zu kommen. Das Risiko, selbst einzuschlafen, war ihr zu groß erschienen, deshalb hatte sie sich mit der Erinnerung an eine Unterhaltung mit Balarri wach gehalten. Sie waren einmal auf der Suche nach Seeigeln unterwegs gewesen. Die Regenzeit nahte, die Logger lagen am Ufer, und die Männer, ausgelaugt nach den vielen Wochen auf See, wankten erschöpft in Richtung der billigen Absteigen. Draußen auf dem Meer türmten sich gewaltige Sturmwolken, in deren Innerem immer wieder lautlose Blitze aufflammten.

»Wie kommt es, dass du keine Familie hast?«, hatte sie Balarri gefragt und angespannt auf seine Antwort gewartet. Er hielt inne und blickte aufs Meer hinaus, während ein eigentümlicher Ausdruck über sein Gesicht huschte.

»Ich habe schon auf Schiffen gearbeitet, bevor ich zu deinem Vater gekommen bin«, antwortete er und kniete sich hin, um ein leuchtendes, mit lila Dornen bewehrtes Lebewesen in Augenschein zu nehmen. »Ich war gezwungen worden.« Dann erzählte er ihr, wie eines Tages seltsame Männer in die Bucht gekommen waren, gerade als die Sonne aufging, angekündigt durch donnernde Hufschläge und dichte Staubwolken. Sie hatten Befehle gebrüllt, die Balarris Leute nicht verstanden, Waffen getragen und ihnen Ketten um den Hals gelegt. Nicht nur den Männern, sondern auch Frauen und Kindern. Einige hätten sich dagegen gewehrt, erklärte Balarri, hätten zu ihren Speeren gegriffen und bis zum bitteren Ende gekämpft. Aber es war zu spät gewesen. Ihre Behausungen waren vollkommen zerstört worden. Wie gebannt hatte Eliza an seinen Lippen gehangen, während sich ihr die Kehle zuschnürte. Voller Unbehagen dachte sie an die Perlenunternehmer, an ihre Stellung in der Stadt, an das Stück Land, auf dem ihr eigenes Zuhause erbaut worden war. »Ich hatte eine Familie«, fuhr Balarri fort und strich nickend mit den Fingerspitzen über die Oberfläche des Gezeitentümpels. »Meine Frau erwartete ein weiteres Kind, aber der Anführer meinte, Frauen mit einem dicken Bauch seien die besten Taucherinnern. Er hat sie gezwungen, ins Wasser zu gehen und ganz unten nach Muscheln zu tauchen.« Balarri heftete den Blick auf den Sand. »Sie hat gehorcht und ist runtergetaucht, aber nie wieder hochgekommen.«

Als Eliza hochschreckt, ist ihr der Hut vom Kopf gerutscht und ihr Haar schrecklich von Kletten verfilzt. Mühsam pflückt sie eine nach der anderen heraus und schnippt sie ins Gebüsch. Die Rinde des Baobabbaums fühlt sich kratzig im Rücken an. Sie hebt das Kinn. Üppige Ranken hängen über ihr herab, und sie fragt sich, wie tief die Wurzeln des Baums wohl reichen mögen, wie lange er hier schon steht, was er gesehen hat.

Sie zieht das Segeltuch aus ihrer Satteltasche und spannt es zwischen zwei Bäumen, dann macht sie Feuer. Es ist ein klebrig-schwüler Abend. Heuschrecken zirpen, eine Nachtschwalbe flattert vorbei. Knisternd steigt Glut aus dem Lagerfeuer in die Luft. Als Nächstes nimmt sie das Kochgeschirr heraus und ein altes Stück Buschbrot, denn sie werden hier die Nacht verbringen. Sie blickt zu dem Pfad hinter der Lichtung. Die Pferde sind immer noch an dem Blutholzbaum angebunden und stampfen mit den Hufen, eine der Stuten lässt einen dicken dampfenden Urinstrahl auf den Boden regnen.

Aus dem Augenwinkel sieht sie, dass Axel sich rührt.

Sie springt auf und schnappt sich die Talglampe. Axel versucht aufzustehen, doch der Schmerz vereitelt das Vorhaben. Resigniert lässt er sich gegen den Baum sinken.

»Wie geht es Ihnen?«, fragt sie und tritt vor ihn.

»So weit gut, nur meine Schulter schmerzt.«

»Lassen Sie mich mal sehen.« Sie geht in die Hocke und legt ihm behutsam die Hände auf den Arm.

»Eigentlich sollte es doch umgekehrt sein, nicht?« Axel lächelt schwach.

»Wieso? Fühlen Sie sich in der Rolle der Jungfrau in Nöten etwa nicht wohl?«, erwidert sie trocken.

»So habe ich es nicht gemeint.« Er lacht. »Ich habe vor ein paar Jahren eine Weile im London Hospital gearbeitet, deshalb sollte ich eigentlich wissen, wie man jemanden wieder zusammenflickt.«

Sie hält seine Schulter fest und hilft ihm auf, um ihn zu einem Holzblock zu führen, den sie aus dem Unterholz herübergezogen hat. Vorsichtig lässt er sich darauf sinken.

»Natürlich habe ich mich fürchterlich dämlich angestellt«, gesteht er. »Die haben mich nur wegen der sogenannten Beziehungen meines Vaters genommen. Wir werden etwas brauchen, um die Schulter zu schienen«, fügt er hinzu. »Ich werde sie stillhalten und sehen, wie es sich morgen früh anfühlt. Aber zum Glück scheint nichts gebrochen zu sein.«

Sie lässt ihn am Feuer zurück und macht sich auf die Suche nach etwas, womit sich der Arm stabilisieren ließe. Während sie in ihrer Tasche kramt, sieht sie, wie sich direkt neben ihr ein kleiner grüner Zweig bewegt, bevor er sich aufrichtet und auf dürren Beinen von dannen stakst. »Eine Riesenstabschrecke«, flüstert Eliza, als das Insekt durchs Unterholz verschwindet.

Mit einem Hemd, das sie in Axels Gepäck gefunden hat, kehrt sie zum Feuer zurück und kniet sich vor ihm nieder. Das fahle Licht der Sterne erhellt ihr Gesicht, als sie ihn schweigend verarztet.

»Würden Sie mir etwas verraten, Eliza?« Seine markanten Züge sind ernst, nur manchmal verzieht er vor Schmerz kurz das Gesicht. Sie nickt nach einiger Zeit. »Möchten Sie mir von Ihrem Bruder Ned erzählen? Ist ihm etwas zugestoßen?«

Ihr Magen zieht sich zusammen. Sie schluckt, doch dann bemerkt sie den sanften Ausdruck in seinen Augen. Es ist nicht das erste Mal, dass sie ihn sieht. Vorsichtig tastet sie ihre Erinnerung danach ab, und als sie ihn in den Tiefen ihres Gedächtnisses gefunden hat, spürt sie, wie Wärme ihren Körper durchströmt. Es ist der Blick, mit dem ihre Mutter sie früher oft bedacht hat.

Sie wirft einen Blick über die Schulter in die Dunkelheit, nimmt den Busch, die Bäume, das vom Atem der Geschichte zerfurchte Land wahr, verbindet sich mit ihm, holt tief Luft und beginnt zu erzählen.

»Wir waren alle ganz aus dem Häuschen an dem Tag. Vater war gerade nach Monaten auf dem Logger nach Hause zurückgekehrt. Der Bungalow vibrierte förmlich unter seiner Gegenwart. Es schien, als wäre das ganze Haus von diesem Glücksgefühl durchdrungen. Ich war fünfzehn, Ned drei. Damals lebten wir erst seit ein paar Jahren in der Bucht. Es war heiß – wann ist es das nicht? –, und wir beschlossen, an den Strand zu gehen. Vater hat ein Picknick vorbereitet mit Käsesandwiches und Plumpudding. Das weiß ich noch wie heute, weil er meinte ›Dann kriegen die Fliegen auch ein schönes Festmahl‹.« Sie hält kurz inne. »Willem und Martha kamen auch mit. Damals haben wir alles Mögliche zusammen unternommen. Wir gingen also zum Strand hinunter, und Mrs. Riesly winkte uns noch zu und wollte wissen, wie es uns gehe. Es war alles normal. Der Himmel war strahlend blau. Ich kniff die Augen zusammen und sah die kleinen Kreise, die vor meinen Lidern tanzten. Ich zog die Stiefel aus und bohrte die Zehen in den Sand. Die Sonne brannte heiß, aber Vater hatte Ned einen winzigen Strohhut aufgesetzt. Er sah so niedlich damit aus. Thomas baute ein Cricketspiel auf, während Martha und Willem den Picknickkorb auspackten und eine Decke im Sand ausbreiteten, auf der wir alle sitzen sollten. Ich wollte Ned mit ans Wasser nehmen, damit er sich die Quallen ansehen konnte. Das fand er immer besonders aufregend und quietschte vor Vergnügen, wenn er eine entdeckte.«

Ihr Atem stockt, als der hektische Schlag von Fledermausflügeln über ihren Köpfen ertönt.

»Es herrschte Bruthitze, und überall flogen Seemöwen über uns. Ich hielt ihn an der Hand, die sich ganz heiß und klebrig anfühlte. Selbst heute kann ich mich ganz genau daran erinnern. Er mochte gern allein laufen, deshalb ließ ich ihn irgendwann los, damit er vor mir herwatscheln konnte. Ich wusste ja, wo er war, die ganze Zeit. Ich konnte ihn sehen, außerdem hinterließen seine Füße winzige Abdrücke im Sand. Irgendwann kamen wir an einem kleinen Boot vorbei, das am Ufer lag. Das Wasser schwappte ringsum dagegen, deshalb war nur ein kleiner Schubs nötig, um es ins Meer zu schieben. Ich sah mich um, ob jemand da war, dem es gehören könnte, aber weit und breit war niemand zu sehen, also gehörte es uns in diesem Augenblick. Die anderen waren ein gutes Stück entfernt und nur noch Punkte am Strand, aber ich wollte Ned so gern die Fische im seichten Wasser zeigen. Vielleicht hatten wir ja Glück und entdeckten sogar einen Kraken im Riff. Das würde ihm gefallen. Also sagte ich zu ihm, er solle reinhüpfen. Anfangs wollte er nicht und wehrte sich sogar, aber ich habe ihn gepackt und reingesetzt. Es sei schon okay, sagte ich zu ihm. Dann nahm ich die Ruder und wollte zum Riff hinüberrudern. Inzwischen war Neds Neugier erwacht, und er spähte über den Rand auf die herumflitzenden Fische im Wasser. Er lachte sogar und versuchte, sie zu fassen zu bekommen, weil ihm die bunten Farben so gut gefielen. Ich hatte nur eine Sekunde lang nicht hingesehen. Es gab ein Platschen, und er war weg. Ich sah mich um, aber er saß nicht länger im Boot. Ich stand auf, konnte ihn aber nirgendwo entdecken. Ich fing an zu schreien, rief wieder und wieder seinen Namen, so lange, bis ich dachte, dass meine Kehle blutet. Da bin ich reingesprungen. Das Wasser zog mich an den Röcken nach unten. Ich schwamm unter dem Boot hindurch und tiefer, aber außer den Sonnenstrahlen, die durchs Wasser fielen, war nichts zu sehen. Das Salzwasser tat mir in den Augen weh, aber ich wusste, dass ich sie offen halten muss. Dann bemerkte ich etwas auf dem Meeresboden. Es bewegte sich nicht, also tauchte ich hinunter. Es dauerte eine ganze Weile. Mir war nicht bewusst gewesen, dass wir so weit draußen waren. Offenbar hatte uns die Strömung ziemlich weit hinausgetrieben. Aber das Ding entpuppte sich als altes Seil von einem Boot. Ich schrie. Unter Wasser. Ich erinnere mich noch genau, wie die Blasen emporstiegen.« Sie hält inne.

»Auf dem Weg nach oben explodierten meine Ohren. Es war, als wäre etwas innen drin gerissen, aber ich spürte noch nicht mal den Schmerz. Als ich aufgetaucht war, sah ich mich um, suchte verzweifelt nach ihm. Dann sah ich etwas. Sein Strohhut trieb im seichten Wasser am Ufer. Wieder schrie ich seinen Namen, und es war, als würden auch meine Ohren schreien, ein hohes, jaulendes Kreischen, das alles andere übertönte. In der Ferne sah ich Thomas den Strand entlangrennen. Er muss gesehen haben, wie wir in das Boot stiegen. Dann sah ich noch etwas anderes, ein Stück von mir entfernt. Im ersten Moment dachte ich, es sei ein Fisch, ein Delfin vielleicht, aber das war er. Ned. Er lag mit dem Gesicht nach unten im Wasser, sein wunderschönes weißes Haar schwebte um seinen Kopf. Thomas war vor mir bei ihm, packte ihn und riss ihn hoch. Ich schrie ihn an, er solle doch etwas tun, irgendetwas, damit er wieder atmet. Er trug Ned an den Strand, und ich klammerte mich an ihm fest, flehte ihn an, irgendetwas zu unternehmen, weil ich selbst keine Ahnung hatte, was ich tun sollte. Da kamen die anderen auch schon angerannt. Vater nahm ihn, legte ihn auf den Boden und versuchte, ihn wiederzubeleben. Ich hörte nichts, nur dieses Klingeln in den Ohren. Martha schlug sich die Hände vors Gesicht. Das Klingeln wurde lauter. Ich sah sie alle schreien, konnte aber die Worte nicht hören. Sie packten ihn, schüttelten ihn, schlugen auf seine Brust ein, pressten die Münder auf seinen, aber es war zu spät.«

Die Tränen haben Schmutzspuren auf ihrem Gesicht hinterlassen. Axels Augen glitzern im Schein des Feuers, als er sie ansieht.

»Ihre Ohren«, sagt er sanft. »Daher kommt es also. Das Klingeln.«

Sie wendet den Blick ab.

In den Monaten nach dem Unfall gelang es ihr, sich einzureden, dass sie es mit Absicht getan hatte. Dass sie die Katastrophe verursacht, dafür gesorgt haben musste, dass es passierte, um den kleinen Jungen dafür zu bestrafen, weil er ihrer Mutter das Leben genommen hatte. Die daraus resultierenden Schuldgefühle manifestierten sich sogar körperlich. Sie litt unter schlimmen Hautausschlägen und begann zu stottern, wenn sie es überhaupt wagte, den Mund aufzumachen. Sie konnte sich nicht vorstellen, dass sie so etwas wie Nahrung verdiente, weshalb ihr Vater sich irgendwann gezwungen sah, sie festzuhalten und sie gegen ihren Willen zu füttern.

Inzwischen sind die Schuldgefühle abgeebbt, trotzdem sind sie immer noch da, eine stete Enge in ihrer Kehle, die sie niemals vergessen lässt, was damals passiert ist.

Sie nimmt das Hemd, legt es behutsam um Axels Schulter und bindet es so, dass sein Arm in einer Schlinge hängt, wobei sich ihre Gesichter so nahe sind, dass sie die Schatten seiner Bartstoppeln am Kinn ausmachen kann.

»Es ist nicht deine Schuld«, sagt er leise. »Es war ein tragischer Unfall. Eliza, es war nicht deine Schuld.«

Aus einem Impuls heraus beugt sie sich vor und küsst ihn. Es ist ein ungelenker Kuss, der am Ende eher auf der Höhe seines Ohrs landet. Sie sieht, wie er den Atem anhält, als sie sich von ihm löst. Nach einer Weile blickt er auf. Er lächelt nicht, doch die winzigen Fältchen um seine Augen verraten seine Freude. Langsam lehnt er sich nach vorn und küsst sie auf den Mund. Sie spürt, wie sich etwas in ihr löst, während ihr neuerliche Tränen über die Wangen strömen. Ringsum ist es still, bis auf das Rauschen der Blätter im Wind. Das Gras und die Zweige beben in der Brise, führen ihren stummen Tanz im Schein des fahlen Mondes ungerührt fort.

Kapitel 28

Drohende Gewitterwolken türmen sich am Himmel, als sie Cossack erreichen. Der heiße Wind heult vorwurfsvoll, und die bunten Blumen lassen ihre zarten Köpfe resigniert in der unerträglichen Schwüle hängen. Axels Arm steckt immer noch in der behelfsmäßigen Schlinge, die im Nacken unangenehm scheuert, trotzdem ist es ihnen gelungen, halbwegs voranzukommen, nachdem sie sich in den Nachtstunden gemeinsam ausruhen konnten. Gestern ist ihnen das Wasser ausgegangen. Erschöpft lenken sie die Pferde langsam in Richtung Stadt.

Müde und lustlos liegt Cossack da. Die Stadt wurde auf einem langen Sandstreifen erbaut, an einem Ende von einer Hügelkette begrenzt, deren Gestrüpp hier und da von Felsbrocken unterbrochen wurde. Alles wirkt heruntergekommen. In der Ferne erheben sich in der Hitze flirrende Dünen. Das Watt ist von tiefen Furchen durchzogen. Jenseits der Stadtgrenzen stehen wacklige, mit Ketten im Boden verankerte Hütten; eine Handvoll aus Stein gebaute Häuser sollen die Illusion von stabiler Dauerhaftigkeit vermitteln, doch im Grunde sieht Cossack genauso aus wie Bannin, denkt Eliza. Im ersten Moment ist sie enttäuscht. Vielleicht hat sie sich insgeheim vorgestellt, wie Thomas, hochoffiziell und im Sonntagsstaat, mit amerikanischen und französischen Händlern Geschäfte macht. Es war ihm doch so wichtig herzukommen, geradezu unerlässlich, um die schimmernden Perlen auf blauem Samt zu präsentieren und das Geschäft mit dem Höchstbietenden per festem Handschlag und einer Zigarre zu besiegeln. Doch die Stadt wirkt erstaunlich glücklos für einen Ort, der eigentlich vom Profit aus der Perlentaucherei lebt.

Gelegentlich blinzelt die Sonne zwischen den grau marmorierten Wolken hindurch, als sie durch die Straßen gehen, vorbei an einer aus Holz erbauten Kirche, mehreren Kolonialwarenläden und einem kleinen chinesischen Viertel. Vor einer schäbigen Pension bleiben sie stehen und binden die Pferde fest, die gierig die Köpfe in den Trog mit brackigem Wasser stecken. Eliza drückt dem Besitzer ein paar Münzen in die Hand und fragt ihn, ob er von einem Thomas Brightwell gehört hat, der sich hier in der Gegend aufhalten soll. Der Mann, in Hemd und Hosenträgern und mit einem dünnen Schweißfilm auf der Stirn, schüttelt nur achselzuckend den Kopf, doch Eliza entgeht nicht, wie sein Blick flüchtig über ihre Schulter schweift. Sie dreht sich um und erblickt ein heruntergekommenes Wirtshaus, ungefähr so einladend wie ein halbwilder Köter mit leerem Bauch. Axel füllt seine Feldflasche mit Wasser aus der Pumpe und reicht sie ihr. Sie nimmt ein paar tiefe Züge. Es schmeckt nach Eisen und Stein.

»Was meinst du, wo sollten wir anfangen?«, fragt er. »Dein Bruder könnte überall sein.«

»Ich glaube, allzu weit brauchen wir gar nicht zu gehen.« Eliza deutet auf das Wirtshaus, gerade als die Tür aufgerissen wird und ein Mann herausgetorkelt kommt. Er kann sich kaum noch auf den Beinen halten und schwenkt eine Flasche, die er an die Lippen hebt und mit gierigen Schlucken leert. Mit einer ausholenden Armbewegung schleudert er sie weg, sodass sie in tausend Scherben zerbirst, dann stößt er einen lauten Rülpser aus und taumelt mitten auf die Straße, wo er kurz stehen bleibt, nach einigen Momenten jedoch zusammensackt und mit weit ausgestreckten Armen auf dem Rücken liegen bleibt. Eliza und Axel tauschen einen Blick, dann steigen sie über ihn hinweg und betreten das Gasthaus.

Drinnen ist es still, die Luft schal und stickig. Es dauert einen Moment, bis Elizas Augen sich an das Halbdunkel gewöhnt haben. Eine Handvoll Männer mit breiten Koteletten lümmeln auf umgedrehten Fässern und halten ihre angeschlagenen Blechbecher mit solcher Verzweiflung umklammert, dass die Knöchel weiß hervortreten. Einige haben die Köpfe auf den Unterarmen abgelegt und schnarchen laut, andere hocken brummend in den dunklen Ecken. Auf der einen Seite des Raums lungern ein paar Deckhelfer herum, die sich gegenseitig lautstark anbellen und dabei kräftig auf den Rücken klopfen. Ein frettchengesichtiger Kerl spuckt einen dicken Klumpen Tabaksaft auf den Boden, zieht eine Packung Zigarettenblättchen heraus und beginnt, die Kleberänder abzulecken. Ein anderer mit knochigen Schultern hat beide Daumen in die Hosenträger gehakt, während sein Kopf nach hinten kippt, und fährt wieder hoch, als ein Muskelkrampf ihn aus dem Schlaf reißt. Das Gasthaus ist so verdreckt und widerlich wie eine geschwärzte Raucherlunge und lässt das Kingfish im Vergleich dazu wie die reinste Nobelherberge wirken.

Hinter der Bar steht eine junge Frau, deren Schönheit Eliza erstaunt zur Kenntnis nimmt. Sie hat rotes schulterlanges Haar, feine Gesichtszüge und einen schmalen, rot geschminkten

Mund. Die Haut unter ihren Augen ist violett verfärbt. Sie trägt ein tief ausgeschnittenes Kleid und eine Kette mit einer großen, schimmernden Perle um den Hals. Vielleicht ist sie ja die Ehefrau von einem der Anwesenden, viel wahrscheinlicher jedoch ist sie eine Hure.

Sie begrüßt sie mit einem starren Lächeln, wobei ihr Blick nur flüchtig über Elizas zerschrammtes Gesicht schweift, während sie mit einem schmutzigen Lappen die Innenseite einer Blechtasse schrubbt.

»Ihr seid nicht von hier.« Das ist keine Frage. Eliza bemerkt die dünne Narbe an ihrer Oberlippe, die ihren Mund zu einem leicht höhnischen Grinsen kräuselt. »Und was ist euer Stoff?«, fragt sie. »Gin? Sake? Opium?« Unter ihrem verwaschenen, hellgelben Kleid zeichnen sich die Umrisse ihrer Strumpfhalter ab. Sie beugt sich über den Tresen, und Eliza beobachtet, wie Axels Augen zu ihrem Ausschnitt wandern.

»Wir suchen jemanden«, antwortet sie, woraufhin die Rothaarige die Brauen hebt und sich wieder ihrer Tätigkeit widmet. »Thomas Brightwell. Ist er zufällig hier irgendwo in der Nähe?«

»Aye, den kenn ich.« Eliza, der das wissende Lächeln der Barfrau nicht entgeht, spürt, wie die Vorstellung, ihr Bruder könnte die Dienste dieser Frau in Anspruch genommen haben, sie erröten lässt. »Er ist in einer der Pensionen abgestiegen. Aber ich darf Sie nicht zu ihm lassen, weil es seine Privatsphäre verletzen würde.« Sie stapelt den trüben Becher auf ein Regal hinter ihr. Eliza spürt die Wut in sich aufsteigen.

»Ich gehöre zur Familie. Mich wird er sehen wollen.«

»Ich habe Anweisung, niemanden zu ihm zu lassen, fürchte ich.« Sie zuckt die Achseln. »Mir sind die Hände gebunden.«

Eliza denkt einen Moment nach. »Ich gehe davon aus, Sie werden dafür bezahlt, sich an diese Anweisung zu halten?« Die Barfrau hält mitten in der Bewegung inne und sieht Eliza an.

»Ich gebe Ihnen das Doppelte.«

Die Holzdielen ächzen unter Elizas Stiefeln. Es ist kühl und dunkel in dem Durchgang, der in einen kleinen Flur mit drei verschlossenen Türen mündet. Die Barfrau deutet auf die hinterste. »Ich hab Sie nie hergeführt, ist das klar?«, sagt sie zu Eliza, nimmt die Münzen entgegen und hastet davon.

Eliza klopft, doch niemand antwortet. Sie klopft ein zweites Mal und presst das Ohr gegen die Tür.

»Haaauuu aaaaaab!« Die Stimme ist gedehnt wie Klebstoff.

»Ich bin's.«

Stille.

Mit angehaltenem Atem warten Eliza und Axel, bis schlurfende Schritte und unterdrückte Flüche aus dem Zimmer dringen, gefolgt von dumpfem Klirren umfallender Flaschen. Dann wird die Tür einen Spaltbreit geöffnet, ein Augenpaar mit glasig schimmerndem Weiß ist zu erkennen.

»Hallo«, flüstert Eliza trocken.

Langsam geht die Tür auf und gibt den Blick auf Thomas frei. Doch der Mann ist nicht ihr Bruder. Völlig ausgeschlossen. Er ist hager und bleich, trägt eine labbrige Hose und ein gelblich verfärbtes Hemd mit offenen Manschetten – sein Anblick ist erschreckend. Thomas war stets groß und breitschultrig, doch die Knochigkeit lässt ihn nun kleiner wirken. Nur seine weit auseinanderstehenden Augen verraten seine Identität. Sie sehen genauso aus wie Elizas, grau wie Kiesel und gestochen scharf. Augen, die bei einem Mann Autorität verströmen, bei einer Frau schlicht als kalt empfunden werden.

Ein Gestank nach saurer Milch, vermischt mit süßlichem Opiumgeruch, dringt aus dem Zimmer. Eliza blickt über Thomas' Schulter auf die verdreckten Wände und den von leeren Schnapsflaschen übersäten Fußboden. Auf der versifften Matratze liegt ein grünes, halb leeres Glasfläschchen Laudanum.

Sie sieht, wie eine bläulich-ölige Kakerlake über die nackten Zehen ihres Bruders huscht.

»Thomas, was um alles in der Welt …«

»Wer issn das?«

Der Gestank aus seinem Mund ist widerlich.

»Das ist Axel.« Eliza wirft ihrem Freund einen flüchtigen Blick zu. »Er hat mich begleitet. Aus Bannin. Ich konnte ja schlecht allein reisen, wie du sehr wohl weißt.«

Axel lächelt knapp und nickt Thomas zu.

»Ich dachte, du wolltest längst wieder zu Hause sein«, sagt Eliza zu ihrem Bruder.

»Dann hast du den Brief also bekommen?« Thomas blinzelt ins Licht und reibt sich das Kinn.

»Du meinst, ob mein Brief ungeöffnet zurückkam?«, fragt Eliza.

Seine Miene ist vage, als sei er nicht Herr seines Verstands.

»Ich werde meinem Bruder helfen, sich zu waschen, Axel«, sagt sie, ohne den Blick von Thomas zu wenden. »Wir treffen uns unten in der Bar.«

Axel zieht sich zurück, während Eliza tief Luft holt, ehe sie einen Fuß in das Zimmer setzt. Ohne jeden Protest lässt Thomas zu, dass sie ihn wie eine Mutter entkleidet, einen Lappen nimmt, um ihn unter den Achseln zu waschen, und ihm das verkrustete Erbrochene von den Wangen wischt. Sie findet ein nicht ganz so schmutziges Hemd, das sie ihm geduldig anzieht, dann zwingt sie ihn, sich den Mund mit Wasser aus ihrer Feldflasche auszuspülen, und befeuchtet das Zahnpulver und taucht eine Zahnbürste hinein, die sie in einer Schublade gefunden hat. Er nimmt sie entgegen und reinigt sich widerstrebend die Zähne.

»Hast du irgendetwas über Vater in Erfahrung gebracht?«, fragt sie leise. Thomas hält inne und schüttelt kaum merklich den Kopf. Eliza spürt, wie ihr etwas entgleitet, woran sie sich die ganze Zeit geklammert hat.

Als er in einem einigermaßen präsentablen Zustand ist, gehen sie den Korridor entlang in die Bar, wo Axel sich in eine Ecke gesetzt hat und durchs Fenster die beginnende Ebbe beobachtet.

»Wir sollten lieber an den Strand hinuntergehen«, sagt Eliza und geht vor ihrem Bruder her zur Tür. Sie registriert, dass Axel sie bemerkt hat, jedoch keine Anstalten macht, ihnen zu folgen.

Eliza muss Thomas stützen. Obwohl das Laudanum-Fläschchen winzig ist, wiegt es schwer in ihrer Tasche. Sie hat es an sich genommen, als ihr Bruder gerade nicht hingesehen hat. Leute haben sich mit dem Zeug schon vergiftet.

Schließlich erreichen sie den Strand, stehen eine ganze Weile reglos im Sand und sehen zu, wie sich die Wellen allmählich zurückziehen und dabei alles Mögliche im Sand liegen bleibt – umgestülpte Muschelschalen, verhedderte Algenstränge, fünfzackige Seesterne und hellblaue Krabben.

»Gib es wieder her«, sagt Thomas leise.

Eliza sieht ihren Bruder an, der das Gesicht zu einem höhnischen Lächeln verzieht und seine Bitte wiederholt.

»Was meinst du?«, fragt sie dünn.

»Hör auf damit, Eliza. Gib mir das Fläschchen.« Offenbar zeigt die frische Luft bereits ihre ernüchternde Wirkung. Er packt ihren Unterarm und gräbt die Finger tief hinein.

»Nein!« Er versucht, den Beutel über ihrer Schulter zu fassen zu bekommen, doch sie wehrt sich. Bis er den Arm um ihren von blauen Flecken übersäten Hals schlingt und sie in den

Schwitzkasten nimmt. Der Schmerz raubt ihr den Atem. Verzweifelt stemmt sie die Füße in den Sand. Wie oft hat sie sich in all den Jahren in dieser Position wiedergefunden, Thomas' rasender Wut nahezu hilflos ausgesetzt. Das Meer rauscht in ihren Ohren, als sie sich aus seinem Griff zu befreien versucht. Schließlich gerät er ins Straucheln, lässt los, und sie schnappt nach Luft.

»Du bekommst es zurück, wenn du mir die Wahrheit über unseren Vater sagst.«

Thomas lässt die Arme sinken, tritt einen Schritt zurück und betrachtet seine Hände, als hätte er Angst, dass Blut daran kleben könnte. »Es tut mir leid.« Betroffen schüttelt er den Kopf. »Es tut mir leid.«

Sie nimmt das Fläschchen aus der Tasche und wirft es ihm zu. Mit einem leisen Plumps landet es im Sand.

»Du weißt, warum ich hier bin.« Sie bemüht sich um einen ruhigen Tonfall. »Du bist mir Antworten schuldig. Eine Erklärung. Beispielsweise kannst du damit anfangen, mir zu sagen, wer Winters ist.«

Thomas stößt ein Schnauben aus. Widerwille spiegelt sich auf seinen Zügen, doch dann scheint er zu resignieren, nimmt den Kopf in beide Hände. »Eigentlich sollte längst alles erledigt und vom Tisch sein.«

Sie muss sich verhört haben.

»Ich weiß nicht, wo Vater ist.« Thomas hebt den Kopf. Sein Tonfall wird eindringlicher. »Ich weiß noch nicht mal, ob er noch lebt.« Elizas Magen verkrampft sich. Mit zittrigen Fingern fährt Thomas sich durchs Haar. »So hätte es nicht sein dürfen.«

»Dann war er also noch am Leben?« Die Frage brennt förmlich auf ihrer Zunge. »Thomas. Er war am Leben?« Sie hat das Gefühl, als würde ihr gleich übel werden.

»Ich weiß es nicht«, schnauzt er. Er wirkt völlig durcheinander. Womöglich eine Auswirkung des Laudanums.

Sie kämpft ihre Frustration nieder. »Ist Vater am Leben?«, fragt sie langsam und um einen ruhigen Tonfall bemüht. »Willem und die anderen zu Hause glauben, du hättest etwas mit den Vorkommnissen zu tun.« Das sagt sie absichtlich, um mehr Informationen aus ihm herauszuholen.

»Und du glaubst ihnen? Du glaubst Willem?« Thomas' Kiefer ist angespannt.

»Ich …«

»Natürlich. Also gut. Wenn wir dieses Gespräch wirklich führen wollen …«, er streicht sich das Haar zurück, »brauche ich etwas zu trinken, sonst kann ich nicht klar denken.«

Der Inhaber des Schnapsladens bewegt sich mit qualvoller Langsamkeit. Er ist stämmig, mit tief liegenden Augen, breiten Koteletten und einem sonnenverbrutzelten Gesicht. Seine Schürze ist mit unidentifizierbaren, braunen Flecken verschmiert. Er würdigt sie kaum eines Blickes. Allerdings scheint er Thomas' Gewohnheiten gut zu kennen, denn er holt ohne Aufforderung eine Rumflasche hervor und stellt sie auf den Tresen. Eliza kratzt sich, um ihre Finger zu beschäftigen. Die Stille ist lähmend. Thomas zählt ein paar schmierige Münzen ab und schiebt sie dem Mann zu.

Inzwischen hängen die gräulich-weißen Wolken noch tiefer, und es riecht nach Watt, als sie den Weg zum Meer einschlagen. Eliza fühlt sich, als stünde sie am Rand einer Klippe, die Zehen bereits über dem Abgrund. Nur unter Aufbietung all ihrer Willenskraft gelingt es ihr, nicht auf Thomas loszugehen und mit beiden Fäusten auf seine Brust einzutrommeln und von ihm zu verlangen, dass er ihr alles erzählt. Aber sie kennt ihn, weiß, dass sie warten muss, bis er von allein den Mund aufmacht.

Er verscheucht die Sandfliegen und hebt die Flasche an die Lippen, wobei ihm ein dünnes Rinnsal über das Kinn läuft. Er setzt die Flasche ab und erschaudert unter der Wohltat des Alkohols, der durch seinen Körper strömt.

Um nicht laut hinauszuschreien, blickt Eliza aufs Meer hinaus, das abwechselnd aufgeraut und geglättet wie eine samtene Decke aussieht. Fragen kommen ihr in den Sinn, die sie ihm am liebsten entgegenschleudern würde, damit er endlich anfängt zu reden.

»Ich weiß, was sie alle denken«, beginnt er schließlich. »Das ist mir bewusst.« Er nimmt einen weiteren gurgelnden Schluck aus der Flasche. »Willem und all die anderen. Sie denken, ich wollte mir die Flotte unter den Nagel reißen. Ich sei Vater losgeworden, damit alles mir gehört.«

Eliza schweigt, wohl wissend, dass sie ihn nicht drängen darf.

»Aber das ist nicht so.« Er blickt auf den Sand zu seinen Füßen. »Nun ja, zumindest war es nicht so vorgesehen.« Er nimmt einen weiteren Schluck. Eliza lauscht mit angehaltenem Atem. Die Luft ringsum scheint zu erbeben. Grelle Blitze zucken am Horizont, erhellen die unheilvollen Wolken. Sie weiß nicht recht, was sie zu hören erwartet. Dass er gesteht, seinen eigenen Vater ermordet zu haben? Dass er winselnd und jammernd um Vergebung fleht? Nein. Er würde sich beherrschen und ruhig bleiben, bis zum allerletzten Moment. Das war schon immer seine Art. Er wendet sich ihr zu. »Aber es ist meine Schuld, dass er gehen musste.«

Tagebuch von Charles J. G. Brightwell, Perlenunternehmer

Die Bedrohung durch Wale

Ich muss schriftlich festhalten, was heute geschehen ist, weil ich befürchte, dass all jene, die nicht Zeuge davon wurden, es nicht glauben werden.

Ich habe einen meiner Männer verloren, einen anständigen, hart arbeitenden Kerl, unter höchst unwahrscheinlichen und bestürzenden Umständen.

Ich werde mich bemühen, die Ereignisse so wahrheitsgetreu zu beschreiben, wie ich nur kann.

Über die Gefahren, die Haie für Perlenunternehmer und ihre Männer darstellen können, habe ich ja bereits ausführlich berichtet. Auf See lauern alle möglichen Bedrohungen durch verschiedenste Meerestiere, in Gestalt von Riesenzackenbarschen bis hin zu Mantarochen, die so neugierig sind, dass manche sich mit ihren gigantischen Kopfflossen im Luftschlauch der Taucher einhaken. Ähnliche Zerstörungskräfte besitzen jedoch ohne jeden Zweifel auch die Wale, die sich in diesen Gewässern tummeln, sanftmütige Giganten, die scheinbar mühelos durch den Ozean gleiten. Wale zeigen sich Tauchern gegenüber äußerst neugierig, wobei die aufsteigenden Luftblasen offenbar eine ganz besondere Anziehungskraft auf sie ausüben. Manchmal halten sie einen Logger versehentlich für einen Artgenossen und kommen angeschwommen, um zu sehen, mit wem sie es zu tun haben. Gelegentlich wuchten sie sich auch mit ihrem gesamten Körper aus dem Wasser und schütteln sich wie ein nasser Hund, sodass sich Putzerfische von ihrer Haut lösen und auf das Deck regnen. Ich habe auch erlebt, wie Wale sich am Kiel scheuern, um lästige Seepocken loszuwerden (den Logger zu halten, wenn so etwas passiert, ist wahrlich kein Kinderspiel), und ein verlorenes Walbaby nachts direkt neben dem Ohr wimmern zu hören, ist ein überaus unheimliches und beunruhigendes Erlebnis, so viel kann ich sagen.

Wann immer Wale am Horizont auftauchen, klappern wir schnell mit Töpfen, Büchsen oder Tassen, um sie zu vertreiben. Oft schwimmen sie trotzdem heran und umkreisen uns, doch normalerweise bleibt uns genug Zeit, um unsere Taucher in Sicherheit zu bringen.

Heute habe ich meine Männer schon früh anfangen lassen. Wir lagen in der Nähe der Cockatoos, als zwei große Buckelwale angeschwommen kamen. Wir konnten ihre murmelartigen Augen sehen, die noppigen Seepocken auf ihren Köpfen. Kurayami und mein zweiter Taucher, Nishioka, ruhten sich Zigarre rauchend an Deck aus, bis die Wale weiterschwammen. Am späten Nachmittag war die Luft rein, und die beiden Taucher gingen wie geplant auf 16 Klafter hinunter, doch später erzählte Nishi, etwas hätte plötzlich an seinem Luftschlauch gezogen und ihn von den Füßen gerissen und dann nach oben gezogen. Im trüben Halbdunkel erkannte er die bleiche Bauchseite des Wals und sah entsetzt zu, wie sich sein Luftschlauch in dessen rechter Flosse verhedderte. An Deck rang unterdessen der Helfer mit dem Schlauch, ehe er ihm schließlich aus den Händen gerissen wurde. Der Wal schlug wild um sich, bis sich der Schlauch von seiner Flosse löste und Nishi schlegelnd und strampelnd auf den Meeresboden sank.

Inzwischen muss sich der aufgebrachte Wal in seiner Rage Kurayamis Luftschlauch vorgenommen haben, der sich mit jedem wütenden Schlag weiter um die riesige Flosse schlang, bis auch Kurayami vom Meeresboden hochgerissen wurde. Der Buckelwal warf sich mit aller Kraft von einer Seite zur anderen – 45 Tonnen Muskeln und ein unbändiger Wirbel aus Luftblasen – und schleuderte dabei den an seiner Flosse hängenden Taucher hin und her. Wir sahen zu, wie die Wasseroberfläche schäumte und sprudelte, und erhaschten im Sonnenlicht einen Blick auf den gewaltigen schwarzen Leib. Nishi gab verzweifelt Zeichen, schloss sein Luftventil und schnellte wie ein Korken an die Oberfläche. Kurayami hingegen, der immer noch an der Schwanzflosse des Tieres hing, wurde mit beängstigender Geschwindigkeit durchs Wasser gezogen. Welch grauenvollen Ängste der arme, arme Mann ausgestanden haben muss. Plötzlich spürten wir einen mächtigen Ruck, als der Luftschlauch die Grenze seiner Strapazierfähigkeit erreichte und aus der Halterung im Helm gerissen sein muss. Der Wal schoss davon, und das Wasser spülte über den armen Kerl hinweg, um ihn in die Tiefe zu ziehen. Er sank wie ein Stein, bis es uns endlich gelang, ihn an Bord zu holen, doch es war zu spät. Mein braver, wunderbarer Kurayami war tot.

Kapitel 29

Inzwischen ist die Luft noch schwerer, und ringsum brodelt es unheilvoll. Mit ihrem lang gezogenen metallischen Kreischen segeln Meerschwalben dicht über dem Wasser. Hohe Wellen treiben von der See herein und fallen am Ufer in weißem Schaum zusammen.

»Es ist eines Abends vor ein paar Monaten passiert«, berichtet Thomas kühl. »Am Ufer. Unten bei den Bootshäusern. Jemand hat uns offenbar beobachtet.«

Eliza runzelt die Stirn und versucht, ihm in die Augen zu sehen. Seine Züge sind verkniffen. Er wendet den Blick ab.

»Wir mussten uns dort treffen, wann immer ihr Mann in der Stadt war. Wenn er es herausfände, würde er uns beiden die Kehle aufschlitzen, sagte sie immer.«

Eliza schüttelt den Kopf. Noch immer schwirren seine Worte durch die Luft, entziehen sich ihrem Zugriff.

»Wenn Männer sich in den Hurenhäusern von Bannin austoben, verzieht keiner eine Miene. Oder wenn sie sich sonst gewaltsam nehmen, was sie zu verdienen glauben. Aber es gibt wohl kein schlimmeres Verbrechen, als außerehelich mit der Frau des mächtigsten Mannes der Stadt zu verkehren«, erklärt er mit gespielt autoritärem Polizistentonfall, doch seine Stimme bricht dabei.

»Thomas! Nein!«

»Du willst nichts mehr mit mir zu tun haben? Es würde mich nicht wundern. Reinheit, Monogamie, christliche Werte. All das predigen sie doch im Circle. Hab ich recht?«

»Thomas, ich … Ich verstehe nicht. Du kannst doch unmöglich … Parkers Frau?« Sie denkt an die rundliche, unscheinbare Frau im Amulett des Sergeants.

»Stanson«, sagt er nur und blinzelt. »Septimus Stanson. Wir haben es monatelang vor ihm geheim gehalten.«

Die Worte liegen vor ihr, fügen sich zusammen wie Puzzleteilchen. »Iris Stanson ist die Frau? Gütiger Gott!« Eliza stockt der Atem. Septimus Stanson ist ein Mann, mit dem man tunlichst keine Spielchen spielen sollte. Sie denkt an Mins Worte über die Perlenunternehmer: *Solltest du sie reizen oder sie an ihrem wunden Punkt erwischen, verschließen sie sich entweder, oder aber sie schnellen vor wie eine Schlange und beißen zu.* Sie fragt sich, wie lange ihr Bruder schon ein Verhältnis mit Iris Stanson haben mag. Sie ist älter, gewiss, aber zweifellos bildschön. Und sie wirkte stets so deplatziert neben ihrem klein gewachsenen, grausamen Ehemann. In diesem Moment fällt ihr wieder ein, wie Iris Stanson sie beim Dinner so eindringlich gemustert hat. Hatte sie sich gefragt, wie viel Eliza wissen mochte?

»Aber inwiefern hat das etwas mit Vaters Verschwinden zu tun? Und wo ist er?«

Seufzend nimmt Thomas einen weiteren Schluck aus der Rumflasche. »Wir waren immer sehr vorsichtig und haben erst herausgefunden, dass uns jemand beobachtet hat, als Vater einen Brief bekam, natürlich anonym. Das Wasserzeichen war entfernt worden, außerdem muss der Erpresser seine Handschrift verstellt haben, zumindest haben wir sie nicht erkannt.« Er fährt sich mit der Hand über den Mund. »Dort stand, der Verfasser hätte gesehen, wie Thomas Brightwell Iris Stanson unten bei den Packschuppen angegriffen hätte. Sogar das genaue Datum und die Uhrzeit des Verbrechens seien bekannt. Man drohte uns, alles ihrem Ehemann zu verraten und auch den Constabler einzuschalten, wenn Vater nicht seine Flotte aufgäbe und Bannin sofort verlasse.«

Einen Moment lang hat Eliza das Gefühl zu fallen.

»Und ich sollte auch verschwinden. Wenn ich bliebe, würden die Leute erwarten, dass ich die Flotte übernehme, deshalb müssten wir beide von der Bildfläche verschwinden. Wenn Vater nicht mehr im Perlmuschelgeschäft mitmischte, böten sich jede Menge Möglichkeiten, einen ordentlichen Reibach zu machen. Allein indem man die Lücke füllte, würde man riesige Summen verdienen.«

»Aber … du hast sie gar nicht belästigt«, sagt Eliza. »Oder?«

»Für wen hältst du mich, Eliza? Herrgott noch mal!«, zischt er. Sie nickt schnell und versucht, nicht daran zu denken, dass er sie gerade eben noch im Schwitzkasten hatte.

»Wir hatten … uns schon eine ganze Weile getroffen. Ich bin in sie verliebt. Es ist so erbärmlich.«

»Aber bestimmt war sie doch bereit, ihrem Ehemann alles zu erklären, oder nicht? In den Augen des Gesetzes hast du doch nichts getan. Wegen Ehebruchs können sie dich nicht ins Gefängnis stecken …«

Thomas stößt ein verächtliches Schnauben aus. »Deine Naivität treibt einen in den Irrsinn, Eliza. Wirklich.« Er fährt zu ihr herum. »Würde Stanson lieber als gehörnter Feigling oder eher als Ehemann dastehen, der auf blutige Rache an demjenigen sinnt, der seine Frau entehrt hat, was glaubst du wohl?«

Eliza spürt, wie sich eine tiefe Röte von ihrem Hals aufwärts ausbreitet. »Er hat einen Ruf zu wahren und jeden Polizisten und richterlichen Beamten in der ganzen Gegend hinter sich. Was Septimus Stanson sagt, wird getan.« *Genau*, denkt sie. *So sieht es aus*. Schließlich hat er dafür gesorgt, dass dieser andere Mann damals hochkant aus der Association geworfen wurde, nur weil er seiner Frau schöne Augen gemacht hatte.

»Ich wäre ins Gefängnis gekommen und Vater aus der Association verbannt worden. Unsere Familie wäre ruiniert und alles zerstört gewesen, was wir uns hier aufgebaut haben. Nach allem, was wir durchgemacht haben.«

»Aber sie hat sich doch wohl hinter dich gestellt«, platzt Eliza heraus. »Sie hat doch bestimmt gesagt, dass es zu keiner Belästigung kam.«

»Das sollte man annehmen.« Er nimmt noch einen Schluck aus der Flasche. »Aber dann eben doch nicht. Sobald ich ihr von dem Brief erzählt habe, hat sie Schluss gemacht. Und gedroht, sich auf die Seite ihres Mannes zu stellen, falls irgendetwas herauskäme. Auch sie hat einen Ruf zu wahren.«

Zu ihrem Erstaunen verspürt Eliza Wut in sich aufsteigen.

»Wie konntest du etwas tun, das so viele Menschen in Gefahr bringt, auch dich selbst? Wie konntest du so leichtsinnig sein?«

Thomas starrt sie finster an. Angriffslust blitzt in seinen Augen. »Du kannst so etwas natürlich nicht nachvollziehen, Eliza. Schließlich hast *du* noch nie am eigenen Leib verspürt, was es bedeutet, Opfer seiner Begierde zu sein.«

Die Worte sind ein Schlag ins Gesicht. Einen Moment lang herrscht Stille. Vor ihnen kriecht ein Einsiedlerkrebs langsam durch die winzigen Sandrillen.

»Also ist Vater einfach verschwunden?«, durchbricht Eliza schließlich das Schweigen.

»Es war die Hölle für ihn«, antwortet Thomas nach einer

Weile leise. »Er hat sich mit Händen und Füßen gesträubt, wollte dich nicht allein zurücklassen. Aber er wusste, dass sie ihre Drohung wahrmachen würden, wenn er nicht verschwände, zumindest für eine Weile. Ich habe ihm angeboten, die Strafe auf mich zu nehmen, obwohl ich mir nichts hatte zuschulden kommen lassen. Jeden Abend haben wir uns auf dem Logger deswegen gestritten. Aber du kennst ihn ja, Eliza. Er musste seine Familie beschützen und gehen.«

Elizas Gedanken wandern zu Parker. Sie sieht sein grausames Gesicht vor sich – die Stirn, die so tief über den Augen liegt, dass sie förmlich danach schreit, gestützt zu werden. Dann denkt sie an den Zeitungsausschnitt, den sie in Vaters Arbeitszimmer gefunden hat. Parker würde jede sich bietende Gelegenheit nutzen, Charles Brightwell das Leben schwer zu machen, und seinen Sohn ins Gefängnis zu werfen, wäre ein Triumph, den er aus vollen Zügen genösse.

Nach langem Schweigen stellt sie die Frage, die in ihren Gedanken allmählich Gestalt angenommen hat.

»Wieso hast du mich dann angelogen?« Thomas schließt die Augen. Die Sturmvögel haben alle Mühe, sich der strammen Brise entgegenzustemmen. »Du hättest es mir sagen können. Ich hätte dir geholfen. Euch beiden. Aber ihr habt euch beide für eine Lüge entschieden.«

»Du weißt, warum.« Sein Tonfall ist scharf. »So etwas hängt man nicht an die große Glocke, Eliza. Je weniger davon wussten, umso geringer war das Risiko, dass es sich herumspricht. Und das hat dich miteingeschlossen, so leid es mir tut.« Wieder fühlen sich die Worte wie eine Ohrfeige an. »Und Vater wollte dich vor dieser Katastrophe bewahren.« Er verlagert das Gewicht auf den anderen Fuß, und sein Tonfall wird eindringlicher. »Bescheid zu wissen, hätte dich verwundbarer gemacht. Vielleicht hättest du etwas Unüberlegtes getan. Zum Beispiel zur Polizei zu gehen, um die Erpressung anzuzeigen. Oder etwas anderes, um die Situation zu retten.«

Der Verrat schmerzt. »Wie konntest du zulassen, dass ich dachte, er sei tot? Und was ist mit Balarri? Er endet am Galgen, wenn Parker ihn findet.«

Thomas holt tief Luft. Als er fortfährt, ist der Nachdruck aus seinem Tonfall verschwunden. »Wir hatten einen Plan geschmiedet.« Er schüttelt den Kopf, als wolle er einen Gedanken verscheuchen. »Nach einer gewissen Zeit wollte er nach Bannin zurückkehren.«

Stirnrunzelnd fährt sie herum.

»Wenn wir es so aussehen ließen, als sei Vater verletzt worden oder im Suff über Bord gegangen, könnte niemandem ein Vorwurf gemacht werden, sondern es wäre bloß ein tragischer Unfall gewesen, richtig? Er wäre aus Bannin Bay verschwunden, und wir hätten somit getan, was der Erpresser von uns verlangt hat.« Elizas Herz hämmert wie verrückt. »Wir brauchten jemanden, der ihm hilft, unbemerkt von Bord zu gehen, und ihn dann mit einem Beiboot wegbringt. Die *Starling* kam dafür nicht infrage. Winters hat sich bereit erklärt.« Er starrt in den Sand zu seinen Füßen.

»Winters«, flüstert Eliza. So erklärt sich also das Verschwinden von Hardcastles Deckhelfer.

»Der Junge … sieht zu mir auf.« Eliza denkt an das, was ihr Vater in seinem Tagebuch geschrieben hat. *Der arme Kerl scheint Thomas wie ein liebeskrankes Hündchen auf Schritt und Tritt zu folgen.* »Ich habe ihm verraten, was in dem Brief stand, allerdings unter strikter Geheimhaltung, woraufhin er meinte, er würde uns helfen, so gut er kann. Er hat es sogar gern getan.« Tiefe Scham durchströmt sie beim Gedanken an den armen Jungen, der in etwas hineingezogen worden war, wofür er gar nichts konnte.

»Sie hatten Laternen dabei«, fährt Thomas fort. »Im Umkreis mehrerer Meilen befand sich kein anderer Logger auf dem Wasser, und es war kein Wind vorhergesagt, also gute Voraussetzungen, um mit einem Beiboot unterwegs zu sein.« Shuzos Worte kommen ihr wieder in den Sinn. *Auf dem Wasser waren zwei Lichter, die glühten … wie die Augen eines Dämons oder so.* »Wir hatten vereinbart, dass sie direkt zu den Rosellas rudern. Das ist eine winzige Inselgruppe nicht weit von den Lucettes entfernt, nur ein paar Stunden mit dem Ruderboot, wenn sie den direkten Weg nehmen. Er wusste, dass es dort Süßwasser gab, sodass sie erst einmal eine Weile bleiben könnten. Sie könnten mit der Angelschnur Barramundis fangen, Krabben aus dem Schlick ködern und sich einen Unterschlupf bauen. Ich brauchte ja bloß eine Woche, höchstens zwei, dann wäre ich mit der *Starling* hingesegelt, um sie zu holen.«

»Eine *Woche*? Du dachtest, eine Woche würde genügen, um den Erpresser zufriedenzustellen? Obwohl er Vater und dich für immer loswerden wollte?« Elizas Frustration gewinnt die Oberhand. »Und was um alles in der Welt wolltest du dann hier tun? Herumsitzen und deiner Leber so richtig was zu tun geben?«

»Natürlich nicht.« Er bedenkt sie mit einem vernichtenden Blick. »Der Erpresserbrief trug einen Poststempel aus Cossack. Vermutlich hat der Narr, der ihn geschrieben hat, nicht richtig aufgepasst. Also bin ich auf direktem Weg hergesegelt, um Erkundigungen einzuziehen, wenn auch mit größter Diskretion, denn in den Spielhöllen hier lässt sich so manches in Erfahrung bringen, wenn man weiß, wie man es anstellen muss. Wir hatten vereinbart, dass ich versuchen würde, unter falschem Namen den einen oder anderen Logger zu verkaufen. Wenn ich den Namen des Erpressers erst einmal in Erfahrung gebracht hatte, würde er sich damit ruhigstellen lassen, hofften wir. Die Summe würde genügen, dass derjenige ausgesorgt hätte. Eine andere Lösung gab es nicht, weil Vater immer noch Schulden zu begleichen hat, aber wenn uns das gelänge, würde niemand in Bannin Bay je davon erfahren, und Vater könnte nach Hause zurückkehren.«

Elizas Gedanken überschlagen sich. Wie um alles in der Welt hatten sie diese Idee für klug halten können? Wie töricht von ihnen. »Und wie ging es weiter?«, drängt sie. »Hast du den Erpresser ausfindig gemacht? Und wo ist Vater jetzt?«

Thomas lässt den Kopf sinken. »Leider bin ich mit meinen Ermittlungen nur auf taube Ohren und verschlossene Türen gestoßen.« Sein Kiefer wird hart. »Und auch meine Bemühungen, die Logger zu verkaufen, waren nicht erfolgreich. Es ist mir zwar gelungen, eine beträchtliche Summe in den Spielhallen zusammenzubekommen, nur leider wurde ich eines Nachts überfallen und um meinen gesamten Gewinn gebracht.«

»Aber du bist trotzdem losgezogen, um sie zu holen, Thomas. Vater und Winters. Oder? Wo sind sie jetzt?«

»Ich bin hingesegelt. Natürlich habe ich das getan.« Er spricht schnell. »Aber es war keine Spur von ihnen zu sehen. Ich bin um die Rosellas herumgesegelt, habe das gesamte Ufer nach ihnen abgesucht, jeden einzelnen Zentimeter, aber sie waren nicht dort.«

Eliza bleibt der Mund offen stehen, und sie springt entsetzt auf. »Du hast dich nicht genug angestrengt«, zischt sie. Die Wut brennt heiß in ihrer Brust. »Du hast aufgegeben. So wie du immer aufgibst.«

»Was soll das denn heißen?«

»Wieso hast du nicht länger nach ihnen gesucht? Hast deinen Radius ausgeweitet? Was, wenn sie vom Wind abgetrieben wurden?«

»Sei doch nicht albern, Eliza. Das Meer ist endlos. Sollten

sie tatsächlich vom vereinbarten Kurs abgekommen sein, sind sie längst ertrunken. Ich konnte es nicht riskieren, konnte nicht den Logger aufs Spiel setzen, wo ein Unwetter …«

»Ein *Unwetter?*« Sie hält inne. Die Erkenntnis trifft sie mit der Wucht eines Sandsacks, der zu Boden fällt. Es ist ein Wunder, dass es erst jetzt passiert.

»Du hast es gar nicht erst versucht, weil du wusstest, dass du die Flotte übernehmen kannst, wenn Vater tatsächlich tot war. Hast du das mit Stansons Frau mit Absicht getan, ein Verhältnis mit ihr angefangen?«

»Eliza. Nein. Das stimmt nicht«, widerspricht er mit langsamer Stimme.

»Du hast die Flotte immer schon gewollt«, faucht sie. »Du fandest immer, Vater sei zu weich.« Aufgebracht stapft sie im Sand auf und ab. »Wie konntest du nur?«

»Eliza!« Er springt auf und brüllt: »Das ist einfach nicht wahr! Ich habe jede einzelne Insel abgesucht. Es war zu gefährlich, um weiterzusegeln, sonst wäre ich auch noch umgekommen. Sie sind tot. Ich wünschte, es wäre nicht so, aber wir können es jetzt nicht mehr ändern.«

»Dann werde ich ihn eben finden«, sagt sie schlicht.

»Eliza.«

»Wenn du nicht Manns genug bist, um loszuziehen und nach deinem Vater zu suchen, der all das nur getan hat, um dich zu retten …«

»Um das Geschäft der Familie zu retten.«

»Wegen eines leichtfertigen, eigensinnigen Fehlers, den du begangen hast.« Ihr Kopf fühlt sich wie ein Ameisenhaufen an – es kribbelt und prickelt, sodass sie kaum einen klaren, ruhigen Gedanken fassen kann. »Mir bleibt nichts anderes übrig, als mich selbst auf die Suche nach ihm zu machen.«

»Ich begleite dich.« Er seufzt.

»Ich will dich nicht dabeihaben. Ich kann dir nicht vertrauen.«

»Eliza. Sei nicht albern. Du kannst ja noch nicht mal segeln. Du wirst Schiffbruch erleiden. Und nur weil du … nach einer Leiche suchst.«

»Er. ist. nicht. tot.«

Thomas hält inne und sieht sie an, als sei sie nicht ganz richtig im Kopf.

»Jemand in Bannin hat es mir gesagt. Jemand, der solche Dinge sehen kann. Vater ist nicht tot.«

»Wer?«

»Jemand, den Min kennt, aber das spielt keine Rolle.«

»Aber doch nicht etwa diese Hellseher-Hure.« Er sieht Eliza angewidert an. »Du hast ja vollkommen den Verstand verloren.«

»Sie sagt, dass er noch am Leben ist, inmitten von Vögeln. Sie hat überall Vögel gesehen.« Eliza ist es egal, wenn es völlig absurd klingt.

»Gütiger Himmel«, stößt Thomas barsch hervor, »du bist ja noch verrückter, als ich dachte. Sieh dich doch bloß um, Eliza«, schreit er und breitet die Arme aus. »Hier fliegen überall irgendwelche Scheißvögel herum. Jede abgehalfterte Nutte hätte dir das gegen ein bisschen Bares erzählen können.«

»Aber so war es nicht.«

»Du setzt dein Leben aufs Spiel und riskierst den Verlust dessen, was wir besitzen.«

Sie hält inne und verschränkt die Arme. »Genau das ist das Problem«, stößt sie zwischen zusammengebissenen Zähnen hervor. »Für dich ist das Leben bloß eine Ansammlung von Besitztümern, und wir rings um dich herum sind nichts als Schachfiguren. Du hast Winters' Zuneigung ausgenutzt, damit er sich in eine gefährliche Situation begab, und nun ist auch er verloren.« Sie wendet sich ab, um in die Stadt zurückzukehren. Gaslampen tauchen Veranden in düsteres Halbdunkel, aus den Spielhallen dringen Männerstimmen.

»Ich mache mich auf die Suche nach ihm«, ruft sie ihm über die Schulter hinweg zu. »Und ich werde ihn finden.«

Kapitel 30

Beraubt man eine Mangrove ihres Wassers, wird man feststellen, dass das Leben darin nicht zu pulsieren aufhört. Wenn bei Ebbe das Wasser aus den Mangrovensümpfen zurückweicht, in seinem Strudel Muscheln, Steine und Krabben und das dichte Geflecht aus Wurzeln zum Vorschein kommen, schimmernd und glänzend wie pralle Organe, bietet sich ein Blick auf das wimmelnde und blubbernde Leben in seinen feuchtwarmen Tiefen. Und lässt man den Schlick zwischen den Fingern zerrinnen, erkennt man, welche Geheimnisse sich darin verbergen.

Bei ihrer Rückkehr nach Bannin – zwei ganze Tage und Nächte haben sie die Pferde im vollen Galopp durch das ausgedörrte Buschland getrieben – scheint die ganze Stadt kollektiv gen Himmel zu blicken. Bald setzt die Regenzeit ein, doch für den Moment lauert sie nur in Gestalt tief hängender, bedrohlicher Wolken am Himmel.

Thomas hatte zugesehen, wie sie bei Tagesanbruch losgeritten waren. Eliza hatte noch einen Blick über die Schulter geworfen, während ihr kurz der Gedanke gekommen war, dass sie ihren Bruder womöglich niemals wiedersah, falls sie nicht von der Suche nach ihrem Vater zurückkehrte oder Thomas endgültig dem Alkohol verfallen würde.

Als Erstes war sie, eingehüllt in eine Wolke aus Staub und Schweißgestank, ins Gefängnis geeilt. Gab es etwas Neues über Balarri? Würde sie ihn in einer der Zellen vorfinden? Doch das Gefängnis war leer, und als sie einen der Officer nach Parkers Verbleib fragte, blickte der sie nur aus trüben grauen Augen an und deutete auf das offene Land hinter ihnen. »Immer noch da draußen«, sagte er. »Auf der Suche.«

Windschief hockt Mins Cottage auf seinen niedrigen Zementstümpfen, mit verrammelten Fensterläden so abweisend und leer wie geschlossene Augen, umgeben von halb zerfallenen Behausungen, denen keiner mehr Beachtung schenkt, seit der letzte Sturm sein Unwesen getrieben und sie umgerissen hat. Wie Finger strecken sich die dicht beblätterten Äste nach dem alten, verrosteten Dach aus. Rosakakadus mit nach einem Staubbad rot verfärbtem Gefieder klettern an den Streben hinauf, um oben gierig frisch gefangene Käfer zu verschlingen. Es herrscht eine geradezu unheimliche Stille, doch Eliza klopft ungeduldig an die Tür. Keine Reaktion. Sie versucht es noch einmal. Ein Scharren ertönt vom Dach. Zwitschernd erheben sich die Vögel und flattern lautstark davon. Da regt sich etwas. Schließlich ertönt ein lang gezogenes, metallisches Knarren. Eliza tritt zurück, als Min, noch zerzaust und schlaftrunken, einen Fensterladen geöffnet hat und hinausspäht.

»Wieso weckst du mich um diese Uhrzeit, Brightwell?« Min

streicht sich das Haar aus dem Gesicht und blinzelt in die Mittagssonne.

Eliza winkt. Min verschwindet, tritt wenige Sekunden später zur Tür heraus und schließt sie hinter sich. Sie ist bleicher, als Eliza sie je gesehen hat, und zieht sich trotz der Hitze ihre Stola enger um die Schultern. Eliza sieht etwas von dem goldfarbenen Garn aufblitzen. Sie setzen sich in zwei löchrige Rattansessel auf der Veranda.

»Ich habe nach dir gesucht«, sagt Min. »Hab stundenlang vor deinem Haus gewartet, doch schließlich hab ich aufgegeben.« Mit der Hand schirmt sie ihre Augen gegen die Sonne ab. »Wo hast du gesteckt?« Verärgerung schwingt in ihrer Stimme mit.

»Wir sind ein wenig überstürzt aufgebrochen. Es tut mir sehr leid.« Sie erzählt Min von ihrem Ritt nach Cossack, von dem Zustand, in dem sie Thomas vorgefunden haben, und – mit gesenkter Stimme, für den Fall, dass der Wind Ohren haben sollte – was sie herausgefunden hat.

Min stößt einen leisen Pfiff aus. »Erstaunlich. Aber wenn Stanson etwas damit zu tun hat, ist es völlig richtig, Vorsicht walten zu lassen.«

»Du darfst niemandem davon erzählen.«

»Für wen hältst du mich? Jean Riesly?« Mins Lächeln ist immer noch ein wenig verkniffen, der Ausdruck in ihren Augen ist jedoch sanfter geworden. Eliza liest einen Anflug von Mitleid darin. »Dein Vater also, ja?«, bemerkt Min stirnrunzelnd. »Er hat dich zurückgelassen? Einfach so?«

Unbehaglich setzt Eliza sich auf.

»Was hast du jetzt vor?«, will Min wissen.

»Deshalb bin ich hergekommen. Um mich zu verabschieden.«

Min sieht sich um, als suche sie in den Bäumen nach einer Erklärung.

»Ich werde losziehen und ihn finden. Beide. Meinen Vater und Winters, wenn es geht.«

Min bleibt der Mund offen stehen. Eliza nimmt ihre Hände.

»Er lebt, Min. Ich spüre es genau. In meinen Knochen. Clementine hat es doch auch gesagt, richtig? Und wenn dem so sein sollte und er vom Kurs abgekommen ist – Shuzo hat gesagt, dass an dem Abend ein heftiger Wind wehte –, wurde er auf die übelste Art im Stich gelassen.«

Min bewegt den Mund, doch kein Laut dringt hervor.

»Balarri ist immer noch auf der Flucht irgendwo im Busch«, fährt Eliza aufgeregt fort, »und Parker und der Fährtenleser sind ihm auf den Fersen. Wenn ich meinen Vater finde und zurückbringe, muss er die Suche abblasen. Ganz sicher.«

»Und wo genau willst du hin?«, fragt Min. Zu ihrem Erstaunen nimmt Eliza Zweifel in ihrer Stimme wahr. »Die Suche nach ihm könnte Monate dauern, ohne eine Garantie, dass du ihn auch findest. Das ist nicht die heldenhafte Geste, für die du sie hältst. Der Ozean ist riesiger, als wir uns ausmalen können, Eliza. Du könntest da draußen umkommen. Bald setzen die Stürme ein.« Eliza blickt zu den Wolken hinauf. Es scheint, als hätte jemand einen Kübel mit dunkelblauer, grauer und gelber Farbe am Himmel ausgekippt und mit einem gigantischen Daumen verschmiert.

»Mir ist klar, dass es absurd klingt, aber wenn wir es zu den Rosella-Inseln schaffen, können wir dort ein Lager aufschlagen und die umliegenden Inseln absuchen. Es gibt zwei weitere Inselgruppen in der unmittelbaren Umgebung, die Nevermores und die De Vitts. Je nach Wind könnten sie abgetrieben worden sein. Axel und ich haben sie bereits auf der Karte verzeichnet, wir müssen nur noch so schnell wie möglich dorthin gelangen.«

Min stößt einen tiefen Seufzer aus. »Das ist doch Selbstmord, Eliza. Du kannst ja noch nicht mal einen Logger segeln. Das ist doch lächerlich, ganz ehrlich.«

»Aber Axel kann segeln.«

Min sieht sie an, dann lässt sie die Schultern sinken und nimmt eine Zigarette aus einem Päckchen. »Nichts, was ich sage, wird dich aufhalten, hab ich recht?«

Eliza schüttelt den Kopf, und Min lehnt sich auf ihrem Stuhl zurück. Schweigend sitzen sie da, während die Sonne ihre Haut wärmt. Nach einer Weile bemerkt Eliza, wie ihre Freundin ruhelos wird. Offenbar liegt ihr noch etwas auf der Zunge.

»Los, spuck's aus.«

Min nimmt einen letzten Zug von ihrer Zigarette, wirft den Stummel zu Boden und schnaubt frustriert. »Wenn du es wirklich tun willst, muss ich dir vorher noch etwas sagen.«

Eliza wartet schweigend.

»Ich wollte es nicht tun, weil mir nicht bewusst war, wie wichtig … das hier für dich ist.« Sie macht eine vage Geste.

Eliza kann es kaum erwarten, dass sie endlich auf den Punkt kommt.

»In Wahrheit …« – Mins Züge sind seltsam verzerrt – »In Wahrheit ist Clementine eine Betrügerin. Eine Schwindlerin. Diese Haifischzähne sind nur Show, um ihren Kunden das Geld aus dem Kreuz zu leiern.«

Eliza stockt der Atem.

»Sie weiß nur deshalb so viel über deinen Vater, weil ich es ihr erzählt habe.«

»Aber … die Vögel.« Verzweiflung schwingt in Elizas Stimme mit. »Sie hat doch gesagt, sie sieht überall Vögel.«

»Dein Vater schwadroniert ununterbrochen über Vögel, Eliza. In seinen Tagebüchern und Notizen. Aber das ist kein Beweis, dass er am Leben ist. Es ist alles andere als ein handfester Beweis.«

Eliza ringt darum, die Worte ihrer Freundin aus ihrem Kopf zu verbannen.

»Es tut mir leid. Von ganzem Herzen. Ich wollte dir damit bloß helfen. Ich weiß selbst, wie schlimm es ist, den Vater zu verlieren, deshalb dachte ich, es schenkt dir etwas Trost, wenn …«

Eliza steht auf und strafft die Schultern. Sie spürt, wie der Druck in ihrer Brust wächst. Ein gequälter Ausdruck spiegelt sich auf Mins Zügen wider.

»Eliza, bitte.«

»Ich muss ihn trotzdem suchen.«

Mins Miene wechselt von Bestürzung zu Entsetzen.

»Ich bitte dich, Eliza. Reiß dich zusammen!«

»Trotz allem ist er irgendwo da draußen und braucht mich. Deshalb muss ich ihn suchen.«

Kapitel 31

Letztlich ist es McVeigh, der ihnen seinen Logger überlässt. Die *Starling* liegt immer noch in Cossack, abgetakelt in den Mangroven außerhalb der Stadt.

Sie und Axel hatten dem Missionar von ihren Plänen erzählt, zu den Rosellas zu segeln und von dort aus die Suche auf den dahinterliegenden Inseln in Angriff zu nehmen. McVeigh hatte gelauscht. Die Stirn gerunzelt. Sich mit Daumen und Zeigefinger über den Bart gestrichen.

»Sie wissen, dass ich selbst auch einen Logger besitze?«

Die untergehende Sonne hatte durchs Fenster geschienen, als sich ein Lächeln auf Elizas Gesicht ausbreitete. Ursprünglich sei er ein Geschenk von einem reichen Perlenunternehmer gewesen, zu dem McVeigh vor einigen Jahren gereist war, um seinem Sohn die letzte Ölung zu erteilen.

»Sie heißt *Moonlight*«, erklärte der Missionar mit einem Achselzucken. »Ich bin nie damit gesegelt. Sie gehört Ihnen.«

Sie hatten ihm gedankt und waren zur Tür gegangen, als er sie noch einmal aufhielt. Vogelgezwitscher erfüllte den Raum, als er hinzufügte: »Nur damit ich es richtig verstehe. Sie beide wollen zu zweit lossegeln, ja?« Sie nickten. »Eine Frau und ein Strandgutsammler.«

»Genau.« Eliza hatte sich bemüht, das Beben in ihrer Stimme zu unterdrücken.

»Aber brauchen Sie denn keinen Decksjungen oder einen Koch an Bord? Jemanden, der Ihnen beim Navigieren hilft?« Axel und Eliza hatten einen Blick getauscht, sahen ihre Pläne bereits ins Wanken geraten.

»Dürfte ich meine Dienste anbieten, Miss?«

Die Stimme war leise, aber durchaus selbstbewusst. Sie wandten sich um. Quill, der Lehrjunge, hatte unbemerkt das Missionshaus durch die Hintertür betreten.

»Ich habe bei den besten Chinesen kochen gelernt und von den Malaien, wie man anständig zimmert. Ich bin ein besserer Deckhelfer als jeder Manilamann, den Sie finden werden.« Die großen Augen des Jungen waren klar und direkt auf sie gerichtet. »Ich war schon auf vielen Schiffen, habe Muscheln geöffnet, Ankerwache gehalten, kann die Gezeiten und die Strömungen lesen. Vielleicht kann ich sogar mit fremden Sprachen aushelfen. Man weiß schließlich nie, wem man auf See so begegnet.«

Eliza hatte laut aufgelacht.

McVeigh wandte sich ihnen mit erhobenen Brauen zu. »Nun, da hat er durchaus recht. Ich halte es jedenfalls für eine ziemlich gute Idee, ihn mitzunehmen.« Eliza blickte von Quill zu Axel, der abzuwägen schien, als hätte er einen Sack Mehl vor sich.

»Wie viel zahlen Sie mir?«, hatte Quill mit neu gewonnener Forschheit gefragt.

McVeigh war blass geworden. »Der Junge braucht nicht bezahlt zu werden«, meinte er entschuldigend. »Proviant reicht völlig aus. Ein ruhiges Plätzchen an Deck. Und etwas anzuziehen.«

Eliza sah den Lehrjungen an und dachte an das Buch, das sie ihm bei ihrer ersten Begegnung zurückgegeben hatte. Wie Quill es entgegengenommen und an seine Brust gedrückt hatte. *Salzwasser-Cowboys: Abenteuer auf hoher See.*

Quill hielt ihrem Blick stand.

»Natürlich wird der Deckhelfer bezahlt«, sagte sie.

Kapitel 32

Der Sturm bricht aus dem Nichts los und trifft Parker wie ein Eisenbahnwaggon, mit einer Wucht, die sämtliche Luft auf einen Schlag aus seiner Lunge presst und ihn in eine Wolke aus brüllend heißer Bernsteinglut hüllt. Gerade noch waren sie in stetem Tempo dahingeritten, ohne ein Anzeichen auf etwas Ungewöhnliches, und dann – BUMM! Er weiß nur zu gut, weshalb er sich nicht freiwillig in diese gottverdammte Einöde gewagt hat. Japsend und spuckend reißt er den Arm hoch und legt ihn sich schützend über den Mund. Er kann die Augen nicht öffnen und spürt, wie er die Kontrolle über seine Beine verliert und unwillkürlich die Schenkel zusammendrückt. Prompt verfällt der verdammte Gaul in Panik, steigt und wiehert laut, während der Staub rings um sie herum peitscht. Verzweifelt ringt er um Atem wie ein Fisch auf dem Trockenen. Der Sturm hat Äste und Steine erfasst, die ihm die Haut aufreißen, bis ihm das Blut übers Gesicht rinnt. Etwas Größeres wirbelt umher und trifft ihn mit voller Wucht an der Schläfe. Sterne tanzen vor seinen Augen. Er ruft nach dem Fährtenleser, doch auch der scheint im Sturm verloren zu sein. Mit einem markerschütternden Heulen sam-

melt der Wind frische Kraft, reißt ihm den Hut vom Kopf und trägt ihn wirbelnd in den Himmel empor. Als Parker den Kopf hebt, um ihm nachzusehen, spürt er, wie sich etwas Schweres aus seiner Satteltasche löst. Erschrocken schreit er auf – hoffentlich ist es nicht sein verdammtes Gewehr! Mit einem wütenden Grunzen rammt er die Sporen so fest in die Flanken der Stute, dass sie mit vollem Galopp losprescht. Nur mit aller Kraft gelingt es Parker, die Zügel in den Händen zu halten, während sich seine Fingerknöchel weiß färben. Schließlich lösen sich Ross und Reiter schwer atmend aus den Fängen des Sturms.

Die unvermittelte Ruhe ist beinahe erschreckend. Er späht über die Schulter und sieht, wie der Tornado weiter über die Ebene wirbelt, dann fällt sein Blick auf den Fährtensucher, der mit ausdrucksloser Miene und scheinbar völlig unberührt von dem wilden Treiben am Wegrand wartet. Parker blickt an sich hinunter, beäugt seine schmutzstarrende Hose und berührt mit dem Finger das Blut, das aus einer Wunde in seinen Bart sickert. Dann lehnt er sich zurück und klopft seine Satteltaschen ab. Verdammte Scheiße. Kurz keimt Furcht in ihm auf. Es war seine Feldflasche, die der Sturm mitgerissen und fortgetragen hat.

Kapitel 33

Im dünnen Licht des anbrechenden Morgens beladen sie das Boot mit Proviant, wohl wissend, dass sie sich keinen Gefallen täten, wenn Gott und die Welt ihnen dabei zusähen. Ein einzelner Logger, der so spät in der Saison noch hinausfährt? Das würde bloß für unnötiges Gerede sorgen.

Bereits nach kurzer Zeit kann Eliza ihr Unbehagen nicht länger zügeln. Beim Anblick der Kraft, mit der die Wellen gegen den Rumpf des Loggers klatschen, kommt ihr eine Geschichte in den Sinn, die ihr Vater ihr einst erzählt hat: Wie ein Taucher in einen Heringsschwarm geriet und um ein Haar ertrunken wäre, als er den Meeresboden nach Muscheln absuchte, weil die Fische sich wie eine Wolke um ihn gehüllt, seinen runden Helm, seine Brust und seinen Rücken bedeckt hatten. Als er an der Rettungsleine gezogen hatte, waren noch mehr Fische gekommen – größere Tiere, angelockt von der Aussicht auf fette Beute. Als die Helfer den Taucher schließlich an die Wasseroberfläche gezogen hatten, war sein gesamter Kupferhelm von verzweifelt zappelnden Fischen bedeckt gewesen.

Eliza kneift unter dem Gewicht eines Reissacks die Augen zusammen und holt tief Luft, um ihre Nerven zu beruhigen. Wenn sie dem Wasser keine Beachtung schenkt, kann sie vielleicht so tun, als wäre es gar nicht da. Und damit die Mission vergessen, auf die sie sich gleich begeben werden.

»Fünfunddreißig Fuß vom Bug bis zum Heck.« Grinsend watet Axel durch das seichte Wasser. Er trägt seine Segelkleidung – ein weites Hemd und eine Hose aus Moleskinstoff. Seine Schulter hat sich so weit erholt, dass er keine Schlinge mehr braucht, auch wenn sie ihm trotzdem noch wehtut und Eliza ihn gelegentlich dabei ertappt, wie er verstohlen seinen steifen Arm zu lockern versucht. Tagsüber ist es warm, doch die morgendliche Brise lässt die Blätter an den Bäumen zittern. »Zwölf Tonnen, Dscharraholzplanken, mit Spanten versteift.«

Sie nickt, kann sich jedoch kein Lächeln abringen. »Alles aus Buschholz gefertigt, Kajeput oder Karri, nehme ich an. Geringer Tiefgang, damit die Taucher in ihren schweren Anzügen leichter an Deck zurückkehren können. So konstruiert, dass es glatt mit der Strömung gleitet. Ein Paradebeispiel für die Handwerkskunst der Schiffbauer aus Fremantle.«

Wasserläufer haben ihre typisch gabelförmigen Fußabdrücke im Schlick hinterlassen. Im Busch hüpfen Honigfresser ungeduldig von Ast zu Ast. Eliza blickt an ihnen vorbei auf die Stadt dahinter, auf den roten Staub, der sich in der aufgehenden Sonne allmählich golden färbt.

»Allerdings schaffen wir es nur, wenn wir bei Flut in See stechen«, verkündet Axel. »Wenn wir den richtigen Moment verpassen, geraten wir womöglich auf Legerwall oder laufen auf eine Sandbank. Das wäre das Ende, noch bevor wir überhaupt angefangen haben. Und wir stünden wie die letzten Dummköpfe da!« Eliza zieht nur eine Braue hoch. »Aber wir haben den gesamten Proviant im vorderen Lagerraum verstaut, der Vorratstank für das Wasser ist voll, deshalb kann es losgehen, sobald die Gezeiten es erlauben.« Eliza sieht einen Reiher mit seinem typisch langen weißen Hals auf einem Mangrovenbaum hocken und sie aus einem starren gelben Auge ungerührt beobachten.

Als die Flut endlich einsetzt und das Wasser unter den Logger drückt, lösen Axel und Quill die Leinen, und das Boot gleitet durch den natürlichen Mangrovenkanal. Eliza lässt den Blick langsam über die Bucht und den Strand schweifen, über die Dünen und über die Gürtel aus borstigem Spinifexgras bis zur Stadt mit ihren unterschiedlichen Behausungen und Strukturen. Sie denkt an Balarri, der immer noch gezwungen ist, sich draußen im Busch vor seinen beiden Verfolgern versteckt zu halten. Sie stellt sich ihren Bungalow vor, wie er geduldig auf seinen Zementböcken sitzt. Sie denkt an die polierte Kalenderuhr, an die beharrliche Botschaft, die ihr das stetige Ticken vermittelt. »Beeil dich, beeil dich, beeil dich!«

Wasser spritzt über das Schandeck, als der Bug sich nach vorn neigt und der Logger durch das türkisfarbene Wasser gleitet. Schon bald ist die Stadt zu einem Pinselstrich am Horizont verblasst, der in Kürze vollends verschwindet. Eliza verspürt den Drang, irgendwo hinaufzusteigen, kann sie noch nicht zurücklassen. Noch nicht ganz. Sie stellt ihren nackten Fuß auf das Schandeck, hält sich an der Takelage fest und zieht sich hoch. Unterdessen ist Bannin bloß noch eine haarfeine Linie. Die Brise lässt ihre Ärmel flattern, ihre Röcke bauschen sich um ihre Beine.

»Ist alles in Ordnung?«, fragt Axel, woraufhin sie langsam heruntersteigt. »Komm, der Wind frischt auf«, sagt er.

Mühelos gleitet das Schiff durch die Gewässer, immer weiter hinaus auf das offene Meer.

»Du wirst dich bald daran gewöhnen«, ruft Axel ihr über das Deck hinweg zu, als Eliza sich schwankend am Tauwerk festhält. »Du kriegst schon noch Seemannsbeine.« Quill nimmt unterdessen die alte Druckluftpumpe durch die Luke in Augenschein. Eliza will es lieber nicht beschwören.

Sie blickt auf die See hinaus, stellt sich ihren Vater und ihren Bruder vor, die sich zweifellos ohne jede Mühe an Bord bewegt und das stete Schwanken als beruhigend empfunden haben. Sie wünscht sich, so schwerelos wie die Möwen zu sein. Ihr Blick schweift zu dem an Bord festgemachten Beiboot. Es sieht so winzig aus, so zerbrechlich, aber wenn ihr Vater in so einem Ding losrudern kann, wird sie es ja wohl auch schaffen.

Nach ein paar Stunden gelingt es ihr, sich ein wenig zu entspannen. Sie tritt an die Reling und blickt ins Wasser hinab. Der Logger liegt so tief, dass alles ganz nahe wirkt, so als könnte man die Fische kitzeln, wenn man die Hand ins Wasser hält. Kaum drei Fuß unter ihr schweben Quallen wie durchsichtige Wolken vorbei. Eine schläfrig an der Oberfläche dahintreibende Schildkröte fährt ihren Kopf periskopartig aus, ehe sie abtaucht. Haie schwimmen in Rudeln herbei, ihre Leiber glitzern glatt und kräftig im Wasser, als sie sich mit wellenartigen Bewegungen von der Nase bis zur Schwanzflosse bewegen, beinahe wie bei einem Tanz, während hinter ihnen silbrig glänzende Fische die Oberfläche durchbrechen und eine Sekunde in der Luft verharren, ehe sie platschend wieder in die Fluten abtauchen.

Nachmittags sitzt Eliza allein im Schatten der Segel, eingelullt vom Singen des Windes. Sie nippt an einer Tasse gesüßtem Tee und blättert im Tagebuch ihres Vaters, betrachtet jede einzelne Illustration, hört bei jedem Wort seine tiefe Stimme. Die Möwen leisten ihnen Gesellschaft, stürzen sich wieder und wieder in die aufspritzende Gischt, nur um Sekunden später mit einem zappelnden Fisch im Schnabel wieder aufzutauchen. Axel steht am Ruder und blickt prüfend zwischen den Segeln und dem Kompass hin und her, während Quill Töpfe herumwuchtet und das Abendessen zubereitet. Nachdenklich sieht Eliza dem Lehrjungen zu. Es irritiert sie, dass sie so wenig über ihn weiß. Schließlich steht sie auf, geht hinüber und setzt sich auf eine Plane. Quill erwidert ihr Lächeln, macht jedoch keine Anstalten, seine Arbeit zu unterbrechen. Eliza lächelt ein weiteres Mal, dann schüttelt sie den Kopf, als ihr bewusst wird, dass sie das bereits getan hat. Wie soll sie am besten ein Gespräch mit dem Jungen beginnen? Sie hat nicht viel Erfahrung im Umgang mit Kindern, andererseits bewegt Quill sich mit einer solchen Routine an Bord, dass man ihn ohne Weiteres für einen erwachsenen Mann halten könnte.

»Gefällt dir die Arbeit bei McVeigh?«, fragt sie schließlich.

»Aye.« Quill nickt, zieht ein Messer heraus und säbelt einen Sack auf. Eliza fragt sich, ob der Lehrjunge sich an so etwas wie mütterliche Zuwendung erinnert. Ob ihm vorgesungen wurde, so wie ihre Mutter es mit ihr getan hat. Ob Quill sich an ihren Geruch erinnert.

»Und was gefällt dir am besten?«

Quill blickt kurz auf. Ein paar Reiskörner rieseln auf das Deck.

»Cricket.«

»Cricket?«

Quill nickt. »Vater McVeigh ist ein guter Schlagmann. Er bringt mir alles bei, was er weiß. Manchmal spielen wir auch im Lager. Dort gibt es ein paar sehr fähige Werfer.«

Eliza konnte den Reiz dieses Spiels noch nie nachvollziehen, viel zu viel Warterei. Doch während der Zeiten an Land ist Cricket ein regelrechtes Lebenselixier für die Perlenunternehmer, ein Vergnügen, in dem Männer aus sämtlichen Schichten völlig aufgehen, die ganze Stadt.

»Und Lesen tue ich auch gern«, fährt Quill fort. »Ich habe eine Menge aus Büchern gelernt.«

Seine Ernsthaftigkeit lässt Eliza insgeheim lächeln.

»Hast du so auch all die Sprachen gelernt?«

Quill legt die schmalen Handgelenke zusammen, um den Reis aus dem Sack zu schaufeln und in den Topf rieseln zu lassen, ohne dass dabei ein Korn verloren geht. »Ja, Miss, aber das meiste habe ich auf den Loggern gelernt.« Eliza stellt sich den Lehrjungen im Gespräch mit den aus aller Herren Länder stammenden Männern an Bord der Perlenschiffe vor. Ging es ihnen nicht gegen den Strich, ein so helles Köpfchen um sich zu haben?

»Die tun hier so, als käme man mit Englisch am allerweitesten.« Quill wischt sich mit der Hand den Schweiß von der Stirn. »Englisch sei die Sprache der Macht, erzählen sie uns. Aber das stimmt gar nicht.« Er rüttelt den Topf mit dem Reis. »In Wahrheit sind es die anderen Sprachen. Die, die schon seit Generationen gesprochen werden. Es gibt Hunderte davon. Vater McVeigh und ich schreiben alle Wörter auf, die wir hören. Wie sie geschrieben werden, wissen wir natürlich nicht genau, aber er sagt, es sei wichtig, alles festzuhalten, bevor es schon bald vergessen sein wird.«

Als die Dunkelheit hereinbricht und die See ruhiger werden lässt, gehen sie vor Anker. Nur vereinzelte Sterne blitzen zwischen den dichten Wolken hervor, als sie im Schein der Laternen in kameradschaftlichem Schweigen ihr Abendessen verspeisen. Kaum ist das Geschirr abgewaschen, breitet Quill die Plane auf dem Deck aus und legt sich hin. Axel geht nach achtern, lehnt sich mit dem Rücken gegen die Kabine und bedeutet Eliza mit einem Nicken, sich zu ihm zu gesellen, während er ein Buch aufschlägt. Vorsichtig balanciert Eliza über die Planken und lässt sich neben ihn sinken.

»Taugt es etwas?«, fragt sie. Der Einband des Buches ist alt und abgenutzt. Er schlägt es weit auf und beginnt laut zu lesen. »›*Schon nahte jenem Horizont die Sonne, des Mittagskreis in seinem höchsten Punkte Jerusalem bedeckt, die hochgebaute, und, die die Erd' ihr gegenüber umkreist, die Nacht stieg aus dem Ganges mit der Waage, die ihrer Hand entfällt, wenn sie erstarket; sodass die roten und die weißen Wangen der lieblichen Aurora, wo ich war, vor Alter sich allmählich gelber färbten.*‹«

Eliza blickt zu den Sternen hinauf, die wie gefallene Engel am Himmel verharren. Gelegentlich berühren sich ihrer beider Knie, wenn der Logger sich sanft auf den Wellen wiegt. Die Minuten vergehen. Es ist still, bis auf Quills rhythmisches leises Atmen.

»Bestimmt hättest du nicht gedacht, dass du einmal hier landen würdest, jede Wette«, sagt Axel und legt das Buch beiseite.

»In Australien?«

»Nein.« Er lächelt. »Auf einem Logger mitten im offenen Meer.«

Lächelnd lässt sie den Kopf sinken. »Nein, das war tatsächlich nicht vorauszusehen.«

»Aber wie bist du nach Bannin gekommen?« Er rutscht zur Seite, um ihr ins Gesicht sehen zu können. »War es die Idee deines Vaters?«

Sie wendet sich ihm zu. »Nein, mein Onkel war die treibende Kraft.«

»Tatsächlich?«

»Er und mein Vater standen sich immer sehr nahe. In England hat Vater in verschiedenen Fabriken gearbeitet, aber reich waren wir nicht. Allerdings wollte mein Vater sich unbedingt als Geschäftsmann einen Namen machen, also hat er seine Ersparnisse stets in neue Geschäftsideen investiert. Oft waren sie sehr absonderlich. Dinge, die kein Mensch haben wollte, wie

Flugmaschinen, Schutzbrillen für Kinder, Falltüren für Särge, falls jemand versehentlich lebendig begraben wird, so etwas in der Art.« Axel zieht eine Braue hoch. »Mutter war manchmal kurz davor, die Geduld zu verlieren, aber Vater hat dagegengehalten, es sei schließlich immer genug Essen im Haus.« Eliza verlagert das Gewicht. »Eines Tages allerdings passierte es. Er investierte sein Geld in ein ziemlich abenteuerliches Projekt, das den Bach runterging. Er war immer ein sehr leidenschaftlicher Mann, der zu ... nun ja ... spontanen Entscheidungen neigt. Böse Zungen würden ihn vielleicht als sprunghaft oder gar realitätsfern bezeichnen. Jedenfalls stellte sich heraus, dass man ihn über den Tisch gezogen hatte und der Gentleman mit der gesamten Investitionssumme abgehauen war. Wir wussten nichts davon, aber er hat praktisch alles, was wir hatten, auf diese eine Karte gesetzt, und von einem Tag auf den anderen war alles weg. Ich war noch ein kleines Mädchen und kann mich an die Einzelheiten nicht erinnern. Aber letzten Endes hat Willem seine gesamten Ersparnisse lockergemacht, damit wir alle hierher übersiedeln konnten, die ganze Familie. Wir vier und er und Martha, wir kamen alle nach Bannin Bay, um uns ein neues Leben aufzubauen.«

»Ich hatte ja keine Ahnung.« Axel nickt. »Dein Vater hat seine Aussichten auf jeden Fall deutlich verbessert.«

»Was ist mit deiner Familie?«, fragt Eliza. »Du sprichst so gut wie nie über sie.«

Er sieht sie nur wortlos an und wiegelt die Frage mit einem knappen Kopfschütteln ab.

»Wir sind hier draußen und suchen nach meinem Vater«, drängt sie. »Du weißt von Ned, von Thomas, davon, wie unsere Familie herkam. Aber was ist mit dir?«

Er seufzt.

»Es ist doch nur fair, dass ich frage. Also. Schreibst du deinen

Eltern oft? Ich wette, sie sind begierig darauf, von deinen Abenteuern zu erfahren.« Sie verpasst ihm einen auffordernden Schubs mit der Schulter.

»Eher nicht«, erwidert er knapp.

Verwirrt sieht Eliza ihn an. »Aber ich dachte, dein Vater sei Kaufmann, hast du das nicht gesagt? Bestimmt hattest du ein angenehmes Leben in Deutschland.«

Er rückt ein winziges Stück ab, nicht viel, trotzdem weit genug, dass sie es merkt.

»Ich stehe meiner Familie nicht so nahe wie du«, gesteht er unbehaglich. »Geschwister habe ich keine, auch keine Cousins oder Cousinen. Meine Eltern und ich, wir reden nicht oft miteinander.«

»Aber warum nicht? Immerhin ermöglicht es dir ihr Reichtum, all diese Reisen zu unternehmen, nehme ich an?«

Axel holt scharf Luft und blickt auf das Meer hinaus. »Wenn du die Wahrheit wissen willst, mein Vater hat jegliches Erbe verprasst, das ich einmal hätte bekommen können.« Axel verlagert das Gewicht und schlägt die Beine übereinander. »Er hat alles versoffen. Und was noch übrig war, hat er in den Spielhöllen verprasst.«

»Das tut mir leid.« Sie mustert ihn vorsichtig. Diese stille Wut kennt sie nicht an ihm.

»Schon gut. Er hat bekommen, was er verdient. Zumindest hat meine Mutter das immer gesagt.« Wieder schüttelt er den Kopf. »Genau weiß ich es nicht, aber offenbar wurde er als Folge irgendeiner Geschlechtskrankheit geisteskrank und musste sogar in eine Anstalt gesperrt werden. Nach allem, was ich weiß, lebt er noch, wenn auch nicht viel mehr als das. Das ist das Letzte, was ich gehört habe, deshalb …«

»Axel.«

Er schüttelt abrupt den Kopf. »Er war kein netter Mann,

sondern ein Ehebrecher und Grobian. Er konnte sehr gewalttätig sein und hat meine Mutter und mich nicht gut behandelt.«

Sie lässt die Worte auf sich wirken. Also war es eine Lüge gewesen, als er behauptet hatte, sein Vater sei Kaufmann. Vielleicht hätte sie an seiner Stelle genauso gehandelt. »Aber dann zumindest deine Mutter. Sie muss sich doch fragen, wo du bist, oder nicht?«, fragt sie.

»Sie ist gegangen, als mein Vater krank geworden ist. Die Schande war zu viel für sie. Sie konnte das Getuschel nicht ertragen. Ein paar Jahre später habe ich einen Brief von ihr bekommen, in dem sie mir mitteilte, sie heirate bald einen Marineoffizier. Seitdem habe ich nie wieder etwas von ihr gehört.«

»Wie alt warst du, als sie dich verlassen haben?«

Die Schatten lassen seine hohlen Wangen noch eingefallener wirken. »Vierzehn oder so. Seitdem bin ich auf mich gestellt und ziehe durch die Welt. Auf diese Weise wird das Leben im Grunde zu einem einzigen, großen Abenteuer, gleichzeitig ist einem stets bewusst, dass man nirgendwo wirklich dazugehört. Deshalb bin ich wahrscheinlich immer auf Achse. Vielleicht finde ich ja eines Tages den richtigen Ort, an dem ich mich niederlasse, aber für den Moment …« Er lässt seine Stimme verklingen.

Das Wasser ringsum glitzert wie ein Ölteppich. Eliza nickt langsam. Sie ist also nicht die Einzige, die von Geistern aus der Vergangenheit heimgesucht wird.

»Ich bin froh, dass wir uns kennengelernt haben«, sagt sie.

Ja.« Axel rückt wieder näher, um die Lücke zwischen ihnen zu schließen. »Ich glaube, wir waren beide ein wenig verloren.«

Eine Weile bleiben sie so sitzen – nebeneinander und doch jeder in seiner eigenen Gedankenwelt. Schließlich holt Axel tief Luft, steht auf und schlägt sich auf die Schenkel. »Also, Eliza, ich habe eine wichtige Frage.«

»Und zwar?«

»Ich denke, wir sollten noch ein Gläschen Rum trinken, was meinst du?«

Kapitel 34

Sobald sie am Morgen die Augen aufschlägt, weiß sie, dass dieser Tag anders sein wird als die anderen. Das Boot liegt reglos auf dem Wasser, die Luft ist so drückend und schwer, als würden sich Hände um ihre Kehle legen.

Eilig steht sie auf, zieht sich an und flicht ihr Haar zu einem Zopf, ehe sie die viersprossige Leiter hinaufklettert, die Luke öffnet und … erstarrt. Rechts neben der Kabine verrichtet Quill gerade die Morgentoilette, während links davon Axel mit gefalteten Händen in seiner Hängematte liegt und schläft. Eilig zieht Eliza sich zurück, um dem Lehrjungen Privatsphäre zu gewähren, doch etwas lässt sie innehalten. Etwas stimmt nicht. Quill hockt über einer Schüssel, statt wie ein Seemann über die Reling zu pinkeln. Vielleicht ist es zu windig, denkt sie, sieht jedoch noch einmal hin, obwohl sie weiß, dass sie sich abwenden sollte. Quill zieht die Shorts wieder hoch, dann streift er sich das Hemd über den Kopf, sodass sich Eliza ein Blick auf magere Schultern, schlanke Arme und seine mit etwas Weißem umwickelte Brust bietet. Verblüfft stößt Eliza einen Laut aus.

Sie weiß auf Anhieb, was die Bandage verbergen soll: In Wahrheit ist Quill gar kein Junge. Elizas Blick schweift nach links, wo Axel sich regt. Quill bemerkt es nicht, deshalb tritt Eliza an Deck, sorgsam darauf bedacht, möglichst viel Lärm zu machen. Prompt fährt Quill herum, und kurz steht ihr der Schreck ins Gesicht geschrieben, ehe sie eilig ihr Hemd wieder überstreift. All das geschieht, bevor Axel etwas mitbekommen hat. Quill sieht Eliza in die Augen, als hätte sie Angst, dass diese ihr Geheimnis preisgeben könnte, doch Eliza sagt nichts, sondern betrachtet die Deckhilfe nur ein weiteres Mal, das kurz geschorene Haar, die platt gebundene Brust, die großen braunen Kinderaugen. Axel braucht nichts davon zu erfahren.

In diesem Moment streckt und rekelt er sich gähnend in der Hängematte und entschuldigt sich. »An Bord schlafe ich immer wie ein Toter«, erklärt er. »Vermutlich liegt es an diesen Wiegebewegungen, als wäre man plötzlich wieder ein Baby.«

Eliza blickt zum Himmel, dessen Anblick ihr einen ziemlichen Schreck einjagt – er hat das unheimliche Grün eines Fischbauchs angenommen und wird von grellen Blitzen erhellt.

»Das gefällt mir gar nicht.« Axel tippt das Glas des Barometers an, als leises Donnergrollen heranweht. »Wenn er noch weiter runtergeht, müssen wir irgendwo Unterschlupf suchen.«

Besorgt blickt Eliza zu den sich auftürmenden Wolken hinauf. Die Ruhe auf dem Wasser verheißt nichts Gutes. Selbst die Möwen, die ihnen zuvor noch Gesellschaft geleistet haben, sind verschwunden.

Beklommen sitzen sie an Bord und warten, während die stärker werdenden Wellen gegen die *Moonlight* klatschen. Eliza, die die Arme um sich geschlungen hat, um nicht auszukühlen, wünscht, sie befänden sich in der Sicherheit eines Mangrovenkanals. In der Regenzeit können Stürme durchaus genug Kraft entwickeln, um 500-Gallonen-Wassertanks am Ufer durch die Luft zu wirbeln; folglich können sie einen Logger wie diesen hier ohne Weiteres in Stücke reißen. Erschaudernd legt sie die Arme noch enger um ihren Oberkörper, als der Wind seine unsichtbaren Zähne durch den dünnen Stoff ihrer Bluse gräbt.

Keiner der drei kann sich überwinden, den Blick vom Horizont zu lösen. Trotzdem sind sie nicht darauf gefasst, als es so weit ist. Es fühlt sich an, als würden sie gegen eine Wand prallen. Der Logger bäumt sich auf und knallt mit dem Bug voran in die dunklen, mahlenden Wellen.

»Lasst uns die Segel einholen«, schreit Axel, woraufhin er und Quill sich an den Tauen zu schaffen machen und um Eliza herumeilen, während das Wasser bereits auf das Deck schwappt. Axel erteilt Quill barsche Anweisungen, die diese unverzüglich ausführt.

»Sagt mir, wie ich helfen kann«, ruft Eliza gegen den Wind an, doch bevor sie ihre Frage wiederholen kann, fegt eine gewaltige Welle über den Logger hinweg. Ihre Ohren sind voller Wasser, und sie spürt, wie das vertraute Klingeln einsetzt. Sie schüttelt den Kopf, legt ihn seitwärts und schlägt sich mit der flachen Hand auf das Ohr. Als das keine Wirkung zeigt, hebt sie die Hände und späht in Richtung Horizont, den sie zu ihrem Entsetzen jedoch nicht länger erkennen kann, weil die Wellen längst die Oberhand gewonnen haben. Die *Moonlight* stöhnt und ächzt, als die Naturgewalten an ihr zerren.

Ringsum scheint das Meer förmlich zu brodeln. Der Bug hebt sich aus dem Wasser und fährt mit voller Wucht wieder hinein. Eliza muss sich mit aller Kraft festhalten, sodass ihre Fingerknöchel weiß hervortreten.

Nach einer Weile spürt sie, wie das Boot ohne Vorwarnung den Kurs ändert und sich gefährlich zur Seite neigt, so weit, dass sie Angst hat, sie könnten alle drei über Bord gehen. Sie blickt auf. Noch immer dröhnt das Klingeln ohrenbetäubend laut in ihren Ohren, deshalb bekommt sie nur die Hälfte von dem mit, was Axel zu ihr sagt.

»Wir … weit … See.« Er deutet mit dem Arm auf den Ozean hinaus. Das Wasser strömt ihm über das Gesicht und sammelt sich in der kleinen Kuhle über seiner Oberlippe. »Schnell … Unterschlupf … Cockatoos.« Er klingt zwar ruhig, doch seine Augen sind weit aufgerissen. Endlich läuft Eliza das Wasser aus den Ohren. »Ich will sie mit dem Bug in den Wind bringen«, hört sie ihn rufen, als ihr Hörvermögen allmählich zurückkehrt. »Halt dich einfach nur gut fest, Eliza.«

Genau in diesem Moment schwappt die nächste Welle über das Schandeck. Sie stöhnt. »Aber ich kann mich nicht einfach bloß festhalten! Sag mir, was ich machen soll!«

»Quill, du nimmst das Ruder und steuerst uns direkt in die nächste Sturmbö. Eliza, du kommst her und hilfst mir, die restlichen Segel einzuholen.« Das Schiff stemmt sich hoch, die Segel flattern wild im Wind. »Auch das Großsegel und den Besan.« Elizas Finger wollen ihr nicht gehorchen, deshalb ist sie ihm kaum eine Hilfe. »Hier.« Er zeigt ihr, was sie tun muss, dann holen sie mit vereinten Kräften die Seile ein. Ihre Haut ist ganz fahl von der Nässe, trotzdem arbeitet sie, bis ihre Arme und Finger schmerzen. Unterdessen heult und faucht der Sturm wie ein tollwütiger Wolf, und Eliza muss sich mit aller Kraft dagegenstemmen, um nicht über Bord gerissen zu werden. Schließlich sind alle Segel eingeholt, und sie sind bereit, sich dem Sturm entgegenzustemmen.

Eine scheinbare Ewigkeit lang wird der Logger wild umhergeworfen, kämpft sich durch die schier übermächtigen Wassermassen. Die Wellen tosen ringsum, und aus den Tiefen des Schiffs ertönt ein Stöhnen, als lasse ein riesiges Ungeheuer den Atem entweichen. Inzwischen hat sich der Himmel vollständig verdunkelt, aber Axel hat eine Lampe angezündet, die er in der Hand hält.

Dann, ohne jede Vorwarnung, hört der Regen plötzlich auf, und eine unheimliche Windstille senkt sich über sie herab. »Das ist das Auge des Sturms«, erklärt Axel leise. Noch immer schwer atmend, sehen sie einander an. Die Stille ist gewaltig, wie eine Faust, die sich um sie legt und sie zerdrückt. Eliza sieht hoch. Durch einen senkrechten schwarzen Tunnel über ihnen ist ein Stück klarer blauer Himmel zu erkennen. Die Stille hält nur wenige Sekunden an, dann erfasst der Wirbelsturm sie mit einem ohrenbetäubenden Donnern ein weiteres Mal.

»Wir müssen den Anker werfen!«, hört sie Axel schreien und sieht, dass er sich mit beiden Händen am Baum festklammert. »Das ist unsere einzige Hoffnung. Wir lassen ihn runter und hoffen, dass der Wind umschlägt.« Sofort springt Quill auf. Die Ankerkette rasselt, und sie alle hoffen und beten, dass der Bug nicht zerbirst, als er neuerlich in den Fluten versinkt. Der Logger ächzt und stöhnt und knarzt. Über ihnen ragen gewaltige Wellen in die Höhe, tauchen sie für einen Moment in tiefe Dunkelheit. Hektisch sieht Eliza sich um, unfähig zu glauben, was um sie herum geschieht. Dann, mit einem zornigen Kreischen und dem ohrenbetäubenden Krachen berstenden Holzes, erhebt sich eine Welle, bricht über das Schandeck und reißt Axel mit sich.

Entsetzt verfolgt sie das Szenario, ehe sie sich zur Reling vorarbeitet und das Wasser mit Blicken absucht, doch die Wellen tosen mit einer Heftigkeit, die es unmöglich macht, irgendetwas darin zu erkennen. Panik erfasst sie, strömt durch ihren Körper. Verzweifelt ruft sie seinen Namen.

»Quill! Hilf mir! Wir müssen ihn finden!« Sie sieht sich um, kann das Mädchen jedoch nirgendwo entdecken. Wieder schreit sie laut Quills Namen, als sie sie endlich ausmacht, eingezwängt zwischen Deck und Kabine. Offenbar hat der Baum sie am Kopf getroffen und von den Füßen gerissen, aber bestimmt kommt sie gleich wieder zu sich. *Ganz bestimmt*, sagt sie sich. Sie muss Axel finden, bevor es zu spät ist, denn er ist kein geübter Schwimmer, außerdem erschwert ihm seine verletzte Schulter noch zusätzlich, sich über Wasser zu halten. Wieder lässt sie den Blick über das Wasser schweifen. Alles brodelt und tobt – nichts könnte diesen Urgewalten standhalten. Der Lärm ist ohrenbetäubend. Sie stockt. Da. Sie sieht ihn. Er treibt, an eine dicke Holzplanke geklammert, in den Fluten. Sie sieht hinter sich. Die Klappe des Laderaums ist vollständig aus den Angeln gerissen worden. Sie versucht, nicht an all das Wasser zu denken, das dadurch unweigerlich hineinströmt und den Logger schlimmstenfalls zum Sinken bringen könnte. In den Wellen hängt Axel mit dem Oberkörper halb über der hölzernen Klapptür. Seine Augen sind geschlossen, und er rührt sich nicht, sondern wird hilflos von den Fluten hin und her geworfen. Wieder ruft sie seinen Namen in den Wind hinaus, bis sie fast befürchten muss, dass sie sich die Seele aus dem Leib brüllt. Trotzdem schlägt er die Augen nicht auf. Mittlerweile hat sich seine Haut bläulich verfärbt.

Es dauert nicht lange, bis sie gefunden hat, wonach sie sucht – das Tau, noch immer aufgerollt, hat den Wellen offensichtlich standgehalten. Es ist vollgesogen und so schwer, dass sie es kaum anheben kann. Sie stellt sich mit dem Gesicht in den Wind, greift sich ein Ende, schiebt es durch die Klüse und verknotet es fest, wobei ihre Finger vor Anstrengung schmerzen. Dann schlingt sie sich das Tau um die Taille, zurrt es fest und sichert es mit einem Palstek, dem einzigen Knoten, den ihr Vater ihr als Kind gezeigt hat. Erst als sie auf das Schandeck klettert und die Beine über die Kante schwingt, wird ihr bewusst, wie sehr sie zittert. Obwohl der Logger auf den Wellen hin und her geworfen wird und ihre Beine bereits jedes Mal aufs Neue ins Wasser eintauchen, verharrt sie reglos, während ihre Gedanken zu jenem anderen Boot im seichten Wasser vor dem Sixty Mile Beach schweifen, zu der kleinen Gestalt mit dem weißblonden Haar, die in den Wellen treibt.

Sie holt tief Luft, wobei ihr prompt ein Schwall Salzwasser in den Mund gerät und sie husten muss. Sie versucht es ein zweites Mal und stößt sich von der Reling ab. Selbst wenn das Wasser eisig gewesen wäre, hätte sie es nicht gemerkt, weil in ihrem Innern etwas pulsiert, das sehr viel heißer als Blut ist. Sie sinkt tief ins Wasser, gleitet unter die Oberfläche, wo das Tosen des Sturms für einen Moment verstummt und sie in dankbarer Stille verharrt. Aus dem Augenwinkel registriert sie eine Bewegung. Was ist das? Bewegt sich da etwas mit einer Schwanzflosse? In dieser Sekunde macht sich der Druck des Wassers bemerkbar, bohrt sich wie ein Finger unangenehm in ihre Ohren, bis ihr Kiefer zu schmerzen beginnt, deshalb schnellt sie nach oben und durchbricht japsend die Wasseroberfläche. Hektisch sieht sie sich um, doch die Wellen sind so hoch, dass sie nicht über sie hinwegblicken kann. Sie zwingt sich zur Ruhe, versucht, sich dem Rhythmus des Wassers anzupassen, lässt sich von jeder Welle hochspülen und wieder hinuntersinken, sorgsam darauf bedacht, das Kinn stets oben zu behalten. Wenn sie ihn nicht bald findet, ist er für immer verloren. Eine heftige Welle würde schon genügen, um ihn von der Holzklappe wegzureißen.

Sie dreht den Kopf. Der Horizont steigt und fällt. Dann sieht sie ihn, gerade einmal zehn Meter von ihr entfernt. Kann sie es mit dem schweren Tau um die Taille schaffen? Probeweise zieht sie daran und stellt fest, dass es immer noch hält. Sie holt tief Luft und wirft sich nach vorn, zwingt sich dabei, nicht an das zu denken, was auch immer unter ihr herumschwimmen mag.

Die Wellen sind so brutal, dass sie kaum vorwärtskommt. Sie hält inne, lässt sich kurz treiben, um neue Kraft zu schöpfen, als ein grollender Donner am Himmel ertönt, der sie vor Schreck vorwärtsschnellen lässt. Sie schwimmt weiter, wobei Axel bei jeder sich auftürmenden Welle in ihrem Blickfeld erscheint und wieder verschwindet.

Schließlich hat sie es geschafft. Ihre Kehle ist wund vom salzigen Meerwasser. Die Wellen schieben ihn in einem frustrierenden Wechsel zu ihr heran und ziehen ihn wieder weg, sodass sie nicht genau sagen kann, ob er noch atmet. Seine Augen sind immer noch geschlossen.

Mit letzter Kraftanstrengung hievt sie sich aus dem Wasser und wirft sich nach vorn, wobei sie wild mit den Beinen strampelt, bis sie die Tür zu fassen bekommt. Zwar ist das Holz rutschig, trotzdem gelingt es ihr, sich hinaufzuwuchten. Mit einer Hand fährt sie ihm übers Gesicht, in der Hoffnung, dass er zu sich kommt, rüttelt ihn an der Schulter, verpasst ihm einen Klaps auf die Wange. Kurz glaubt sie, ein Gurgeln aus seiner Kehle gehört zu haben, doch der Laut wird sofort vom Wind verschluckt. Den Blick fest auf den Logger geheftet, beginnt sie, kräftig mit den Füßen zu paddeln, damit die Holztür nach vorn schnellt und sie beide mit sich trägt. Es ist die reinste Quälerei – für jeden Meter, den sie vorwärtskommen, spülen die Wellen sie wieder um zwei zurück. Vielleicht ist es ja leichter, wenn sie es mit dem Tau probiert. Sie packt es mit einer Hand, doch es entgleitet ihren nassen Fingern sofort wieder, also versucht sie es ein zweites Mal und schließt die Faust fest um die nassen Rillen. Zu ihrem Erstaunen gelingt es ihr, das Tau umklammert zu halten, sodass sie sich Stück um Stück daran entlanghangeln kann. Es brennt fürchterlich, als stünde ihre gesamte Haut in Flammen, doch mit qualvoller Langsamkeit schafft sie es, ihr behelfsmäßiges Floß in Richtung des Loggers zu zerren.

Schließlich ist der Logger so dicht vor ihr, dass sie ihn berühren könnte, doch sie hat Angst, noch näher heranzuschwimmen und mit der Holzklappe den Rumpf zu beschädigen. Sie verharrt einen Moment lang, während ihr bewusst wird, dass sie keinen Gedanken daran verschwendet hat, wie sie Axel zurück an Bord hieven soll. Minutenlang treiben sie im Wasser, und der Mut verlässt sie. Vielleicht schafft sie es ja doch nicht, ihn zu retten, und ihre Geschichte endet damit, dass sie beide jämmerlich ertrinken. Sie versucht noch immer, ihn wach zu bekommen, als über ihr eine Stimme ertönt.

Quill beugt sich über das Schandeck. Entschlossenheit zeichnet sich auf ihren Zügen ab. Ihr Auge ist geradezu grotesk zugeschwollen und verfärbt.

»Hier.« Quill wirft ihr ein anderes Tau zu, das Eliza so gut es geht um Axels Taille schlingt.

»Kommen Sie zuerst, Eliza, dann ziehen wir ihn hoch!«

»Nein, er zuerst!«, ruft Eliza, doch sie spürt bereits den Zug auf dem Tau, als Quill sie näher an den Logger heranzieht, bis sie gegen den Rumpf knallt.

»Ich kann Sie nicht hochziehen, Sie müssen es allein schaffen!« Mit aller Kraft zerrt Quill an dem Tau. Eliza dreht sich im Wasser um und wartet mit angehaltenem Atem auf die nächste Welle, um von ihrem Scheitelpunkt aus das Schandeck zu packen. Der Schmerz fährt ihr durch Mark und Bein, doch sie klammert sich daran fest und versucht, sich hochzuziehen, obwohl sie immer wieder den Halt an dem glatten Holz verliert. Quill hängt sich ein Stück über die Kante, packt sie bei der Taille und versucht, sie vollends darüberzuwuchten. Eliza nimmt ihre ganze Kraft zusammen, während das Meer ihre Beine umschlingt und sie wie ein gieriger Mangrovensumpf in die Tiefe ziehen will. Schließlich gelingt es ihr, ein Bein über das Schandeck zu schwingen, und Sekunden später plumpst sie schwer auf das Deck.

»Schnell!«, keucht sie krächzend. Das Salz brennt wie Feuer in ihren Augen. »Wir müssen ihn hochziehen.« Mit vereinten Kräften ziehen sie an dem Tau, während Axel in der Strömung hin und her geschleudert wird, bis ihnen vor Anstrengung beinahe die Augen aus den Höhlen treten. Dann, mit einem Mal, flutscht er über die Reling, als hätte das Meer einen Mundvoll knorpeliges Fleisch ausgespuckt. Reglos liegt er da, die Augen immer noch geschlossen, Arme und Beine in einem unnatürlichen Winkel ausgestreckt. Eliza lässt sich neben ihm auf die Knie fallen, nimmt sein Gesicht in beide Hände, dreht ihn zu sich um und ruft seinen Namen, ehe sie mit beiden Daumen ungelenk seine Lider hochschiebt.

»Wir müssen das Wasser rauskriegen!«, schreit Quill mit schriller Stimme. Eliza darf nicht noch einmal versagen. Sie legt die Hände zusammen, wie sie es bei Doktor Blithe beobachtet hat, wenn er halb ertrunkene Taucher wiederbeleben wollte, und presst sie fest auf seine Brust. Wasser strömt über ihre Finger. Dann drückt sie beide Hände mit aller Kraft in pumpenden Bewegungen nach unten. Schnell. Schnell. Schnell. Keine Reaktion. Sie legt ihren Mund auf seine Lippen, ohne sich davon abhalten zu lassen, dass sie eisig kalt sind, kneift seine Nase zusammen und pustet ihm ihren Atem in die Lunge. Wieder und wieder stößt sie flehend seinen Namen aus, pumpt und pumpt auf seine Brust. Das Schiff schlingert und schwankt, neigt sich dem Horizont entgegen, dann rutschen sie seitwärts über das Deck, bis sich der Logger unvermittelt wieder aufrichtet. Eliza packt Axel bei den Schultern und drückt ihn auf die Planken.

Plötzlich passiert es. Axel hustet und wendet den Kopf zur Seite, als ihm das Wasser gurgelnd aus dem Mund spritzt. Er beugt sich vor, sodass die Ellbogen die Knie berühren, und würgt. Sein Atem geht stoßweise, und seine Augen weiten sich, als er nach etwas sucht, woran er sich festhalten kann. Eliza beugt sich über ihn und nimmt seine Hand. Ihre Finger verschlingen sich ineinander. Erschöpft lässt Quill sich zurücksinken. Eliza nimmt einen säuerlichen Geschmack im Mund wahr, dreht sich um, streicht sich das klitschnasse Haar aus dem Gesicht und übergibt sich mit einem Schwall auf das gesamte, arg ramponierte Deck.

Kapitel 35

Wie alle Stürme lässt auch dieser irgendwann nach, und die drei machen sich daran, die entstandenen Schäden zu beheben. Behutsam bewegen sie sich an Deck, schöpfen Wasser und reparieren mit klammen Fingern die Segel und Takelage und wischen Splitter und Unrat weg. Quills verquollenes Auge hat unterdessen seine Farbe von Schwarz zu Grün gewechselt und tränt, bis sich das Gewebe schließlich zusammenzieht und das Weiße wieder zum Vorschein kommt, wie das Fleisch einer vergammelten Muschel. Axel ist immer noch sehr schwach. Sein ganzer Körper und sein Gesicht sind von blauen Flecken übersät, trotzdem bemüht er sich nach Kräften, ihnen zu helfen.

Zwei weitere Tage bleiben sie auf See und bringen den Logger wieder auf Kurs, von dem sie ein gutes Stück abgekommen sind. Sie schlafen und essen, waschen sich die Gesichter mit Meerwasser, lassen sich vom Rhythmus ihrer körperlichen Bedürfnisse trösten. Auf den Rosella-Inseln erst einmal angekommen, werden sie sich ausruhen und sich vergewissern wollen, dass die Reparaturen auch erfolgreich waren. Sie dürfen nicht riskieren, bei einem weiteren Sturm alles zu verlieren.

Das Unwetter hat das leuchtende Türkisblau in stumpfes Grau verwandelt, und überall treiben die Leiber halb toter Fische herum. Am Morgen fängt Quill einen riesigen Fächerfisch und wuchtet ihn an Deck, wo er wild zappelt und zuckt, während sie dastehen und Zeuge seines Todeskampfs werden. Schweigend machen sie sich über das Festmahl her, wie ausgehungerte Soldaten nach einer schweren Schlacht. Der Saft tropft ihnen übers Kinn auf die Brust, während die Sonne lattenförmige Muster auf das Wasser wirft. Abends schlafen sie an Deck, die Gesichter vom klaren, weißen Mond geküsst. Als der letzte Morgen anbricht, sind sie wie neugeboren, recken gierig die Köpfe der aufgehenden Sonne entgegen.

Anfangs sind die Rosellas kaum mehr als ein vager Farbfleck am Horizont, und nach den Tagen in der alleinigen Gesellschaft von Seevögeln und geflügelten Fischen auf dem offenen Meer trauen sie zunächst ihren Augen nicht. Doch Axel prüft noch einmal den Kompass, breitet eine Karte auf dem Deck aus und fährt mit dem Finger die Umrisse nach. »Das sind sie. Seht ihr die Hufeisenform? Ganz eindeutig.« Die Karte zeigt eine größere Insel am unteren Ende und kleinere Eilande, die links und rechts davon verlaufen.

Sie segeln auf die Inselgruppe zu und gehen auf der Leeseite der größten vor Anker, wo der Logger vor scharfem Wind geschützt sein sollte und die See ruhig genug ist, dass sie den Rumpf in Augenschein nehmen können.

Obwohl es nicht weit bis ans Ufer ist, lösen sie das Beiboot.

Eliza lässt den Blick über die Insel schweifen und stellt zu ihrem Erstaunen fest, wie klein sie ist, kaum mehr als ein paar Hundert Meter lang. Sie scheint fast vollständig von dichtem

Regenwald bedeckt zu sein, mit einem schmalen Streifen Strand aus gleißend hellem Quarz, während sich ringsum das Meer in einem strahlenden Blaugrün erstreckt.

Sie blickt ins seichte Wasser auf kleine Fische, die anscheinend ohne jede Scheu um das Beiboot flitzen – eine blau-gelbe Wolke aus Doktorfischen, daneben mehrere Papageienfische, die sich in der sanften Strömung treiben lassen. In diesem Moment erscheint eine plumpe Seekuh mit grauer, ledriger Haut in ihrem Blickfeld. Erschrocken weicht Eliza zurück.

»Sieht wie Tümmler aus, schmeckt wie Schwein.« Eliza sieht Quill an, die ebenfalls ins Wasser späht. »Zumindest heißt es immer so.«

Ihr Vater fände all das überaus faszinierend. Sie rutscht nach hinten, auf die Ruderbank, während sie sich fragt, ob sie am Ufer wohl Hinweise auf Thomas' Besuch finden werden. Er hat doch steif und fest behauptet, hier gewesen zu sein und die Rosellas nach ihrem Vater abgesucht zu haben. Kann sie ihm trauen? Wenn er die Wahrheit gesagt haben sollte, hat er womöglich eine Art Unterschlupf gebaut, den sie für die Nacht benutzen können.

Mit vereinten Kräften ziehen sie das Beiboot an den Strand. Stirnrunzelnd blickt Eliza auf die eigentümlichen Muster im Sand – dicke Linien, als hätte jemand Hunderte gewundener Taue aus dem Meer über den Strand geschleift.

»Was sagst du hierzu?«, fragt Axel.

»So etwas habe ich noch nie gesehen.«

Suchend lässt sie den Blick über den Strand schweifen, um herauszufinden, ob Thomas einen Unterschlupf gebaut haben könnte, doch da ist nichts – keine Hängematte, kein gespanntes Tuch oder dergleichen. Andererseits hätten der Wind oder die Flut eventuelle Fußspuren längst verwischt.

Nachdem das Boot sicher vertäut ist, macht Quill sich unverzüglich daran, Feuerholz zu sammeln. Eliza lässt den Blick zum Wald schweifen, der sich dicht, feucht und dunkel vor ihnen erstreckt. Unheimliche Schreie von Vögeln, die sie nicht zuordnen kann, dringen hervor.

»Wir sollten uns umsehen, Eliza«, schlägt Axel vor.

Sie nickt, weil es eine willkommene Gelegenheit ist, nach Anzeichen von Thomas oder sogar – diese Hoffnung gestattet sie sich – ihrem Vater zu suchen.

Das Licht bekommt eine ungewöhnliche körnige Struktur, sobald sie den Wald betreten. Der Untergrund ist feucht und überaus fruchtbar. An den Zweigen hängen weiße und rosa Blüten mit gelben Staubgefäßen, die wie Trompeten hervorstehen. In den Sonnenstrahlen, die sich durch das Blätterdach schieben, erkennt sie unzählige glitzernde Sporen in leuchtendem Lila, Gold und Grün, die überall durch die Luft schwirren. Sie kann kaum den Blick davon lösen. Axel bückt sich, um welche mit der Hand aufzunehmen, doch im Schatten sind sie auf einen Schlag unsichtbar.

Ringsum wuselt und krabbelt es, und von Zeit zu Zeit ertönt das Heulen eines Tiers, sodass sich Elizas Härchen auf den Armen aufrichten. Duftende blutrote Früchte hängen an den Ästen, einige ganz hoch oben und damit außerhalb menschlicher Reichweite. Eliza pflückt eine, riecht daran und beißt vorsichtig hinein. Und seufzt vor Wonne. Etwas so Süßes hat sie noch nie zuvor gekostet. Axel bleibt stehen und dreht sich um. Eilig wirft Eliza die angebissene Frucht ins Unterholz, wischt sich die Hände an ihren Röcken ab und folgt ihm.

Es ist das allererste Mal, dass sie so einen Wald betritt. Fast erwartet sie, dass die Bäume gleich zum Leben erwachen und sie mit ihren knorrigen Wurzeln umschlingen, wie in den Geschichten aus einem Kinderbuch. Doch sie verdrängt den Gedanken und folgt Axel weiter ins Halbdunkel hinein, spürt den feuchten Atem des Urwalds, der sie umgibt, bis sie den Rückweg einschlagen und wieder ins helle Sonnenlicht treten, nachdem sie jeden Baum und jedes Blatt in ihrer Reichweite in Augenschein genommen haben. In ihrer Abwesenheit hat Quill Feuer gemacht und den Strand abgesucht.

»Hier ist nichts«, so ihrer aller Urteil. Eliza spürt, wie ihre Hoffnung schwindet.

»Es ist schon gut«, erklärt Axel betont zuversichtlich. »Wir wissen ja, dass dein Vater nicht hier war. Das hat Thomas selbst gesagt. Morgen, wenn wir weitersegeln, suchen wir die restlichen Inseln der Gruppe ab, aber eigentlich sind unser Ziel die Nevermores.« Er deutet vage in südwestliche Richtung. »Und falls nötig, segeln wir weiter zu den DeVitts.« Er weist nach Nordwesten. »Wir sind zwar schon weit gekommen, trotzdem haben wir noch viel vor uns. Jetzt müssen wir uns erst einmal ausruhen.«

Im Schein des Lagerfeuers essen sie zu Abend: gesalzenen Fisch aus ihrem Proviant und alles, was sie im seichten Wasser erbeuten können. Still sitzen sie nebeneinander, als die Glut in Richtung der Sterne aufsteigt, die sich unterdessen am Himmel zeigen. Quill erläutert ihnen die Sternbilder des Skorpions und des Schützen, der seinen Bogen spannt. Eliza hat das Gefühl, als bebe die Erde kaum merklich unter ihnen. Der Logger ankert draußen auf dem Wasser – sie ist dankbar für seine Gegenwart, als wache er über sie als Schutz vor aller Unbill. Schließlich ist es Zeit zum Schlafen. Sie suchen sich eine geeignete Stelle am Strand. Axel ist zuversichtlich, dass es keinen Regen geben wird, und es ist warm genug, dass sie keinen Unterschlupf benötigen. Also legen sie sich ein Stück voneinander entfernt in den Sand, sorgsam darauf bedacht, den ungewohnten

Geräuschen aus dem Wald keine Beachtung zu schenken, die dem Schlaf nicht gerade zuträglich sind. Sind das Stimmen, die da zwischen den Bäumen hervordringen? Irgendwann ist der Schlaf übermächtig, doch Elizas Träume sind wirr, beinahe wie Halluzinationen: Ihr Vater und ihre Mutter, die im Sonnenuntergang auf einer Klippe tanzen, während der Himmel ringsum in ein grelles Orange wie von einem Buschfeuer getaucht ist. Eliza, die von einem riesigen Adler mit goldenen Flügeln gepackt und in die Lüfte getragen wird, dessen Klauen sich so tief in die Haut ihrer Schultern bohren, dass es blutet. Dann träumt sie von Thomas in einer geradezu absurden Situation: wie er Eliza auf seinem Schoß hält, während er ihr zärtlich übers Haar streicht und ihr ein Gedicht ins Ohr flüstert – ein zutiefst beunruhigendes Szenario. Seine Finger streichen über ihr Gesicht, zwirbeln ihre Locken, doch sie sind nicht länger sanft, sondern die Nägel bohren sich in ihre Haut, zerren an ihren Armen, Beinen und Füßen. Eliza schreit.

Als sie aus dem Schlaf schreckt, hört das Kratzen dennoch nicht auf. Ihre Haut juckt und prickelt, und sie schüttelt sich, um das unbehagliche Gefühl loszuwerden. Doch es bleibt. Sie hebt den Kopf und setzt sich auf, dann reißt sie mit einem Anflug von Entsetzen die Arme hoch und springt mit einem neuerlichen Schrei auf. Das Kratzen hat einen Grund – sie ist von Kopf bis Fuß mit Krabben bedeckt. Sie haben sich in ihrem Haar verfangen, versuchen, sich mit wild strampelnden Beinen im Kragen ihrer Bluse festzukrallen. Als Eliza sich vollends aufrichtet, rutschen sie an ihr herab und fallen in den Sand wie Aussätzige. Sie sieht sich auf dem mondbeschienenen Strand um. Der Anblick verschlägt ihr den Atem – alles ist von Abermillionen Krabben bevölkert, die sich wie eine einzige zusammengehörende Decke im Sand bewegen. Der Mond erhellt jedes Detail wie eine silbrige Lupe, jedes zappelnde Beinchen, jeden schimmernden Panzer, alles ist in fahles Licht getaucht. Wie zu einer einzigen krabbelnden Masse geformt, fliehen die Tierchen aus dem Wald und streben begierig dem Meer entgegen. Das muss dieses seltsame Vibrieren verursacht haben, das ihr zuvor aufgefallen ist. Quill und Axel regen sich nun ebenfalls, springen auf und schreien vor Schreck. Eliza pflückt eine der Krabben von ihrem Arm, um sie zu begutachten – der Panzer ist praktisch durchsichtig, sodass sie ihre pulsierenden Eingeweide erkennen kann. Die Scheren wirken überproportional groß zum Körper, und die beiden schwarzen Augen sitzen auf zitternden Fühlern.

»Faszinierend«, flüstert sie.

»So etwas habe ich mein Lebtag noch nicht gesehen.« Axel bewegt nacheinander die Beine, um die Krabbeltiere abzuschütteln. »Au!«

»Wieso sind sie so versessen darauf, den Wald zu verlassen?«, fragt Quill und späht unbehaglich ins Dunkel hinter ihnen.

»Hört doch!« Axel legt sich den Finger auf die Lippen. Mit angehaltenem Atem lauschen sie. Die Masse der winzigen Leiber verursacht eine Art kollektives Knurren.

Es dauert eine Weile, bis sie ihre Laternen geholt und die Krabben aus dem Bauch des Beiboots geschaufelt haben, weil sie mit größter Vorsicht zu Werke gehen müssen, um keines der Tiere zu zerquetschen. Der Mond hängt immer noch wie eine helle, polierte Scheibe am Himmel und schimmert wellenartig auf dem Wasser, als sie zum Logger rudern und von dort aus den Exodus am Strand verfolgen. *Was für ein seltsames Verhalten*, denkt Eliza, *fast so, als wären die Bäume menschliche Wesen, die sich von Läusen befreien wollen*. Sie geht unter Deck, um das Tagebuch ihres Vaters zu holen, schlägt eine leere Seite auf und skizziert, was sie sieht. Auch eine Beschreibung der Tiere selbst hält sie fest, hebt ihre Transparenz und das merkwürdige

Knurren hervor, das aus ihren Mägen zu kommen scheint. Ihr Vater wird begeistert von diesem Detail sein. Sie *muss* ihn finden, *muss* ihm erzählen, was sie beobachtet hat.

Am Morgen sind keine Krabben mehr zu sehen, als hätten sie sich über Nacht wie Pulver im Meer aufgelöst. Die Sonne ist noch nicht einmal aufgegangen, als sie sich bei einer leichten Brise zum Weitersegeln bereit machen. Axels Berechnungen nach sollten die Nevermores weniger als eine Tagesreise entfernt sein. Sie dürften ihr Ziel also bis Sonnenuntergang erreichen.

Allerdings kommen sie nur langsam voran, weil Eliza darauf besteht, jede der kleinen Inseln entlang der Kette zu überprüfen, wobei die größte davon nicht einmal halb so groß ist wie die erste, auf der sie die Nacht verbracht haben. Einige bestehen aus gerade einmal einem kleinen Sandhügel mit einem einzelnen Baum darauf, und auf keiner von ihnen gibt es Anzeichen menschlichen Lebens.

Sie segeln zügig weiter in Richtung der Nevermore-Inseln. Eliza bezieht Posten an Deck und blickt abwechselnd auf die See und zum Himmel, um die Wolken einzuschätzen, während sie sich ihren Vater in einer Nussschale von Boot auf dem endlosen Ozean vorstellt. Von den Wellen herumgeworfen. Umgeben von Haien.

»Aber du hast ausgeharrt, das weiß ich«, flüstert sie. »Und ich werde dich finden.«

»Das muss es sein«, sagt Axel. »Siehst du? Überall kleine Inseln.« Er steht auf, um die Inselgruppe in Augenschein zu nehmen, die sich in gezacktem Ocker aus dem Blau des Ozeans erhebt. »Unbewohnt, zumindest nicht von Menschen, soweit ich weiß. Sollte dein Vater jedoch vom Kurs abgetrieben worden sein und in einem kleinen Boot überlebt haben, könnte er durchaus hier gestrandet sein.«

Mit einem Mal fühlt sich Elizas Mund ganz trocken an.

Sie hissen die Segel, und der Logger hält geradewegs auf die Inseln zu. Eliza schnappt sich ein Fernrohr, um die Landschaft zu inspizieren. Hinter dem felsigen Strand erheben sich bewachsene Sandhügel, an den Außenseiten des Eilands befinden sich Mangrovenhaine.

»Wir müssen vor Anker gehen und mit dem Ruderboot übersetzen.« Axel macht sich daran, das Boot zu lösen. Vögel kreisen über ihnen, als sie auf die Insel zurudern – tiefschwarze Fregattvögel mit riesigen, blutroten Kehlsäcken.

Am Ufer steigen sie aus dem Boot und ziehen es an den Strand, wo sie es liegen lassen und sich umsehen. Nur Quill bleibt ein Stück zurück.

»Alles in Ordnung?«, fragt Eliza und schirmt mit der Hand die Augen gegen die grelle Sonne ab.

»Ich habe so ein komisches Gefühl.«

»Was meinst du? Ist dir schlecht?« Sie stemmt die Hände in die Hüften.

»Etwas stimmt hier nicht«, antwortet Quill. »Ich kann es nicht genau erklären, aber es ist etwas, das man nicht auf die leichte Schulter nehmen darf.«

Eliza lässt den Blick über die mit Sträuchern bewachsenen Sandhügel, die gelblich-braunen, in der Brise wogenden Spinifexbüschel in der Ferne, die blutroten Klippen mit den tiefen Scharten und Schluchten schweifen.

»Wir sollten uns trotzdem zumindest umsehen«, sagt Axel mit einem argwöhnischen Blick auf Quill.

Genau in dem Augenblick bemerken sie sie. Oben auf dem Hügel. Es ist, als wären sie alle auf einmal erschienen, ohne Vorwarnung aus dem Boden geschossen. Vier Gestalten. Reglos und stumm stehen sie nebeneinander, bleiche Körper mit in der gleißenden Sonne hervortretenden Sehnen. Ihre Kleider sind zerschlissen, ihre Arme und Beine hager und ledrig. Zwei Männer, zwei Frauen. Stocksteif.

Beide Grüppchen beäugen einander, bis Axel schließlich einen Schritt nach vorn macht. Sofort stieben die vier auf dem Hügel auseinander, der jüngere der beiden Männer löst sich und kommt den Hügel herunter. Eliza schluckt. »Wer ist das, was glaubst du?«, flüstert sie Quill zu. »Eine Verbrecherfamilie, die in die Verbannung geschickt wurde?«

Eliza und Quill beobachten, wie die beiden Männer aufeinander zugehen, wobei ihre dunklen Schatten auf den feinen hellen Sand fallen. Unwillkürlich bemerkt Eliza, dass die Landschaft trotz ihrer Kargheit in Granatrot, Bernsteingelb, Jadegrün und Türkisblau zu leuchten scheint.

Schließlich dreht Axel sich um und winkt sie zu sich. Eliza und Quill stapfen durch den verwehten Sand, während Axel sie auf halbem Wege abfängt. Der Fremde hinter ihm ist mager, hat ein ernstes Gesicht mit tief liegenden Augen, das Eliza an einen Wolf erinnert. In seinem Hosenbund steckt ein alter Revolver.

»Sie sind gewissermaßen Sträflinge«, sagt Axel leise. »Die beiden älteren haben eine Zeit lang hier Handel betrieben.«

Übelkeit steigt in Eliza auf. »Handel womit?«, fragt sie, aber im Grunde braucht sie die Antwort gar nicht zu hören, denn sie weiß, dass die ersten Perlenunternehmer auf den abgelegenen Inseln vor der Küste regelmäßig Ureinwohner ge- und verkauft haben, um so ihre Crews zusammenzubekommen. Sie blickt zu den anderen Gestalten. Eine Familie, wie sie jetzt erkennt, deren dürre Gliedmaßen durch die körperliche Arbeit an der frischen Luft an Kraft gewonnen haben. Sie fragt sich, wie lange sie wohl schon hier sein mögen, was für ein Leben sie inzwischen führen. Ob es anständig genug ist, um auszugleichen, was sie sich haben zuschulden kommen lassen? Der Mann stellt sich mit dem Familiennamen vor – Kelly – und führt sie widerstrebend einen gewundenen Pfad hinauf zu einer Hütte, die stabil genug zu sein scheint, um den kräftigen Sturmböen zu widerstehen, und aus deren Innerem dichter schwarzer Qualm von einem Feuer dringt. Leise singend machen Mutter und Tochter sich daran, Töpfe mit Wasser zu füllen, und legen einen Laib altes Buschbrot vor sie hin. Eliza kann nicht widerstehen und nimmt einen Bissen, doch es schmeckt bitter. Unterdessen erzählt Kelly, die Familie lebe bereits seit Jahren hier – sein Vater sei mit einem der letzten Sträflingsschiffe hergekommen und anschließend gemeinsam mit seiner Familie als Vertragsarbeiter verdingt worden, sich auf einer der Inseln niederzulassen, um den Handel mit Menschen zu überwachen. Als sich die Gesetze änderten, seien alle anderen Arbeiter geflohen, nur seine Familie sei geblieben, aus Angst, geschnappt und auf dem Festland ins Gefängnis gesteckt zu werden. Seitdem leben sie hier auf der Insel, die ihnen alles gibt, was sie brauchen: Fisch, Wildfleisch, Obdach und Abgeschiedenheit. Der Vater des jungen Mannes beobachtet die Neuankömmlinge aus alten grauen Augen. Eliza schluckt gegen den säuerlichen Geschmack in ihrem Mund an. »Der ist kein guter Mann«, hat Quill ihr zuvor zugeflüstert, aber sie darf sich ihren Abscheu nicht anmerken lassen. Noch nicht. Denn vielleicht haben diese Leute etwas, das sie braucht.

Gerade als sie etwas sagen will, ertönt eine Stimme von draußen, tief und autoritär. Es raschelt, dann steht ein Mann auf der Türschwelle. Er ist kräftig, mit sonnenverbrannter Haut und denselben wolfsartigen Augen.

»Das ist mein Bruder Joseph«, erklärt Kelly, ehe er kräftig auf den Boden spuckt. Joseph tritt ein und wirft ein Bündel toter Eidechsen mit toten, starren Augen und steifen Schwänzen auf den Tisch. Langsam erhebt sich die Mutter und löst sie mit zittrigen Händen von der Schnur. Joseph schwingt einen Sack von seiner Schulter und kippt ihn aus, woraufhin glitschige Fische in einen bereitstehenden Eimer flutschen. Augenblicke später ist die Hütte vom abscheulichen Gestank nach totem Fleisch erfüllt.

»Wer ist das?«, fragt er mit einer argwöhnischen Kopfbewegung in Richtung Quill.

»Wir kommen aus Bannin Bay«, sagt Eliza und erhebt sich.

»Wir suchen nach jemandem«, fügt Axel mit einem beschützenden Blick auf Quill hinzu.

»Mmm«, knurrt Joseph, schnappt sich ein Messer und beginnt, einen der Fische zu entschuppen. Eliza fällt auf, dass sich die Atmosphäre in der Hütte von Grund auf verändert hat, seit er aufgetaucht ist. »Habt ihr zufällig irgendetwas hiermit zu tun?« Er unterbricht seine Tätigkeit, greift in seine Hemdtasche und zieht einen Kompass heraus.

Elizas Herz droht stehen zu bleiben. Sie kennt diesen Kompass. Eilig streckt sie die Hand danach aus, und er lässt ihn schließlich hineinfallen. Der Deckel fehlt, das Glas ist mit grauen Fischschuppen verschmiert, das Messinggehäuse warm von Josephs Körpertemperatur. Es rauscht in ihren Ohren, als sie ihn in Augenschein nimmt, ihr wird heiß und kalt zugleich. Vorsichtig dreht sie ihn um. Da steht es, eingraviert auf der Rückseite. *Brightwell*.

Joseph hatte die Leiche am Ufer der nächstgelegenen Insel gefunden.

»Ich hab ihn aus dem seichten Wasser gezogen«, erklärt er nüchtern. »Schließlich wollte ich nicht, dass die Haie ihn in Stücke reißen.«

Die Frauen sehen Eliza mitfühlend an, aber in der Hütte ist es schwer, ihre Gesichter in allen Einzelheiten auszumachen.

Es schmerzt, das Blau des Himmels durch den Türrahmen ansehen zu müssen.

»Dann hab ich ihn bis zum Waldrand geschleift und die Leiche mit Zweigen und Blättern bedeckt, um die hungrigsten Räuber abzuhalten.«

»Also ist er ertrunken?«, fragt Axel.

»Sah ganz so aus. Die Gewässer hier sind wild wie der Teufel.«

Axel schluckt. »Und hatte er sonst noch etwas bei sich? Oder haben Sie jemanden gesehen?«

»Nur ein Beiboot. Im seichten Wasser. War in keinem guten Zustand, aber wenn ich's repariere, kann man es noch benutzen. Ich hab's in Sicherheit gebracht, weil ich es nicht allein hierherschleppen konnte. Und dann eben der Kompass.« Er nickt vorsichtig in Elizas Richtung.

Sie ist überzeugt, dass sie sich gleich übergeben muss, und wenn sie erst einmal angefangen hat, wird alles aus ihr hervorstürzen – ihr Magen, ihre Leber, die Milz, ihr gesamtes Inneres. Sie schlingt sich die Arme um den Oberkörper und sieht, wie Axel die Hand nach ihr ausstreckt, doch sie weicht schwankend zurück. Alles verschwimmt vor ihren Augen, als sie aus der Hütte taumelt. Die Luft fühlt sich wie Gift an, das ihr die Lunge versengt, als sie tief einatmet. Axel folgt ihr, und Eliza lässt sich mit einem verzweifelten Laut in den Sand sinken.

»Sie sollten etwas trinken.«

Die Frauen haben ihr einen Becher Wasser gebracht, doch sie lehnt ihn ab – selbst Champagner würde bloß nach flüssigem

Schlamm schmecken. Axel setzt sich neben sie in den Sand. Die Sonne brennt messerscharf auf sie herab.

»Ich muss ihn sehen«, stößt sie mit zusammengebissenen Zähnen hervor. Am liebsten würde sie in ein Loch kriechen und für immer dort bleiben – weder sterben noch leben. Doch wenn sie die Leiche ihres Vaters nicht mit eigenen Augen sieht, wird sie die Wahrheit niemals akzeptieren können.

»Eliza.« Axel sieht sie gequält an. »Das halte ich für keine gute Idee. Eine Frau sollte so etwas nicht sehen. Und es hilft dir doch nicht weiter.«

Entrüstet springt sie auf. »Und woher willst gerade du wissen, was mir jetzt hilft?« Sie hat die Fäuste so fest geballt, dass sie fast zerbersten könnten. »Bist du derjenige, der seinen Vater verloren hat, oder ich? Und bist du derjenige, der ihn nicht retten konnte? Nach allem, was die letzten Tage passiert ist?«

Er bringt es nicht über sich, ihr ins Gesicht zu sehen. »Ich werde nicht zulassen, dass du die Leiche siehst. Es ist nicht richtig. Du machst dir keine Vorstellung.«

»Ich bin aber kein zerbrechliches Frauchen!«, speit sie ihm entgegen. »Sondern ein menschliches Wesen, genauso wie du!« Sie wird diese Insel nicht verlassen, ohne ihren Vater gesehen zu haben. »Bring mich einfach zu ihm. Ich schaffe das schon.« Ihr Kiefer wird hart. »Ich muss ihn sehen.«

Kapitel 36

Sie schweigen, während Axel an den Rudern des Beiboots sitzt. Sie sind zu fünft an Bord, deshalb liegt es tief im Wasser und gleitet mit feierlicher Entschlossenheit in Richtung der nächstgelegenen Insel. Joseph hat sich widerwillig und nur gegen Bezahlung in Form von Trockenvorräten bereit erklärt, sie zu begleiten. Der zweite der Kelly-Brüder, David, ist ebenfalls mitgekommen, um das gestrandete Boot zurückzubringen, damit sie es reparieren können. Seine Gegenwart ist Eliza zutiefst zuwider. Wie können sie nur auf die Idee kommen, einem Toten – ihrem Vater – sein Boot wegzunehmen?

Vor dem Ablegen hat Joseph sie darauf vorbereitet, was sie erwarten könnte. »Kann sein, dass Tiere dran waren«, murmelte er. Die Worte hingen zwischen ihnen, hässlich und bedrohend.

Behände springen die Brüder aus dem Beiboot und stapfen am Ufer entlang, während Eliza, Axel und Quill Mühe haben, nicht zu stolpern, als sie ihnen folgen. Sandfliegen sirren herum, und das Ufergras schneidet ihnen die Knöchel blutig. Bestimmt gibt es hier auch Schlangen, aber wäre es so schlimm, wenn sie gebissen würde? Wäre es schlimm, wenn sie von einem Felsen stürzen würde und sich den Schädel an den Felsen aufschlüge?

Die Landschaft wird flacher und öffnet sich zu einem weiteren Strand. Am Fuß der roten Klippen wiegen sich Kautschukbäume in der Brise, daneben stehen von Blitzeinschlägen halb verkohlte Eukalyptusbäume. Weiße Vögel erheben sich von den Ästen und fliegen kreischend davon. Der Wind ist so heftig, dass er heult. Der Geruch nach Regen liegt in der Luft.

Joseph deutet auf den Waldrand am anderen Ende des Strands. Zwar kann Eliza einen Umriss an einem Baumstamm ausmachen, allerdings sieht er lediglich wie ein Haufen vergessenes Feuerholz aus. Erstaunt stellt sie fest, dass sie nichts spürt, trotz des pulsierenden Rauschens der Wellen und des Winds, der ihr um die Ohren pfeift. Sie sieht ihre schmutzigen Stiefel, die Trauerränder unter ihren Fingernägeln, doch mit den Gedanken ist sie an einem anderen Strand, sieht in der Ferne die Wasserfontänen der Wale, kann die Vögel anhand ihrer im Flug ausgestreckten Flügel benennen. Sie blinzelt langsam, malt sich aus, wie sich die Sonnenstrahlen in den Brillengläsern ihres Vaters spiegeln, spürt die Wärme seiner breiten, trockenen Hand auf ihrer Schulter.

»Eliza?« Axels Stimme dringt durch den Nebel ihrer Gedanken. »Ich komme mit dir.« Doch sie schüttelt nur den Kopf und stapft ganz allein langsam durch den Sand. Die Vögel sind verstummt, nur das Meer scheint ihr zuzusehen. Schließlich steht sie vor dem Baum und bückt sich mit zitternden Knien.

Das Etwas ist mit Blättern bedeckt. Auf jedem einzelnen wuseln Tausende von Insekten. Sie hat die Lider halb gesenkt, erhascht nur hier und da einen Blick auf die Gestalt am Boden, schützt sich davor, sie in ihrer Gänze wahrzunehmen. Fliegen steigen von dem Leichnam auf und landen auf ihrem Gesicht, krabbeln um ihre Mundwinkel herum. Der Gestank ist grauenvoll, legt sich wie eine Faust um ihre Kehle und schnürt ihr die Luft ab. Wieder blickt sie nach unten und sieht einen Knopf inmitten des Grüns aufblitzen. Sie blinzelt. Weißer Baumwollstoff. Noch ein Blick. Weiße Haut. Doch es genügt noch nicht. Sie muss ihn sehen, sein Gesicht, die Brille. Sie streckt die Hand aus und schiebt die Blätter zur Seite.

Der Schrei klingt wie der eines Tiers. Eines in einer Falle gefangenen Geschöpfs. Sie bekommt nicht mit, wie Axel hinter ihr losläuft, merkt anfangs gar nicht, dass der Laut aus ihrem Mund gekommen ist. Als Axel sie erreicht, ist sie auf die Knie gesunken, hat sich abgewandt und die Nase in der Armbeuge vergraben.

»Komm. Komm mit, weg von hier.« Er streckt die Hand nach ihr aus und zieht sie fort. Er hört nicht, was sie sagt, weil ihre Stimme bloß ein Flüstern ist, trotzdem spürt sie, dass er es instinktiv weiß. Mit weit aufgerissenen Augen beugt er sich über sie, packt sie an der Schulter und befiehlt ihr, es zu wiederholen. Diesmal kommen die Worte klar aus ihrem Mund, lauter als der Wind.

»Er ist es nicht.«

Beim Anblick der ersten Überreste des Leichnams hat sie noch nicht aufschreien müssen. Die Tiere hatten nicht viel von ihm übrig gelassen, im Grunde nur Knochen, Sehnen und safrangelbes Haar. Auch schwammen keine Tränen in ihren Augen, als sie sich vorbeugte, sodass ihr der Gestank nach verrottendem Fleisch entgegenschlug und wie eine widerliche Zunge über ihr Gesicht leckte. Aber ihr wurde die Kehle eng beim Anblick der Finger, zerfetzt von gierigen Schnäbeln. Und dann entfuhr ihr ein Schrei, als sie es sah – halb verborgen, in die Augenhöhle eingesunken wie eine Perle in einem Bett aus Muschelfleisch, schimmerte es: ein Glasauge mit einer grauen Iris. Das sie direkt ansah.

Sie kehren an den Strand zurück. Elizas Magen verkrampft sich vor Entsetzen. Sie hat es Axel gezeigt, und auch er hat es gesehen. Sie wussten beide auf Anhieb, wer es war. »Winters«, flüsterten sie.

Zuerst blieben die Kellys auf Distanz, doch als Axel ihnen zunickt, suchen sie Winters' Habseligkeiten zusammen, die sie in dem gestrandeten Beiboot gefunden haben – ein zerknautschter weißer Hut, eine Jacke, eine leere Feldflasche. Joseph verschwindet hinter einem Felsen und kehrt kurz darauf mit einem Haufen Muscheln in der Größe ihrer Handfläche zurück, die ebenfalls in dem Boot gelegen hätten, sagt er. Eliza nimmt ihm eine aus der Hand und dreht sie hin und her. Ihre Schale weist tiefe Rillen von Wattwürmern auf und ist mit einer harten, gräulich-weißen Masse gefüllt. Mit dem Fingernagel schabt Eliza daran und überlegt, weshalb sich bei dem Anblick etwas in ihr zu regen beginnt. Axel hält eine Muschel in die Sonne und klopft mit dem Fingerknöchel gegen die festgebackene Masse. Quill schnuppert daran und runzelt die Stirn. Elizas Gedanken sind verschwommen, machen es ihr schwer, sie zu fassen.

»Wieso lag der Kompass meines Vaters bei der Leiche?«, fragt sie leise.

»Eliza«, raunt Axel und berührt ihren Arm, doch sie schüttelt seine Hand ab. »Ist dir schon der Gedanke gekommen, dass auch dein Vater in dem Boot gewesen sein könnte?« Er sieht aus, als würde ihm gleich übel werden, doch sie hört nicht auf ihn, sondern geht fieberhaft im Geiste die Tagebucheinträge ihres Vaters durch. »Wir wissen, dass er den Logger mit diesem Beiboot verlassen hat.« Axels Stimme ist immer noch sanft.

»Weil Winters dabei war und ihm geholfen hat. Er hat ihn beim Rudern unterstützt, bis sie offenbar … hier gestrandet sind.« Er deutet auf die windumtosten Klippen.

»Ja, das ist mir klar.« Die Worte klingen verzerrt und wie aus weiter Ferne.

»Sie müssen Probleme bekommen haben, was bei so einem winzigen Boot auf dem riesigen Ozean durchaus einleuchtend ist. Vielleicht wurde dein Vater Opfer von … nun ja, hier gibt es überall Krokodile. Und Haie.« Er senkt den Blick.

In diesem Moment erinnert Eliza sich an die Passage, nach der sie die ganze Zeit ihr Gedächtnis durchforstet hat. Mit angehaltenem Atem ruft sie sich den genauen Wortlaut in Erinnerung. *Grau und übel riechend, wenn es ganz frisch ist, leuchtend weiß im trockenen Zustand. Weißes Gold!*

»Das ist Guano«, sagt sie.

Axel sieht sie in verblüfftem Staunen an.

»Ich verstehe nicht ganz. Was?«

»Diese weiße Substanz.« Sie tippt auf den Inhalt der Muschel. »Das ist Guano.« Wieder kratzt sie mit dem Fingernagel daran. »Das Exkrement von Seevögeln, das als Dünger verwendet werden kann. Es ist sehr begehrt. Viele suchen danach, vor allem in Südamerika. In Peru.«

Axel sieht sie mitleidig an. »Vielleicht solltest du dich setzen, Eliza.«

»Joseph, das Zeug hier stammt doch von Vögeln, richtig?«, ruft sie.

Anfangs hört Joseph sie nicht.

»Eliza.« Axel ermutigt sie noch einmal, sich in den Sand zu setzen.

»Diese Muscheln stammen von einer von Seevögeln bevölkerten Insel.« Inzwischen ist sie sich ihrer Sache ganz sicher. »Massen von Seevögeln, wahrscheinlich Tausende und Abertausende. Vor der Küste gibt es Inseln, auf denen sich dieses Zeug in gewaltigen Mengen anhäuft, jahrelang, ohne dass es entdeckt wird. Auf Brolga Island, zum Beispiel. Das habe ich im Tagebuch meines Vaters gelesen. Und es muss noch weitere Vorkommen geben, ganz hier in der Nähe. Im Lauf der Zeit löst sich das Exkrement auf, deshalb muss es im Innern dieser Muscheln hart geworden sein.« Sie schüttelt den Kopf, als ihre Gedanken neuerlich umherschwirren wie Motten um eine Laterne.

»Eliza!« Unterdessen klingt Axels Stimme barsch. »Wieso setzt du dich nicht hin?«

»Joseph, bitte, gibt es hier in der Nähe eine Insel, auf der Seevögel nisten?« Sie sieht aufs Meer hinaus. »Sie müssen den Rauch auf dieser Insel gesehen und gedacht haben, sie könnten mit dem Kompass und den Muscheln ein Tauschgeschäft machen«, fährt Eliza leise fort. »Bestimmt waren sie verzweifelt, vielleicht sogar schon nicht mehr im Vollbesitz ihrer geistigen Kräfte. Auf der Suche nach Nahrung und einem Unterschlupf …«

Axel sieht sie an, als hätte sie komplett den Verstand verloren, doch mit einem Mal überschlagen sich ihre Gedanken. Vielleicht war Clementines Vision ja doch kein Betrug, sondern sie hat Elizas Vater tatsächlich inmitten von Vögeln gesehen. Was, wenn Min bloß behauptet hat, sie sei eine Betrügerin, um Eliza zu beschützen und zu verhindern, dass sie sich auf dieses Abenteuer begibt? Wenn sie Angst hätte, Eliza könnte umkommen?

»Es gibt eine, hab ich recht?«, fragt Eliza, als Joseph sich ihr zuwendet. »Eine Insel, auf der Seevögel nisten?«

Verblüfft nickt er und deutet auf den Horizont.

Tagebuch von Charles J. G. Brightwell, Perlenunternehmer

Salzwasserkrokodile

Unter all den Geschöpfen in den Gewässern von Western Australia gibt es eines, vor dem ich mich zugegebenermaßen am meisten fürchte. Diese Kreatur verfolgt mich in meinen Träumen, ich sehe sie vor mir, wie sie gierig meine Logger im sanften Zwielicht umkreist. Man weiß, dass sie Männer hinterrücks überfällt, wenn sie im seichten Wasser Muscheln waschen, oder sich ohne Vorwarnung Fischer in den Mangroven schnappt, sodass nichts als ihre im trüben Wasser treibenden Hüte zurückbleiben.

Das Salzwasserkrokodil ist ein gewaltiger (ich habe schon Exemplare von sieben Metern Länge gesehen) opportunistischer Fleischfresser, ein eindeutiger Spitzenräuber, der praktisch jedes andere Lebewesen tötet, das sich in sein Territorium wagt: Haie, Fische, Reptilien, Vögel und Säuger, darunter, versteht sich, auch wir menschlichen Lebewesen. Üblicherweise ertränkt ein Krokodil seine Beute oder verschlingt sie schlicht im Ganzen. Im Wasser vollführt die Kreatur eine Bewegung, die als »Todesrolle« bezeichnet wird. Dabei dreht es sich wie eine Spindel um die eigene Achse, um währenddessen ganze Stücke aus dem Fleisch ihrer Beute zu reißen. Junge Salzwasserkrokodile besitzen auch die Fähigkeit, mit dem ganzen Körper aus dem Wasser zu schnellen, um auf tief hängenden Ästen sitzende Beutetiere zu fassen zu bekommen.

Der Körper des Krokodils ist breit, mit einem dickknochigen Schädel und einer brackig grünen, beinahe schwarz wirkenden Haut. Zuzusehen, wie ein Salzwasserkrokodil geradewegs auf einen zuschwimmt, wobei lediglich die Augen über der Wasseroberfläche sichtbar sind, während es mit kräftigen Bewegungen ohne Mühen durchs Wasser gleitet, lässt einem das Blut in den Adern gefrieren.

Das Salzwasserkrokodil blickt auf eine lange und blutige Geschichte als Menschenjäger zurück, und kein anderes Tier auf dem Planeten verfügt über ein so kräftiges Gebiss. Vor einigen Jahren wurde Ransford von einem Salzwasserkrokodil geschnappt, als er sich im Kingfish dermaßen volllaufen ließ, dass er auf dem Nachhauseweg die falsche Abzweigung nahm und in stockfinsterer Nacht durch die Mangroven stapfte, dieser leichtsinnige Narr. Der Nachttopfeinsammler entdeckte seine Leiche in den frühen Morgenstunden, besser gesagt, was noch davon übrig war. Sie suchten die ganze Gegend nach Hinweisen ab, doch es hieß, in nur wenigen Metern Entfernung hätte man ein riesiges Salzwasserkrokodil dabei beobachtet, wie es gerade die letzten Reste seines rechten Arms verschlang.

Kapitel 37

Axel fleht sie förmlich an, dass sie die Nacht auf der Insel der Kellys verbringen sollten. Sie könnten ja gleich im Morgengrauen aufbrechen, ausgeruht und einsatzfähig, aber Eliza muss jetzt sofort los, obwohl die Sonne bereits sinkt und wie eine Orangenscheibe, aus der der dickflüssige Saft tropft, gen Horizont wandert.

Auf dem Weg zum Beiboot fällt ihr auf, dass Quill auf der Hälfte des Strands stehen geblieben ist.

»Was ist los?«, ruft sie.

Widerstrebend kommt Quill näher. »Ich habe Angst, Eliza.«

Eliza schüttelt den Kopf und legt Quill den Arm um die Schultern. »Das brauchst du nicht. Wir haben uns immerhin durch den Sturm gekämpft, oder etwa nicht? Es ist eine Bagatelle, ein kleiner Schlenker mit dem Logger, mehr nicht.« Sie lässt den Arm sinken und geht weiter, während Axel das Beiboot bereit zum Ablegen macht.

»Geister«, ruft Quill ihr hinterher.

Eliza bleibt abrupt stehen.

»Ich habe Angst, dass Ihr Vater inzwischen ein Meeresgeist ist.«

Eliza runzelt die Stirn, doch ihr will keine passende Erwiderung einfallen.

Mit der Zehe zeichnet Quill eine Schlangenlinie in den Sand. »Wenn wir ihn finden, bedeutet das, dass die See ihn ausgespuckt hat. Weil sie ihn nicht wollte. Weil seine Seele verflucht ist.«

Eliza zuckt mit keiner Wimper. Sagt nichts. Sondern nickt nur kaum merklich und geht zum Beiboot, während Quill am Strand zurückbleibt und ihnen hinterhersieht.

Ächzend gleitet der Logger durchs Wasser. Die untergehende Sonne taucht das Deck in sepiafarbenes Licht, und die Segel blähen sich im aufkommenden Wind. Ohne Quill, die sie dirigiert, ist es ein gefährliches Unterfangen, um die Riffe herumzunavigieren. Die Gefahr, auf Grund zu laufen, lauert ständig und überall. Mit jeder Minute wird das Licht schwächer, bis es vollends zu einem schwachen Tröpfeln verblasst. Die Luft ist schwül und schwer vom Regen, der nur darauf wartet, endlich losbrechen zu dürfen. Elizas Röcke bauschen sich in der Brise, als sie sich mit aller Kraft gegen die Reling stemmt und mit einem Fernrohr jeden Zentimeter Sandstrand absucht, an dem sie vorbeifahren. Als sie es sinken lässt, bleibt ein roter Abdruck um ihr Auge zurück.

Der Logger dreht nach Westen ab und umrundet die Insel, als das Konzert beginnt – der Regen prasselt auf das hölzerne Deck, der Wind vereint sich in einem wilden Takt mit dem dröhnenden Rauschen der Wellen zu einem ohrenbetäubenden Gesang.

Der natürliche Kanal der Insel, die Joseph ihnen gezeigt hat, ist von Mangrovengestrüpp überwuchert und viel zu schmal, als dass der Logger hindurchpassen würde.

»Wir müssen das Beiboot nehmen.« Elizas Stimme geht im tosenden Wind beinahe unter.

»Eliza.«

»Gleich da drüben ist die Insel.« Sie wischt sich den Regen aus dem Gesicht. »Wir müssen nachsehen. Was, wenn Vater zurückgeblieben ist, während Winters sich aufgemacht hat, um die Tauschgeschäfte zu machen? Vielleicht konnte er auch hierher schwimmen, als der Sturm sie erwischt hat.« Die Worte ersterben in ihrer Kehle, als sie sich ihren Vater vorstellt, wie er völlig erschöpft und zu Tode verängstigt diese Strecke zurückzulegen versucht. Sie hat Mühe, ihre Zweifel zu verdrängen. »Wir müssen weiter. Komm.«

»Nein.«

Das Wort hallt wie ein Hammerschlag wider. Sie sieht Axel an, der mit hängenden Schultern dasteht.

»Es ist zu dunkel. Wir würden uns bei dem Wetter hoffnungslos verirren.« Ein flehender Unterton schwingt in seiner Stimme mit. »Er ist nicht hier, Eliza! Wir haben es versucht. Du bist pitschnass und kannst froh sein, wenn du dir nicht den Tod holst. Du zitterst schon am ganzen Leib. Wir haben alles in unserer Macht Stehende getan. Ich meine … gütiger Himmel.« Seine Brust hebt und senkt sich unter seinen raschen Atemzügen. »Er ist tot, Eliza, siehst du das denn nicht?«

Die Ruhe in ihrem Innern überrascht sie.

»Wenn du nicht bereit bist, nach ihm zu suchen, dann tue ich es eben alleine. Das habe ich mehr als einmal gesagt. Schon bei unserer ersten Begegnung.«

Axel schnaubt. Mehr gibt es nicht zu sagen. Sie dreht sich um und macht die Leinen des Beiboots los.

»Sei nicht albern, Eliza. Du wirst umkommen, wenn du ganz allein mit dem Ding losziehst. Es ist stockdunkel. Du würdest kentern.«

»Ich bin nicht so weit gekommen, um jetzt einfach aufzugeben.« Sie denkt an ihre Mutter, an Ned, an jene, die ihr bereits genommen wurden. Was bleibt ihr denn noch? »Er könnte noch am Leben sein.« Axel schüttelt den Kopf. »Die Chance ist winzig. Aber sie ist da.« Der Wind lässt sein klagendes Heulen hören. »Winters haben wir doch auch gefunden, oder nicht? Und solange es auch nur den Hauch einer Chance gibt, meinen Vater zu finden, muss ich es versuchen.«

Sie schwingt sich auf das Schandeck, zieht die Knie bis zum Kinn an und macht sich wieder an den Knoten zu schaffen, hört auch dann nicht auf, als eine heftige Bö sie herunterzuwehen droht und der Regen ihr das nasse Haar ins Gesicht peitscht. Doch die Taue des Beiboots wollen sich nicht lösen lassen. Gerade als sie ihrer Frustration mit einem Schrei Luft machen will, tritt Axel neben sie, streckt die Hand aus und löst mühelos die Befestigung – eine von Verärgerung angetriebene Geste, die eine regelrechte Kettenreaktion auslöst. Mit einem lauten Rasseln fällt das Beiboot herunter und landet platschend im Wasser, Sekunden später stemmt Eliza sich von der Reling ab und springt hinterher, schlägt hart auf dem Boot auf und rappelt sich mühsam hoch, während das Wasser gierig an dem hölzernen Rumpf leckt.

»Ich werde dich nicht begleiten, Eliza. Das ist eine ganz schlechte Idee.«

»Ich habe dich auch nicht darum gebeten. Gib mir die Lampe da.« Widerstrebend nimmt er sie vom Kabinendach und beugt sich über die Reling. Prompt beginnt die Lampe zu fauchen und sprotzeln. Eliza stellt sie auf die Ruderbank.

»Ich komme schon zurecht«, ruft sie und stößt sich ab.

»Sollte ich bei Sonnenaufgang nicht zurück sein, such nach mir. Oder vielleicht kann Quill sich ja durchringen.« Sie muss sich anstrengen, um sich über den zunehmenden Regen hinweg Gehör zu verschaffen. Axel verfolgt, wie sie die Riemen in die Dolle schiebt, und geht an der Reling entlang, als sie langsam vorbeirudert. Sie umrundet den Bug des Loggers. Ihr weißes Kleid leuchtet gespenstisch in der Dunkelheit. Mit einem Blick auf die Insel und einem zweiten zum Himmel schickt sich Axel an, vom Bug zu springen, doch im entscheidenden Moment bringt er es nicht über sich. Stattdessen sieht er zu, wie sie davonrudert und die Mangroven sie verschlucken wie ein Vogel ein schmackhaftes Insekt.

Innerhalb weniger Augenblicke hat der Regen zugenommen und prasselt doppelt so heftig auf sie nieder, trotzdem hält Eliza den Blick stur auf den natürlichen Mangrovenkanal vor ihr gerichtet. Dort wird sie gegen den heftigen Wind geschützt sein. In der Ferne kann sie die grauen Leiber der kreisenden Vögel bereits erkennen. Umständlich versucht sie, das hineingeschwappte Wasser auszuschöpfen. Kein einziger Stern dringt durch die dichte Wolkendecke. Ihre Zähne beginnen zu klappern.

An der Mündung des Kanals scheint der Wind sogar noch aufgefrischt zu haben. Die Sträucher raunen, als sie langsam daran vorbeigleitet, scharfe Wurzeln scharren laut über die Unterseite des Rumpfs. Sie hört das leise Quietschen des Uferschlamms, in dem es von allerlei Getier wimmelt und der so dick und zäh ist, dass er sie in einem Stück verschlingen könnte. Der Schrei eines Vogels dringt durch das dumpfe Zwielicht, ein Platschen irgendwo neben ihr verkündet, dass ein Lebewesen ins Wasser geglitten ist.

Sie greift nach der Lampe und hält sie vor sich. Ringsum knackt, knirscht und raschelt es. Der ganze Mangrovenkanal scheint von Geräuschen erfüllt zu sein. Sie spürt förmlich das Scharren der Tiere, die nur darauf warten zuzubeißen, hört das Ächzen der Äste, die sich unter dem Gewicht irgendwelcher Geschöpfe biegen. Mit zittrigen Fingern schwenkt sie die Lampe, deren trüber Schein glitschig-ölige Wurzeln erhellt. Blätter schimmern im Halbdunkel, so grün und prall, dass sie an die Gärten der Bungalows in Bannin denken muss. Winzige Frösche hüpfen mit einem leisen Platschen ins Wasser, Fliegen sammeln sich in einer dichten schwarzen Wolke um die Laterne. Dann sieht sie sie, hier und da im Wasser. Augen, unmenschlich und starr, die davondriften, als das Beiboot sich nähert, und wie ein Paar winziger Monde unter der Oberfläche verschwinden.

Sie spürt die Anwesenheit von etwas Großem in der Dunkelheit, ohne wirklich zu erkennen, dass es auf das Boot zuschwimmt. Sekunden später schnellt es mit einer wilden Fontäne aus dem Wasser, bis hinauf zu ihrem Ellbogen. Vor Schreck schreit sie auf, während das Boot zu wackeln beginnt. *Die Lampe, mein einziges Licht!*, ist ihr beherrschender Gedanke. Hektisch sieht sie sich um, auf die geriffelte, vom trüben Schein erhellte Wasseroberfläche. Etwas hebt sich von einem Baum ab. Sie reißt den Kopf zurück und späht nach oben, als das nächste Platschen ertönt, direkt neben ihrem Arm. Inzwischen hat sie aufgehört zu rudern und steht halb aufrecht im Boot, das langsam zu kreiseln beginnt. Ein Bild materialisiert sich vor ihrem geistigen Auge, löst sich allmählich aus den Schatten. Es ist eine Rose, eine weiße Rose. Sie erinnert sich noch, wie sie die Blütenblätter zwischen den Fingern zerdrückt hat, während ihr die Worte ihres Vaters von damals wieder in den Sinn kommen.

»Es gibt nur eins, was man tun kann, wenn man sich im Territorium eines Salzwasserkrokodils wiederfindet«, hatte er damals gesagt, doch sie hatte nicht recht hingehört, sondern bloß geistesabwesend die Blütenblätter zwischen den Fingern zerrieben. »Eliza.« Erst da hatte sie ihm ins Gesicht gesehen, das von der hinter ihm stehenden Sonne eingerahmt wurde. »Nur eines, Eliza. Verhalte dich so ruhig wie möglich.«

Langsam greift sie nach den Riemen und hält sie so fest, dass ihre Muskeln vor Anstrengung zittern, damit das Boot reglos auf dem Wasser verharrt. Auf diese Weise kann sie sich langsam von der Strömung treiben lassen, doch die Untätigkeit ist fürchterlich. Jede Faser ihres Körpers schreit danach, sich zu bewegen, durch die Fahrrinne zu pflügen und so schnell in die Sicherheit der Insel zu gelangen, wie sie nur kann. Doch sie zwingt sich zur Ruhe. Erst nach einer Weile erlaubt sie sich, bedächtig nach links und rechts zu blicken.

Über ihr driften die Wolken auseinander und geben den Blick auf den hellen, dicken Vollmond preis, der am Himmel steht und auf sie herabzublicken scheint. Inzwischen kann sie etwas besser sehen – die Ufer sind von dürren, stakigen Mangrovenbäumen gesäumt. Am Himmel haben sich Sterne zu einem flammenden Kreuz vereint, und auch die Planeten zeigen sich unterdessen und scheinen über sie zu wachen. Ihr Licht verleiht der Umgebung eine eigentümliche Klarheit. Es ist, als stünde die Zeit still, als das Boot beständig durch den Sumpf gleitet. Eine Brise wispert. Elizas Blick schweift umher, bleibt an etwas hängen, das ihr merkwürdig vorkommt.

Eine Gestalt.

In den Bäumen.

Etwas, das eigentlich gar nicht dort sein dürfte.

Reglos verharrt es da, hoch über der Wasserlinie. Sie kann kaum atmen. Das Wasser wird plötzlich still. Statt der Dunkelheit ist alles in Licht getaucht, als hätte jemand die Luft entzündet, die nun lichterloh brennt und sie erkennen lässt, dass sie endlich dort ist, wo sie sein sollte. Erinnerungen flackern auf, sind so schnell wieder verschwunden wie eine Horde spielender Kinder: Sie steht am Strand, mit ihm, sucht nach leeren Muschelschalen, dann ist sie in seinen Armen und kreischt vor Vergnügen. Das Bild ist wie ein Blitz, dessen Licht sich in die Innenseite ihrer geschlossenen Lider brennt, und als es verglüht, sieht sie ihn ein weiteres Mal, wie er von der Zeit auf See zurückkehrt, mit einem strahlenden Lächeln und ausgebreiteten Armen die *Starling* verlässt.

In ihren Ohren rauscht es, als sie die Ruder packt und das Boot umständlich ans Ufer lenkt. Bewegt sich da etwas? Ist das möglich? Sie ist dankbar für den hellen Mondschein, der nicht nur die algenbewachsenen Äste erhellt, sondern auch etwas Bleiches, Eigentümliches in den Schatten, das da eigentlich gar nicht hingehört. Ein lautes Platschen ertönt, doch Eliza schenkt ihm keine Beachtung, sondern späht angestrengt auf die Stelle, bis der Mond weitere Details erhellt – Haut, menschliche Haut, bleich und fleischig wie ein geschälter Pfirsich. Sie schluckt gegen den bitteren Geschmack an, der sich plötzlich in ihrem Mund ausbreitet, und lässt den Blick weiter nach oben wandern, ganz langsam und vorsichtig. Es ist, als hätte ihr jemand das Herz aus der Brust gerissen, sodass es nun vor ihren Augen in der Luft pumpt. Da ist ein Bein. Ein in einem Stiefel steckender Fuß. Noch ein Stück weiter hinauf. Etwas Weißes. Angelaufene Knöpfe in schmutzigem Stoff. Ein Arm, fest um einen Ast geschlungen, und an seinem Ende eine Hand mit einem Ring an einem der Finger. Sie spürt, wie sie fällt, kämpft jedoch mit aller Kraft dagegen an. Ihr Blick heftet sich auf einen schwarzen Haarschopf, versengte Haut und ein Augenpaar, eulenhaft hinter zersprungenen Brillengläsern. Sie sind auf sie gerichtet, blinzeln. Lebendig.

Kapitel 38

Der Mann setzt seinen Weg fort. Noch vor Sonnenaufgang ist er aufgewacht, um sich an den Aufstieg zu machen: Von einem höheren Punkt aus kann er besser sehen, wer ihm auf den Fersen ist. Prüfend schweift sein Blick über den Boden, wo er Wurzeln und Knollen findet. Aufgeworfene Erdhaufen zu seinen Füßen lassen erkennen, wo Kaninchenbeutler fieberhaft Löcher gebuddelt haben.

Die Bäume scheinen sich ihm entgegenzuneigen, als er weitergeht. Scharf hebt sich die Klippe gegen den wolkenlosen Himmel ab, als er sich weiter aufwärts kämpft, wobei er sein Körpergewicht auf seine breiten Hände stützen muss und die Füße tief in den Untergrund gräbt, als sich Geröll löst und talwärts rutscht. Inzwischen ist er so hoch oben, dass er die Rücken der Adler erkennen kann. Gnadenlos brennt die Sonne vom Himmel, und die Luft ist schwer, doch im Schutz der Nacht ist es ihm wenigstens gelungen, eine Waffe zu schnitzen. Er trägt sie bei sich, sie gibt ihm Halt auf seinem Marsch und liegt neben ihm im Schatten, wenn die Erschöpfung zu groß wird und er sich ausruht, aber meistens senkt er den Kopf und klettert in der glühenden Sonne einfach weiter.

Unten im Tal fühlt Parkers Kopf sich zentnerschwer auf seinen Schultern an. Wochen sind vergangen. Ohne eine warme Mahlzeit, ohne den gewohnten Schutz seines Polizeipostens. Aber er darf jetzt nicht nachlassen. Die Zivilisierung dieses Landstrichs liegt in seinen Händen. Er ist daran gewöhnt, all jene aufzustöbern, die sich seinem Zugriff zu entziehen versuchen, und jeder dieser elenden Mistkerle hat sich dieser Regel zu beugen, oder aber er bezahlt den Preis dafür.

Er und der Fährtensucher legen eine kurze Rast an einem Bachlauf ein, der diesen Namen kaum verdient, denn das Wasser ist mickriger als jeder Strahl Pisse, und die Tümpel werden von vereinzelten gepanzerten Räubern mit Beschlag belegt. Am Ufer reihen sich dürre Eukalyptusbäume, doch die Männer entscheiden sich für den Schatten eines alten, verdorrten Affenbrotbaums. Die Pferde wiehern und zucken nervös, als sich fette Schmeißfliegen auf ihren zitternden Wimpern niederlassen wollen. Der Baum ist so gewaltig, dass man hundert Schritte bräuchte, um seinen Stamm zu umrunden, doch Parker wagt es in den schweren, schmutzstarrenden Stiefeln nicht, es auszuprobieren, weil er nicht sicher ist, ob seine Beine ihn den ganzen Weg tragen würden. Und Parker ist ein Mann, der Ungewissheit tunlichst zu vermeiden versucht.

Inzwischen haben sich dicke Blasen auf seinen Lippen gebildet, seine Haut ist krebsrot verbrannt und der widerliche Gestank seines eigenen Körpers ein ständiger Angriff auf seine Nase. Halb verrückt vor Durst, lässt er sich gegen den kühlen Baumstamm sinken.

»Mister!«, zischt der Fährtensucher eindringlich.

Parker schultert sein Gewehr, schlurft zu ihm hinüber und folgt seinem Blick. Der Fels ist mit dichtem Süßgras bewachsen, trotzdem hat Parker Mühe, im grellen Licht etwas auszumachen. Die Sonne scheint ihm direkt in die Augen und zwingt ihn, sie fast ganz zusammenzukneifen. Aber dann sieht er es. Dort oben bewegt sich etwas, inzwischen ist er sich ganz sicher. Seine Hand tastet nach seinem Gewehr, als er eine dunkle Silhouette erspäht. Mit hämmerndem

Herzen und zittrigen Knien legt er an und zielt auf die Silhouette hoch oben auf dem Felsen, während hinter ihr die Sonne untergeht und sie in ein kranzförmiges Licht taucht. Parker kneift die Augen zusammen, legt den Finger um den Abzug und beginnt, ihn langsam zu krümmen, blinzelt kurz gegen die verdammten Fliegen an, gerade noch rechtzeitig, um zu sehen, dass die Gestalt im Gegenzug einen Speer in die Höhe reckt.

Kapitel 39

Elizas Vater halb aufrecht, halb liegend auf den Achtersitzen des Ruderboots zu sehen, war schon eine gewaltige Überraschung, allerdings schlug sie in fassungsloses Staunen um, als Axel feststellte, dass der Mann tatsächlich noch atmete. Für lange Erklärungen blieb keine Zeit, als sie ihn unter hektischen Anweisungen eilig an Bord des Loggers hievten, wo sie seine Verletzungen in Augenschein nahmen. Ohne Unterlass verabreichten sie ihm frisches Wasser, das er in gierigen Schlucken trank. Nach ihrer Rückkehr auf ihre Insel gelang es Quill, mit den Kellys diverse Gegenstände gegen Jod, Verbände, Nadeln, Faden, antiseptischen Puder und ein Fläschchen Laudanum zu tauschen.

Noch in der Nacht brachen sie nach Bannin auf. Kaum hatten sie alles an Bord geschafft, was sie brauchten, setzten sie die Segel und navigierten den Logger an den Gefilden der Nevermore-Inseln heraus. Es war schwül, und der Mond sank ganz allmählich. Erst als das Schiff ruhig dahinglitt, Quill in einen tiefen, erschöpften Schlaf gefallen war und Axel jede Wunde am Körper ihres Vaters inspiziert hatte, gestattete Eliza sich, tief durchzuatmen. Mit zitternden Händen griff sie nach einem Blechteller und drehte ihn so, dass sie im Schein der Laterne ihr verzerrtes Gesicht sehen konnte. Spuren vom Blut ihres Vaters waren auf ihren Wangen verschmiert und klebten in den Falten an ihrem Hals. Sie fuhr sich mit dem Finger über die Lippen und nahm den Eisengeschmack wahr, tastete unter ihren blutverschmierten Röcken nach Stellen, wo die Äste ihr die Haut aufgerissen hatten.

»Er hat tiefe Fleischwunden an den Beinen, und seine Hände sind übel zugerichtet«, hatte Axel leise vor der Kabine zu ihr gesagt. »Es muss alles desinfiziert und genäht werden, aber am schlimmsten ist, dass sein Körper völlig ausgetrocknet ist. Das könnte immer noch dazu führen, dass er es nicht schafft.« Er hatte in die Kabine gespäht und sich dann wieder Eliza zugewandt. »Wie um alles in der Welt ist er überhaupt auf diese Bäume gekommen? Was hatte er dort zu suchen?«

Sie hatte nur den Kopf geschüttelt und zu ihrem Vater hinübergesehen.

»Das werden wir erst erfahren, wenn er wieder so weit bei Kräften ist, dass er sprechen kann. Bis dahin müssen wir abwarten. Jetzt soll er sich erst einmal ausruhen.« Ihre Stimme hatte ruhig geklungen, doch ihr Herz hatte lichterloh gebrannt.

Die folgenden drei Tage weicht sie ihrem Vater keine Sekunde von der Seite. Sie bringt ihm die Mahlzeiten ans Bett, befeuchtet seine Stirn mit einem Lappen, um das Fieber zu senken, wartet, wartet, wartet darauf, dass er endlich wieder bei Sinnen ist. Und redet.

Als er schließlich die Augen aufschlägt und sich stöhnend

und mit schmerzerfülltem Gesicht hochstemmt, ist Eliza so erleichtert, dass sie am liebsten laut schreien würde. Sie ist außer sich vor Freude. Ihr Vater lebt. Er *lebt*.

Lange Zeit sitzen sie da und sehen einander wortlos an, während Eliza nicht weiß, ob sie schimpfen oder weinen soll. Sein Gesicht ist ganz schmal und von der Sonne verbrannt, seine Lippen unter dem langen, drahtigen Schnauzbart von wunden, nässenden Blasen bedeckt. Ohne Brille wirkt er verloren, orientierungslos. Sie blickt zur Kommode neben der Koje, wo sie liegt, genauer gesagt, was noch davon übrig ist. Sein trockenes Schlucken verrät ihr, dass er heiser ist.

»Wie viel weißt du?«, krächzt er. In seinem Tonfall schwingt etwas mit, das sie nicht genau benennen kann.

Sie sieht zu, wie er vorsichtig die Hände hin und her dreht, um Axels chirurgische Künste in Augenschein zu nehmen. Zwar sind die Wunden nur notdürftig genäht, aber wenigstens scheint die Infektionsgefahr gebannt, da sich die Schnitte halbwegs geschlossen haben und sich nichts von der befürchteten nässenden Rötung zeigt.

Sie rutscht auf dem Hocker nach hinten.

»Alles, nehme ich an. Sofern Thomas die Wahrheit gesagt hat.«

Ihr Vater nickt. Trotz seiner Schwäche wirkt er … beeindruckt? »Du bist ihm also gefolgt.«

Hört sie Belustigung aus seinen Worten heraus? Seine Züge verraten nichts Derartiges, doch es liegt eindeutig etwas Unbeschwertes in seinem Tonfall. Kurz spürt sie Wut in sich aufsteigen.

»War das alles bloß ein Spiel für dich? Ein weiteres leichtsinniges Abenteuer von dir? Menschen sind umgekommen.«

Er fährt hoch, offenbar zu schnell, denn er hält sich den Nacken vor Schmerzen. »Nicht Thomas. Bitte.« Verzweiflung flackert in seinen Augen auf.

Mit einem Anflug von Gewissensbissen blickt sie auf seinen grob zusammengeflickten Arm. »Nein«, räumt sie eine Spur sanfter ein. »Nicht Thomas. Aber Winters. Er wurde am Strand von einer der größeren Nevermore-Inseln angespült.«

Sein Blick fällt auf den Boden, und sie sieht, wie seine Schultern erschlaffen.

»Wir hätten es gar nicht erst bei dem Sturm versuchen dürfen«, murmelt er. »Der arme Kerl. Wir mussten von dieser Insel runter und dachten, Thomas käme uns holen. Wir haben gewartet. Wirklich.« Er berührt seine Stirn. Sie fragt sich, ob es derselbe Sturm war, der auch Axel beinahe das Leben gekostet hätte.

»Und Balarri auch«, flüstert sie.

Wieder blickt ihr Vater auf und sackt dann bestürzt zusammen.

»Er ist nicht tot, sondern wurde festgenommen«, korrigiert sie sich eilig. »Wegen des Mordes an *dir*. Wenig überraschend, dass er geflohen ist. Meiner letzten Kenntnis nach ist Parker immer noch im Busch unterwegs und jagt ihn.«

Ihr Vater schüttelt knapp den Kopf. »Wir haben ihn schon frühzeitig zurückgeschickt, damit genau das nicht passiert. Dieser verdammte Parker!« Sein Tonfall ist scharf geworden und sein Gesicht verzerrt. Bestimmt hat er Schmerzen. Sie hält ihm das Fläschchen mit dem Laudanum hin, doch er weigert sich, etwas davon zu nehmen. Sie rutscht vor und legt ihm die Hand auf den Arm. Augenblicklich verraucht ihre Wut, und Tränen steigen ihr in die Augen. Sie legt den Kopf an seine Brust. Kurz zuckt er vor Schmerz zusammen, doch dann hält er sie fest, während sie weint, aus Kummer und Angst um die Männer, die zu Schachfiguren in einem Spiel geworden sind, das mit ihnen eigentlich gar nichts zu tun hat. Gleichzeitig ist ihr bewusst, dass es auch Tränen der Erleichterung sind, selbst wenn sie sich deswegen schuldig fühlt. In ihren schlimmsten Momenten war sie sicher, dass sie ihren Vater niemals wiedersehen würde. Doch nun ist er hier, sie hat seinen Geruch in der Nase, hört seine tiefe Stimme. Seine Brille liegt hier, sein Ring, all die Gegenstände, die sie unwiederbringlich verloren glaubte. Als sie keine Tränen mehr hat, hebt sie den Kopf und wischt sich die Augen trocken.

Und dann erzählt er ihr von dem Erpresserbrief, so wie Thomas es zuvor getan hat. Wie sie beide aneinandergerieten, ehe sie gemeinsam einen Plan geschmiedet haben. Er legt ihr dar, wie Winters ihn im Schutze der Dunkelheit klammheimlich von der *Starling* abgeholt hat, wie sie zu den Rosellas gerudert sind, um dort wie vereinbart auf Thomas zu warten.

»Der Wind war in jener Nacht sehr viel heftiger als erwartet«, erklärt er. »Tagsüber hatten wir eine Flaute, und alles war bestens. Offen gestanden herrschten geradezu absurd milde Bedingungen. Doch kaum war der Mond aufgegangen, kam ein heftiger Wind aus Nordwesten auf. Schon nach kurzer Zeit kamen wir weit vom Kurs ab, ganz egal, wie kräftig wir ruderten oder uns bemühten, ihn zu korrigieren. Zwei geschlagene Tage verbrachten wir auf See, ohne Wasser, ohne Proviant, nur mit den Haien, die allmählich anfingen, uns zu umkreisen. Ich war der festen Überzeugung, dass wir sterben würden, entweder durch Ertrinken oder als Folge der Hitze. Doch als wir an diesem dritten Morgen die Augen aufschlugen, sahen wir einen Mangrovenkanal und dahinter eine grün bewachsene Insel. Wir glaubten, es sei ein Wunder geschehen, Eliza!« Er lacht beinahe. »Wir konnten es kaum glauben. Über uns schwirrten überall Vögel, und als wir näher kamen, stellte sich heraus, dass wir dort Schutz finden konnten. Wir ruderten bis zur Insel und stellten fest, dass sie nicht von Menschen, sondern nur von Tölpeln bewohnt war, die am östlichen Ufer in einer stinkenden Kolonie nisteten. Wir bauten uns einen Unterschlupf und fanden einen kleinen Bach mit Süßwasser, außerdem würden wir im seichten Wasser genug Nahrung finden, um zu überleben, bis Thomas uns holen kam. Wir mussten einfach nur durchhalten, denn wenn Thomas feststellte, dass wir nicht wie erwartet auf den Rosellas gelandet, sondern weiter abgetrieben worden waren, würde er seinen Suchradius erweitern. Aber du kennst ja deinen Bruder.« Er runzelt die Stirn. »Er ist ein unverbesserlicher Pessimist und nicht wie du oder ich oder auch deine Mutter. Offenbar fand er die Rosellas leer vor und dachte, wir seien ertrunken. Ach, der arme Junge, wie grauenvoll muss er sich gefühlt haben.«

Eliza starrt ihn fassungslos an. Wie kann ihr Vater noch Mitgefühl mit ihrem Bruder haben, statt lodernde Wut zu empfinden, nachdem er gerade die Wahrheit erfahren musste? Dass sein eigener Sohn nicht einmal so viel Vertrauen in ihn hatte, dass er überall nach ihm suchen würde? Wie kann er ihren Verdacht nicht teilen, dass Thomas in Wirklichkeit sogar *wollte*, dass alles so kam?

»Also haben wir gewartet«, fährt er fort. »Mehr als zwei Wochen lang, bis klar wurde, dass wir auf dieser Insel sterben würden, wenn wir die Dinge nicht selbst in die Hand nahmen. Also fuhren wir jeden Tag mit dem Beiboot hinaus, immer ein Stück weiter und um alle Inseln der Kette herum, hielten nach Anzeichen von Siedlungen Ausschau, nach vorbeikommenden Schiffen, nach allem, das uns helfen könnte. Und dann sahen wir den Rauch.«

Sie denkt an das Feuer der Kellys, ihre morsche Hütte auf dem Hügel. Das war es, was ihr Vater und Winters gesehen haben mussten. »Also seid ihr hingefahren, um den Guano und den Kompass einzutauschen.«

Er sieht sie ungläubig blinzelnd an, dann verzieht er das Gesicht zu einem flüchtigen Lächeln. »Genau so war es. Ja. Wir wussten nun, dass Menschen auf dieser Insel waren. Aber wir hatten keine Ahnung, wer sie waren oder wie sie uns empfangen würden. Wir mussten unser Glück versuchen, und etwas anderes hatten wir nicht zum Tausch anzubieten, auch wenn es noch so ungewöhnlich sein mochte.« Er hebt den Kopf und blickt zu den vom Pfeifenrauch geschwärzten Balken hinauf, während er nach den richtigen Worten zu suchen scheint.

»Dichte Wolken hingen an dem Tag am Himmel, als wir aufbrachen. Glücklich waren wir nicht darüber, aber uns lief die Zeit davon. Wir mussten endlich von dieser Insel weg, vor allem nun, da wir wussten, dass es ganz in der Nähe Menschen gab, die womöglich Vorräte, Lebensmittel oder gar ein Schiff hatten, mit dem wir aufs Festland zurückfahren könnten. Also ruderten wir los.« Seine verletzte Hand wandert zu seinem Mund. »Es war ein leichtsinniges Unterfangen, ersonnen von zwei Verzweifelten, die nicht länger bei klarem Verstand waren. Kaum waren wir aufgebrochen, kam ein Sturm auf, der uns wie ein Faustschlag traf. Noch waren wir nicht sehr weit gekommen, sondern konnten die Mangroven hinter uns und die Insel in der Ferne sehen, auf der wir das Feuer bemerkt hatten. Wir überlegten kehrtzumachen, aber wenig später hatten wir es nicht länger in der Hand, denn die Wellen wurden immer gewaltiger. Ich habe schon viele Stürme erlebt, Eliza, das kannst du mir glauben, aber wenn man in einem Beiboot sitzt, sieht die Sache auf einmal ganz anders aus.« Eliza denkt an den im Wasser treibenden Axel, an ihre Gewissheit, dass die Fluten auch ihn verschlungen hatten. »Die Wellen waren haushoch. Wir hatten keine Chance.« Sie verstärkt den Griff um seinen Arm. »Ich wurde über Bord gespült, habe aber nicht gesehen, was mit dem armen Winters geschah. Ich schwamm und schwamm und schwamm. Stundenlang, so fühlte es sich zumindest an. Ich war sicher, dass ich ertrinken würde, Eliza. Nach allem, was geschehen war, würde ich im offenen Meer ertrinken. Beinahe wollte ich schon aufgeben, einfach loslassen, mich den Fluten ergeben, aber dann musste ich an dich denken.«

Ihr stockt der Atem.

»Ich dachte an dich und alles, was du durchgemacht hast. Meine Tochter. Meine arme Tochter. Wie wundervoll du immer noch bist, trotz aller Hürden, die dir das Leben in den Weg gestellt hat.« Sie schluckt. »Ich dachte daran, wie du deine Mutter und dann auch noch Ned verloren hast«, fährt er fort. »Diese Tragödie. Und wie Thomas und ich einfach verschwunden sind, dich im Stich gelassen haben. Ich ekelte mich vor mir selbst, und ich wusste, dass ich es irgendwie schaffen muss, zu dieser Insel zurückzukehren. Und zu dir.«

Sie verkneift sich die Frage, wie es ihm so leichtfallen konnte, sie überhaupt erst allein zu lassen. Jetzt ist nicht der richtige Zeitpunkt dafür. Noch nicht.

»Und irgendwie ist es mir mit Gottes Hilfe gelungen, mich in diesen natürlichen Kanal zurückzukämpfen, wo die Wellen nicht mehr ganz so hoch waren, allerdings war ich nicht allein hier.« Sie spürt, wie sie beim Gedanken daran, dass sie selbst beinahe gekentert wäre, ein Schauder überläuft. »Ich sah die mit Schuppen bewehrten Schwänze der Salzwasserkrokodile, direkt unter der Oberfläche, und bekam Panik. Mir war klar, dass ich so schnell wie möglich aus dem Wasser herausmusste, also habe ich mich ans Ufer gekämpft und bin auf das erstbeste Gewächs geklettert, das ich finden konnte, allerdings waren die Wurzeln und Äste so scharfkantig, dass ich mir die Haut an den Händen regelrecht zerfetzt habe. Ich weiß noch, dass ich nach unten gesehen und festgestellt habe, dass das Wasser rot von meinem Blut war, deshalb musste ich so hoch hinaufklettern, wie ich nur konnte.«

Sie denkt an den Sturm zurück, der ihren Logger erwischt

hat, zwei Tage, bevor sie die Insel der Kellys in den Nevermores erreichten.

»Wie lange warst du dort, bevor ich dich gefunden habe?«

»Es müssen drei Nächte gewesen sein«, antwortet er. »Und die Krokodile waren die ganze Zeit da. Sie haben gewartet, ließen sich in der Strömung am Fuß des Baumes treiben. Ich konnte nicht heruntersteigen, um mir etwas zu essen oder Wasser zu suchen, sondern musste ausharren und hoffen, dass sie irgendwann verschwinden. Als du auftauchtest wie ein im Wasser schwebender Engel, war ich mir sicher, dass ich tot sei. Bei Gott, ja, daran gab es keinen Zweifel.«

»Aber jetzt bist du hier.« Sie lächelt, trotz ihrer tiefen Erschöpfung. Das Bedürfnis, ihr nachzugeben und es dabei bewenden zu lassen, ist schier übermächtig, doch sie weiß, wenn sie jetzt nicht fragt, wird sie es niemals tun.

»Wieso hast du es mir nicht gesagt?«

Er sieht sie forschend an.

»Wieso hast du mir nicht erzählt, was du und Thomas vorhattet? Wie konntest du mich in dem Glauben lassen, du wärst tot, und sei es nur für eine kurze Zeit?«

Einen Moment lang schweigt er, während sie ihn eindringlich mustert.

»Weil ich wusste, dass ich es dir nicht erst zu sagen brauche«, antwortet er schließlich vorsichtig.

Sie runzelt die Stirn.

»Anfangs war es einfach sicherer für dich, nicht über unsere Pläne Bescheid zu wissen. Die Unkenntnis diente dazu, dich vor dir selbst zu schützen, vor überstürzten Schritten.«

Sie beißt die Zähne aufeinander.

»Aber ich wusste auch, dass du mich finden würdest, falls etwas schiefgehen sollte.« Er blinzelt und wartet ab. »Sollte irgendetwas vorfallen, das unsere Pläne durchkreuzt, würdest du dich von nichts und niemandem davon abhalten lassen, nach mir zu suchen. Das wusste ich so sicher wie sonst nichts in meinem Leben.«

Sie starrt ihn finster an, scheint seine Worte nicht recht einordnen zu können.

»Du hattest das Tagebuch. Dafür habe ich gesorgt. Und du bist hier.«

Sie senkt den Blick, denkt an die vielen Male, als ihr Vater Hinweise für sie hinterlassen hat – der Meerjungfrau-Talisman, die Libellen-Aufgabe, all die Hinweise, die er wie Brotkrumen ausgelegt hat, ehe er fortging. War sein Tagebuch der wichtigste gewesen?

»Du hast also nicht darauf vertraut, dass Thomas dich holen kommt?«

»Nein, nein, das wollte ich damit nicht sagen.« Doch sie ist sicher, den Anflug eines Zweifels in seinen Augen aufflackern zu sehen. »Ganz und gar nicht.« Er räuspert sich. »Ich wollte dir die Gelegenheit geben, etwas zu tun, wodurch du dir selbst vergeben kannst.«

Sie verlagert das Gewicht und spürt, wie sich Hitze in ihrer Brust ausbreitet.

»Du hast mich gerettet. Ohne dich wäre ich zweifellos gestorben, weil ich aufgegeben hätte, auf einem verflixten Mangrovenbaum hockend. Aber du hast mich gerettet. Jetzt ist Schluss mit den Vorwürfen und der Scham, Eliza. Ich lasse nicht zu, dass du dir noch länger die Schuld gibst.«

Ihre Hände zittern. Sie ist verwirrt, hat Angst. Erst nach einem Moment begreift sie, was er ihr zu sagen versucht. Sie denkt an jenen heißen Tag zurück. An das Boot im seichten Wasser. An das Kind, das von den Wellen angespült wird. Wie sie sich jahrelang deswegen mit Selbstvorwürfen geplagt hat.

»Du musst dir selbst vergeben, Eliza.« Er nimmt ihre Hand. »Ich will, dass du dich nicht länger damit quälst. Bitte.«

Nun ergreift Wut Besitz von ihr.

»Nein.« Der Raum beginnt, sich um sie zu drehen. »Ich habe dich nie gebeten, so etwas zu tun. Ich habe nie …« Sie nimmt ihre Hand von seinem Arm.

Er schüttelt den Kopf, als habe sie ihn nicht richtig verstanden. »Das weiß ich doch, aber ich meinte nur …«

»Was wirst du tun, wenn Parker Balarri findet?«

»Balarri spielt doch da draußen Katz und Maus mit ihnen.«

»Darum geht es aber nicht!« Elizas Stimme ist scharf und schrill. »Ohne dich und deinen *lächerlichen* Plan müsste er gar nicht erst da draußen im Busch sein.« Ihre Gedanken überschlagen sich. Ihr ist bewusst, dass ihr Vater alles getan hat, um seinen Kindern zu helfen, bloß hat er damit nichts als Chaos angerichtet. Und hat anderen gewaltigen Schaden zugefügt.

»Das war die einzige Möglichkeit, dich und Thomas zu beschützen. Meine Familie. Ich musste es tun.«

»Und was ist mit Winters' Familie? Oder war er verzichtbar für dich?«

Resigniert stützt ihr Vater den Kopf in den Händen auf. »Das sollte nicht passieren, auf keinen Fall, und ich wünschte, die ganze Angelegenheit hätte ein anderes Ende genommen.«

Sie sieht ihn an, seinen verwundeten Körper, das gramverzerrte Gesicht. Aber sie hat jetzt keine Kraft mehr zu reden, deshalb füllt sie den Krug mit Wasser und sagt ihm, er soll schlafen. Sie zieht die Kabinentür hinter sich zu und lehnt sich gegen das harte Holz, schließt die Augen. Ihre Lider fühlen sich schwer und wund an, trotzdem zeichnet sich in der Dunkelheit vage ein Bild ab – das Bild des Jungen, den sie nicht retten konnte.

Kapitel 40

Bannin, zwei Tage später

Niemand darf ihren Vater in Bannin zu Gesicht bekommen. Sie müssen sehr vorsichtig sein, denn bis feststeht, aus wessen Feder der Erpresserbrief stammt, sind ihre Familie und auch andere in Gefahr. Deshalb hat Axel sich bereit erklärt, ihn mit dem Logger nach Cossack zu schaffen, wo er bei Thomas bleiben wird, bis sie ihn benachrichtigt, dass es sicher genug ist, um nach Hause zurückzukehren – wobei Eliza sich bemüht, nicht daran zu denken, dass das womöglich niemals der Fall sein wird.

Sie ist außer Atem, als sie das Gefängnis erreicht. Gewitterwolken türmen sich unheilvoll am Himmel. Sie kann sich nur fragen, wie die Hitze die Kraft findet, das Land so lange im Würgegriff zu halten. Selbst die Sandfliegen haben sich in den Schatten zurückgezogen.

Zu ihrem Erstaunen ist vor dem Gefängnis kein Officer postiert. Sie hämmert mit der Faust gegen die Tür. Nach einer Weile tritt der Wärter heraus, schirmt sich mit der Hand die

Augen gegen die Sonne ab, die hier und da hervorblitzt, und brummt etwas.

»Wurde ein Mann namens Balarri von der *White Starling* hergebracht?«, fragt sie schnell und bemerkt, wie eine Ameisenkolonne zur Tür herausmarschiert. Aus einer der Zellen dringen Würgelaute, in einer anderen jammert ein Gefangener leise, ehe er in alkoholisierter Lautstärke zu singen beginnt. »Hat Parker einen Mann hergebracht?«, fragt sie.

Der Wärter stößt einen Pfiff aus und vergräbt die Hände in den Hosentaschen. »Ich hab Parker seit Wochen nicht mehr gesehen.« Er lehnt sich gegen den Türrahmen, ehe er sich wieder löst und mit dem Stiefel die Ameisen zerstampft. »Seine Frau hat einen Suchtrupp losgeschickt, so viel weiß ich, aber das Einzige, womit die Männer zurückkamen, waren wunde Ärsche und ein Sonnenbrand. Wenn Sie mich fragen, hat er sich auf eine der Farmen verdrückt, macht sich dort einen Lenz und säuft sich das Hirn aus dem Schädel.«

Sie denkt kurz darüber nach, doch sie kann sich beim besten Willen nicht vorstellen, dass Parker seinen Posten einfach aufgeben würde – und die damit verbundene Macht. Wenn er immer noch nicht zurück ist, bedeutet das, dass er Balarri nach wie vor nicht aufgestöbert hat? Und dass sie sich ein Fünkchen Hoffnung gestatten darf?

Sie kehrt dem Gefängnis den Rücken und macht sich auf den Weg in die Stadt, wobei sie den Briefbogen fest an ihre Brust gepresst hält, als müsse sie ihn unbedingt schützen, obwohl die Wörter kaum noch lesbar sind. Sie hat ihn aus der Tasche ihres Vaters gezogen, ganz vorsichtig auseinandergefaltet und auf dem Deck glatt gestrichen. Das Blatt war nur noch eine klebrige

Masse aus aufgeweichtem Papier und verschwommener Tinte, trotzdem ist es ihr gelungen, es in der Sonne zu trocknen und einen Fetzen zu retten, auf dem die aus auffallend großen, geschwungenen Buchstaben bestehende Handschrift noch zu erkennen ist.

Sie ist sich der wachsamen Blicke der Leute bewusst, als sie durch die Straßen geht. Ringsum verschwimmen die Gesichter zu einer undefinierbaren Masse, aus der sich nur hier und da Einzelheiten lösen – ein Seitenblick, ein zu einem Grinsen verzogener Mund voll verfaulter Zähne. Die neugierigen Blicke prallen an ihr ab. Sie konzentriert sich allein auf den Jungen, mit dem sie sprechen muss.

Er steht wie gewohnt hinter seinem Schalter. Als sie hereinkommt, läutet die Glocke über der Tür. An der Decke verquirlt ein träger Ventilator die abgestandene Luft. Sofort irren die Augen des Postjungen rastlos umher, um sie bloß nicht ansehen zu müssen. Sie streicht ihre Röcke glatt, setzt ein Lächeln auf – unwillkürlich muss sie an ihre Mutter denken, als sie spürt, wie sich die Haut an ihren Wangen verzieht – und tritt mit wenigen Schritten vor ihn.

»Guten Morgen.« Die Sanftheit ihres Tonfalls überrascht sie selbst. »Geht es Ihnen gut?«

Dem Jungen steht der Schreck ins Gesicht geschrieben. Sein Adamsapfel hüpft unter seiner sommersprossigen Kehle auf und ab.

»Ja, sehr gut, Miss«, presst er stammelnd hervor. »Es soll schon bald kühler werden.« Sie sehen sich beide um und ignorieren geflissentlich, dass selbst die Wände zu schwitzen scheinen.

Sie kommt ohne Umschweife zur Sache, wobei sie sich weiter um einen freundlichen Tonfall bemüht, um die Aufmerksamkeit der anderen Kunden nicht auf sich zu ziehen.

»Könnten Sie mir vielleicht sagen, weshalb ich einen Brief nicht erhalten habe, der vor einigen Wochen an mich geschickt wurde? Einen wichtigen Brief. Einen sehr wichtigen Brief. Er muss an mich adressiert gewesen sein. Eliza Brightwell. Mit einem Poststempel aus Cossack.«

Es ist ihr auf der Rückreise nach Bannin wieder in den Sinn gekommen, als sie sich die angespannte Unterredung mit Thomas in Erinnerung rief. Wie er, als er sie sah, fragte, ob sie seinen Brief erhalten habe. Damals war sie nicht darauf eingegangen und hatte ihn nicht gefragt, was darin gestanden hat – ob er versucht habe, ihr von seinen Plänen und seinem fehlgeschlagenen Versuch zu berichten, ihren Vater zu finden. Sie kann nicht fassen, wie ihr so etwas passieren konnte.

Der Junge tritt von einem Fuß auf den anderen, schiebt sich zwei Finger in den Kragen, um ihn zu lockern.

»Ich kann Ihnen nur wärmstens raten, mir die Wahrheit zu sagen«, fügt sie hinzu, in der Hoffnung, dass die vage Drohung Wirkung zeigt.

»Bitte verzeihen Sie mir, Miss.« Sein Blick schweift zuerst im Raum herum, dann über seine Schulter zu dem Postbeamten, der im Hinterzimmer auf einer Leiter steht. »Ich wusste nicht, dass ich was Falsches tue.«

Ihr scharfer Blick genügt, um ihn fortfahren zu lassen.

»Sie hat gesagt, sie kennt Sie und würde ihn für Sie mitnehmen. Sie hat mir Geld angeboten, wenn ich niemandem verrate, dass ich ihn ihr mitgegeben habe.«

»Wer?«, hakt Eliza nach.

»Na ja, eine Frau eben. Wie sie heißt, weiß ich nicht. Sie ist unscheinbar, nichts Besonderes. Ich dachte, sie ist mit Ihnen verwandt.«

»War sie eine Arbeiterin oder die Frau eines Perlenunternehmers?«

»Die Frauen der Perlenunternehmer kommen nicht oft hierher, Miss, sondern schicken immer bloß ihre Dienstboten. Es tut mir leid, Miss, ehrlich. Ich würde doch nichts Unrechtes tun. Bitte, verraten Sie mich nicht.« Wieder schweift sein Blick zu seinem Vorgesetzten auf der Leiter. »Ich brauche diese Arbeit, sonst habe ich kein Auskommen.«

Eliza zieht den Fetzen Papier heraus und legt ihn auf den Tresen. »Also schön. Aber dafür müssen Sie mir sagen, von wem dieser Brief hier stammt. Ich gehe davon aus, dass Sie die Handschrift der meisten Leute hier in der Stadt kennen. Schließlich gibt es nicht allzu viele, die lesen und schreiben können.«

Er sieht sie verwirrt an, beugt sich dann aber über die kläglichen Überreste des Briefbogens.

»Das Blatt ist mächtig nass geworden, Miss, deshalb bin ich nicht ganz sicher …«

»Das weiß ich selbst, aber ein Teil der Schrift ist noch erhalten. Hier. Und hier.« Sie deutet auf die Tintenreste.

Er streicht mit dem Finger darüber, dann nimmt er den Fetzen widerstrebend hoch und hält ihn ins Licht.

»Es ist kein Wasserzeichen mehr da, das habe ich bereits überprüft. Der Verfasser hat es abgeschnitten.«

»Nein, Sie irren sich.«

»Entschuldigung?«

»Das Wasserzeichen wurde zwar entfernt, aber wenn man genau hinsieht, entdeckt man, dass zumindest die oberen Buchstabenränder noch zu erkennen sind …« Behutsam fährt er mit dem Finger über den unteren Blattrand.

»B.R.I.G.H.T.W.E.L.L.«

Abrupt hebt Eliza den Kopf. »Ja. Eliza Brightwell. Das bin ich.«

»Nein. Ich meine, das ist der Name auf dem Papier. Das Wasserzeichen habe ich oft gesehen.«

Es ist, als hätte sie jemand ins Gesicht geschlagen. Der Raum verschwimmt um sie herum. Das kann doch nicht sein. Ihr Vater kann unmöglich all das eingefädelt haben, nur wegen ihr, oder? So weit kann er nicht gegangen sein. Ihre Zunge klebt am Gaumen fest, und nur unter Mühe kann sie sie lösen.

»Aber das ist unmöglich, fürchte ich. Sehen Sie noch mal hin. Vielleicht hat ja jemand ein ähnliches Wasserzeichen.«

Der Junge runzelt die Stirn und fummelt an seinen Hemdknöpfen herum, dann hält er das Blatt widerstrebend ein weiteres Mal hoch.

»Miss, wenn Sie hier herüberkommen wollen, damit ich es Ihnen zeigen kann.« Den Blick auf Eliza geheftet, beugt er sich mit dem Papierfetzen in der Hand vor. »Sehen Sie die oberen Ränder der Buchstaben hier? Nur die Spitzen?« Er schnappt einen Block und einen Stift und beginnt zu schreiben.

»Da«, erklärt er mit einem zufriedenen Nicken, als er fertig ist. »W.E. BRIGHTWELL.«

Sie lässt die Hände sinken, als hätte sie sich verbrannt.

Kapitel 41

Die Muschelschalen knirschen unter ihren Stiefeln, als Eliza sich dem Bungalow nähert. Vorhänge hängen schlaff aus den mit alten Holzstäben offen gehaltenen Fenstern. Die Lilien stehen in voller Blüte, und ihre strahlende Farbe hebt sich geradezu erschreckend vom rostigen Wellblech ab.

Sie hatte geglaubt, vielleicht ein wenig ängstlicher zu sein, doch in Wahrheit empfindet sie lediglich so etwas wie Betäubung.

Er scheint überrascht zu sein, sie vor der Tür stehen zu sehen, obwohl das eigentlich nicht sein kann. Er bittet sie einzutreten. Sie folgt ihm ins Haus. Die Luft ist schal, gleichzeitig von einer geradezu klinischen Klarheit, da die Sonne durch die geöffneten Fenster hereinfällt.

Er bietet ihr Tee an. Sie lehnt ab. Eine Weile sitzen sie nur da, während sich die Stille wie ein stramm gezogener Faden zwischen ihnen spannt.

»Wie geht es dir, Eliza? Ich habe oft an dich gedacht.«

Die Bemerkung verblüfft sie, doch sie findet sofort ihre

Fassung wieder. Sie lässt den Blick über ihn schweifen, ganz schnell, als laufe sie Gefahr zu erblinden, wenn sie länger an einer Stelle verharrte. Er wirkt so schwach mit seinen mageren, scharf konturierten Armen und Beinen. Was für eine geschickte Finte.

Sie sieht sich im Raum um: eine schlagende Stockuhr mit Mondphasenanzeige, deren einst glänzende Verzierungen nun von einer dicken Staubschicht bedeckt sind. In der Ecke hängt eine Waffe an dem dafür vorgesehenen Haken, darunter ein Bild ihres Vaters, dessen Augen hinter seiner Brille belustigt funkeln. Aus einem Impuls heraus steht sie auf und durchquert den Raum. Sie nimmt das Bild von der Wand, hebt es über den Kopf und wirft es dann mit aller Kraft zu Boden. Willem erhebt sich halb von seinem Stuhl, hält jedoch verwirrt inne, um abzuwarten, was sie als Nächstes tut. Die Scherben knirschen unter ihren Stiefeln. Sie bückt sich, wobei ihre Röcke über die Glasstückchen streifen, nimmt die Fotografie, schürzt die Lippen und bläst die winzigen Splitter von der Oberfläche.

Dann zieht sie den Brief aus der Tasche, hält kurz inne und legt ihn Willem direkt vor die Füße – eine grausame Geste, dessen ist sie sich sehr wohl bewusst. Sie richtet sich wieder auf, tritt einen Schritt zurück und verschränkt die Arme, während sie zusieht, wie ihr Onkel sich langsam bückt, wobei er sein gesamtes Gewicht auf sein gesundes Knie stützt, eine so umständliche, mühsame Bewegung, dass sich seine Fingerknöchel auf der Armlehne des Stuhls weiß verfärben. Sein Holzbein rutscht zur Seite weg, sein Gesicht rötet sich. Irgendwann erträgt sie den Anblick nicht länger, sondern bückt sich und schnappt sich den Brief, sodass seine Finger ins Leere greifen. Erschöpft und beunruhigt lässt er sich zurücksinken. Eliza drückt ihm den Brief in die Hand. Er nimmt ihn und inspiziert die Überreste des zerdrückten, verschmutzten Bogens.

»Darf ich fragen, was das ist?«

Sie hat Mühe, ruhig zu bleiben.

»Du weißt genau, was das ist, Willem.«

»Eliza, ich würde wirklich gern w…«

»*Genug*.« Der stählerne Ton verfehlt seine Wirkung nicht. »Wegen dir wäre er beinahe gestorben. Andere *sind* gestorben. Und alles nur wegen deiner … deiner Gier«, stammelt sie. »Aber Erpressung? Wie konntest du? Wie konntest du so weit gehen?«

Er liest die wenigen erkennbaren Worte auf dem Papierbogen, während sich seine Miene kaum merklich verändert – ein flüchtiger Moment des Stirnrunzelns, ein Verhärten seines Kiefers.

»Das ist die Erpressung?«, fragt er. Als er den Blick hebt, liest Eliza etwas in seinen Augen, das sie noch nie zuvor an ihm gesehen hat. Auf seinen knochigen Armen stemmt er sich aus dem Stuhl hoch und durchquert ohne ein Wort den Raum, wobei die Glasscherben unter seinen Stiefeln knirschen. Ohne sie anzusehen, geht er an ihr vorbei, und dann ist sie allein. Die Ungewissheit macht sie nervös. Soll sie ihm folgen? Nein, sie wird lieber warten. Wieder lässt sie den Blick durch den Raum schweifen, über Emaillekästchen und Glasgefäße, auf denen sich die Sonnenstrahlen spiegeln. Sie blinzelt, doch die Miene ihres Onkels hat sich in ihr Gedächtnis gebrannt – seine finster zusammengezogenen Brauen. Sie hört, wie er sich räuspert und etwas durch das Haus ruft. Lange ist es still, dann ertönen gedämpfte Geräusche. Das Warten wird zur Qual.

Schließlich kehrt er zurück, steht im Türrahmen, eine Hand auf die Schulter seiner Frau gelegt. Die Geste wirkt nicht unbedingt beschützend, vielmehr schiebt er Martha langsam vor sich her bis in die Mitte des Raums.

»Ich denke, hier liegt ein Missverständnis vor«, erklärt er.

»Vielleicht können wir alles besprechen und versuchen, dem auf den Grund zu gehen.«

Eliza spürt die Abscheu in ihrer Kehle aufsteigen, bis hinauf zu ihrer Nasenwurzel. Gleichzeitig wundert es sie nicht, dass ihr Onkel selbst dann noch auf die Unterstützung seiner Frau zählt, wenn er längst überführt ist. Marthas Miene verrät nichts, doch allein ihre Gegenwart hat eine ernüchternde Wirkung auf die Stimmung im Raum. Willem blickt neuerlich auf den Briefbogen, ehe er ihn seiner Frau reicht, die ihn kaum eines Blickes würdigt. Er tritt zum Sekretär in der Ecke und öffnet die Klappe, hinter der ein Tintenfass mit einem Füllfederhalter in einem versilberten Halter stehen. Daneben liegt ein ordentlicher, von einem Band zusammengehaltener Stapel Briefbögen. Er löst die seidene Schleife, nimmt das oberste Blatt zur Hand und betrachtet es eingehend.

»Als Erstes müssen wir herausfinden, wie jemand unsere Korrespondenz gestohlen haben kann, um deine Handschrift zu imitieren«, murmelt er.

Aufgebracht holt Eliza tief Luft. Wie kann er immer noch versuchen, sich aus dieser Angelegenheit herauszuwinden? Sie hat ihm doch die Beweise seiner Untaten präsentiert – hier sind sie, in Tinte festgehalten. Und. Und. Sie stockt. Blinzelt. *Deine Handschrift*, hat er gesagt. Sie sieht zu ihm hinüber.

Ihr Onkel starrt seine Frau durchdringend an. Sein Kiefer ist so fest angespannt, dass die Muskeln hervortreten.

»Hast du eine Erklärung für all das, Martha? Fällt dir jemand ein, der dir so eine Tat in die Schuhe schieben wollte?« Eliza sieht, dass der Papierbogen in Willems Hand zittert. Sie tritt vor und nimmt ihn an sich. Sie braucht nicht einmal eine Sekunde, um die langen, eleganten Buchstaben zu erkennen. *Liebster Willem*. Die Schwünge und Bögen haben sich längst in ihre Netzhaut gebrannt. Auch ohne weiterzulesen, weiß sie, dass der

Brief dieselbe Handschrift trägt wie ihr Fragment. Stattdessen hält sie ihn hoch, sodass das Licht hindurchfällt und das Wasserzeichen erkennbar wird, klar und deutlich. Sie lässt den Bogen wieder sinken. *Deine Dich liebende Ehefrau Martha* steht am unteren Rand, in der Handschrift, die sie mittlerweile nur allzu gut kennt.

Sie sieht Martha an – das vorgereckte Kinn, die starren Augen. Trotz. Das war nicht die Reaktion, die sie erwartet hat.

Niemand käme je auf die Idee, eine Erpresserin vor sich zu haben. Wie kann ein derart unscheinbares Geschöpf einen Mann so an seine Grenzen bringen, an den Punkt, dass er auf das endlose Meer hinausfährt, nur um seine Familie zu beschützen? Marthas Gesicht zeigt keine Spuren harter körperlicher Arbeit oder Sonneneinstrahlung, ihr Körper ist weich und reizlos, ihr Haar unauffällig hellbraun. Sie sieht Eliza an, als wäre sie kaum mehr als ein lästiger Köter.

»Wie konntest du?«, flüstert Eliza, während ihr aufgeht, dass Martha auch diejenige gewesen sein muss, die Thomas' Brief abgefangen hat.

»Martha. Sag es ihr. Los, erklär es.« Willems Atem kommt stoßweise. »Sag ihr, dass jemand anders das getan haben muss. Wahrscheinlich hast du leichtsinnigerweise einen deiner Briefe im Circle liegen lassen.«

Stille.

»Martha, sprich!«, bellt Willem mit einer schockierenden Mischung aus Bestürzung und Wut. Doch Martha reagiert nicht, sondern starrt Eliza und Willem nur mit zusammengekniffenen, harten Augen an. Unwillkürlich muss Eliza daran denken, wie ihr Vater in seinem Tagebuch Haie beschrieben hat – *ein totes tiefschwarzes Auge, dessen Anblick selbst dem abgebrühtesten Seemann das Blut in den Adern gefrieren lässt.*

»Er hat es mir leicht gemacht«, sagt Martha schließlich.

Erschüttert schließt Willem die Augen. »Dein Vater war schon immer ein Schwächling und seine Familie sein Verderben.«

Eliza hat Mühe, die Frau vor ihr – die Zusammenkünften zu Moral, Gottesfurcht und Anstand vorgesessen hat – mit den Worten in Einklang zu bringen, die gerade über ihre Lippen kommen. Irgendwo im Raum sirrt ein Insekt, draußen summt das Meer sein melancholisches Lied.

»Er ist geradezu erbärmlich. Er verdient nichts von dem, was ihm geschenkt wurde.« Marthas Züge sind verzerrt. »Mit deiner Mutter fing es an, nicht in der Lage, ein weiteres Kind zur Welt zu bringen, aber sie hat darauf bestanden, es zu bekommen, und dein Vater war nicht Manns genug, es ihr auszureden. Wenn man es genau nimmt, trägt er die Schuld an ihrem Tod.« Eliza spürt, wie sich ihr Magen verkrampft. »Jahrelang habe ich euch zugesehen, eurer Familie. Immer noch mehr Kinder, immer noch mehr Perlen, wie ihr Dinge angehäuft habt, die eigentlich uns zugestanden hätten.«

Flüchtig blickt Eliza zu den Regalen an den Wänden. Auf keinem davon ist das Porträt eines vergnügt lachenden Kindes zu sehen.

»Wir haben eure Überfahrt bezahlt. Wir. Wir haben deinen Vater in eine Position gebracht, die es ihm erlaubt hat, stinkreich zu werden. Aber als er sein Bein verloren hat«, Martha deutet zu Willem hin, »wo war da dein Vater?« Willem ballt die Fäuste. »Seine Frau war die Einzige, um die er sich gesorgt hat. Die Hälfte der Flotte hätte uns gehören sollen, dann hätten wir das Geld, das man braucht, um die Geschicke der Stadt zu lenken. Stattdessen speist man uns mit einem kümmerlichen Anteil ab, der uns zu einem Leben in Armut zwingt, während dein Vater immer mehr Schulden anhäuft. Und zu sehen, wozu dein Bruder fähig ist, hat mich in meiner Meinung bestätigt. So ein Mann darf keine Flotte erben.«

Elizas Finger zucken. Sie tritt vor, doch Martha macht keine Anstalten, vor ihr zurückzuweichen.

»Oh, Eliza, dieser Mann ist eine Gefahr für uns alle.« Ihre Stimme ist leise und tonlos. »Seine Gier ist ein Schandfleck für die ganze Bucht und eine Sünde, für die er bezahlen muss.«

Mit einem Mal macht Martha einen Satz nach vorn und fällt um ein Haar auf die Knie. Willem steht mit erhobenem Arm hinter ihr. Seine Hände zittern vor Wut.

»Raus hier.« Seine Stimme ist leise und gebieterisch, doch Martha hebt nicht einmal den Kopf. Ihre Schultern beben unter einem bitteren Lachen. Sie bekommt nicht mit, wie Willem den Raum durchquert und den Webley-Revolver vom Haken nimmt.

»Verschwinde«, befiehlt er mit barscher und zugleich tief bekümmerter Stimme. Er bringt es offenbar nicht über sich, seine Frau anzusehen, trotzdem hält er die Waffe zögerlich auf sie gerichtet. »Verschwinde aus diesem Haus. Aus Bannin. Und solltest du jemals wieder versuchen, dich in meine Familienangelegenheiten einzumischen, oder weitere Erpressungsversuche unternehmen, schicke ich jemanden nach dir, der dich umbringt, so wahr mir Gott helfe.« Willems Wut scheint mit jeder Sekunde zu wachsen. Tränen glitzern auf seinen Wangen. »Ich werde nicht zögern.«

Langsam richtet Martha sich auf, strafft die Schultern.

»In dieser verrufenen Stadt wollte ich ohnehin nicht bleiben. Hier hat doch der Teufel seine Hände im Spiel.« Mit der Hand wischt sie sich den Speichel aus den Mundwinkeln, rafft ihre Röcke und geht zur Tür. »Ich werde einen Jungen schicken, der meine Sachen abholt.« Willem hat die Zähne so fest zusammengebissen, dass Eliza Angst hat, sie könnten zerbröckeln. Er dreht sich nicht mehr zu seiner Frau um.

Kapitel 42

Die Wolken haben ihre Schleusen geöffnet und ergießen ihren Inhalt mit voller Wucht über Bannin Bay, gepaart mit einem geradezu animalischen Heulen, als würde die Erde von tiefem Kummer gebeutelt. Eliza muss ihren Hut festhalten, als sie sich durch den Sturm zu Axels Hütte unten am Strand kämpft. Eigentlich sollte er inzwischen aus Cossack zurück sein, deshalb will sie ihm sagen, dass ihr Vater und auch ihr Bruder nichts mehr zu befürchten haben.

Die Behausungen am Ufer beben förmlich unter dem Prasseln des Regens. Als sie ihr Ziel erreicht, sind ihre Stiefel von einer dicken Schicht aus nassem Sand bedeckt. Leise betritt sie die Hütte und findet Axel mit einem Buch auf der Brust vor.

»Gütiger Himmel.« Er springt von der Pritsche auf. »Du bist ja pitschnass. Hast du den Verstand verloren?«

Sie nimmt ihren Hut ab, legt ihn auf ein umgedrehtes Fass und drückt sich das Wasser aus den Haaren. »Ein bisschen Regen hat noch niemandem geschadet.« Sie blickt auf ihre schmutzigen, verhedderten Röcke, und beide brechen in Gelächter aus.

»Komm, wärm dich ein wenig auf.« Er nimmt eine Decke und legt sie ihr um die Schultern. »Vielleicht könnte ich ein Feuer machen, allerdings lässt sich das Holz bei dieser Nässe nur schwer anzünden, fürchte ich.« Sie wiegelt ab und setzt sich auf einen Hocker in der Ecke.

Dann schildert sie ihm, was in Willems Bungalow vorgefallen ist. Martha hat der Stadt gewiss für immer den Rücken gekehrt, da sind sie sich ganz sicher.

»Konntest du nach Quill sehen?«, fragt sie.

»Quill geht es gut.« Er nickt. »McVeigh war heilfroh, ihn zurückzuhaben. Ich glaube, der alte Knabe hat sich ohne ihn etwas einsam gefühlt.«

Beim Gedanken an Quills Geheimnis muss Eliza insgeheim lächeln. Trotz ihrer Furcht, was die Zukunft für das Mädchen bringen wird, hat sie es bis jetzt eisern gewahrt.

»Ich bin froh, dass du hergekommen bist.« Axel legt die Fingerspitzen aneinander und lässt dann beide Hände auf die Knie sinken – *eine merkwürdige Bewegung*, denkt Eliza und fragt sich, ob er aus irgendwelchen Gründen nervös sein könnte.

Sie lässt die Schultern sinken. »Bitte sag nicht, dass du Bannin Bay verlassen willst. Bitte. Bleib doch hier. Ich verspreche dir, dass es dir in Bannin Bay gefallen wird.« Sie sieht sich zweifelnd um.

Er lacht. »Nein, das ist es nicht. Nun ja, irgendwie schon, denn irgendwann muss ich wohl weiterziehen, aber vorher will ich noch etwas mit dir besprechen.«

»So förmlich«, neckt sie, bis sie sieht, dass er errötet. »Was gibt's?«

»Na ja, es ist so …«, stammelt er und hält inne. Draußen prasselt unterdessen laut der Regen auf den Strand. »Ich halte es für vollkommen ausgeschlossen, dass dir entgangen sein könnte, dass ich in dich verliebt bin.«

Sie weiß nicht, wie sie darauf reagieren soll. Mit angehaltenem Atem wartet sie ab.

Er wertet ihr Schweigen als Ermutigung, fortzufahren.

»Ich habe viele Teile der Erde bereist, aber niemals jemanden wie dich getroffen, Eliza Brightwell.«

Jetzt sieht sie ihn an, wünscht sich, er möge aufhören.

»Ich kenne keine Frau, die sich so verhält wie du, und glaub mir, ich meine das als Kompliment.«

Sie rutscht auf ihrem Hocker hin und her.

»Du erstaunst mich immer wieder, und … wie sagt man noch … in deiner Nähe zu sein, bringt mein Herz zum Singen.« Sie hat ihn noch nie so lebhaft gesehen, und das will etwas heißen. »Und du bist nicht nur schön …«

»Ich bin nicht schön«, widerspricht sie in einem Tonfall, als hätte er sie des Diebstahls bezichtigt. Aber sie weiß nun einmal, dass sie nicht schön ist, deshalb sind das nur leere Worte.

»Du bist exquisit, Eliza. Eine Frau muss nicht wie diese Gesellschaftsdamen aufgetakelt sein, um als schön zu gelten. Deine Seele ist wunderschön, und deine Energie …« Er tritt auf sie zu. »Ich würde mir nie verzeihen, wenn ich dich nicht fragen würde, ob du meine Frau werden willst.«

Sie sieht ihn an, sein attraktives Gesicht, seine klaren, ernsten Augen, überlegt, wie es wohl wäre. Auch sie hat noch nie einen Mann wie Axel Kramer kennengelernt, jemanden, der sich so wenig davon beeinflussen lässt, wie ein Mann zu sein hat. Seine Brust hebt sich. Eliza spürt seine Vorfreude.

Und zerstört sie jäh. »Ich fürchte, das kann ich nicht tun.«

Seine Züge erschlaffen, und er weicht zurück, senkt den Blick. »Natürlich. Ich hätte niemals auf die Idee kommen dürfen.«

»Ich könnte dich nicht glücklich machen.«

Abrupt hebt er den Kopf. »O doch, das würdest du, Eliza. Das weiß ich ganz sicher.«

»Und du würdest mich nicht glücklich machen.«

Draußen ächzt und stöhnt der Wind. Axel steht wie erstarrt vor ihr.

»Ich habe kein Interesse daran, Ehefrau zu spielen, und wenn ich auf Reisen bin, würde es mir nicht genügen, es am Arm eines Mannes zu tun. Deshalb würde mich ein solches Arrangement keineswegs glücklich machen, so reizvoll es auch erscheinen mag.«

Er nickt und stößt ein freudloses Lachen aus. »Ich hätte dich niemals allein losrudern lassen dürfen.«

»Was meinst du damit?«, fragt sie stirnrunzelnd.

»Hätte ich dich begleitet, fiele deine Antwort möglicherweise anders aus.« Er seufzt. »Ich habe aufgegeben, und Aufgeben ist etwas, das du nicht erträgst. Ich kenne dich gut genug, um das zu wissen.« Er lächelt bitter. Sie tritt zu ihm und legt ihm den Arm um die Schultern.

»Du bist einer der wunderbarsten Menschen, die ich je kennengelernt habe«, sagt sie. »Und ich will nicht, dass du abreist, sondern finde, dass du bleiben solltest.« Sie deutet um sich. »Bestimmt gibt es jede Menge Frauen, die mit größter Freude deine Frau werden möchten, so einen schneidigen deutschen Abenteurer als Mann?« Sie hebt eine Braue.

Ein zuversichtliches Lächeln erscheint auf seinen Zügen.

»Nun, so wenig erfüllend du ein Leben als Ehefrau finden magst, so wenig würde mich ein Leben stets am selben Ort zufriedenstellen«, erwidert er. »Ich bin von Natur aus ruhelos, deshalb werde ich wohl bald weiterziehen müssen. Vielleicht finde ich ja heraus, was es in Neuseeland oder in den Häfen des Orients zu entdecken gibt. Womöglich segle ich sogar nach London.«

Sie lächelt ihn an. »Aber versprich mir, dass du irgendwann zurückkehrst, und sei es nur zu Besuch.«

»Natürlich tue ich das, Eliza.« Aber sie weiß schon jetzt, dass er es nicht tun wird. »Nichts könnte mich je von Bannin Bay fernhalten.«

Kapitel 43

Zwei Wochen später

Rosellasittiche mit ihren typisch leuchtend roten Köpfen flattern am Himmel, als sie die Straße entlanggeht. Nun, da der Regen endlich eingesetzt hat, ist die Luft über dem Watt nicht mehr so drückend schwül. In der Ferne schlagen die Wellen des Meeres ans Ufer, wie die steten Atemzüge eines riesigen Tiers.

Sie erklimmt die Düne, setzt sich hin und gräbt die Hände tief in den Sand, wo er merklich kühler ist. Nach einer Weile zieht sie sie wieder heraus und lässt den Sand durch ihre Finger rieseln. Sie erinnert sich noch genau an jenen Tag vor einigen Jahren. Mit Balarri. Wie die Wolken am Himmel festgebacken zu sein schienen und ihm die fleckige Färbung eines Blutergusses verliehen. Sie spürt eine nur allzu vertraute Trockenheit im Mund, von der sie nicht sicher ist, ob sie sie jemals wieder loswird. Aber sie wird es sich zur Aufgabe machen, auf ihren alten Freund zu warten, wo auch immer er sein mag. Noch hat sie nichts von Parkers Jagd auf Balarri gehört. Außerdem hat sie sich auf die Suche nach Winters' Familie begeben, konnte aber bislang niemanden ausfindig machen. Das Unbehagen beim Gedanken an sie wird sie wohl nicht mehr loslassen – die Trauer um einen Jungen, den man zu einem Opfer verführt hat, das ihm keiner jemals danken wird.

Donner grollt, als sie sich auf den Rückweg in die Stadt macht. In der Ferne hocken die Brahminenweihen auf Mangrovenästen, während sich Schlammspringer mit ihren geradezu ekstatischen Zuckungen im Matsch winden. Sie sieht zu, wie leuchtend bunte Vögel mit langen Schnäbeln auf dürren Beinen auf der Jagd nach Würmern durch das seichte Wasser staksen, während sich die Welt langsam und gemächlich weiterdreht.

Die Stadt empfängt sie mit ihren gewohnten Geräuschen und Gerüchen. Sie holt tief Luft, reckt das Gesicht der Sonne entgegen und gestattet sich einen kurzen Moment der Ruhe – bis diese durch einen Pfiff jäh durchbrochen wird.

»Brightwell!« Min steht mit einem strahlenden Lächeln mitten auf der Straße, dann stellt sie ihre vollen Wäscheeimer in den Schatten und tritt auf Eliza zu.

»Du schlenderst einfach so durch die Gegend, ja?« Leiser Spott schwingt in Mins Stimme mit. »Was um alles in der Welt soll das werden?«

»Ich habe nur jemandem meinen Respekt erwiesen.«

Min hebt die Brauen, sagt jedoch nichts.

Einen Moment lang mustern sie einander schweigend und mit einem leicht verlegenen Lächeln.

»Ich wollte schon die ganze Zeit mit dir reden«, sagt Min schließlich.

»Axel hat es mir gesagt«, erwidert Eliza schnell und hebt die Hand. »Du brauchst mir nichts zu erklären. Das sind wunderbare Neuigkeiten.«

»Ich habe aber das Gefühl, dass ich es muss.«

»Glaub mir, es besteht keinerlei Notwendigkeit. Ich freue mich von Herzen für euch beide.«

Min legt den Kopf schief, und Eliza sieht die Belustigung in den Augen ihrer Freundin.

»Nun ja, ich weiß natürlich, dass ich nicht seine erste Wahl bin«, sagt sie, woraufhin Eliza neuerlich die Hand hebt. »Und wenn ich ganz ehrlich sein soll, ist er es für mich genauso wenig.« Eliza schließt die Augen. Sie lachen beide. »Aber er sieht gut aus, ist nett und sanftmütig – er würde niemals einer Frau Gewalt antun.«

Eliza schüttelt den Kopf. »Nein, das würde er niemals tun.«

»Er kann mir etwas geben, das mir sonst für immer verwehrt geblieben wäre.« Min ergreift Elizas Hand. »Ich kann von hier fortgehen, kann Teile der Welt sehen, von denen ich immer nur geträumt habe. All die Orte, über die wir immer gesprochen haben, Eliza. Und natürlich weiß ich, was du gleich sagen wirst – dass man keinen Mann dafür braucht. Aber ich brauche einen Mann für das, was ich mir immer gewünscht habe. Das ist die Wahrheit. Ich möchte Kinder haben – du weißt, dass das in Wahrheit immer mein größter Wunsch war. Außerdem scheint dieser Mann über die Dinge hinwegsehen zu können, die ich tun musste, um hier überleben zu können. Woran er uns ja immer wieder gern erinnert.« Sie lachen. »Und mit dem Geld, das ich gespart habe, können wir uns irgendwo niederlassen … an einem Ort, der anders ist.«

Eliza versucht, den Gedanken zu verdrängen, dass Axel und Min bald fortgehen werden. Möglicherweise wird sie die beiden niemals wiedersehen. Doch ihre Freundin verdient es, glücklich zu sein.

Sie legt die Finger um Mins Hand und presst sie an ihre Brust. »Du könntest dir keine reine Seele w…«

Lautes Räderklappern ertönt den Weg entlang.

Erschrocken springen sie an den Straßenrand, als ein Karren vorbeiprescht, auf dessen Ladefläche der Kadaver eines riesigen Krokodils liegt.

Wie auf ein geheimes Stichwort folgen Eliza und Min dem Karren und sehen, wie er um die nächste Ecke in eine Seitengasse biegt und vor einem chinesischen Fleischerladen anhält, wo er bereits von mehreren Männern erwartet wird, unter ihnen Doktor Blithe und eine Handvoll Polizisten, die mit gegen die Schenkel gelehnten Snider-Enfield-Gewehren Posten bezogen haben.

Eliza und Min tauschen einen raschen Blick, als der Fleischer mit seiner ledernen Schürze und Handschuhen, die bis zu den Ellbogen reichen, heraustritt und die Männer mit einem stummen Nicken begrüßt, ehe er die Hand hebt, in der er ein großes Hackbeil hält.

In verblüfftem Schweigen beobachten sie, wie die Männer das Krokodil vom Karren hieven – sage und schreibe acht von ihnen sind notwendig, um den Kadaver hochzuheben und an den Haken an der Wand zu bugsieren, wo er wie ein Pendel langsam hin und her baumelt. Das Vieh ist gewaltig, mit einem aufgetriebenen Leib, als drücke etwas von innen heraus in sämtliche Richtungen gegen seine ledrige Haut. Eliza spürt, wie sich ihr Herzschlag beschleunigt. Min legt sich die Finger über die Augen, nur um sie sofort wieder zu spreizen und hindurchzuspähen.

»Also los«, hören sie Blithe rufen. »Macht schon, sonst haben wir hier gleich eine Meute am Hals, hopp, hopp.« Eliza sieht bereits erste Ladenbesitzer, die die Neugier vor ihre Häuser gelockt hat.

Der Fleischer geht in seinen Laden zurück und kehrt mit einem Hocker zurück, den er unter das Krokodil schiebt. Er stellt sich darauf und schlitzt mit einer fließenden Bewegung, als schäle er ein Stück Obst, den aufgeblähten Bauch der Bestie auf, aus dem ein Leichnam flutscht.

Zumindest Teile davon, die obere Körperhälfte, blau gekleidet.

Die Männer halten sich die Nasen zu und starren erschüttert auf den grauenvollen Fund. Es ist ein Mann, so viel kann Eliza aus der Entfernung erkennen. Einer der Polizisten schiebt mit der Stiefelspitze das Kinn des Toten ein Stück nach oben, woraufhin sein Kopf nach hinten kippt und er Eliza mit schauriger Endgültigkeit aus toten Augen anstarrt. Ihr stockt der Atem. Beinahe rechnet sie damit, dass er gleich blinzelt. Nun kann sie auch den Rest seines Gesichts erkennen – die geblähten Nasenflügel, die niedrige Stirn, die seinem Gesicht stets etwas Grausames verlieh, die wie ein Stiefelriemen gespannte Haut. Parker.

»Das war's dann«, verkündet Blithe, ohne die Nase aus der Armbeuge zu nehmen. »Ich kann ihn wohl guten Gewissens für tot erklären. Das seht ihr doch genauso, stimmt's, Männer?«

»Armer Teufel«, bemerkt einer der Polizisten, während seine Kollegen sich bereits abwenden. Auch die Ladenbesitzer kehren an die Arbeit zurück.

»Moment mal«, sagt einer der Männer. »Was steckt denn da in seiner Brust?«

Er bückt sich zu dem Leichnam hinab, wobei er die Nase tiefer in seinem Jackenärmel vergräbt, während er mit der anderen Parkers Uniformjacke direkt über der Herzgegend zurückklappt, etwas herauszieht und in die Höhe hält. Er inspiziert den kleinen, harten Gegenstand und wirft ihn dann mit einem abfälligen Zungenschnalzen beiseite. Das Ding schlittert durch den Staub und bleibt direkt an der Stelle liegen, wo Eliza und Min im Schatten verharren. Eliza stößt es mit dem Stiefel an. Die Form ist eindeutig – die scharfe, blutverschmierte Spitze eines Speers.

Seetagebuch einer Naturkundlerin – Eliza M. Brightwell

17. Mai 1898

Heute hatten wir eine stete Dünung und eine hübsche Brise im Rucken, daher sind wir nach Osten zu den Riffen rings um die Cockatoos gesegelt. Quill hat den Spähdienst übernommen, und während ich die Segel gehisst habe, fanden wir einige wenige gut geeignete Stellen, an denen wir unser Glück versuchen und nach Exemplaren suchen konnten.

Von oben wirken die Riffe häufig bloß wie ein hellbrauner Erdklumpen, doch, wie Quill mir immer wieder erklärt, taucht man erst einmal hinab, stellt man ganz schnell fest, dass es darin von Lebewesen nur so wimmelt. Ab und zu bekomme ich eine Handvoll zappelnder, schlüpfriger, sich schlängelnder Tierchen vor die Nase gehalten, bei deren Anblick empfindliche Gemüter gewiss erschrocken zurückzucken würden, doch für uns ist alles, was man unter Wasser aufstöbert, nachgerade faszinierend. Oft sind unsere Funde so eigentümlich – beispielsweise ein vollständig durchsichtiger Wurm oder ein wabbeliges Ungeheuer, halb Pflanze, halb Tier –, dass ich sie in einen Eimer gebe, um sie zu Hause unter dem Mikroskop genauer zu untersuchen. Unsere Tagebücher werden immer detaillierter, und Vater meinte, es gäbe da in London einen Verleger, der Interesse an einer kleinen Druckauflage bekundet hätte.

Normalerweise bleibe ich an Deck, um meine Arbeit dort zu

verrichten, heute wollte ich mich allerdings nicht damit zufriedengeben, die gefundenen Exemplare präsentiert zu bekommen, als wäre ich eine Königin, die Hof hält. Nein, heute musste ich mir selbst ein Bild machen. Nachdem wir also die Umgebung sorgfältig auf Haie abgesucht hatten, zog ich mich aus und sprang ins Wasser. Oh, es war himmlisch! Die Sonne ging unter, die See liebkoste meinen Körper. Ich tauchte in die Dunkelheit hinab, bis meine Ohren es nicht tiefer erlaubten. Durch die Glaslinsen sah ich Unglaubliches: dicke Moosteppiche voller Meeresschildkröten, Spinnen und Tausendfüßlern; Insekten, die sich mit ihren zahllosen, wild zappelnden Beinchen durchs Wasser treiben ließen, glühende Meereswürmer, undefinierbare, mit quastenähnlichen Gebilden versehene Lebewesen und ein pulsierender Meeresgrund, als wäre er selbst ein lebender Organismus.

Dann brach der Abend an, mild und ruhig. Überall auf dem Wasser leuchteten phosphoreszierende Punkte, Fische sprangen an uns vorüber und hinterließen einen Sternenschweif. Ich musste an Balarri denken und wie wir oft das Schuppenkleid der Meeresbewohner bestaunten. Ich dachte auch an das Geschöpf, das ich letzten Dezember auf der Veranda vorgefunden habe – ein Seepferdchen, ausgetrocknet, bocksteif und mit winzigen grünen Muscheln an seinem eingerollten Schwanz. Es war ein eigentümlicher Anblick, so als hätte jemand sie auf eine Kette gefädelt. Es war eine der schönsten Naturraritäten, die ich je gesehen habe. Vater meinte, so etwas hätte auch er noch nie erlebt, und manchmal frage ich mich, ob es mit Absicht dort hingelegt wurde, damit ich es finde.

Als ich hinabtauchte, sah ich noch weitere Lichtquellen in die Tiefe sinken. Wie seidene Fallschirme glitten sie an mir vorbei. Ich sah auf und entdeckte einen Schwarm Quallen über mir, deren feuerrote, wedelnde Tentakel endlos weit hinabhingen.

Als meine Lunge nicht länger mitspielte, drehte ich mich um und ließ mich langsam nach oben treiben. Mit einem Japsen durchbrach ich die Oberfläche und ließ den Blick über den Ozean schweifen, der im Schein der untergehenden Sonne orangefarben glühte. Dann wandte ich mich dem Logger mit seinen von bernsteinfarbenem Schimmer geküssten Masten zu, der geduldig auf den Wellen tanzend auf mich wartete.

Anmerkung zur Geschichte und Kultur

Ich möchte gern Bart Pigram danken, der mir als kultureller Berater für diesen Roman zur Seite gestanden hat. Außerdem bin ich Steve Kinnane und dem Kimberley Aboriginal Law and Cultural Centre für ihre großzügige Unterstützung und ihr Feedback enorm dankbar.

Bannin Bay ist genauso frei erfunden wie seine Einwohner, allerdings ist die Stadt geografisch der Gegend von Kimberley an der Nordwestküste Australiens nachempfunden. Daher möchte ich den ursprünglichen Besitzern des Saltwater Country meine Ehre erweisen.

Als Inspiration für Bannin Bay dienten mir die ersten Zentren der Perlenindustrie, die im 19. Jahrhundert zu ihrem stinkenden Höhenflug ansetzten; dazu gehörten Shark Bay in Gascoyne, Cossack in der Nähe von Roebourne und Broome – ein geradezu betörender Ort auf einer kleinen Landzunge am äußersten Zipfel von Kimberley. Die Inseln vor Bannin Bay sind ebenfalls in der Hauptsache erfunden, allerdings habe ich mir die Landmassen zum Vorbild genommen, die sich an der nordwestlichen

Küste aus dem Meer erheben, vor allem Barrow Island, die Lacepedes und die Burrup Peninsula.

Die Perlenauster, Pinctada albina, wurde 1850 das erste Mal kommerziell in Shark Bay geerntet, allerdings löste erst die Entdeckung der Muschelbänke der wesentlich größeren Pinctada maxima, auch Silberlippe genannt, 1861 in Nickol Bay einen massiven Zulauf von Perlensuchern in Western Australia aus. 1898 war Broome nicht nur Hauptumschlaghafen im Nordwesten Australiens, sondern hier wurden auch rund 80 Prozent des Perlmutts weltweit produziert. Im Jahr 1900 war Perlmutt das viertwichtigste Exportgut nach Gold, Holz und Wolle. Dieser Boom hielt bis zum Beginn der Zuchtperlenindustrie und der Massenproduktion von Plastikknöpfen sowie bis zum Ausbruch des Zweiten Weltkriegs an, der die Gesellschaftsstruktur des bis dahin multikulturellen Broome unwiderruflich veränderte.

Ohne die engagierten Chronisten der Stadt Broome in ihren Anfangszeiten und ihre Einwohner hätte ich dieses Buch niemals schreiben können, unter ihnen auch Hugh Edwards und Susan Sickert, deren Bücher *Port of Pearls* und *Beyond the Lattice* sich als unschätzbar hilfreich für die Recherche entpuppt und deren Anekdoten aus dem wahren Leben mich zu Charles' Tagebuch inspiriert haben. Sehr dankbar bin ich auch der Broome Historical Society, die mir erlaubt hat, an einem unfassbar heißen Maitag ihr Archiv nach Herzenslust zu durchforsten. Außerdem konnte ich für meine Arbeit auf die sehr gut verständlichen Ausstellungsdias und den dazugehörigen Text von *Lustre: Pearling in Australia* zugreifen, einem Gemeinschaftsprojekt des Western Australian Museum, dem Kulturzentrum Nyamba Buru Yawuru sowie den Völkern West Kimberleys, kuratiert von Bart Pigram und Sarah Yu.

Dieser Roman ist kein geschichtliches Werk, dennoch sind

die Hauptfiguren von realen Menschen inspiriert, darunter Conrad Gill – ein geheimnisvoller Bootsmann von den Westindischen Inseln, der mit einem goldenen Ohrring und einem sprechenden Papagei durch die Straßen von Broome streifte (in Wirklichkeit kam Gill erst im Jahr 1900 dorthin, sein gefiederter Begleiter war jedoch tatsächlich als kleiner Kleptomane verschrien) – und auch ein gut aussehender japanischer Cheftaucher namens Masajiro Sakaguchi, der dank der gewaltigen Mengen an Perlmuscheln, die er zutage förderte, eine Art Berühmtheit in Broome war. Als Vorlage für die Entwicklung der Brightwells habe ich mehrere britische Siedler genommen, darunter die britischstämmige Eliza Broadhurst, eine frühe Feministin, die Hungersnot und Schiffbruch überlebt und in der Unerbittlichkeit des Outbacks eine Schule gegründet hat. Ihre Tochter Catherine wurde nach ihrer Rückkehr nach London zu einer Schlüsselfigur der Suffragettenbewegung, kettete sich an das Parlamentsgebäude und ging im Gefängnis in den Hungerstreik. Was die Details über die Schiffe und »Steine«, sprich Perlen, betrifft, habe ich mich an die Aufzeichnungen der Broome Master Pearlers gehalten, wohingegen mir die alten Seefahrerberichte über die Abenteuer vor der Küste von Western Australia wichtige Hintergrundinformationen zu Charles' Tagebuch geliefert haben. Vor allem möchte ich Ion Idriess' *Forty Fathoms Deep* erwähnen, aus dessen Beschreibungen ich mich hemmungslos für Charles' Begegnungen mit Walen und Haien bedient habe. Was die zeitliche Abfolge betrifft, so habe ich mir die schöpferische Freiheit einer Romanautorin genommen. Die Northwest Master Pearler's Association wurde in Wirklichkeit erst 1902 gegründet, also mehrere Jahre nach der Zeit, in der dieses Buch spielt.

1883 reiste Robert A. Cunningham, ein Anwerber des Barnum and Bailey's Circus, nicht nach Broome, sondern weit in den Norden von Queensland, um dort nach geeigneten Personen für seine »spektakuläre« Ausstellung Ausschau zu halten. Für den *Ethnological Congress of Strange Tribes* suchte er nach Menschen, mit denen er seine bereits bestehende »Sammlung« aus Indigenen erweitern konnte, »rekrutierte« auf Palm Island und Hinchinbrook sechs Aboriginal-Männer, zwei Frauen und einen Jungen aus dem Wulguru-Gebiet, und verfrachtete sie mit dem Schiff nach Amerika, wo sie als »Australische Kannibalen« angepriesen und zu Aufführungen gezwungen wurden: Sie mussten zur Unterhaltung der Besucher singen, tanzen und Bumerangs werfen. Während der 1880er- und 1890er-Jahre ereilte dieses Schicksal Kinder wie Alfred in ganz Australien und anderen Teilen der Welt.

Vater McVeighs in der Entstehung begriffene Mission basiert auf den Geschichten seines schottischen Landsmanns, Father Duncan McNab: Nachdem er als Kaplan im Zuchthaus von Rottnest Island tätig gewesen war, folgte er dem Ruf von oben, der ihn anwies, eine Mission für Ureinwohner in Kimberley ins Leben zu rufen. Im Juni 1885 begab er sich auf seinem Missionslogger auf Erkundungsfahrt zur Dampier Peninsula und landete am Swan Point, nordwestlich von Derby im Land der Bardi. McNab, soeben fünfundsechzig Jahre alt geworden, war weder richtig ausgebildet, noch sprach er die dortigen Sprachen oder hatte ein durchdachtes Konzept. Im Lauf der Jahre bereiste er die Gegend ausgiebig, beobachtete und kam mit den Einheimischen in Kontakt, baute eine Kirche aus Holz und Hütten für die Menschen und legte einen Garten an, den die Bardi bestellen durften. Außerdem verfasste er ein Wörterbuch über die Sprache der Bardi und lernte einen jungen Aboriginal namens Nybe (als Knife bekannt) kennen, der ihm als Dolmetscher diente.

Doch trotz ihrer noch so guten Absichten hatte die Gegenwart der Missionare katastrophale Auswirkungen auf die

Aborigines des Landes. Viele Kirchen verboten oder unterdrückten die Verwendung der einheimischen Sprachen, entrissen Kinder ihren Familien, um sie zur »Ausbildung« in Missionen und Institutionen zu stecken, und beraubten sie damit ihrer indigenen Kultur.

Auf einer Rechercherreise nach Broome kam ich an einer eindrucksvollen Statue am Ufer von Roebuck Bay vorbei – sie zeigt eine schwangere Aborigine-Perlentaucherin, die mit einer Muschel in den Händen die Wasseroberfläche durchbricht. Die Inschrift lautet:

»And precious the tear as that rain from the sky,
Which turns into pearls as it falls to the sea.«

THOMAS MOORE

»Ihre Zähren sind köstlich, wie Thränen der Luft,
Die zu Perlen werden, in Seefluth ergossen.«

THOMAS MOORE, LALA RUKH,
ÜBERSETZT VON FRIEDRICH DE LA MOTTE FOUQUÉ;
BERLIN, 1822

Schwangere Taucherinnen wurden in den Anfängen der Perlentaucherei wegen ihres angeblich größeren Lungenvolumens bevorzugt eingesetzt. Aber logischerweise war dies nicht die einzige Art, wie die indigenen Gemeinschaften in Australien ausgebeutet wurden. 1826 erreichten britische Kolonialtruppen die Westküste Australiens, jedoch war das Bevölkerungswachstum jenseits der Swan River Colony an der Stelle, wo sich das heutige Perth befindet, in diesem unwirtlichen Landstrich sehr überschaubar. Dies änderte sich erst durch die Entdeckung der Goldvorkommen in den 1880ern, was eine Massenzuwanderung auslöste und auch den Beginn der florierenden Perlmuschelindustrie einläutete, wobei zu dieser Zeit die brutale Enteignung der Aborigine-Gemeinschaften längst gängige Praxis war und die Region als sogenannte »Eroberungsgrenze« betrachtet wurde.

Viele der Ereignisse, auf die in diesem Roman Bezug genommen wird, unter anderem die Polizeibrutalität, in Ketten gelegte Sträflingskolonnen und der Sklavenhandel, das sogenannte »blackbirding«, in dessen Zuge indigene Männer, Frauen und Kinder entführt, verkauft und zur Arbeit auf frühen Perlenfischerbooten gezwungen wurden, basieren auf wahren Begebenheiten. Passagen aus dem »Offener Brief von Mr. David Carley an den Kabinettsminister«, in dem der Verfasser die Regierung auffordert, gegen die Versklavung der Aborigines und die Polizeibrutalität in Western Australia einzuschreiten, sind nahezu wörtlich übernommen, lediglich einige Namen wurden verändert. Im State Records Office von Western Australia (der für die Identifizierung, Verwaltung und Bereitstellung des Zugangs zu den staatlichen Archiven zuständigen Regierungsbehörde) liegen zahlreiche Dokumente vor, die diesen Sklavenhandel beweisen, und jedem, der mehr über die Rolle der Polizei im Zuge der kolonialen Expansion in die Kimberley-Region erfahren will, empfehle ich die Lektüre des Buchs *Every Mother's Son is Guilty* von Chris Owen, in dem er den sogenannten »komboism« beschreibt, bei dem indigene Frauen und manchmal sogar Kinder entführt, an Perlenunternehmer verhökert und zur Prostitution angeboten wurden. Manchmal wurden die Frauen gegen ihren Willen als Viehhirten verkleidet, damit die Behörden nicht auf sie aufmerksam wurden. Im Gegensatz zu meiner Figur Quill, die den Entschluss gefasst hat, sich als Junge zu verkleiden, um in einer männerdominierten Arbeitswelt existieren zu können, stand diese Wahlmöglichkeit vielen weiblichen Aborigines in dieser Gegend nicht zur Verfügung.

In Broome befindet sich ein Friedhof, auf dem über neunhundert japanische Männer begraben liegen, ähnliche Friedhöfe findet man überall entlang der nördlichen Küste Australiens, wo sich die Perlentaucherstädte aneinanderreihten. Die Helmtaucherei galt und gilt bis heute stets als einer der gefährlichsten Berufe. Viele der sogenannten Kontraktarbeiter aus Japan, China, Malaysia, Timor, den Philippinen und anderen pazifischen Regionen starben an der Taucherkrankheit oder anderen durch das Tauchen bedingten Erkrankungen oder durch Ertrinken. Die extrem hohe Sterblichkeit der Arbeiter in der Perlentaucherei wird in offiziellen Untersuchungen dieses Industriezweigs keineswegs hinreichend dokumentiert, und die Familien wurden niemals für ihre Verluste entschädigt. Dieses Buch ist all jenen gewidmet, die im Zuge ihrer Arbeit als Taucher, Skipper, Tauchhelfer und Crewmitglied ihr Leben gelassen haben.

Dank

Ich danke meinem großartigen Verlegerteam, Sam Humphries, Carina Guiterman, Sarah St. Pierre, Bev Cousins und Kalhari Jayaweera. Eure Hingabe, Geduld und Sorgfalt im Umgang mit mir und diesem Buch sind einfach unglaublich. Ich hätte mir keine tollere (und engagiertere) Truppe von Frauen an meiner Seite vorstellen können. Ich danke auch Alice Gray, Laura Carr, Hannah Corbett, Rosie Friis, Elle Gibbons, Bella Arnott-Hoare, Jess McKenzie, Lashanda Anakwah und den Gestaltungs-, Herstellungs-, Sales-, PR- und Marketingteams bei Mantle, Simon & Schuster sowie Penguin Random House Australia. Ich bin euch für alles unendlich dankbar.

Maddy – Agentin, Cheerleaderin und mächtige Autorenbeschützerin. Danke, dass du mir die schönste E-Mail geschickt hast, die ich je bekommen habe, und mein Leben verändert hast. Ich danke auch Rachel Yeoh, Liv Maidment, Georgia McVeigh, Georgina Simmonds, Liane-Louise Smith, Giles Milburn, Vanessa Browne, Ursula Buston und dem restlichen Team der Madeleine Milburn Agency für die Freundlichkeit und Unterstützung und das wertvolle Feedback zum Manuskript.

Zu enormem Dank bin ich all jenen verpflichtet, die mir mit ihrer Fachkenntnis bei diesem Buch zur Seite gestanden haben, allen voran Bart Pigram (eine lebende Legende in Broome), dessen unglaubliches Wissen über die frühe Ära des Perlentauchens mir bei der Gestaltung der Handlung und meiner Figur Balarri geholfen hat. Jegliche Fehler in dieser Hinsicht gehen allein auf mein Konto. Ich danke Vinnie Antony für die wunderbaren Ratschläge über die Flora und Fauna Kimberleys (nächstes Mal stöbern wir die Dingo-Welpen auf, o. k.?), Barry Kirkham für dein maritimes Know-how, das ich dringend brauchte, Xiaolan Sha für die Hilfe bei Hong Yen und Laura-Min sowie Graham Kenyon für die Krokodilanekdoten. Ich hoffe, ich kann der Limilnga-Wulna-Region bald wieder einen Besuch abstatten, damit wir uns wieder gegenseitig Gespenstergeschichten erzählen können.

Ich danke Freunden, Familienmitgliedern und Kollegen, die frühe Manuskriptversionen gelesen und mich netterweise zum Weitermachen ermutigt haben, vor allem Iona Sweeney und Kate Burke. Ich danke auch jenen, die meine schriftstellerischen und journalistischen Ambitionen schon sehr früh unterstützt haben, insbesondere Mr. Palmer von der St Mark's Primary School in Salisbury und Lisa Smosarski beim *Stylist*, eine wahre Frauenzeitschriftenheldin, die mich all die verrückten Storys schreiben ließ.

Danke an Richard Mellor und Joe Minihane – ihr habt dafür gesorgt, dass ich während des Großen Lockdowns von 2020 bei Laune und Trost geblieben bin. Ich danke Laura Adams und Robin Miller für ein ganzes Leben der Freundschaft und des Lachens, außerdem Anita Bhagwandas, Nikki May und Collette Lyons für die unermüdliche moralische Unterstützung auf dieser verrückten Reise zur Veröffentlichung des ersten Romans. Ich betrachte es zudem als großes Privileg, über Twitter und Facebook so viele talentierte Erstlingsautorinnen und -autoren kennengelernt zu haben. Wir haben es geschafft! Ein Toast auf euch alle!

Und schließlich danke ich meiner Familie – Tom, Lucy, Martha, Rufus, Phoebe, Max und Sam – sowie allen anderen Pooks, Kirbys, Gardiners und Arnotts. Ich bin so dankbar für eure Unterstützung und möchte mich entschuldigen, weil ich eure Namen gestohlen und auf moralisch fragwürdige Romanfiguren übertragen habe. Ich danke meiner Mom, der stärksten Frau, die ich kenne, und dem einzigen Menschen, der mir niemals erzählen wird, etwas sei gut, obwohl es nicht so ist. Danke für alles. Ich danke Bobby, dem wunderbarsten und hilfsbereitesten Menschen, den man sich nur vorstellen kann. Ich werde dich immer lieben. Und Rose, der anderen Hälfte von mir (ich hätte das niemals in einen Satz packen können, deshalb bekommst du stattdessen 80 000 Wörter). Und meinem Dad, der zwar nicht mehr unter uns weilt, dessen Einfluss aber trotzdem auf jeder einzelnen Seite spürbar ist. Ich wünschte, du könntest das fertige Buch sehen.